La caverna

BIBLIOTECA

José **Saramago**

La caverna

Traducción de Pilar del Río

ALFAGUARA

Título original: A caverna
© 2000, José Saramago y Editorial Caminho, S. A., Lisboa
© De la traducción: Pilar del Río
© De esta edición:
   2000, Grupo Santillana de Ediciones, S. A.
   Torrelaguna, 60. 28043 Madrid
   Teléfono 91 744 90 60
   Telefax 91 744 92 24
   www.alfaguara.com

Aguilar, Altea, Taurus, Alfaguara S. A.
Beazley 3860. 1437 Buenos Aires. Argentina
Aguilar, Altea, Taurus, Alfaguara S. A. de C. V.
Avda. Universidad, 767, Col. del Valle,
México, D.F. C. P. 03100. México
Distribuidora y Editora Aguilar, Altea,
Taurus, Alfaguara, S. A.
Calle 80 nº 10-23
Santafé de Bogotá. Colombia

ISBN: 84-204-4228-3
Depósito legal: M. 11.270-2001
Impreso en España-Printed in Spain

© Diseño: Manuel Estrada

PRIMERA EDICIÓN: DICIEMBRE 2000
SEGUNDA EDICIÓN: ENERO 2001
TERCERA EDICIÓN: FEBRERO 2001
CUARTA EDICIÓN: MARZO 2001
QUINTA EDICIÓN: ABRIL 2001

A Pilar

Qué extraña escena describes y qué extraños prisioneros, Son iguales a nosotros.

PLATÓN, *República,* Libro VII

El hombre que conduce la camioneta se llama Cipriano Algor, es alfarero de profesión y tiene sesenta y cuatro años, aunque a simple vista aparenta menos edad. El hombre que está sentado a su lado es el yerno, se llama Marcial Gacho, y todavía no ha llegado a los treinta. De todos modos, con la cara que tiene, nadie le echaría tantos. Como ya se habrá reparado, tanto uno como otro llevan pegados al nombre propio unos apellidos insólitos cuyo origen, significado y motivo desconocen. Lo más probable es que se sintieran a disgusto si alguna vez llegaran a saber que algor significa frío intenso del cuerpo, preanuncio de fiebre, y que gacho es la parte del cuello del buey en que se asienta el yugo. El más joven viste de uniforme, pero no está armado. El mayor lleva una chaqueta civil y unos pantalones más o menos conjuntados, usa la camisa sobriamente abotonada hasta el cuello, sin corbata. Las manos que manejan el volante son grandes y fuertes, de campesino, y, no obstante, quizá por efecto del cotidiano contacto con las suavidades de la arcilla a que le obliga el oficio, prometen sensibilidad. En la mano derecha de Marcial Gacho no hay nada de particular, pero el dorso de la mano izquierda muestra una cicatriz con aspecto de quemadura, una marca en diagonal que va desde la base del pulgar hasta la base del dedo meñique. La camioneta no merece ese nombre, es sólo una furgoneta de tamaño medio, de un modelo pasado de moda, y está cargada de loza. Cuando los dos hombres salieron de casa, veinte kilómetros atrás, el cielo apenas había comenzado a clarear, ahora la mañana ya ha puesto en el mundo luz bastante para que se pueda observar la cicatriz de Marcial Gacho y adivinar la sensibilidad de las manos de Cipriano Algor. Vienen viajando a velocidad reducida a causa de la fragilidad de la carga y también por la irregularidad del pavimento de la carretera. La entrega de las mercancías no consideradas de primera o segunda necesidad, como es el caso de las lozas bastas, se hace, de acuerdo con los horarios establecidos, a media mañana, y si estos dos hombres madrugaron tanto es porque Marcial Gacho tiene que fichar por lo menos media hora antes de que las puertas del Centro se abran al público. En los días en que no trae al yerno, y tiene piezas para transportar, Cipriano Algor no necesita levantarse tan temprano. Pero siempre es él, de diez en diez días, quien se encarga de ir a buscar a Marcial Gacho al trabajo para que pase con la familia las cuarenta horas de descanso a que tiene derecho, y quien, después, con loza o sin loza en la caja de la furgoneta, puntualmente lo reintegra a sus responsabilidades y obligaciones de guarda interno. La hija de Cipriano Algor, que se llama Marta, de apellidos Isasca, por parte de la madre ya fallecida, y Algor por parte del padre, sólo disfruta de la presencia del marido en la casa y en la cama seis noches y tres días de cada mes. En una de estas noches se quedó embarazada, pero todavía no lo sabe.

La región es fosca, sucia, no merece que la miremos dos veces. Alguien le dio a estas enormes extensiones de apariencia nada campestre el nombre técnico de Cinturón Agrícola, y también, por analogía poética, el de Cinturón Verde, aunque el único paisaje que los ojos consiguen alcanzar a ambos lados de la carretera, cubriendo sin solución de continuidad perceptible muchos millares de hectáreas, son grandes armazones de techo plano, rectangulares, hechos de plástico de un color neutro que el tiempo y las polvaredas, poco a poco, fueron desviando hacia el gris y el pardo. Debajo, fuera de las miradas de quien pasa, crecen plantas. Por caminos secundarios que vienen a dar a la carretera, salen, aquí y allí, camiones y tractores con remolques cargados de verduras, pero el grueso del transporte se ha efectuado durante la noche, éstos de ahora, o tienen autorización expresa y excepcional para realizar la entrega más tarde, o se quedaron dormidos. Marcial Gacho se subió discretamente la manga izquierda de la chaqueta para mirar el reloj, está preocupado porque el tránsito se torna paulatinamente más denso y porque sabe que de aquí en adelante, cuando entren en el

Cinturón Industrial, las dificultades aumentarán. El suegro notó el gesto, pero se mantuvo callado, este yerno suyo es un joven simpático, sin duda, aunque nervioso, de la raza de los desasosegados de nacimiento, siempre inquieto con el paso del tiempo, incluso si lo tiene de sobra, en ese caso nunca parece saber lo que ha de ponerle dentro, dentro del tiempo, se entiende, Cómo será cuando llegue a mi edad, pensó. Dejaron atrás el Cinturón Agrícola, la carretera, ahora más sucia, atraviesa el Cinturón Industrial cortando por entre instalaciones fabriles de todos los tamaños, actividades y hechuras, con depósitos esféricos y cilíndricos de combustible, centrales eléctricas, redes de canalización, conductos de aire, puentes suspendidos, tubos de todos los grosores, unos rojos, otros negros, chimeneas lanzando a la atmósfera borbotones de humos tóxicos, grúas de largos brazos, laboratorios químicos, refinerías de petróleo, olores fétidos, amargos o dulzones, ruidos estridentes de brocas, zumbidos de sierras mecánicas, golpes brutales de martillos pilones, de vez en cuando una zona de silencio, nadie sabe lo que se estará produciendo ahí. Fue entonces cuando Cipriano Algor dijo, No te preocupes, llegaremos a tiempo, No estoy preocupado, respondió el yerno, disimulando mal la inquietud, Ya lo sé, era una manera de hablar, dijo Cipriano Algor. Giró la furgoneta hacia una vía paralela destinada a la circulación local, Vamos a atajar camino por aquí, dijo, si la policía nos pregunta por qué dejamos la carretera, acuérdate de lo que hemos convenido, tenemos un asunto que resolver en una de estas fábricas antes de llegar a la ciudad. Marcial Gacho respiró hondo, cuando el tráfico se complicaba en la carretera, el suegro, más tarde o más pronto, acababa tomando un desvío. Lo que le angustiaba era la posibilidad de que se distrajese y la decisión llegase demasiado tarde. Felizmente, pese a los temores y los avisos, nunca les había parado la policía, Alguna vez se convencerá de que ya no soy un muchacho, pensó Marcial, que no tiene que estar recordándome todas las veces esto de los asuntos que resolver en las fábricas. No imaginaban, ni uno ni otro, que fuese precisamente el uniforme de guarda del Centro que enfundaba Marcial Gacho el motivo de la continuada tolerancia o de la benévola indiferencia de la policía de tráfico, que no era simple resultado de casualidades múltiples o de obstinada suerte, como probablemente hubieran respondido si les preguntasen por qué razón creían ellos que no habían sido multados hasta el momento. La conociera Marcial Gacho, y tal vez hubiera hecho valer ante el suegro el peso de la autoridad que el uniforme le confería, la conociera Cipriano Algor, y tal vez le hubiera hablado al yerno con menos irónica condescendencia. Buena verdad es que ni la juventud sabe lo que puede, ni la vejez puede lo que sabe.

Después del Cinturón Industrial comienza la ciudad, en fin, no la ciudad propiamente dicha, ésa se divisa allá a lo lejos, tocada como una caricia por la primera y rosada luz del sol, lo que aquí se ve son aglomeraciones caóticas de chabolas hechas de cuantos materiales, en su mayoría precarios, pudiesen ayudar a defenderse de las intemperies, sobre todo de la lluvia y del frío, a sus mal abrigados moradores. Es, según el decir de los habitantes de la ciudad, un lugar inquietante. De vez en cuando, por estos parajes, en nombre del axioma clásico que reza que la necesidad también legisla, un camión cargado de alimentos es asaltado y vaciado en menos tiempo de lo que se tarda en contarlo. El método operativo, ejemplarmente eficaz, fue elaborado y desarrollado después de una concienzuda reflexión colectiva sobre el resultado de los primeros intentos, malogrados, según se hizo obvio, por una total ausencia de estrategia, por una táctica, si así se puede llamar, anticuada, y, finalmente, por una deficiente y errática coordinación de esfuerzos, en la práctica entregados a sí mismos. Siendo casi continuo durante la noche el flujo de tráfico, bloquear la carretera para retener un camión, como había sido la primera idea, supuso la caída de los asaltantes en su propia trampa, dado que tras ese camión otros camiones venían, portando refuerzos y socorro inmediato para el conductor en apuros. La solución del problema, efectivamente genial, así fue reconocido en voz baja por las propias autoridades policiales, consistió en que los asaltantes se dividieron en dos grupos, uno táctico, otro estratégico, y en establecer dos barreras en lugar de una, comenzando el grupo táctico por cortar la carretera inmediatamente después del paso de un camión que circulara separado de los otros, y luego el grupo estratégico, unas centenas de metros más adelante, adecuadamente informado por una señal luminosa, con la misma rapidez montaba la segunda barrera, de modo que el vehículo condenado por el destino no tenía otro remedio que detenerse y dejarse robar. Para los vehículos que venían en dirección contraria no era necesario ningún corte de carretera, los propios conductores se encargaban de parar al darse cuenta de lo que pasaba más adelante. Un tercer grupo, llamado de intervención rápida, se encargaría de disuadir con una lluvia de piedras a cualquier solidario atrevido. Las barreras se hacían con grandes piedras transportadas en parihuelas, que algunos de los propios asaltantes, jurando y requetejurando que no tenían nada que ver con lo sucedido, ayudaban luego a retirar a la cuneta de la carretera, Esa gente es la que da mala fama a nuestro barrio, nosotros somos personas honestas, decían, y los conductores de los otros camiones, ansiosos por que les limpiaran el camino para no llegar tarde al Centro, sólo respondían, Bueno, bueno. De tales incidencias de ruta, sobre todo porque casi siempre circula por estos lugares con luz del día, se ha librado la furgoneta de Cipriano Algor. Por lo menos hasta hoy. De hecho, habida cuenta los útiles de barro son los que con más frecuencia van a la mesa del pobre y más fácilmente se rompen, el alfarero no está libre de que una mujer de las muchas que malviven en estas chabolas tenga la ocurrencia de decirle un día de éstos al jefe de la familia, Estamos necesitando platos nuevos, a lo que él seguramente responderá, Ya me ocuparé de eso, pasa por ahí a veces una furgoneta que lleva escrito por fuera Alfarería, es imposible que no lleve platos, Y tazas, añadirá la mujer, aprovechando la marea favorable, Y tazas, no se me olvidará.

Entre las chabolas y los primeros edificios de la ciudad, como una tierra de nadie separando las dos partes enfrentadas, hay un ancho espacio libre de construcciones, pero, mirándolo con un poco más de atención, se observa no sólo una red de huellas entrecruzadas de tractores, ciertas explanaciones que sólo pueden haber sido causadas por grandes palas mecánicas, esas implacables láminas curvas que, sin dolor ni piedad, se llevan todo por delante, la casa antigua, la raíz nueva, el muro que amparaba, el lugar de una sombra que nunca más volverá a estar. Sin embargo, tal como sucede en las vidas, cuando creíamos que nos habían quitado todo, y de pronto descubrimos que nos queda algo, también aquí unos fragmentos dispersos, unos harapos emporcados, unos restos de materiales de desecho, unas latas oxidadas, unas tablas podridas, un plástico que el viento trae y lleva nos muestran que este territorio había estado ocupado antes por los barrios de marginados. No tardará mucho en que los edificios de la ciudad avancen en línea de tiradores y vengan a enseñorearse del terreno, dejando entre los más adelantados y las primeras chabolas apenas una franja estrecha, una nueva tierra de nadie, que permanecerá así mientras no llegue el momento de pasar a la tercera fase.

La carretera principal, a la que habían regresado, era ahora más ancha, con un carril reservado exclusivamente para la circulación de vehículos pesados, y aunque la furgoneta sólo por desvarío de imaginación pueda incluirse en esa categoría superior, el hecho de tratarse sin duda de un vehículo de carga da a su conductor el derecho a competir en pie de igualdad con las lentas y mastodónticas máquinas que roncan, mugen y escupen nubes sofocantes por los tubos de escape, y adelantarlas rápidamente, con una sinuosa agilidad que hace tintinear las lozas en la parte de atrás. Marcial Gacho miró otra vez el reloj y respiró. Llegaría a tiempo. Ya estaban en la periferia de la ciudad, todavía tendrían que recorrer unas cuantas calles de trazado confuso, girar a la izquierda, girar a la derecha, otra vez a la izquierda, otra vez a la derecha, ahora a la derecha, a la derecha, izquierda, izquierda, derecha, recto, finalmente desembocarían en una plaza donde se acababan las dificultades, una avenida en línea recta los conducirá a sus destinos, allí donde era esperado el guarda interno Marcial Gacho, allí donde dejaría su carga el alfarero Cipriano Algor. Al fondo, un muro altísimo, oscuro, mucho más alto que el más alto de los edificios que bordeaban la avenida, cortaba abruptamente el camino. En realidad, no lo cortaba, suponerlo era el resultado de una ilusión óptica, había calles que, a un lado y a otro, proseguían a lo largo del muro, el cual, a su vez, muro no era, mas sí la pared de una construcción enorme, un edificio gigantesco, cuadrangular, sin ventanas en la fachada lisa, igual en toda su extensión. Aquí estamos, dijo Cipriano Algor, como ves llegamos a tiempo, todavía faltan diez minutos para tu hora de entrada, Sabe tan bien como yo por qué no puedo retrasarme, perdería mi posición en la lista de los candidatos a guarda residente, No es una idea que entusiasme demasiado a tu mujer, ésa de pasar a guarda residente, Es mejor para nosotros, tendremos más comodidades, mejores condiciones de vida. Cipriano Algor detuvo la furgoneta frente a la esquina del edificio, parecía que iba a responder al yerno, pero lo que hizo fue preguntar, Por qué están derribando aquella manzana de edificios, Por fin se ha confirmado, Se ha confirmado el qué, Hace semanas que se estaba hablando de una ampliación, respondió Marcial Gacho mientras salía de la furgoneta. Habían parado frente a una puerta sobre la cual se leía un letrero con las palabras Entrada Reservada al Personal de Seguridad. Cipriano Algor dijo, Tal vez, Tal vez, no, la prueba está ahí a la vista, la demolición ha comenzado, No me refería a la ampliación, sino a lo que dijiste antes sobre las condiciones de vida, acerca de las comodidades no discuto, en cualquier caso no podemos quejarnos, no somos de los más desafortunados, Respeto su opinión, pero yo tengo la mía, ya verá como

Marta, cuando llegue la hora, estará de acuerdo conmigo. Dio dos pasos, se detuvo, seguramente pensó que ésta no era la manera correcta de despedirse un yerno de un suegro que lo ha traído al trabajo, y dijo, Gracias, le deseo un buen viaje de regreso, Hasta dentro de diez días, dijo el alfarero, Hasta dentro de diez días, dijo el guarda interno, al mismo tiempo que saludaba a un colega que acababa de llegar. Se fueron juntos, entraron, la puerta se cerró.

Cipriano Algor puso el motor en marcha, pero no arrancó en seguida. Miró los edificios que estaban siendo demolidos. Esta vez, probablemente a causa de la poca altura de las construcciones que se iban a derribar, no estaban siendo utilizados explosivos, ese moderno, expeditivo y espectacular proceso que en tres segundos es capaz de transformar una estructura sólida y organizada en un caótico montón de cascotes. Como era de esperar, la calle que hacía ángulo recto con ésta estaba cerrada al tránsito. Para hacer entrega de la mercancía, el alfarero se vería obligado a pasar por detrás de la finca en demolición, rodearla, seguir luego hacia delante, la puerta a la que iba a llamar estaba en la esquina más distante, precisamente, con relación al punto donde se encontraba, en el otro extremo de una recta imaginaria que atravesase oblicuamente el edificio donde Marcial Gacho había entrado, En diagonal, precisó mentalmente el alfarero para abreviar la explicación. Cuando dentro de diez días vuelva a recoger al yerno, no habrá vestigio de estos predios, se habrá asentado la polvareda de la destrucción que ahora flota en el aire, y hasta puede suceder que ya esté siendo excavado el gran foso donde se abrirán las zanjas y se implantarán los pilares de la nueva construcción. Después se levantarán las tres paredes, una que lindará con la calle por la que Cipriano Algor tendrá que dar la vuelta de aquí a poco, dos que cerrarán a un lado y a otro el terreno ganado a costa de la calle intermedia y de la demolición de la manzana, haciendo desaparecer la fachada del edificio todavía visible, la puerta de acceso del personal de Seguridad cambiará de sitio, no serán necesarios muchos días para que ni la persona más perspicaz sea capaz de distinguir, mirando desde fuera, y mucho menos lo percibirá si está en el interior del edificio, entre la construcción reciente y la construcción anterior. El alfarero miró el reloj, todavía era pronto, en los días en que traía al yerno era inevitable tener que aguardar dos horas a que abriese el departamento de recepción que tenía asignado, y después todo el tiempo que tardase en llegarle la vez, Pero tengo la ventaja de ocupar un buen lugar en la fila, incluso puedo ser el primero, pensó. Nunca lo había sido, siempre se presentaba gente más madrugadora que él, seguramente algunos de esos conductores habrían pasado parte de la noche en la cabina de sus camiones. Cuando el día clareaba subían a la calle para tomar un café, pan y alguna vianda, un aguardiente en las mañanas húmedas y frías, después se quedaban por ahí, conversando unos con otros, hasta diez minutos antes de que se abrieran las puertas, entonces los más jóvenes, nerviosos como aprendices, corrían rampa abajo para ocupar sus puestos, mientras los mayores, sobre todo si estaban en los últimos lugares de la fila, descendían charlando animadamente, aspirando una última bocanada del cigarro, porque en el subterráneo, habiendo motores en marcha, no estaba permitido fumar. El fin del mundo, creían ellos, no era para ya, no ganaban nada corriendo.

Cipriano Algor puso la furgoneta en movimiento. Se distrajo con la demolición de los edificios y ahora quería recuperar el tiempo perdido, palabras estas insensatas entre las que más lo sean, expresión absurda con la cual suponemos engañar la dura realidad de que ningún tiempo perdido es recuperable, como si creyésemos, al contrario de esta verdad, que el tiempo que juzgábamos para siempre perdido hubiera decidido quedarse parado detrás, esperando, con la paciencia de quien dispone del tiempo todo, que sintiésemos su falta. Estimulado por la urgencia nacida de los pensamientos sobre quién llega primero y sobre quién llegará después, el alfarero dio rápidamente la vuelta a la manzana y entró directo por la calle que limitaba con la otra fachada del edificio. Como era costumbre invariable, ya había gente aguardando a que se abriesen las puertas destinadas al público. Pasó al carril izquierdo de circulación, para el desvío de acceso a la rampa que descendía al piso subterráneo, mostró al guarda su carné de abastecedor y ocupó su lugar en la fila de vehículos, detrás de una camioneta cargada de cajas que, a juzgar por los rótulos de los embalajes, contenían piezas de cristal. Salió de la furgoneta para comprobar cuántos proveedores tenía delante y calcular así, con más o menos aproximación, el tiempo que debería esperar. Ocupaba el número trece. Contó nuevamente, no había dudas. Aunque no fuese persona supersticiosa, no ignoraba la mala reputación de este número, en cualquier conversación sobre la casualidad, la fatalidad y el destino siempre alguien toma la palabra para relatar casos vividos bajo la influencia negativa, y a veces funesta, del trece. Intentó recordar si en alguna otra ocasión le había tocado este lugar en la fila, pero, una de dos, o nunca tal le sucediera, o simplemente no se acordaba. Discutió consigo mismo, se dijo que era un despropósito, un disparate preocuparse por algo que no tiene existencia en la realidad, sí, era cierto, nunca había pensado en eso antes, de hecho los números no existen en la realidad, a las cosas les es indiferente el número que les asignemos, da lo mismo decir que son el trece o el cuarenta y cuatro, lo mínimo que se puede concluir es que no toman conocimiento del lugar que les ha tocado ocupar. Las personas no son cosas, las personas quieren estar siempre en los primeros lugares, pensó el alfarero, Y no sólo quieren estar en ellos, quieren que se diga y que los demás lo noten, murmuró. Con excepción de los dos guardas que fiscalizaban, uno a cada extremo, la entrada y la salida, el subterráneo estaba desierto. Era siempre así, los conductores dejaban el vehículo en la fila a medida que iban llegando y subían a la calle, al café. Están muy equivocados si creen que me voy a quedar aquí, dijo Cipriano Algor en voz alta. Hizo retroceder la furgoneta como si acabara de descubrir que no tenía nada que descargar y salió del alineamiento, Así ya no seré el decimotercero, pensó. Pasados pocos minutos un camión bajó la rampa y se paró en el sitio que la furgoneta había dejado libre. El conductor saltó de la cabina, miró el reloj, Todavía tengo tiempo, debe de haber pensado. Cuando desapareció en lo alto de la rampa, el alfarero maniobró rápidamente y se colocó detrás del camión, Ahora soy el catorce, dijo, satisfecho de su astucia. Se recostó en el asiento, suspiró, por encima de su cabeza oía el zumbido del tráfico en la calle, él también solía subir a tomar un café y comprar el periódico, pero hoy no le apetecía. Cerró los ojos como si estuviese retrocediendo hacia el interior de sí mismo y entró en seguida en el sueño, era el yerno quien le explicaba que cuando fuese nombrado guarda residente la situación mudaría como de la noche a la mañana, que Marta y él dejarían la alfarería, ya era hora de comenzar una vida independiente de la familia, Sea comprensivo, lo que tiene que ser, dice el refrán, tiene mucha fuerza, el mundo no para, si las personas de quienes dependes te promocionan, lo que tienes que hacer es levantar las manos al cielo y agradecer, sería una estupidez dar la espalda a la suerte cuando se pone de nuestro lado, además estoy seguro de que su mayor deseo es que Marta sea feliz, por tanto deberá estar contento. Cipriano Algor oía al yerno y sonreía para sí mismo, Dices todo eso porque crees que soy el trece, no sabes que ahora soy el catorce. Se despertó sobresaltado con el golpear de las puertas de los coches, señal de que la descarga iba a comenzar. Entonces, todavía sin haber regresado completamente del sueño, pensó, No cambié de número, soy el trece que está en el lugar del catorce.

Así era. Casi una hora después llegó su turno. Bajó de la furgoneta y se acercó al mostrador de recepción con los papeles de costumbre, el albarán de entrega por triplicado, la factura correspondiente a las ventas certificadas de la última partida, el control de calidad industrial que acompañaba cada lote y en el que la alfarería asumía la responsabilidad de cualquier defecto de fabricación detectado en la inspección a que las piezas serían sometidas, la confirmación de exclusividad, igualmente obligatoria en todas las entregas, por la que la alfarería se comprometía, sujetándose a sanciones en el caso de infracción, a no establecer relaciones comerciales con otro establecimiento para la colocación de sus artículos. Como era habitual, un empleado se aproximó para ayudar a la descarga, pero el subjefe de recepción lo llamó y le ordenó, Descarga la mitad de lo que trae, compruébalo por el albarán. Cipriano Algor, sorprendido, alarmado, preguntó, La mitad, por qué, Las ventas bajaron mucho en las últimas semanas, probablemente tendremos que devolverle por falta de salida lo que hay en el almacén, Devolver lo que tienen en el almacén, Sí, está en el contrato, Ya sé que está en el contrato, pero también está que no me autorizan a tener otros clientes, así que dígame a quién voy a venderle la otra mitad, Eso no es de mi incumbencia, yo sólo cumplo las órdenes que he recibido, Puedo hablar con el jefe del departamento, No, no vale la pena, no le va a atender. A Cipriano Algor le temblaban las manos, miró alrededor, perplejo, implorando ayuda, pero sólo leyó desinterés en las caras de los tres conductores que llegaron después que él. Pese a ello, intentó apelar a la solidaridad de clase, Miren en qué situación estoy, un hombre trae aquí el producto de su trabajo, sacó la tierra, la mezcló con agua, la batió, amasó la pasta, torneó las piezas que le habían encargado, las coció en el horno, y ahora le dicen que sólo se quedan con la mitad de lo que ha hecho y que le van a devolver lo que tienen en el almacén, quiero saber si hay justicia en este procedimiento. Los conductores se miraron unos a otros, se encogieron de hombros, no estaban seguros de que fuera conveniente responder, ni de a quién le convendría más la respuesta, uno de ellos sacó un cigarro para dejar claro que se desentendía del asunto, luego recordó que no se podía fumar allí, entonces dio la espalda y se refugió en la cabina del camión, lejos de los acontecimientos. El alfarero comprendió que tendría mucho que perder si seguía protestando, quiso echar agua en la hoguera que él mismo había encendido, en cualquier caso vender la mitad era mejor que nada, las cosas acabarán arreglándose, pensó. Sumiso, se dirigió al subjefe de recepción, Puede decirme qué ha hecho que las ventas hayan bajado tanto, Creo que ha sido la aparición de unas piezas de plástico que imitan al barro, y lo imitan tan bien que parecen auténticas, con la ventaja de que pesan menos y son mucho más baratas, Ése no es motivo para que se deje de comprar las mías, el barro siempre es barro, es auténtico, es natural, Vaya a decirle eso a los clientes, no quiero angustiarlo, pero creo que a partir de ahora sus lozas sólo interesarán a los coleccionistas, y ésos son cada vez menos. El recuento estaba terminado, el subjefe escribió en el albarán, Recibí mitad, y dijo, No traiga nada más hasta que no tenga noticias nuestras, Cree que podré seguir fabricando, preguntó el alfarero, La decisión es suya, yo no me responsabilizo, Y la devolución, de verdad me van a devolver las existencias del almacén, las palabras temblaban de desesperación y con tal amargura que el otro quiso ser conciliador, Veremos. El alfarero entró en la furgoneta, arrancó con brusquedad, algunas cajas, mal sujetas después de la media descarga, se escurrieron y chocaron violentamente contra la puerta de atrás, Que se parta todo de una vez, gritó irritado. Tuvo que parar al principio de la rampa de salida, el reglamento manda que se presente el carné también a este guarda, son cosas de la burocracia, nadie sabe por qué, en principio quien entra proveedor, proveedor saldrá, pero por lo visto hay excepciones, aquí tenemos el caso de Cipriano Algor que todavía lo era al entrar, y ahora, si se confirman las amenazas, está en vías de dejar de serlo. Seguro que el trece tiene la culpa, al destino no lo engañan artimañas de poner después lo que estaba antes. La furgoneta subió la rampa, salió a la luz del día, no hay nada que hacer, salvo volver a casa. El alfarero sonrió con tristeza, No fue el trece, el trece no existe, si hubiese sido el primero en llegar la sentencia sería igual, ahora la mitad, luego ya veremos, mierda de vida.

La mujer de las chabolas, aquella que necesitaba platos y tazas nuevas, preguntó al marido, Qué ha pasado, no encontraste la furgoneta de la alfarería, y el marido respondió, Sí, la obligué a parar, pero después dejé que se marchara, Por qué, Si tú hubieses visto la cara del hombre que iba dentro, apuesto a que habrías hecho lo que yo hice.

El alfarero paró la furgoneta, bajó los cristales de un lado y de otro, y esperó que alguien viniese a robarle. No es raro que ciertas desesperaciones de espíritu, ciertos golpes de la vida empujen a la víctima a decisiones tan dramáticas como ésta, cuando no peores. Llega un momento en que la persona trastornada o injuriada oye una voz gritándole dentro de su cabeza, Perdido por diez, perdido por cien, y entonces es según las particularidades de la situación en que se encuentre y el lugar donde ella lo encuentra, o gasta el último dinero que le quedaba en un billete de lotería, o pone sobre la mesa de juego el reloj heredado del padre y la pitillera de plata que le regaló la madre, o apuesta todo al rojo a pesar de haber visto salir ese color cinco veces seguidas, o salta solo de la trinchera y corre con la bayoneta calada contra la ametralladora del enemigo, o para esta furgoneta, baja los cristales, abre después las puertas, y se queda a la espera de que, con las porras de costumbre, las navajas de siempre y las necesidades de la ocasión, lo venga a saquear la gente de las chabolas, Si no lo quisieron ellos, que se lo lleven éstos, fue el último pensamiento de Cipriano Algor. Pasaron diez minutos sin que nadie se aproximase para cometer el ansiado latrocinio, un cuarto de hora se fue sin que ni siquiera un perro vagabundo hubiese subido hasta la carretera a orinar en una rueda y olisquear el contenido de la furgoneta, y ya iba vencida media hora cuando finalmente se aproximó un hombre sucio y mal encarado que preguntó al alfarero, Tiene algún problema, necesita ayuda, le doy un empujoncito, puede ser cosa de la batería. Ahora bien, si hasta incluso los ánimos más fuertes tienen momentos de irresistible debilidad, que es cuando el cuerpo no consigue comportarse con la reserva y la discreción que el espíritu durante años le ha ido enseñando, no deberemos extrañarnos de que la oferta de auxilio, para colmo procedente de un hombre con toda la pinta de asaltante habitual, hubiese tocado la cuerda más sensible de Cipriano Algor hasta el punto de hacerle asomar una lágrima en el rabillo del ojo, No, muchas gracias, dijo, pero a continuación, cuando el obsequioso cirineo ya se apartaba, saltó de la furgoneta, corrió a abrir la puerta trasera, al mismo tiempo que llamaba, Eh, señor, eh, señor, venga aquí. El hombre se detuvo, Quiere que le ayude, preguntó, No, no es eso, Entonces, qué, Venga aquí, hágame el favor. El hombre vino y Cipriano Algor dijo, Tome esta media docena de platos, lléveselos a su mujer, es un regalo, y tome estos seis más, que son soperos, Pero yo no he hecho nada, dudó el hombre, No importa, es lo mismo que si hubiese hecho, y si necesita un botijo para el agua, aquí tiene, Realmente, un botijo no vendría mal en casa, Pues entonces lléveselo, lléveselo. El alfarero apiló los platos, primero los llanos, después los hondos, después éstos sobre aquéllos, los acomodó en la curva del brazo izquierdo del hombre, y, como tenía el botijo colgando de la mano derecha, no tuvo el beneficiado mucho de sí con que agradecer, sólo la vulgar palabra gracias, que tanto es sincera como no, y la sorpresa de una inclinación de cabeza nada armónica con la clase social a que pertenece, queriendo esto decir que sabríamos mucho más de las complejidades de la vida si nos aplicásemos a estudiar con ahínco sus contradicciones en vez de perder tanto tiempo con las identidades y las coherencias, que ésas tienen la obligación de explicarse por sí mismas.

Cuando el hombre que tenía pinta de asaltante, pero que finalmente no lo era, o simplemente no lo había querido ser esta vez, desapareció, medio perplejo, entre las chabolas, Cipriano Algor puso la furgoneta en movimiento. Obviamente, ni la visión más aguda sería capaz de notar diferencia alguna en la presión ejercida sobre los amortiguadores y los neumáticos de la furgoneta, en cuestión de peso doce platos y un botijo de barro significan tanto en un vehículo de transporte, incluso de tamaño medio, como significarían en la feliz cabeza de una novia doce pétalos de rosa blanca y un pétalo de rosa roja. No ha sido casualidad el hecho de que la palabra feliz apareciera ahí atrás, en realidad es lo mínimo que podemos decir de la expresión de Cipriano Algor, que, mirándolo ahora, nadie creería que sólo le han comprado la mitad de la carga que transportó al Centro. Lo malo es que le volvió a la memoria, cuando dos kilómetros adelante penetró en el Cinturón Industrial, el bruto revés comercial sufrido. La ominosa visión de las chimeneas vomitando chorros de humo le indujo a preguntarse en qué estúpida fábrica de ésas se estarían produciendo·las estúpidas mentiras de plástico, las alevosas imitaciones del barro, Es imposible, murmuró, ni en sonido ni en peso se pueden igualar, y además está la relación entre la vista y el tacto que leí no sé dónde, la vista que es capaz de ver por los dedos que están tocando el barro, los dedos que, sin tocar, consiguen sentir lo que los ojos están viendo. Y, como si esto no fuese tormento suficiente, también se interrogó Cipriano Algor, pensando en el viejo horno de la alfarería, cuántos platos, fuentes, tazas y jarras por minuto escupirían las malditas máquinas, cuántas cosas para sustituir botijos y damajuanas. El resultado de estas y de otras preguntas que no quedaron registradas ensombreció otra vez el semblante del alfarero, y a partir de ahí, el resto del camino fue, todo él, un continuo cavilar sobre el futuro difícil que esperaba a la familia Algor si el Centro persistía en la nueva valoración de productos, cuya primera víctima fuera, tal vez, la alfarería. Pero honor sea dado a quien de sobra lo merece, pues en ningún momento Cipriano Algor permitió que su espíritu fuese tomado por el arrepentimiento de haber sido generoso con el hombre que le debería haber robado, si es que es verdad todo cuanto se viene diciendo sobre la gente de las chabolas. En la salida del Cinturón Industrial había algunas modestas manufacturas que no se entiende cómo pueden haber sobrevivido a la gula de espacio y a la múltiple variedad de producción de los modernos gigantes fabriles, pero el hecho es que estaban allí, y mirarlas al pasar siempre era un consuelo para Cipriano Algor cuando, en algunas horas más inquietas de la vida, le daba por cavilar sobre los destinos de su profesión. No van a durar mucho, pensó, esta vez se refería a las manufacturas, no al futuro de la actividad alfarera, pero eso ocurrió porque no se tomó el trabajo de reflexionar durante tiempo suficiente, sucede así muchas veces, creemos que ya se puede afirmar que no merece la pena esperar conclusiones sólo porque decidimos detenernos a la mitad del camino que nos conduciría hasta ellas.

Cipriano Algor atravesó el Cinturón Verde rápidamente, no miró ni una vez los campos, el monótono espectáculo de las enormes extensiones cubiertas de plástico, bazas por naturaleza y soturnas de suciedad, si siempre le causaba un efecto deprimente, imagínese lo que sería hoy, en el estado de ánimo que lleva, ponerse a contemplar este desierto. Como el que alguna vez ha levantado la túnica bendita de una santa de altar para saber si lo que la sustenta por debajo son piernas de persona o un par de estacas mal desbastadas, hace mucho tiempo que el alfarero no necesita resistir la tentación de parar la furgoneta y atisbar si es cierto que en el interior de aquellas coberturas y de aquellos armazones había plantas reales, con frutos que se pudieran oler, palpar y morder, con hojas, tubérculos y brotes que se pudiesen cocer, aliñar y poner en el plato, o si la melancolía abrumadora expuesta al exterior contaminaba de incurable artificio lo que dentro crecía, fuese lo que fuese. Después del Cinturón Verde el alfarero tomó una carretera secundaria, había unos restos escuálidos de bosque, unos campos mal ordenados, un riachuelo de aguas oscuras y fétidas, después aparecieron en una curva las ruinas de tres casas ya sin ventanas ni puertas, con los tejados medio caídos y los espacios interiores casi devorados por la vegetación que siempre irrumpe entre los escombros, como si allí hubiese estado, a la espera de su hora, desde que se pusieron los cimientos. La población comenzaba unos cien metros más allá, era poco más que la carretera que la cruzaba por en medio, unas cuantas calles que desembocaban en ella, una plaza irregular que se ensanchaba hacia un solo lado, ahí un pozo cerrado, con su bomba de sacar agua y la gran rueda de hierro, a la sombra de dos plátanos altos. Cipriano Algor saludó a unos hombres que conversaban, pero, contra lo que era su costumbre cuando regresaba de llevar la loza al Centro, no se detuvo, en un momento así no su-

35

ponía qué podría apetecerle, pero seguro que no una conversación, incluso tratándose de personas conocidas. La alfarería y la casa en que vivía con la hija y el yerno quedaban en el otro extremo de la población, adentradas en el campo, apartadas de los últimos edificios. Al entrar en la aldea, Cipriano Algor había reducido la velocidad de la furgoneta, pero ahora avanzaba más despacio aún, la hija debía de estar acabando de preparar el almuerzo, era hora de eso, Qué hago, se lo digo ya o después de haber comido, se preguntó a sí mismo, Es preferible después, dejo la furgoneta en el alpendre de la leña, ella no vendrá a ver si traigo algo, hoy no es día de compras, así podremos comer tranquilos, es decir, comerá ella tranquila, yo no, y al final le cuento lo que ha pasado, o lo dejo para media tarde, cuando estemos trabajando, tan malo será para ella saberlo antes de almorzar como inmediatamente después. La carretera hacía una curva ancha donde terminaba la población, pasada la última casa se veía en la distancia un gran moral que no debería de tener menos de unos diez metros de altura, allí estaba la alfarería. El vino fue servido, va a ser necesario beberlo, dijo Cipriano Algor con una sonrisa cansada, y pensó que mucho mejor sería si lo pudiese vomitar. Giró la furgoneta a la izquierda, hacia un camino en subida poco pronunciada que conducía a la casa, a la mitad dio tres avisos sonoros anunciando que llegaba, siempre la misma señal, a la hija le parecería extraño si hoy no la hiciese. La vivienda y la alfarería fueron construidas en este amplio terreno, probablemente una antigua era, o en un ejido, en cuyo centro el abuelo alfarero de Cipriano Algor, que también usara el mismo nombre, decidió, en un día remoto del que no quedó registro ni memoria, plantar el moral. El horno, un poco apartado, ya era obra modernizadora del padre de Cipriano Algor, a quien también le fue dado idéntico nombre, y sustituía a otro horno, viejísimo, por no decir arcaico, que, visto desde fuera, tenía la forma de dos troncos cónicos sobrepuestos, el de encima más pequeño que el de abajo, y de cuyos orígenes tampoco quedó memoria. Sobre sus vetustos cimientos se construyó el horno actual, este que coció la carga de la que el Centro sólo quiso recibir la mitad, y que ahora, ya frío, espera que lo carguen de nuevo. Con una atención exagerada Cipriano Algor estacionó la furgoneta debajo del alpendre, entre dos cargas de leña seca, después pensó que todavía podría pasar por el horno y ganar algunos minutos, pero le faltaba el motivo, le faltaba la justificación, no era como otras veces, cuando regresaba de la ciudad y el horno estaba funcionando, en esos días iba a mirar dentro de la caldera para calcular la temperatura por el color de los barros incandescentes, si el rojo oscuro ya se había convertido en rojo cereza o éste en naranja. Se quedó allí parado, como si el ánimo que necesitaba se le hubiese retrasado por el camino, pero fue la voz de la hija la que le obligó a moverse, Por qué no entra, el almuerzo está listo. Intrigada por la demora, Marta apareció entre las puertas, Venga, venga, que la comida se enfría. Cipriano Algor entró, le dio un beso a la hija y se encerró en el cuarto de baño, comodidad doméstica instalada cuando ya era adolescente y, desde hace mucho tiempo, necesitada de ampliación y mejoras. Se observó en el espejo, no encontró ninguna arruga de más en la cara, La tengo dentro, seguro, pensó, después vertió aguas, se lavó las manos y salió. Comían en la cocina, sentados ante una gran mesa que había conocido días más felices y asambleas más numerosas. Ahora, tras la muerte de la madre, Justa Isasca, de quien tal vez no se vuelva a hablar mucho más en este relato, pero de quien aquí se deja escrito el nombre propio, que el apellido ya lo conocíamos, los dos comen en un extremo, el padre a la cabecera, Marta en el lugar que la madre dejó vacío, y frente a ella Marcial, cuando está. Cómo le ha ido la mañana, preguntó Marta, Bien, lo habitual, respondió el padre agachando la cabeza sobre el plato, Marcial telefoneó, Ah sí, y qué quería, Que había estado hablando con usted sobre lo de vivir en el Centro cuando lo asciendan a guarda residente, Sí, hablamos de eso, Estaba enfadado porque usted volvió a decir que no está de acuerdo, Entre tanto lo pensé mejor, creo que será una buena solución para ambos, Qué le ha hecho, de repente, mudar de ideas, No querrás seguir trabajando de alfarera el resto de tu vida, No, aunque me gusta lo que hago, Debes acompañar a tu marido, mañana tendrás hijos, tres generaciones comiendo barro es más que suficiente, Y usted está de acuerdo en venirse con nosotros al Centro, en dejar la alfarería, preguntó Marta, Dejar esto, nunca, eso está fuera de cuestión, Quiere decir que lo hará todo solo, cavar el barro, amasarlo, trabajarlo en el tablero y en el torno, cargar y encender el horno, descargarlo, desmoldarlo, limpiarlo, después meterlo todo en la furgoneta e ir a venderlo, le recuerdo que las cosas ya van siendo bastante difíciles pese a la ayuda que nos da Marcial en el poco tiempo que está aquí, He de encontrar quien me eche una mano, no faltan muchachos en el pueblo, Sabe perfectamente que ya nadie quiere ser alfarero, quien se harta del campo se va a las fábricas del Cinturón, no salen de la tierra para llegar al barro, Una razón más para que tú te vayas, No estará pensando que lo voy a dejar aquí solo, Vienes a verme de vez en cuando, Padre, por favor, estoy hablando en serio, Yo también, hija mía.

Marta se levantó para cambiar los platos y servir la sopa, que era hábito de la familia tomarla después. El padre la seguía con los ojos y pensaba, Estoy dejando que se complique todo con esta conversación, mejor sería que se lo contara ya. No lo hizo, súbitamente la hija pasó a tener ocho años, y él le decía, Fíjate bien, es como cuando tu madre amasa el pan. Hacía rodar la pella de arcilla adelante y atrás, la comprimía y la alargaba con la parte posterior de la palma de las manos, la golpeaba con fuerza contra la mesa, la estrujaba, la aplastaba, volvía al principio, repetía toda la operación, una vez, otra vez, otra aún, Por qué hace eso, le preguntó la hija, Para no dejar dentro del barro caliches, grumos y burbujas de aire, sería malo para el trabajo, En el pan también, En el pan sólo los grumos, las burbujas no tienen importancia. Ponía a un lado el cilindro compacto en que transformara la arcilla y comenzaba a amasar otra pella, Ya va siendo hora de que aprendas, dijo, pero después se arrepintió, Qué estupidez, sólo tiene ocho años, y enmendó, Vete a jugar fuera, vete, aquí hace frío, pero la hija respondió que no quería irse, estaba intentando modelar un muñeco con un recorte de pasta que se le pegaba a los dedos porque era demasiado blanda, Ése no sirve, prueba mejor con éste, verás como lo consigues, dijo el padre. Marta lo miraba inquieta, no era habitual en él que bajara así la cabeza para comer, como si pretendiese que, al esconder la cara, también se escondieran las preocupaciones, tal vez sea por la conversación que ha tenido con Marcial, pero de eso ya hemos hablado y él no tenía esa cara, estará enfermo, lo veo decaído, marchito, aquel día madre me dijo, Ten cuidado, no te esfuerces demasiado, y yo le respondí, Esto sólo requiere fuerza de brazos y juego de hombros, el resto del cuerpo observa, No me digas eso a mí que hasta el último pelo de la cabeza me acaba doliendo después de una hora de amasar, Eso es porque está un poco más cansada en estos últimos tiempos, O será porque estoy empezando a envejecer, Haga el favor de dejar esas ideas, madre, que de vieja no tiene nada, pero, quién lo iba a imaginar, no habían pasado dos semanas de esta conversación, y ya estaba muerta y enterrada, son las sorpresas que la muerte le da a la vida, En qué piensa, padre. Cipriano Algor se limpió la boca con la servilleta, tomó el vaso como si fuese a beber, pero lo posó sin acercárselo a los labios. Diga, hable, insistió la hija, y para abrir camino al desahogo preguntó, Todavía está preocupado por culpa de Marcial o tiene algún otro motivo de pesar. Cipriano Algor volvió a tomar el vaso, se bebió de un trago el resto del vino, y respondió rápidamente, como si las palabras le quemasen la lengua, Sólo aceptaron la mitad del cargamento, dicen que hay menos compradores para el barro, que han salido a la venta unas vajillas de plástico imitándolo y que eso es lo que los clientes prefieren ahora, No es nada que no debiésemos esperar, más pronto o más tarde tenía que suceder, el barro se raja, se cuartea, se parte al menor golpe, mientras que el plástico resiste a todo y no se queja, La diferencia está en que el barro es como las personas, necesita que lo traten bien, El plástico también, pero menos, Y lo peor es que me han dicho que no les lleve más vajillas mientras no las encarguen, Entonces vamos a parar de trabajar, Parar no, cuando el pedido llegue ya tendremos piezas listas para entregarlas ese mismo día, no iba a ser después del encargo cuando a todo correr encendiéramos el horno, Y entre tanto qué hacemos, Esperar, tener paciencia, mañana iré a dar una vuelta por ahí, alguna cosa he de vender, Acuérdese de que ya dio esa vuelta hace dos meses, no encontrará muchas personas con necesidad de comprar, No vengas tú ahora a desanimarme, Sólo procuro ver las cosas como son, fue usted quien me dijo hace poco que tres generaciones de alfareros en la familia es más que suficiente, No serás la cuarta generación, te irás a vivir al Centro con tu marido, Deberé ir, sí, pero usted vendrá conmigo, Ya te he dicho que nunca me verás viviendo en el Centro, Es el Centro quien nos ha mantenido hasta ahora comprando el producto de nuestro trabajo, continuará manteniéndonos cuando estemos allí y no tengamos nada para venderle, Gracias al sueldo de Marcial, No es ninguna vergüenza que el yerno mantenga al suegro, Depende de quién sea el suegro, Padre, no es bueno ser orgulloso hasta ese punto, No se trata de orgullo, De qué se trata entonces, No te lo puedo explicar, es más complicado que el orgullo, es otra cosa, una especie de vergüenza, pero perdona, reconozco que no debería haber dicho lo que dije, Lo que yo no quiero es que pase necesidades, Podré comenzar a vender a los comerciantes de la ciudad, es cuestión de que el Centro lo autorice, si van a comprar menos no tienen derecho a prohibirme que venda a otros, Sabe mejor que yo que los comerciantes de la ciudad enfrentan grandes dificultades para mantener la cabeza fuera del agua, toda la gente compra en el Centro, cada vez hay más gente que quiere vivir en el Centro, Yo no quiero, Qué va a hacer si el Centro deja de comprarnos cacharrería y las personas de aquí comienzan a usar utensilios de plástico, Espero morir antes de eso, Madre murió antes de eso, Murió en el torno, trabajando, ojalá pudiese yo acabar de la misma manera, No hable de la muerte, padre, Mientras estamos vivos es cuando podemos hablar de la muerte, no después. Cipriano Algor se sirvió un poco más de vino, se levantó, se limpió la boca con el dorso de la mano como si las reglas de urbanidad en la mesa caducasen al levantarse, y dijo, Tengo que ir a partir el barro, el que tenemos se está acabando, ya iba a salir cuando la hija lo llamó, Padre, he tenido una idea, Una idea, Sí, telefonear a Marcial para que él hable con el jefe del departamento de compras e intente descubrir cuáles son las intenciones del Centro, si es por poco tiempo esta disminución en los pedidos, o si será para largo, usted sabe que Marcial es estimado por sus superiores, Por lo menos es lo que él nos dice, Si lo dice es porque es cierto, protestó Marta, impaciente, y añadió, Pero si no quiere no llamo, Llama, sí, llama, es una buena idea, es la única que puede servir ahora, aunque yo dude que un jefe de departamento del Centro esté dispuesto, así sin más ni más, a dar explicaciones sobre su jefatura a un guarda de segunda clase, los conozco mejor que él, no es necesario estar dentro para comprender de qué masa está hecha esa gente, se creen los reyes del universo, aparte de que un jefe de departamento no es más que un mandado, cum-

ple órdenes que le vienen de arriba, incluso puede
suceder que nos engañe con explicaciones sin fun-
damento sólo para darse aires de importancia. Marta oyó la extensa parrafada hasta el final, pero no
respondió. Si, como parecía evidente, el padre se
empeñaba en tener la última palabra, no iba a ser
ella quien le robara esa satisfacción. Sólo pensó,
cuando él salía, Debo ser más comprensiva, debo
ponerme en su lugar, imaginar lo que sería quedarse de repente sin trabajo, alejarse de la casa, de
la alfarería, del horno, de la vida. Repitió las últimas palabras en voz alta, De la vida, y en ese instante la vista se le enturbió, se había puesto en el
lugar del padre y sufría como él estaba sufriendo.
Miró alrededor y reparó por primera vez en que
todo allí estaba como cubierto de barro, no sucio
de barro, sólo del color que tiene el barro, del color de todos los colores con que salió de la barrera, el que fue siendo dejado por tres generaciones
que todos los días se mancharon las manos en el
polvo y el agua del barro, y también, ahí fuera,
el color de ceniza viva del horno, la postrera y
esmorecente tibieza de cuando lo dejaron vacío,
como una casa de donde salieron los dueños y que
se queda, paciente, a la espera, y mañana, si todo
esto no se ha acabado para siempre, otra vez la primera llama de leña, el primer aliento caliente que
va a rodear como una caricia la arcilla seca y después, poco a poco, la tremolina del aire, una cintilación rápida de brasa, el alborear del esplendor,
la irrupción deslumbrante del fuego pleno. Nun-

ca más veré esto cuando nos vayamos de aquí, dijo Marta, y se le angustió el corazón como si estuviese despidiéndose de la persona a quien más amase, que en este momento no sabría decir cuál de ellas era, si la madre ya muerta, si el padre amargado, o el marido, sí, podría ser el marido, era lo más lógico, siendo como es su mujer. Oía, como si arrancara de debajo del suelo, el ruido sordo del mazo rompiendo el barro, sin embargo el sonido de los golpes le parecía hoy diferente, quizá porque no los impelía la necesidad simple del trabajo, sino la ira impotente de perderlo. Voy a telefonear, murmuró Marta para sí, pensando estas cosas acabaré tan triste como él. Salió de la cocina y se dirigió al cuarto del padre. Allí, sobre la pequeña mesa donde Cipriano Algor llevaba la contabilidad de los gastos e ingresos de la alfarería, había un teléfono de modelo antiguo. Marcó uno de los números de la centralita y pidió que le pusiesen en comunicación con Seguridad, casi en el mismo instante sonó una voz seca de hombre, Servicio de Seguridad, la rapidez de la contestación no le sorprendió, todo el mundo sabe que cuando se trata de cuestiones de seguridad hasta el más insignificante de los segundos cuenta, Deseo hablar con el guarda de segunda clase Marcial Gacho, dijo Marta, De parte de quién, Soy su mujer, le llamo de casa, El guarda de segunda clase Marcial Gacho se encuentra de servicio en este momento, no puede abandonar su puesto, En ese caso le pido por favor que le transmita un recado, Es su mujer, Lo soy, me llamo Marta Algor Gacho, lo podrá comprobar ahí, Entonces no ignora que no recibimos recados, sólo tomamos nota de quién ha telefoneado, Sería únicamente decirle que telefonee a casa en cuanto pueda, Es urgente, preguntó la voz. Marta lo pensó dos veces, será urgente, no será urgente, sangría desatada no era, problemas graves en el horno tampoco, parto prematuro mucho menos, pero acabó respondiendo, Sí, realmente hay una cierta urgencia, Tomo nota, dijo el hombre, y colgó. Con un suspiro de cansada resignación Marta posó el auricular en la horquilla, no había nada que hacer, era más fuerte que ellos, Seguridad no podía vivir sin restregar su autoridad por la cara de las personas, incluso en un caso tan trivial como éste de ahora, tan banal, tan de todos los días, una mujer que telefonea al Centro porque necesita hablar con su marido, no ha sido ella la primera ni con certeza será la última. Cuando Marta salió a la explanada el sonido del mazo dejó súbitamente de parecerle que subía del suelo, venía de donde tenía que venir, del recodo oscuro de la alfarería donde se guardaba la arcilla extraída de la barrera, se acercó a la puerta, pero no pasó del umbral, Ya he telefoneado, dijo, quedaron en darle el recado, Esperemos que lo hagan, respondió el padre, y sin otra palabra atacó con el mazo el mayor de los bloques que tenía delante. Marta se volvió de espaldas porque sabía que no debía penetrar en un espacio escogido a propósito por su padre para estar solo, pero también por-

que tenía, ella misma, trabajo que hacer, unas docenas de jarros grandes y pequeños a la espera de
que les pegasen las asas. Entró por la puerta de al
lado.

Marcial Gacho telefoneó al final de la tarde, tras acabar su turno de trabajo. Respondió a la mujer con breves y mal ligadas palabras, sin dar muestras de lástima, inquietud o enfado por la descortesía comercial de que el suegro fuera víctima. Habló con una voz ausente, una voz que parecía estar pensando en otra cosa, dijo sí, ah sí, comprendo, de acuerdo, supongo que es normal, iré así que pueda, a veces no, sin duda, pues sí, comprendo, no necesitas repetirlo, y remató la conversación con una frase finalmente completa, aunque sin relación con el asunto, Quédate tranquila, no me olvidaré de las compras. Marta comprendió que el marido había estado hablando delante de testigos, colegas de trabajo, tal vez un superior que inspeccionaba el pabellón, y disimulaba para evitar curiosidades incómodas, o incluso peligrosas. La organización del Centro fue concebida y montada según un modelo de estricta compartimentación de las diversas actividades y funciones, las cuales, aunque no fuesen ni pudiesen ser totalmente estancas, sólo por vías únicas, frecuentemente difíciles de discriminar e identificar, podían comunicarse entre sí. Está claro que un simple guarda de segunda clase, tanto por la naturaleza específica de su cargo como por su diminuto valor en la plantilla del personal subalterno, una cosa derivada de la otra como inapelable consecuencia, no está pertrechado, generalmente hablando, de discernimiento y perceptibilidad suficientes para captar sutilezas y matices de ese carácter, en realidad casi volátiles, pero Marcial Gacho, a pesar de no ser el más avispado de su categoría, cuenta en su favor con un cierto fermento de ambición que, teniendo como meta conocida el ascenso a guarda residente y, en un segundo tiempo, naturalmente, la promoción a guarda de primera clase, no sabemos adónde podrá llegar en un futuro próximo, y menos aún, en un futuro distante, si lo tuviera. Por haber andado con los ojos bien abiertos y tener los oídos afinados desde el día en que comenzó a trabajar en el Centro, pudo aprender, en poco tiempo, cuándo y cómo era más conveniente hablar, o callar, o hacer como que. Tras dos años de matrimonio Marta cree conocer bien al marido que le tocó en el juego de poner y quitar a que casi siempre se reduce la vida conyugal, le dedica todo su afecto de esposa, incluso no se mostraría reluctante, suponiendo que el interés del relato exigiera profundizar en su intimidad, a hacer uso de una extrema vehemencia al respondernos que lo ama, pero no es persona para engañarse a sí misma, así que es más que probable, si llevásemos tan lejos la insistencia, que acabara confesando que a veces él le parece demasiado prudente, por no decir calculador, suponiendo que a área tan negativa de la personalidad osáramos dirigir la indagación. Tenía la certeza de que el marido se retiró contrariado de la conversación, de que le estaría ya inquietando la perspectiva de un encuentro con el jefe del departamento de compras, y no por timidez o modestia de inferior, verdaderamente Marcial Gacho siempre ha tenido a gala proclamar que le disgusta llamar la atención cuando no se trata de asuntos de trabajo, sobre todo, añadirá quien piense conocerlo, si se da la circunstancia de que esos asuntos no le aportan beneficio. Finalmente, la tal buena idea que Marta creyó tener sólo pareció buena porque, en aquel momento, como dijo el padre, era la única posible. Cipriano Algor estaba en la cocina, no pudo oír los fragmentos del discurso, sueltos e inconexos, emitidos por el yerno, pero fue como si los hubiese leído todos, y rellenado los vacíos, en el rostro abatido de la hija, cuando, un largo minuto después, ella salió del cuarto. Y como no merece la pena cansar la lengua por tan poco, ni siquiera perdió tiempo preguntándole Entonces, fue ella quien le comunicó lo obvio, Hablará con el jefe del departamento, que tampoco para decir esto necesitaba Marta cansarse, dos miradas bastarían. La vida es así, está llena de palabras que no valen la pena, o que valieron y ya no valen, cada una de las que vamos diciendo le quitará el lugar a otra más merecedora, que lo sería no tanto por sí misma, sino por las consecuencias de haberla dicho. La cena transcurrió en silencio, silenciosas fueron las dos horas pasadas después ante la televisión indiferente, en un determinado momento, como viene sucediendo con frecuencia en los últimos meses, Cipriano Algor se durmió. Tenía el entrecejo fruncido con una expresión de enfado, como si, al mismo tiempo que dormía, estuviese recriminándose por haber cedido tan fácilmente al sueño, cuando lo justo y equitativo sería que la irritación y el disgusto lo mantuvieran despierto de noche y de día, el disgusto para que sufriese plenamente la injuria, la irritación para hacerle soportable el sufrimiento. Expuesto así, desarmado, con la cabeza caída hacia atrás, la boca medio abierta, perdido de sí mismo, presentaba la imagen lacerante de un abandono sin salvación, como un saco roto que dejara escapar por el camino lo que llevaba dentro. Marta miraba al padre con fervor, con una intensidad apasionada, y pensaba, Éste es mi viejo padre, son exageraciones disculpables de quien todavía está en los primeros albores de la edad adulta, a un hombre de sesenta y cuatro años, aunque de ánimo un poco marchito como en éste se está observando, no se debería, con tan inconsciente liviandad, llamarle viejo, habría sido ésa la costumbre en las épocas en que los dientes comenzaban a caerse a los treinta años y las primeras arrugas aparecían a los veinticinco, actualmente la vejez, la auténtica, la insofismable, aquélla de la que no podrá haber retorno, ni siquiera fingimiento, sólo comienza a partir de los ochenta años, de hecho y sin disculpas, a merecer el nombre que damos al tiempo de la despedida. Qué será de nosotros si el Centro deja de comprar, para quién fabricaremos lozas y barros si son los gustos del Centro los que determinan los gustos de la gente, se preguntaba Marta, no fue el jefe de departamento quien decidió reducir los pedidos a la mitad, la orden le llegó de arriba, de los superiores, de alguien para quien es indiferente que haya un alfarero más o menos en el mundo, lo que ha sucedido puede haber sido apenas el primer paso, el segundo será que dejen definitivamente de comprar, tendremos que estar preparados para ese desastre, sí, preparados, pero ya me gustaría saber cómo se prepara una persona para encajar un martillazo en la cabeza, y cuando asciendan a Marcial a guarda residente, qué haré con padre, dejarlo solo en esta casa y sin trabajo, imposible, imposible, hija desnaturalizada, dirían de mí los vecinos, peor que eso, diría yo de mí misma, las cosas serían diferentes si madre viviera, porque, en contra de lo que se suele decir, dos debilidades no hacen una debilidad mayor, hacen una nueva fuerza, probablemente no es así ni nunca lo ha sido, pero hay ocasiones en que convendría que lo fuese, no, padre, no, Cipriano Algor, cuando yo salga de aquí vendrás conmigo, aunque te tenga que llevar a la fuerza, no dudo de que un hombre sea capaz de vivir solo, pero estoy convencida de que comienza a morir en el mismo instante en que cierra tras de sí la puerta de su casa. Como si lo hubiesen sacudido bruscamente por un brazo, o como si hubiese percibido que hablaban de su persona, Cipriano Algor abrió de repente los ojos y se enderezó en el sillón. Se pasó las manos por la cara y, con la expresión medio confusa de un niño sorprendido en falta, murmuró, Me he quedado dormido. Decía siempre estas mismas palabras, Me he quedado dormido, cuando se despertaba de sus breves sueños delante del televisor. Pero esta noche no era como las otras, por eso tuvo que añadir, Hubiera sido mucho mejor que no me despertara, murmuró, al menos, mientras dormía, era un alfarero con trabajo, Con la diferencia de que el trabajo que se hace soñando no deja obra hecha, dijo Marta, Exactamente como en la vida despierta, trabajas, trabajas y trabajas, y un día despiertas de ese sueño o de esa pesadilla y te dicen que lo que has hecho no sirve para nada, Sí sirve, sí, padre, Es como si no hubiese servido, Hoy hemos tenido mal día, mañana pensaremos con más calma, veremos cómo encontrar salida para este problema que nos han buscado, Pues sí, veremos, pues sí, pensaremos. Marta se acercó al padre, le dio un beso cariñoso, Váyase a la cama, venga, y duerma bien, descánseme esa cabeza. A la entrada del dormitorio Cipriano Algor se detuvo, se volvió atrás, pareció dudar un momento y acabó diciendo, como si pretendiera convencerse a sí mismo, Tal vez Marcial llame mañana, tal vez nos dé una buena noticia, Quién sabe, padre, quién sabe, respondió Marta, él me dijo que se tomaría la cuestión muy a pecho, ésa era su disposición.

Marcial no telefoneó al día siguiente. Pasó todo ese día, que era miércoles, pasó el jueves y pasó el viernes, pasaron sábado y domingo, y sólo el lunes, casi una semana después del desaire a la alfarería, el teléfono volvió a sonar en casa de Cipriano Algor. En contra de lo anunciado, el alfarero no salió a dar una vuelta por los alrededores en busca de compradores. Ocupó sus arrastradas horas en pequeños trabajos, algunos innecesarios, como el de inspeccionar y limpiar meticulosamente el horno, de arriba abajo, por dentro y por fuera, junta a junta, teja a teja, como si estuviese preparándolo para la mayor cochura de su historia. Amasó una porción de barro que la hija necesitaba pero, al contrario de la atención escrupulosa con que había tratado el horno, lo hizo con poquísimo celo, tanto es así que Marta, a escondidas, se vio obligada a amasarlo otra vez para reducirle los grumos. Cortó leña, barrió la explanada, y la tarde en que, durante más de tres horas, cayó una de esas lluvias finas y monótonas a las que antes se le daba el nombre de calabobos, estuvo todo el tiempo sentado en un tronco debajo del alpendre, unas veces mirando al frente con la fijeza de un ciego que sabe que no verá si vuelve la cabeza en otra dirección, otras veces contemplando las propias manos abiertas, como si en sus líneas, en sus encrucijadas, buscase un camino, el más corto o el más largo, en general ir por uno o por otro depende de la mucha o poca prisa que se tenga en llegar, sin olvidar esos casos en que alguien o algo nos va empujando por la espalda, sin que sepamos por qué ni hacia dónde. En esa tarde, cuando la lluvia paró, Cipriano Algor bajó el camino que llevaba a la carretera, no se dio cuenta de que la hija lo miraba desde la puerta de la alfarería, pero ni él tenía necesidad de decir adónde iba, ni ella de que se lo dijese. Hombre obstinado, pensó Marta, debería haberse llevado la furgoneta, de un momento a otro puede volver a llover. Es natural la preocupación de Marta, es lo que se debe esperar de una hija, porque en verdad, por más que históricamente se haya exagerado en declaraciones contrarias, el cielo nunca ha sido mucho de fiar. Esta vez, sin embargo, aunque la llovizna vuelva a descargar desde el ceniciento uniforme que cubre y rodea la tierra, la mojadura no será de las de empapar, el cementerio de la población está muy cerca, ahí al final de una de estas calles transversales a la carretera, y Cipriano Algor, pese a la edad entre aquí y allí, todavía conserva el paso largo y rápido de que los más jóvenes se sirven para las prisas. Viejo o joven, que nadie se las pida hoy. Tampoco tendría sentido que Marta le aconsejara que se llevara la furgoneta, porque a los cementerios, sobre todo a éstos de aldea, campestres, bucólicos, siempre deberemos ir andando con los pies en la tierra, no por efecto de algún imperativo categórico o imposición de lo trascendente, sino por respeto a las conveniencias simplemente humanas, al fin y al cabo son tantos los que van en pedestres peregrinaciones a venerar la tibia de un santo, que no se entendería que se fuera de otra forma a donde de antemano sabemos que nos espera nuestra propia memoria y tal vez una lágrima. Cipriano Algor permanecerá algunos minutos junto a la tumba de la mujer, no para rezar unas oraciones que ha olvidado, ni para pedirle que, allá en la empírea morada, si a tan alto la llevaron sus virtudes, interceda por él ante quien algunos dicen que lo puede todo, apenas protestará que no es justo, Justa, lo que me han hecho, se han reído de mi trabajo y del trabajo de nuestra hija, dicen que las vajillas de barro han dejado de interesar, que ya nadie las quiere, por tanto también nosotros hemos dejado de ser necesarios, somos una fuente rajada con la que ya no vale la pena perder tiempo poniéndole lañas, tú tuviste más suerte mientras vivías. En los estrechos caminos de sablón del cementerio hay pequeñas pozas de agua, la hierba crece por todas partes, no serán necesarios cien años para que deje de saberse quién fue metido debajo de estos montículos de lodo, y aunque todavía se sepa es dudoso que saberlo interese verdaderamente, los muertos, alguien lo ha dicho ya, son como platos rajados en los que no vale la pena enganchar esas también desusadas grapas de hierro que unen lo que se había roto y separado, o, en el caso que corre, explicando el símil con otras palabras, las lañas de la memoria y de la nostalgia. Cipriano Algor se aproximó a la sepultura de la mujer, tres años son los que lleva ahí abajo, tres años sin aparecer en ninguna parte, ni en la casa, ni en la alfarería, ni en la cama, ni a la sombra del moral, ni bajo el sol abrasador de la barrera, no ha vuelto a sentarse a la mesa, ni al torno, no retira las cenizas caídas de la parrilla, ni vuelve las piezas que se están secando, no pela las patatas, no amasa el barro, no dice, Así son las cosas, Cipriano, la vida no tiene más que dos días para darte, y hay tanta gente que apenas ha vivido día y medio y otros ni eso, ya ves que no podemos quejarnos. Cipriano Algor no se quedó más de tres minutos, tenía inteligencia suficiente para no necesitar que le dijesen que lo importante no era estar allí parado, con rezos o sin rezos, mirando una sepultura, lo importante era haber venido, lo importante es el camino que se ha hecho, la jornada que se anduvo, si tienes conciencia de que estás prolongando la contemplación es porque te observas a ti mismo o, peor todavía, es porque esperas que te observen. Comparando con la velocidad instantánea del pensamiento, que sigue en línea recta incluso cuando parece haber perdido el norte, lo creemos porque no nos damos cuenta de que él, al correr en una dirección, está avanzando en todas las direcciones, comparando, decíamos, la pobre palabra está siempre necesitando pedir permiso a un pie para hacer andar al otro, e incluso así tropieza constantemente, duda, se entretiene dando vueltas a un adjetivo, a un tiempo verbal que surge sin hacerse anunciar por el sujeto, ésa debe de ser la razón por la que Cipriano Algor no ha tenido tiempo para decirle a la mujer todo cuanto venía pensando, aquello de que no es justo, Justa, lo que me han hecho, pero es bastante posible que los murmullos que estamos oyéndole ahora, mientras va caminando hacia la salida del cementerio, sean precisamente lo que le había quedado por decir. Ya iba callado cuando se cruzó con una mujer vestida de luto que entraba, siempre ha sido así, unos que llegan, otros que parten, ella dijo, Buenas tardes, señor Cipriano, el tratamiento de respeto se justifica tanto por la diferencia de generación como por la costumbre del campo, y él retribuye, Buenas tardes, si no dijo su nombre no fue por desconocimiento, antes bien por pensar que esta mujer de luto cerrado por un marido no irá a tener parte en los sombríos acontecimientos futuros que se anuncian ni en la relación que de ellos se haga, aunque también es cierto que, al menos ella, tiene intención de acercarse mañana a la alfarería a comprar un cántaro, según está anunciando, Mañana iré a comprar un cántaro, pero ojalá sea mejor que el último, que se me quedó el asa en la mano cuando lo levanté, se partió en pedazos y me inundó toda la cocina, imagínese lo que fue aquello, es verdad, para ser sinceros, que el pobrecillo ya tenía una edad, y Cipriano Algor respondió, Excusa ir a la alfarería, yo le llevo un cántaro nuevo que sustituya al que se ha roto, y no tiene que pagarlo, es regalo de la fábrica, Dice eso porque soy viuda, preguntó la mujer, No, qué idea, es sólo una oferta, nada más, tenemos una cantidad de cántaros que a lo mejor nunca llegaremos a vender, Siendo así, le quedo muy agradecida, señor

Cipriano, No hay de qué, Un cántaro nuevo es algo, Sí, pero es únicamente eso, algo, Entonces hasta mañana, allí le espero, y una vez más muchas gracias, Hasta mañana. Ahora bien, corriendo el pensamiento simultáneamente en todas las direcciones, como antes se dejó bien explicado, y avanzando al mismo tiempo con él los sentimientos, no deberá sorprendernos que la satisfacción de la viuda por recibir un cántaro nuevo sin necesidad de pagarlo haya sido la causa de que se moderara de un instante a otro el disgusto que la hizo salir de casa en tarde tan tristona para visitar la última morada del marido. Claro que, a pesar de que todavía estamos viéndola detenida a la entrada del cementerio, ciertamente regocijándose en su interior de ama de casa con el inesperado regalo, no dejará de ir a donde la convocaban el luto y el deber, pero tal vez, cuando llegue, no llore tanto cuanto había pensado. La tarde ya oscurece lentamente, comienzan a aparecer luces mortecinas dentro de las casas vecinas al cementerio, pero el crepúsculo todavía ha de durar el tiempo necesario para que la mujer pueda rezar sin susto de los fuegos fatuos o de las almas en pena su padrenuestro y su avemaría, que en su paz se quede y en su paz descanse.

Cuando Cipriano Algor dobló en la última manzana de la población y miró hacia el lugar donde se encuentra la alfarería, vio encenderse la luz exterior, un antiguo farol de caja metálica colgado sobre la puerta de la vivienda, y, aunque no pasase una sola noche sin que lo encendiese, sintió esta vez que el corazón se le reconfortaba y se le serenaba el ánimo, como si la casa estuviese diciéndole, Estoy esperándote. Casi impalpables, llevadas y traídas al sabor de las ondas invisibles que impelen el aire, unas minúsculas gotas le tocaron la cara, faltará mucho para que el molino de las nubes recomience a cerner su harina de agua, con toda esta humedad no sé cuándo vamos a conseguir que las piezas se sequen. Ya sea por influencia de la mansedumbre crepuscular o de la breve visita evocativa al cementerio, o incluso, lo que sería una compensación efectiva por su generosidad, al haberle dicho a la mujer de luto que le regalaría un cántaro nuevo, Cipriano Algor, en este momento, no piensa en decepciones de no ganar ni en miedos de llegar a perder. En una hora como ésta, cuando pisas la tierra mojada y tienes tan cerca de la cabeza la primera piel del cielo, no parece posible que te digan cosas tan absurdas como que te vuelvas atrás con la mitad del cargamento o que tu hija te va a dejar solo un día de éstos. El alfarero llegó al final del camino y respiró hondo. Recortado sobre la baza cortina de nubes grises, el moral aparecía tan negro como le obliga su propio nombre. La luz del farol no alcanza su copa, ni siquiera roza las hojas de las ramas más bajas, sólo una débil luminosidad va tapizando el suelo hasta casi tocar el grueso tronco del árbol. La vieja garita del perro está allí, vacía desde hace años, cuando su último habitante murió en brazos de Justa y ella le dijo al marido, No quiero nunca más un animal de éstos en mi casa. En la entrada oscura de la caseta se movió una cintilación y desapareció en seguida. Cipriano Algor quiso saber qué era aquello, se agachó para escrutar después de haber dado unos cuantos pasos adelante. La oscuridad dentro era total. Comprendió que estaba tapando con su cuerpo la luz del farol, y se desvió un poco hacia un lado. Eran dos las cintilaciones, dos ojos, un perro, O una jineta, pero lo más probable es que sea un perro, pensó el alfarero, y debía de estar en lo cierto, de la especie lupina ya no queda memoria creíble por estos parajes, y los ojos de los gatos, sean ellos mansos o monteses, como cualquier persona tiene obligación de saber, son siempre ojos de gato, cuando mucho, y en el peor de los casos, podríamos confundirlos, en más pequeño, con los del tigre, pero está claro que un tigre adulto nunca podría meterse dentro de una caseta de este tamaño. Cipriano Algor no habló de gatos ni de tigres cuando entró en casa, tampoco pronunció palabra sobre su ida al cementerio, y, en cuanto al cántaro que le va a regalar a la mujer de luto, entiende que no es asunto para ser tratado en este momento, lo que le dijo a la hija fue sólo esto, Hay un perro ahí fuera, hizo una pausa, como si esperase respuesta, y añadió, Debajo del moral, en la caseta. Marta acababa de lavarse y cambiarse de ropa, estaba descansando un minuto, sentada, antes de comenzar a preparar la cena, por tanto no tenía la mejor de las disposiciones para preocuparse con los lugares por donde pasan o paran los perros huidos o abandonados en sus vagabundeos, Será mejor dejarlo, si no es animal al que le guste viajar de noche, mañana se irá, dijo, Tienes por ahí alguna cosa de comer que le pueda llevar, preguntó el padre, Unos restos del almuerzo, unos trozos de pan, agua no necesitará, ha caído mucha del cielo, Voy a llevárselo, Como quiera, padre, pero tenga en cuenta que nunca va a dejar la puerta, Supongo que sí, si yo estuviese en su lugar haría lo mismo. Marta echó las sobras de la comida en un plato viejo que tenía debajo del poyo, desmigó encima un trozo de pan duro y adobó todo con un poco de caldo, Aquí tiene, y vaya tomando nota de que esto es sólo el principio. Cipriano Algor tomó el plato y ya tenía un pie fuera de la cocina cuando la hija le preguntó, Se acuerda de que madre dijo cuando Constante murió que nunca más quería perros en casa, Me acuerdo, sí, pero apuesto a que si ella estuviese viva no sería tu padre quien estaría llevando este plato al tal perro que ella no quería, respondió Cipriano Algor, y salió sin haber oído el murmullo de la hija, Tal vez no le falte razón. La lluvia había vuelto a caer, era el mismo engañador calabobos, el mismo polvo de agua bailando y confundiendo las distancias, incluso la figura blanquecina del horno parecía decidida a irse hacia otros parajes, y la furgoneta, ésa, tenía más el aspecto de una carroza fantasma que de un vehículo moderno de motor de explosión, aunque no de modelo reciente, como ya sabemos. Debajo del moral, el agua resbalaba de las hojas en gotas gruesas y dispersas, ahora una, otra después, a voleo, como si las leyes de la hidráulica y de la dinámica de los líquidos, todavía reinantes fuera del precario paraguas del árbol, no tuviesen aplicación allí. Cipriano Algor puso el plato de comida en el suelo, retrocedió tres pasos, pero el perro no salió del abrigo, Es imposible que no tengas hambre, dijo el alfarero, o tal vez seas uno de esos perros que se respetan, tal vez no quieras que yo vea el hambre que tienes. Esperó un minuto, después se retiró y entró en casa, pero no cerró completamente la puerta. Se veía mal por la rendija, pero incluso así consiguió distinguir un bulto negro que salía de la garita y se acercaba al plato, y también percibió que el perro, perro era, no lobo ni gato, miró primero a la casa y sólo después bajó la cabeza a la comida, como si pensase que estaba debiendo esa consideración a quien vino bajo la lluvia, desafiando la intemperie, a matarle el hambre. Cipriano Algor acabó de cerrar la puerta y se encaminó a la cocina, Está comiendo, dijo, Si tenía mucha hambre, ya habrá acabado, respondió Marta con una sonrisa, Es lo más seguro, sonrió también el padre, si los perros de hoy son como los de antes. La cena era simple, en poco tiempo estaba sobre la mesa. Fue al acabar cuando Marta dijo, Un día más sin noticias de Marcial, no comprendo por qué no telefonea, al menos una palabra, una simple palabra bastaría, nadie le pide un discurso, Quizá no haya podido hablar con el jefe, Entonces que nos diga eso mismo, Allí las cosas no son tan fáciles, lo sabes muy bien, dijo el alfarero, inesperadamente conciliador. La hija lo miró sorprendida, todavía más por el tono de voz que por el significado de las palabras, No es muy habitual que disculpe o justifique a Marcial, dijo, Yo lo aprecio, Lo apreciará, pero no lo toma en serio, A quien no consigo tomar en serio es al guarda en que se va convirtiendo el muchacho afable y simpático que conocía, Ahora es un hombre afable y simpático, y la profesión de guarda no es un modo de vida menos digno y honesto que cualquier otro que también lo sea, No como cualquier otro, Dónde está la diferencia, La diferencia está en que tu Marcial, como lo conocemos ahora, es todo él guarda, guarda de los pies a la cabeza, y sospecho que es guarda hasta en el corazón, Padre, por favor, no puede hablar así del marido de su hija, Tienes razón, perdona, hoy no debería ser día de censuras y recriminaciones, Hoy, por qué, He ido al cementerio, le he regalado un cántaro a una vecina y tenemos un perro ahí fuera, acontecimientos de gran importancia todos ellos, Qué es eso del cántaro, Se le quedó el asa en la mano y el cántaro se hizo añicos, Son cosas que suceden, nada es eterno, Pero ella tuvo la decencia de reconocer que el cántaro era viejo, y por eso creí que debía ofrecerle uno nuevo, suponemos que el otro tenía un defecto de fabricación, o ni es necesario suponer, regalar es regalar, sobran explicaciones, Quién es la vecina, Es Isaura Estudiosa, esa que se quedó viuda hace unos meses, Es una mujer joven, No pretendo casarme otra vez, si es eso lo que estás pensando, Si lo he pensado, no me he dado cuenta, pero tal vez debiera haberlo hecho, era la forma de que no se quedara solo aquí, ya que se obstina en no venirse con nosotros a vivir al Centro, Repito que no pretendo casarme, y mucho menos con la primera mujer que aparezca, en cuanto a lo demás, te pido por favor que no me estropees la noche, No era ésa mi intención, perdone. Marta se levantó, recogió los platos y los cubiertos, dobló por las marcas el mantel y las servilletas, está muy equivocado quien crea que el menester de alfarero, incluso no siendo de obra fina, como en este caso, incluso ejercido en una población pequeña y sin gracia, como ya se ha adivinado que es ésta, es incompatible con la delicadeza y el gusto de maneras que distinguen a las clases elevadas actuales, ya olvidadas o desde el nacimiento ignorantes de la brutalidad de sus tatarabuelos y de la bestialidad de los tatarabuelos de ellos, estos Algores son personas que aprenden bien lo que les enseñan y capaces de usarlo después para aprender mejor, y Marta, siendo de la última generación, más favorecida por las ayudas del desarrollo, ya se ha beneficiado de la gran suerte de ir a estudiar a la ciudad, que alguna ventaja han de tener sobre las aldeas los grandes núcleos de población. Y si acabó siendo alfarera fue por fuerza de una consciente y manifiesta vocación de modeladora, aunque también influyera en su decisión el hecho de que no haya en la familia hermanos que continúen la tradición familiar, eso sin olvidar, tercera y soberana razón, el fuerte amor filial, que nunca le permitiría dejar a los padres al dios-dirá-y-después-veremos cuando lleguen a viejos. Cipriano Algor conectó la televisión, pero la apagó poco después, si en ese momento alguien le pidiese que relatara lo que había visto y oído entre los gestos de encender y apagar el aparato, no sabría qué responder, pero pura y simplemente se negaría a hacerlo si la pregunta fuese otra, En qué piensa que parece tan distraído. Diría que no señor, vaya idea, no estaba distraído, sólo para no tener que confesar el infantilismo de que se sentía preocupado por el perro, si estaría abrigado en la caseta, si, satisfecho el estómago y recuperadas las energías, habría seguido viaje a la búsqueda de mejor comida o de un dueño que viviese en sitio menos expuesto a los vendavales y a las lluvias pertinaces. Me voy a mi cuarto, dijo Marta, se me va acumulando la costura, pero de hoy no pasa, Yo tampoco tardaré, dijo el padre, estoy cansado sin haber hecho nada, Amasó, pasó revista al horno, algo hizo, Sabes tan bien como yo que será necesario amasar otra vez aquel barro, y el horno no estaba necesitando trabajo de albañil, mucho menos cuidados de nodriza, Los días son todos iguales, las horas no, cuando los días llegan al final tienen siempre sus veinticuatro horas completas, incluso cuando ellas no tengan nada dentro, pero ése no es el caso ni de sus horas ni de sus días, Marta filósofa del tiempo, dijo el padre, y le dio un beso en la frente. La hija retribuyó el cariño y sonriendo dijo, No se olvide de ir a ver cómo está su perro, Por ahora es sólo un perro que pasaba por aquí y consideró que la caseta le venía bien para resguardarse de la lluvia, quizá esté enfermo o herido, tal vez tenga en el collar el número de teléfono de la persona a quien se debe llamar, quizá pertenezca a alguien de la aldea, puede que le pegaran y él huyó, si ha sido así mañana por la mañana ya no estará, sabes cómo son los perros, el dueño siempre es el dueño incluso cuando castiga, por lo tanto no te precipites diciendo que es mi perro, ni siquiera lo he visto, no sé si me gusta, Sabe que quiere que le guste, lo que ya es algo, Ahora me sales filósofa de los sentimientos, dice el padre, Suponiendo que se quedara con el perro, qué nombre le va a poner, preguntó Marta, Es demasiado pronto para pensar en eso, Si estuviera aquí mañana, debería ser ese nombre la primera palabra que oyese de su boca, No le llamaré Constante, fue el nombre de un perro que no volverá a su dueña y que no la encontraría si volviese, tal vez a éste le llame Perdido, el nombre le sienta bien, Hay otro que todavía le sentaría mejor, Cuál, Encontrado, Encontrado no es nombre de perro, Ni lo sería Perdido, Sí, me parece una buena idea, estaba perdido y ha sido encontrado, ése será el nombre, Hasta mañana, padre, duerma bien, Hasta mañana, no te quedes cosiendo hasta tarde, ten cuidado con los ojos. Después de que la hija se retirara, Cipriano Algor abrió la puerta que daba al exterior, y miró hacia el moral. La lluvia persistente seguía cayendo y no se percibía señal de vida dentro de la caseta. Estará todavía ahí, se preguntó el alfarero. Se dio a sí mismo una falsa razón para no ir a mirar, Es lo que faltaba, mojarme por culpa de un perro vagabundo, una vez ha sido suficiente. Se recogió en su cuarto y se acostó, todavía estuvo leyendo durante media hora pero, por fin, se quedó dormido. A mitad de la noche despertó, encendió la luz, el reloj de la mesilla marcaba las cuatro y media. Se levantó, tomó una linterna de pilas que guardaba en un cajón y abrió la ventana. Había dejado de llover, se veían estrellas en el cielo oscuro. Cipriano Algor encendió la linterna y apuntó el foco hacia la caseta. La luz no era suficientemente fuerte para que se viera lo que estaba dentro, pero Cipriano Algor no necesitaba de tanto, dos cintilaciones le bastarían, dos ojos, y estaban allí.

Desde que lo mandaron a casa con la mitad de la carga, que, entre paréntesis se diga, todavía no ha sido retirada de la furgoneta, Cipriano Algor ha pasado, de un momento a otro, a desmerecer la reputación de operario madrugador ganada a lo largo de una vida de mucho trabajo y pocas vacaciones. Se levanta con el sol ya fuera, se lava y se afeita con más lentitud de la necesaria para una cara rasurada y un cuerpo habituado a la limpieza, desayuna poco pero pausado y finalmente, sin añadidura visible al escaso ánimo con que sale de la cama, va a trabajar. Hoy, sin embargo, después del resto de la noche soñando con un tigre que venía a comer en su mano, dejó las mantas cuando el sol apenas comenzaba a pintar el cielo. No abrió la ventana, solamente un poco el postigo para ver cómo estaba el tiempo, fue eso lo que pensó, o quiso pensar que pensaba, aunque no tenía hábito de hacerlo, este hombre ya ha vivido más que suficiente para saber que el tiempo siempre está, con sol, como hoy promete, con lluvia, como ayer cumplió, en realidad cuando abrimos una ventana y levantamos la nariz hacia los espacios superiores es sólo para comprobar si el tiempo que hace es aquel que deseábamos. Al escudriñar el exterior, lo que Cipriano Algor quería, sin más preámbulos suyos o ajenos, era saber si el perro todavía estaba a la espera de que le fuesen a dar otro nombre, o si, cansado de la expectativa frustrada, había partido en busca de un amo más diligente. De él apenas se veían el hocico que descansaba sobre las patas delanteras cruzadas y las orejas gachas, pero no había motivo para recelar de que el resto del cuerpo no continuase dentro de la garita. Es negro, dijo Cipriano Algor. Ya cuando le llevó la comida le había parecido que el animal tenía ese color, o, como afirman algunos, esa ausencia de tal, pero era de noche, y si de noche hasta los gatos blancos son pardos, lo mismo, o en más tenebroso, se podría decir de un perro visto por primera vez debajo de un moral cuando una lluvia persistente y nocturna disolvía la línea de separación entre los seres y las cosas, aproximándolos, a ellos, a las cosas en que, más tarde o más pronto, se han de transformar. El perro no es realmente negro, casi llegó a serlo en el hocico y en las orejas, pero el resto apunta hacia un color grisáceo generalizado, con mechas que van desde tonos oscuros hasta llegar al negro retinto. A un alfarero de sesenta y cuatro años, con los problemas de visión que la edad siempre ocasiona, y que dejó de usar gafas por culpa del calor del horno, no se le puede censurar que haya dicho, Es negro, dado que antes era de noche y llovía, y ahora la distancia vuelve nebuloso el crepúsculo de la mañana. Cuando Cipriano Algor se aproximó finalmente al perro vio que nunca más podrá repetir Es negro, pero también pecaría gravemente contra la verdad si afirmara Es gris, mucho más cuando descubra que una estrecha mancha blanca, como una delicada corbata, baja por el pecho del animal hasta el comienzo del vientre. La voz de Marta sonó al otro lado de la puerta, Padre, despierte, tiene al perro esperando, Estoy despierto, ya voy, respondió Cipriano Algor, pero inmediatamente se arrepintió de que le hubieran salido las dos últimas palabras, era pueril, era casi ridículo, un hombre de su edad alborozándose como un niño a quien le han traído el juguete soñado, cuando todos sabemos que en lugares como éstos un perro es tanto más estimado cuanto más cabalmente demuestre su utilidad práctica, virtud que los juguetes no necesitan, y en lo que a los sueños se refiere, si de cumplirlos se trata, no sería bastante un perro para quien acaba de pasar la noche soñando con un tigre. Pese a que luego se lo reprochará, Cipriano Algor esta vez no va a perder tiempo con arreglos y aseos, se vistió rápidamente y salió del cuarto. Marta le preguntó, Quiere que le prepare alguna cosa para que coma, Después, ahora la comida le distraería, Vaya, vaya a domar a la fiera, No es ninguna fiera, pobre animal, lo he estado observando desde la ventana, Yo también lo he visto, Qué te ha parecido, No creo que sea de nadie de por aquí, Hay perros que nunca salen de los patios, viven y mueren allí, salvo en los casos

71

en que los llevan al campo para ahorcarlos en la rama de un árbol o para rematarlos con una carga de plomo en la cabeza, Oír eso no es una buena manera de comenzar el día, Realmente no lo es, así que vamos a iniciarlo de una forma menos humana, pero más compasiva, dijo Cipriano Algor saliendo a la explanada. La hija no lo siguió, se quedó entre las puertas, mirando, La fiesta es suya, pensó. El alfarero se adelantó algunos pasos y con voz clara, firme, aunque sin gritar, pronunció el nombre escogido, Encontrado. El perro ya había levantado la cabeza al verlo, y ahora, escuchado finalmente el nombre por el que esperaba, salió de la caseta de cuerpo entero, ni perro grande ni perro pequeño, un animal joven, esbelto, de pelo crespo, realmente gris, realmente tirando a negro, con la estrecha mancha blanca que le divide el pecho y que parece una corbata. Encontrado, repitió el alfarero, avanzando dos pasos más, Encontrado, ven aquí. El perro se quedó donde estaba, mantenía la cabeza alta y meneaba despacio la cola, pero no se movió. Entonces el alfarero se agachó para nivelar sus ojos a la altura de los ojos del animal y volvió a decir, esta vez en un tono conminatorio, intenso como si fuese la expresión de una necesidad personal suya, Encontrado. El perro adelantó un paso, otro paso, otro aún, sin detenerse nunca hasta llegar a colocarse al alcance del brazo de quien lo llamaba. Cipriano Algor extendió la mano derecha, casi tocándole la nariz, y esperó. El perro olisqueó varias veces, después alargó el cuello, y su nariz fría rozó las puntas de los dedos que lo solicitaban. La mano del alfarero avanzó lentamente hasta la oreja más cercana y la acarició. El perro dio el paso que faltaba, Encontrado, Encontrado, dijo Cipriano Algor, no sé qué nombre tenías antes, a partir de ahora tu nombre es Encontrado. En ese momento reparó en que el animal no llevaba collar y en que el pelo no era sólo gris, estaba sucio de barro y de detritos vegetales, sobre todo las piernas y el vientre, señal más que probable de ásperas travesías por cultivos y descampados, no de haber viajado cómodamente por carretera. Marta se acercaba, traía un plato con un poco de comida para el perro, nada exageradamente sustancial, apenas para confirmar el encuentro y celebrar el bautismo, Dáselo tú, dijo el padre, pero ella respondió, Déselo usted, habrá muchas ocasiones para que yo lo alimente. Cipriano Algor puso el plato en el suelo, después se levantó con dificultad, Ay mis rodillas, cuánto daría por volver a tener aunque fuesen las del año pasado, Tanta diferencia hay, A esta altura de la vida hasta un día se nota, nos salva que a veces parece que es para mejor. El perro Encontrado, ahora que ya tiene un nombre no deberíamos usar otro para él, ya sea el de perro, que por la fuerza de la costumbre todavía se antepuso, ya sea el de animal o bicho, que sirven para todo cuanto no forme parte de los reinos mineral y vegetal, aunque alguna que otra vez no nos será posible escapar a esas variantes, para evitar repeticiones aborrecidas, que es la única razón por la que en lugar de Cipriano Algor hemos ido escribiendo alfarero, hombre, viejo y padre de Marta. Ahora bien, como íbamos diciendo, el perro Encontrado, después de que con dos lametones rápidos hiciera desaparecer la comida del plato, clara demostración de que todavía no consideraba cabalmente satisfecha el hambre de ayer, levantó la cabeza como quien aguarda nueva porción de pitanza, por lo menos fue así como interpretó Marta el gesto, por eso le dijo, Ten paciencia, el almuerzo viene después, mientras tanto entretén el estómago con lo que tienes, fue un juicio precipitado, como tantas veces sucede en los cerebros humanos, a pesar del apetito remanente, que nunca negaría, no era la comida lo que preocupaba a Encontrado en ese momento, lo que él pretendía era que le diesen una señal de lo que debería hacer a continuación. Tenía sed, que obviamente podría saciar en cualquiera de las muchas pozas de agua que la lluvia había dejado alrededor de la casa, pero le retenía algo que, si estuviésemos hablando de sentimientos de personas, no dudaríamos en llamar escrúpulo o delicadeza de maneras. Si le habían puesto el alimento en un plato, si no quisieron que lo tomase groseramente del barro del suelo, era porque el agua también debería ser bebida en un recipiente apropiado. Tendrá sed, dijo Marta, los perros necesitan mucha agua, Tiene ahí esas pozas, respondió el padre, no bebe porque no quiere, Si vamos a quedarnos con él, no es para que ande bebiendo agua de los charcos como si no tuviese asiento ni casa, obligaciones son obligaciones. Mientras Cipriano Algor se dedicaba a pronunciar frases sueltas, casi sin sentido, cuyo único objetivo era ir habituando al perro al sonido de su voz, pero en las que aposta, con la insistencia de un estribillo, la palabra Encontrado se iba repitiendo, Marta trajo un cuenco grande de barro lleno de agua limpia, que puso al lado de la caseta. Desafiando escepticismos, sobradamente justificados después de millares de relatos leídos y oídos sobre las vidas ejemplares de los perros y sus milagros, tendremos que decir que Encontrado volvió a sorprender a los nuevos dueños quedándose donde estaba, frente a frente con Cipriano Algor, a la espera, según todas las apariencias, de que él llegase al final de lo que tenía que decirle. Sólo cuando el alfarero se calló y le hizo un gesto como de despedida, el perro se dio la vuelta y fue a beber. Nunca he visto un perro que se comporte de esta manera, observó Marta, Lo malo, después de esto, respondió el padre, será que alguien nos diga que el perro le pertenece, No creo que tal cosa suceda, incluso juraría que Encontrado no es de por aquí, perros de rebaño y perros de guarda no hacen lo que éste ha hecho, Después de desayunar voy a dar una vuelta para preguntar, Aproveche para llevarle el cántaro a la vecina Isaura, dijo Marta, sin tomarse la molestia de disimular la sonrisa, Ya había pensado en eso, como decía mi abuelo, no dejes para la tarde lo que puedas hacer por la mañana, respondió Cipriano Algor mientras miraba a otro lado. Encontrado acabó de beber su agua, y como ninguno de aquellos dos parecía querer prestarle atención, se tumbó en la entrada de la caseta donde el suelo estaba menos mojado.

Tras el desayuno, Cipriano Algor escogió un cántaro del almacén de obra acabada, lo colocó cuidadosamente en la furgoneta, ajustándolo, para que no rodase, entre las cajas de platos, después entró, se sentó y puso en marcha el motor. Encontrado levantó la cabeza, era manifiesto que no ignoraba que a un ruido de éstos siempre le sucede un alejamiento, seguido luego de una desaparición, pero sus anteriores experiencias de vida debieron de recordarle que existe una manera capaz de impedir, al menos algunas veces, que tales calamidades ocurran. Se irguió sobre las altas patas, moviendo la cola con fuerza, como si agitase una verdasca, y, por primera vez desde que vino aquí pidiendo asilo, Encontrado ladró. Cipriano Algor condujo despacio la furgoneta en dirección al moral y paró a poca distancia de la caseta. Creía haber comprendido lo que Encontrado esperaba. Abrió y mantuvo abierta la puerta del otro lado, y antes de tener tiempo para invitarlo a dar un paseo, el perro ya estaba dentro. No había pensado llevárselo, la intención de Cipriano Algor era ir de vecino en vecino preguntando si conocían un perro así y así, con este pelo y esta figura, con esta corbata y estas virtudes morales, y mientras estuviese describiéndoles las diversas características rogaría a todos los santos del cielo y a todos los demonios de la tierra que, por favor, por las buenas o las malas, obligasen al interrogado a responder que nunca en su vida semejante bicho le perteneciera o de él tuviera la menor noticia. Con Encontrado visible dentro de la furgoneta se evitaba la monotonía de la descripción y ahorraba repeticiones, tendría bastante con preguntar, Este perro es suyo, o tuyo, según el grado de intimidad con el interlocutor, y oír la respuesta, No, Sí, en el primer caso pasar sin más demoras al siguiente para no dar lugar a enmiendas, en el segundo caso observar atentamente las reacciones de Encontrado, que no sería perro para dejarse llevar al engaño con mentirosas reivindicaciones de un falso dueño. Marta, que al ruido del motor de arranque de la furgoneta apareció, con las manos sucias de barro, a la puerta de la alfarería, quiso saber si el perro también iba. El padre le respondió, Viene, viene, y un minuto después estaba el terrado tan desierto y Marta tan sola como si para él y para ella ésta hubiese sido la primera vez.

Antes de llegar a la calle donde vive Isaura Estudiosa, apellido del que, tal como los de Gacho y Algor, se desconoce la razón de ser y la procedencia, el alfarero llamó a la puerta de doce vecinos y tuvo la satisfacción de oír de todos ellos las mismas respuestas, Mío no es, No sé de quién será. A la mujer de un comerciante le gustó Encontrado hasta el punto de hacer una generosa oferta de compra, rechazada de plano por Cipriano Algor, y en tres casas donde nadie respondió a la llamada se oyó el ladrido violento de los vigías caninos, lo que le permitió al alfarero el raciocinio sinuoso de que Encontrado no era de allí, como si en alguna ley universal de los animales domésticos estuviese escrito que donde haya un perro no pueda haber otro. Cipriano Algor paró finalmente la furgoneta ante la puerta de la mujer de luto, llamó, y cuando ella apareció vestida con su blusa y su falda negra, le dio unos buenos días mucho más sonoros de lo que pediría la naturalidad, la culpa de este súbito desconcierto vocal la tenía Marta por ser autora de la descabellada idea de una boda de viudos caducos, designación merecedora de severa censura, dicho sea ya, por lo menos en lo que se refiere a Isaura Estudiosa, que no debe de tener más de cuarenta y cinco años, y si para que la cuenta sea exacta es necesario añadir algunos más, verdaderamente no se le notan. Ah, buenos días, señor Cipriano, dijo ella, Vengo a cumplir lo prometido, a traerle su cántaro, Muchas gracias, pero realmente no debía haberse molestado, después de lo que hablamos en el cementerio he pensado que no hay gran diferencia entre las cosas y las personas, tienen su vida, duran un tiempo, y al poco acaban, como todo en el mundo, A pesar de eso un cántaro puede sustituir a otro cántaro, sin tener que pensar en el asunto más que para tirar los cascotes del viejo y llenar de agua el nuevo, lo que no ocurre con las personas, es como si en el nacimiento de cada una se partiese el molde del que ha salido, por eso las personas no se repiten, Las personas no salen de moldes, pero creo que entiendo lo que quiere decir, Son palabras de alfarero, no les dé importancia, aquí lo tiene, y ojalá no se le despegue el asa a éste tan pronto. La mujer extendió las dos manos para recibir el cántaro por la panza, lo sostuvo contra el pecho y agradeció otra vez, Muchas gracias, señor Cipriano, en ese instante vio al perro dentro de la furgoneta, Ese perro, dijo. Cipriano Algor sintió un choque, no se le había pasado por la cabeza la posibilidad de que Isaura Estudiosa fuese precisamente la dueña de Encontrado, y ahora ella había dicho Ese perro como si lo hubiese reconocido, con una expresión de sorpresa que bien podría ser la de quien finalmente ha encontrado lo que buscaba, imagínese con qué poco deseo de acertar Cipriano Algor habrá preguntado, Es suyo, imagínese también el alivio con que después oyó la respuesta, No, no es mío, pero recuerdo haberlo visto andando por ahí hace dos o tres días, incluso lo llamé, pero hizo como que no me había oído, es un bonito animal, Cuando ayer llegué a casa, de vuelta del cementerio, lo encontré medio escondido en la caseta que hay debajo del moral, la que era de otro perro que tuvimos, Constante, en la oscuridad sólo le brillaban los ojos, Buscaba un dueño que le conviniese, No sé si seré yo el dueño que le conviene, hasta es posible que tenga uno, es lo que estoy averiguando, Dónde, aquí, preguntó Isaura Estudiosa, y sin esperar respuesta añadió, Yo en su lugar no me cansaría, este perro no es de aquí, viene de lejos, de otro sitio, de otro mundo, Por qué dice de otro mundo, No sé, tal vez porque me parece tan diferente de los perros de ahora, Apenas ha tenido tiempo de verlo, Lo que he visto ha sido suficiente, y tanto es así que si no lo quiere, me ofrezco para quedarme con él, Si fuese otro perro tal vez no me importase dejárselo, pero a éste ya hemos decidido recogerlo, si no aparece el dueño, claro, O sea que lo quieren, Hasta le hemos puesto nombre, Cómo se llama, Encontrado, A un perro perdido es el nombre que mejor le sienta, Eso es también lo que mi hija dijo, Pues entonces, si lo quiere para usted, no se preocupe más, Tengo la obligación de restituírselo al dueño, también me gustaría que me devolviesen un perro que hubiera perdido, Si lo hiciera estaría en contra de la voluntad del animal, piense que él quiso escoger otra casa para vivir, Viendo las cosas desde ese lado, no digo que no tenga razón, pero la ley manda, la costumbre manda, No piense en la ley ni en la costumbre, señor Cipriano, tome para sí lo que ya es suyo, Mucha confianza es ésa, A veces es necesario abusar un poco de ella, Cree entonces, Creo, sí, Me ha gustado mucho hablar con usted, A mí también, señor Cipriano, Hasta la próxima vez, Hasta la próxima vez. Con el cántaro apretado contra el pecho, Isaura Estudiosa miró desde su puerta la furgoneta que daba la vuelta para deshacer el camino andado, miró al perro y al hombre que conducía, el hombre hizo con la mano izquierda una señal de despedida, el perro debía de estar pensando en su casa y en el moral que le hacía de cielo.

Así, mucho antes de lo que hubiera calculado, Cipriano Algor volvió a la alfarería. El consejo de la vecina Isaura Estudiosa, o Isaura sin más, para abreviar, era sensato, razonable, flagrantemente apropiado a la situación, y, si se aplicase al funcionamiento general del mundo, no habría ninguna dificultad en encuadrarlo en el plano de un orden de cosas al que poco le faltaría para ser considerado perfecto. El lado admirable de todo esto, sin duda, fue el hecho de que ella lo expresara con la más acabada de las naturalidades, sin darle vueltas a la cabeza, como quien para decir que dos y dos son cuatro no necesita emplear tiempo pensando, primero, que dos y uno son tres, y, después, que tres y otro son cuatro, Isaura tiene razón, sobre todo debo respetar el deseo del animal y la voluntad que lo transformó en acto. A quienquiera que sea el dueño, o, prudente corrección, quienquiera que haya sido, ya no le asiste el derecho de venir con reclamaciones, Este perro es mío, porque todas las apariencias y evidencias están demostrando que si Encontrado estuviera dotado del humano don de la palabra, sólo tendría una respuesta que dar, Pues yo a este dueño no lo quiero. Por tanto, bendito sea mil veces el cántaro partido, bendita la idea de obsequiar a la mujer de luto con un cántaro nuevo, y, añadamos como anticipación de lo que ha de venir más tarde, bendito el encuentro ocurrido en aquella tarde húmeda y morriñosa, toda ella chorreando agua, toda ella incomodidad en lo material y en lo espiritual, cuando bien sabemos que, salvo las excepciones resultantes de una pérdida reciente, no es ése un estado del tiempo que incline a los apesadumbrados a ir hasta el cementerio para llorar a sus difuntos. No hay duda, el perro Encontrado tiene todo a su favor, podrá quedarse donde quiera todo el tiempo que le apetezca. Y hay todavía un otro motivo que redobla el alivio y la satisfacción de Cipriano Algor, que es no tener ya que llamar a la puerta de la casa de los padres de Marcial, vecinos también de la población y con quienes no tiene las mejores relaciones, que forzosamente irían a peor si pasase delante de su puerta sin hacerles caso. Además está convencido de que Encontrado no les pertenece, las simpatías de los Gachos en cuestiones caninas, desde que los conoce, siempre se inclinaron por los molosos y otros perros de ese orden. Nos ha ido bien la mañana, dijo Cipriano Algor al perro.

Pocos minutos después estaban en casa. Estacionada la furgoneta, Encontrado miró fijamente al dueño, se dio cuenta de que por ahora estaba dispensado de sus obligaciones de navegante y se apartó, no en dirección a la caseta, sino con el aire inconfundible de quien acaba de decidir que ha llegado el momento del reconocimiento de los sitios. Le pongo una correa, se preguntó inquieto el alfarero, y después, al observar las maniobras del perro, que olisqueaba y marcaba el territorio con orina, ora aquí, ora allá, No, no creo que sea necesario tenerlo atado, si quisiera ya habría huido. Entró en casa y oyó la voz de la hija que hablaba por teléfono, Espera, espera, padre acaba de llegar. Cipriano Algor tomó el auricular y, sin preámbulos, preguntó, Hay alguna novedad. Al otro lado de la línea, tras un instante de silencio, Marcial Gacho procedió como quien considera que ésta no es la manera más adecuada de iniciar una conversación entre dos personas, suegro y yerno, que llevan una semana de las antiguas sin tener noticias uno del otro, por eso dio tranquilamente los buenos días, preguntó qué tal le ha ido, padre, a lo que Cipriano Algor respondió con otros buenos días, más secos, y, sin pausa u otra especie de transición, He estado esperando, una semana entera esperando, me gustaría saber qué sentirías tú si estuvieses en mi lugar, Perdone, sólo esta mañana he conseguido hablar con el jefe del departamento, explicó Marcial desistiendo de hacerle notar al suegro, incluso de modo indirecto, la inmerecida brusquedad con que lo estaba tratando, Y qué te ha dicho él, Que todavía no han decidido, pero que su caso no es el único, mercancías que interesaban y dejan de interesar es una rutina casi diaria en el Centro, ésas son sus palabras, rutina casi diaria, Y tú, qué idea has sacado, Qué idea he sacado, Sí, el tono de voz, el modo de mirar, si te pareció que quería ser simpático, Debe saber, por su propia experiencia, que dan siempre la impresión de estar pensando en otra cosa, Sí, es cier-

83

to, Y si permite que le hable con franqueza total, pienso que no volverán a comprarle cacharrería, para ellos estas cosas son simples, o el producto interesa, o el producto no interesa, el resto es indiferente, para ellos no hay término medio, Y para mí, para nosotros, también es simple, también es indiferente, tampoco hay término medio, preguntó Cipriano Algor, Hice lo que estaba a mi alcance, pero yo no paso de ser un simple guarda, No podías haber hecho mucho más, dijo el alfarero con una voz que se rompió en la última palabra. Marcial Gacho sintió pena del suegro al notar la mudanza de tono e intentó enmendar el sombrío pronóstico, De todas formas, no cerró completamente la puerta, dijo que estaban estudiando el asunto, mientras tanto debemos mantener la esperanza, Ya no tengo edad de esperanzas, Marcial, necesito certezas, y que sean de las inmediatas, que no esperen un mañana que puede no ser mío, Comprendo, padre, la vida es un sube-y-baja continuo, todo cambia, pero no se desanime, nos tiene a nosotros, a Marta y a mí, con alfarería o sin ella. Era fácil comprender adónde quería llegar Marcial con este discurso de solidaridad familiar, en su cabeza todos los problemas, sean los de ahora, sean los que surjan en el futuro, encontrarían remedio el día en que los tres se instalasen en el Centro. En otra ocasión y con otro estado de ánimo, Cipriano Algor habría respondido con aspereza, pero ahora, o porque le hubiera rozado la resignación con su ala melancólica o porque definitivamente no se hubiera perdido el perro Encontrado, o quizá, quién sabe, a causa de una breve conversación entre dos personas objetivamente separadas por un cántaro, el alfarero habló con suavidad, El jueves a la hora habitual voy a recogerte, si mientras tanto tienes alguna noticia, llama por teléfono, y, sin dar tiempo a que Marcial respondiese, remató el diálogo, Te paso a tu mujer. Marta intercambió algunas palabras, dijo, Vamos a ver cómo acaba todo esto, después se despidió hasta el jueves y colgó. Cipriano Algor ya había salido, estaba en la alfarería, sentado ante uno de los tornos con la cabeza baja. Fue allí donde una parada cardiaca fulminante cortó la vida de Justa Isasca. Marta se sentó en la banqueta del otro torno y esperó. Al cabo de un largo minuto el padre la miró, después desvió la vista. Marta dijo, No ha tardado mucho en el pueblo, Pues no, Preguntó en todas las casas si conocían al perro, si alguien era su dueño, Pregunté en unas cuantas, pero luego pensé que no merecía la pena continuar, Por qué, Esto es un interrogatorio, No, padre, es sólo una tentativa de distraerle, me cuesta verlo triste, No estoy triste, Entonces desanimado, Tampoco estoy desanimado, Muy bien, está como está, pero ahora cuénteme por qué consideró que no merecía la pena seguir preguntando, Pensé que si el perro tenía dueño en el pueblo y huyó de él, y, pudiendo volver, no ha vuelto, es porque quiere ser libre para buscarse otro, de modo que yo no tengo derecho a forzar su voluntad, Viendo las cosas por ese lado, tiene razón, Eso es lo que yo dije, precisamente con esas mismas palabras, Le dijo a quién. Cipriano Algor no respondió. Después, como la hija no hacía más que mirarlo tranquilamente, se decidió, A la vecina, Qué vecina, La del cántaro, Ah, sí, le llevó el cántaro, Si lo metí en la furgoneta era justo para eso, Claro, Pues eso, Entonces, si lo he entendido bien, fue ella quien le explicó por qué no merecía la pena andar buscando al dueño de Encontrado, Sí, fue ella, No hay duda de que es una mujer inteligente, Eso parece, Y se quedó con el cántaro, Lo ves mal, No se irrite, padre, estamos sólo hablando, cómo me iba a parecer mal una cosa tan sencilla como regalar un cántaro, Sí, pero tenemos asuntos más graves que éste, y tú estás ahí queriendo fingir que la vida nos va viento en popa, Exactamente de esos asuntos le quiero hablar, Entonces no entiendo el porqué de tantos rodeos, Porque me gusta conversar con usted como si no fuese mi padre, me gusta hacer cuenta, como dice, de que somos dos personas que se quieren mucho, padre e hija que se quieren porque lo son, pero que igualmente se querrían con amor de amigos si no lo fuesen, Me vas a hacer llorar, mira que en esta edad las lágrimas comienzan a ser traicioneras, Sabe que lo haría todo para verlo feliz, Pero intentas convencerme para que vaya al Centro, sabiendo que es lo peor que me podría suceder, Creía que lo peor que le podría suceder era verse separado de su hija, Eso no es leal, deberías pedirme disculpas, Se las pido, realmente no ha sido leal, perdóneme. Marta se levantó y abrazó al padre, Discúlpeme, No tiene importancia, respondió el alfarero, si estuviéramos menos tristes no hablaríamos de esta manera. Marta acercó una banqueta a la del padre, se sentó, y, tomándolo de la mano, comenzó a decir, He tenido una idea mientras usted andaba por ahí paseando al perro, Explícate, Vamos a dejar a un lado por ahora la cuestión del Centro, es decir, su decisión de venirse o de no venirse con nosotros, Me parece bien, El asunto no es para mañana ni para el mes que viene, cuando llegue el momento usted decidirá entre ir o quedarse, su vida es suya, Gracias por dejarme respirar, por fin, No lo dejo, Qué más tenemos todavía, Después de que usted saliera, me vine a trabajar aquí, primero fui a echar un vistazo al depósito y noté que faltaban floreros pequeños, entonces vine dispuesta a hacer unos cuantos, cuando de pronto, ya con la pella encima del torno, me di cuenta de hasta qué punto era absurdo seguir con este trabajo a ciegas, A ciegas, por qué, Porque nadie me encargó floreros pequeños o grandes, porque nadie espera impaciente que los termine para venir corriendo a comprarlos, y cuando digo floreros digo cualquiera de las piezas que fabricamos, grandes o pequeñas, útiles o inútiles, Comprendo, pero incluso así tendremos que estar preparados, Preparados para qué, Para cuando los encargos lleguen, Y qué haremos mientras tanto si los encargos no llegan, qué haremos si el Centro deja de comprar, vamos a vivir cómo, y de qué, nos quedamos esperando que las moras maduren y que Encontrado consiga cazar algún conejo inválido, Marcial y tú no tendréis ese problema, Padre, acordamos que no se hablaría del Centro, Vale, sigue adelante, Pues bien, suponiendo que un milagro haga que el Centro enmiende lo dicho, cosa que no creo, ni usted si no quiere engañarse, durante cuánto tiempo estaremos aquí de brazos cruzados o fabricando loza sin saber para qué ni para quién, En la situación en que nos encontramos no veo qué otra cosa se puede hacer, Tengo una opinión diferente, Y qué opinión diferente es ésa, qué mirífica idea se te ha ocurrido, Que fabriquemos otras cosas, Si el Centro deja de comprarnos unas, es más que dudoso que quiera comprar otras, Tal vez no, tal vez tal vez, De qué estás hablando, mujer, De que deberíamos ponernos a fabricar muñecos, Muñecos, exclamó Cipriano Algor con tono de escandalizada sorpresa, muñecos, jamás he oído una idea más disparatada, Sí, señor padre mío, muñecos, estatuillas, monigotes, figurillas, baratijas, adornos con pies y cabeza, llámelos como quiera, pero no comience a decir que es un disparate sin esperar el resultado, Hablas como si tuvieses la seguridad de que el Centro te va a comprar esa muñequería, No tengo la seguridad de nada, salvo de que no podemos seguir aquí parados a la espera de que el mundo se nos caiga encima, Sobre mí ya se ha caído, Todo lo que caiga sobre usted cae sobre mí, ayúdeme, que yo le ayudaré, Después de tanto tiempo haciendo vajillas,

88

debo de haber perdido la mano para modelar, Lo mismo digo yo, pero si nuestro perro se perdió para poder ser encontrado, como inteligentemente explicó Isaura Estudiosa, también estas nuestras manos perdidas, la suya y la mía, podrán, quién sabe, volver a ser encontradas por el barro, Es una aventura que va a acabar mal, También acabó mal lo que no era aventura. Cipriano Algor miró a la hija en silencio, después tomó un poco de barro y le dio la primera forma de una figura humana. Por dónde empezamos, preguntó, Por donde siempre hay que empezar, por el principio, respondió Marta.

Autoritarias, paralizantes, circulares, a veces elípti-
cas, las frases de efecto, también jocosamente llamadas pepitas de oro, son una plaga maligna de
las peores que pueden asolar el mundo. Decimos
a los confusos, Conócete a ti mismo, como si co-
nocerse a uno mismo no fuese la quinta y más di-
ficultosa operación de las aritméticas humanas, decimos a los abúlicos, Querer es poder, como si las
realidades atroces del mundo no se divirtiesen in-
virtiendo todos los días la posición relativa de los
verbos, decimos a los indecisos, Empezar por el
principio, como si ese principio fuese la punta siempre visible de un hilo mal enrollado del que basta
tirar y seguir tirando para llegar a la otra punta, la
del final, y como si, entre la primera y la segunda,
hubiésemos tenido en las manos un hilo liso y continuo del que no ha sido preciso deshacer nudos
ni desenredar marañas, cosa imposible en la vida
de los ovillos y, si otra frase de efecto es permiti-
da, en los ovillos de la vida. Marta dijo al padre,
Empecemos por el principio, y parecía que sólo faltaba que uno y otro se sentaran delante del tablero
para modelar muñecos con unos dedos súbitamen-

te ágiles y exactos, con la antigua habilidad recuperada de una larga letargia. Puro engaño de inocentes y desprevenidos, el principio nunca ha sido la punta nítida y precisa de un hilo, el principio es un proceso lentísimo, demorado, que exige tiempo y paciencia para percibir en qué dirección quiere ir, que tantea el camino como un ciego, el principio es sólo el principio, lo hecho vale tanto como nada. De ahí que hubiese sido mucho menos categórico lo que Marta recordó a continuación, Sólo tenemos tres días para preparar la presentación del proyecto, así es como se dice en el lenguaje de los negocios y de los ejecutivos, creo yo, Explícate, no tengo cabeza para seguirte, dijo el padre, Hoy es lunes, recogerá a Marcial el jueves por la tarde, luego tendrá que llevarle ese día al jefe del departamento de compras nuestra propuesta de fabricación de muñecos, con diseños, modelos, precios, en fin todo lo que los induzca a comprar y los habilite para tomar una decisión que no se retrase hasta el año que viene. Sin darse cuenta de que estaba repitiendo las palabras, Cipriano Algor preguntó, Por dónde empezamos, pero la respuesta de Marta ya no es la misma, Tendremos que fijarnos en media docena de tipos, o todavía menos, para que no se nos complique demasiado el trabajo, calcular cuántas figuras podremos hacer al día, y eso depende de cómo las concibamos, si modelamos el barro como quien esculpe directamente en la masa o si hacemos figuras iguales de hombre y de mujer y después las vestimos de acuerdo con las profesiones, me refiero, claro está, a muñecos de pie, en mi opinión deben ser todos así, son los más fáciles de trabajar, A qué llamas tú vestir, Vestir es vestir, es pegar al cuerpo de la figura desnuda las vestimentas y los accesorios que la caracterizan y le dan individualidad, creo que dos personas trabajando de esta manera se desenvolverán mejor, después sólo hay que tener cuidado con la pintura para que no se emborrone, Veo que has pensado mucho, dijo Cipriano Algor, No se crea, pero sí he pensado deprisa, Y bien, No haga que me sonroje, Y mucho, aunque digas que no, Fíjese cómo estoy ya de colorada, Afortunadamente para mí, eres capaz de pensar deprisa, de pensar mucho y de pensar bien, todo al mismo tiempo, Ojos de padre, amores de padre, errores de padre, Y qué figuras crees tú que debemos hacer, No demasiado antiguas, hay muchas profesiones que han desaparecido, hoy nadie sabe para qué servían esas personas, qué utilidad tenían, y creo que tampoco deben ser figuras de las de ahora, para eso están los muñecos de plástico, con sus héroes, sus rambos, sus astronautas, sus mutantes, sus monstruos, sus superpolicías y superbandidos, y sus armas, sobre todo sus armas, Estoy pensando, de vez en cuando también consigo expresar algunas ideas, aunque no tan buenas como las tuyas, Déjese de falsas modestias, no le pegan nada, Estaba pensando en echar una ojeada por los libros ilustrados que tenemos, por ejemplo aquella enciclopedia vieja que compró tu abuelo, si encontramos ahí modelos que sirvan directamente para los muñecos tendremos al mismo tiempo resuelta la cuestión de los diseños que llevaré, el jefe del departamento no se dará cuenta si copiamos, incluso dándose cuenta no lo considerará importante, Sí señor, he ahí una idea que merece un diez, Me doy por satisfecho con un seis, que es menos llamativo, Vamos a trabajar.

Como es fácil de imaginar, la biblioteca de la familia Algor no es extensa en cantidad ni excelsa en calidad. De personas populares, y en un sitio como éste, apartado de la civilización, no cabría esperar excesos de sapiencia, pero, a pesar de eso, pueden contarse por dos o tres centenas los libros colocados en las estanterías, viejos unos cuantos, en la media edad otros, y éstos son la mayoría, los restantes más o menos recientes, aunque sólo algunos recientísimos. No hay en el pueblo un establecimiento que haga justicia al nombre y vetusto título de librería, existe apenas una pequeña papelería que se encarga de encomendar a los editores de la ciudad los libros de estudio necesarios, y muy de tarde en tarde, alguna obra literaria de la que se haya hablado con insistencia en la radio y en la televisión y cuyo contenido, estilo e intenciones correspondan satisfactoriamente a los intereses medios de los habitantes. Marcial Gacho no es persona de frecuentes y concienzudas lecturas, en todo caso, cuando aparece en la alfarería con un libro de regalo para Marta, hay que reconocer que consigue notar la diferencia entre lo que es bueno y lo que no pasa de mediocre, aunque sea cierto que sobre estos escurridizos conceptos de bueno y mediocre nunca nos han de faltar motivos sobre los que discurrir y discrepar. La enciclopedia que padre e hija acaban de abrir sobre la mesa de la cocina fue considerada la mejor en la época de su publicación, pero hoy sólo puede servir para indagar en saberes en desuso o que, por aquel entonces, estaban todavía articulando sus primeras y dudosas sílabas. Colocadas en fila, una tras otra, las enciclopedias de hoy, de ayer y de anteayer representan imágenes sucesivas de mundos paralizados, gestos interrumpidos en su movimiento, palabras a la búsqueda de su último o penúltimo sentido. Las enciclopedias son como cicloramas inmutables, máquinas de proyectar prodigiosas cuyos carretes se quedaron bloqueados y exhiben con una especie de maníaca fijeza un paisaje que, condenado de esta forma a ser, para siempre jamás, aquello que fue, se irá volviendo al mismo tiempo más viejo, más caduco y más innecesario. La enciclopedia comprada por el padre de Cipriano Algor es tan magnífica e inútil como un verso que no conseguimos recordar. No seamos, sin embargo, soberbios y desagradecidos, traigamos a la memoria la sensata recomendación de nuestros mayores cuando nos aconsejaban guardar lo que no era necesario porque, más pronto o más tarde, encontraríamos ahí lo que, sin saberlo entonces, nos acabaría haciendo falta. Asomados sobre las viejas y amarillentas páginas, respirando el olor húmedo durante años recluido, sin el toque del aire ni el aliento de la luz, en la espesura blanda del papel, padre e hija aprovechan hoy la lección, buscan lo que necesitan en aquello que consideraban que nunca más serviría. Ya encontraron en el camino un académico con bicornio de plumas, espadín y chorreras en la camisa, ya encontraron un payaso y un equilibrista, ya encontraron un esqueleto con guadaña y siguieron adelante, ya encontraron una amazona a caballo y un almirante sin barco, ya encontraron un torero y un hombre de jubón, ya encontraron un púgil y su adversario, ya encontraron un carabinero y un cardenal, ya encontraron un cazador con su perro, ya encontraron un marinero de permiso y un magistrado, un bufón y un romano de toga, ya encontraron un derviche y un alabardero, ya encontraron un guardia fiscal y el escriba sentado, ya encontraron un cartero y un faquir, también encontraron un gladiador y un hoplita, una enfermera y un malabarista, un lord y un menestral, encontraron un maestro de esgrima y un apicultor, un minero y un pescador, un bombero y un flautista, encontraron dos títeres, encontraron un barquero, encontraron un labrador, encontraron un santo y una santa, encontraron un demonio, encontraron la santísima trinidad, encontraron soldados y militares de todas las graduaciones, encontraron un buzo y un patinador, vieron un centinela y un leñador, vieron un zapatero con gafas, encontraron uno que tocaba tambor y otro que tocaba corneta, encontraron una vieja con toquilla y pañuelo, encontraron un viejo con pipa, encontraron una venus y un apolo, encontraron un caballero de sombrero alto, encontraron un obispo mitrado, encontraron una cariátide y un atlante, encontraron un lancero montado y otro a pie, encontraron un árabe con turbante, encontraron un mandarín chino, encontraron un aviador, encontraron un condotiero y un panadero, encontraron un mosquetero, encontraron una sirvienta con delantal y un esquimal, encontraron un asirio de barbas, encontraron un guardagujas del ferrocarril, encontraron un jardinero, encontraron un hombre desnudo con los músculos a la vista y el mapa de sus sistemas nervioso y circulatorio, también encontraron una mujer desnuda, pero ésa se tapaba el pubis con la mano derecha y los senos con la mano izquierda, encontraron muchos más que no convenían a los fines que tenían en perspectiva, ya sea porque la elaboración de las figuras sería demasiado complicada en el barro, ya sea porque un inconveniente aprovechamiento de las celebridades antiguas y modernas con cuyos retratos, ciertos, plausibles o imaginados, la enciclopedia se ilustraba, podría ser interpretado malévolamente como una falta de respeto, y hasta dar ocasión, en el caso de los famosos vivos, o de muertos famosos con herederos interesados y vigilantes, a ruinosos procesos judiciales por ofensas, daños morales y abuso de imagen. A quiénes vamos a escoger entre esta gente toda, preguntó Cipriano Algor, piensa que con más de tres o cuatro no daríamos abasto, sin contar con que hasta entonces, mientras el Centro decide si compra o no compra, tendremos que practicar mucho si queremos aparecer con obra aseada, presentable, En todo caso, padre, creo que lo mejor sería que les propusiésemos seis, dijo Marta, o están de acuerdo y nosotros dividimos la producción en dos fases, es cuestión de concertar los plazos de entrega, o bien, y eso será lo más probable, ellos mismos comenzarán señalando dos o tres muñecos para sondear la curiosidad y ponderar la posible respuesta de los clientes, Podrían quedarse ahí, Es cierto, pero creo que si les llevamos seis diseños tendremos más posibilidades de convencerlos, el número cuenta, el número influye, es una cuestión de psicología, La psicología nunca ha sido mi fuerte, Ni el mío, pero hasta la propia ignorancia es capaz de tener intuiciones proféticas, No encamines esas proféticas intuiciones hacia el futuro de tu padre, él siempre prefiere conocer en cada día lo que cada día, para bien o para mal, decide traerle, Un hecho es lo que el día trae, otro hecho es lo que nosotros, por nosotros mismos, le aportamos, La víspera, No entiendo lo que quiere decir, La víspera es lo que aportamos a cada día que vamos viviendo, la vida es acarrear vísperas como quien acarrea piedras, cuando ya no podemos con la carga se acaba el transporte, el último día es el único al que no se le puede llamar víspera, No me entristezca, No, hija mía, pero tal vez tú seas la culpable, Culpable de qué, Contigo siempre acabo hablando de cosas serias, Entonces hablemos de algo mucho más serio, elijamos nuestros muñecos. Cipriano Algor no es hombre de risas, e incluso las sonrisas leves son raras en su boca, como mucho se le nota brevemente en los ojos un brillo repentino que parece haber mudado de lugar, algunas veces también se puede entrever un cierto rictus en los labios, como si tuviesen que sonreír para evitar sonreír. Cipriano Algor no es hombre de risas, pero acaba de verse ahora que el día de hoy tenía una risa guardada que todavía no había podido aparecer. Vamos a ello, dijo, yo escojo uno, tú escoges otro, hasta tener seis, pero atención, teniendo siempre en cuenta la facilidad del trabajo y el gusto conocido o presumible de las personas, De acuerdo, haga el favor de empezar, El bufón, dijo el padre, El payaso, dijo la hija, La enfermera, dijo el padre, El esquimal, dijo la hija, El mandarín, dijo el padre, El hombre desnudo, dijo la hija, El hombre desnudo, no, no puede ser, tendrás que elegir otro, al hombre desnudo no lo querrán en el Centro, Por qué, Por eso mismo, porque está desnudo, Entonces que sea la mujer desnuda, Peor todavía, Pero ella está tapada, Taparse de esa manera es más que mostrarse toda, Me estoy quedando sorprendida con sus conocimientos sobre esas materias, Viví, miré, leí, sentí, Qué hace ahí el leer, Leyendo se acaba sabiendo casi todo, Yo también leo, Por tanto algo sabrás, Ahora ya no estoy tan segura, Entonces tendrás que leer de otra manera, Cómo, No sirve la misma forma para todos, cada uno inventa la suya, la suya propia, hay quien se pasa la vida entera leyendo sin conseguir nunca ir más allá de la lectura, se quedan pegados a la página, no entienden que las palabras son sólo piedras puestas atravesando la corriente de un río, si están allí es para que podamos llegar a la otra margen, la otra margen es lo que importa, A no ser, A no ser, qué, A no ser que esos tales ríos no tengan dos orillas sino muchas, que cada persona que lee sea, ella, su propia orilla, y que sea suya y sólo suya la orilla a la que tendrá que llegar, Bien observado, dijo Cipriano Algor, una vez más queda demostrado que no les conviene a los viejos discutir con las generaciones nuevas, siempre acaban perdiendo, en fin, hay que reconocer que también aprenden algo, Muy agradecida por la parte que me toca, Volvamos al sexto muñeco, No puede ser el hombre desnudo, No, Ni la mujer desnuda, No, Entonces que sea el faquir, Los faquires, en general, como los escribas y los alfareros, están sentados, un faquir de pie es un hombre igual a otro hombre, y sentado sería más pequeño que los otros, En ese caso, el mosquetero, El mosquetero no estaría mal, pero tendríamos que resolver el problema de la espada y de las plumas del sombrero, con las plumas todavía podríamos hacer algo, pero la espada sólo pegándola a la pierna, y una espada pegada a la pierna parecería más una tablilla, Entonces el asirio de las barbas, Sugerencia aceptada, nos quedaremos con el asirio de las barbas, es fácil, es compacto, Llegué a pensar en el cazador con el perro, pero el perro nos traería complicaciones todavía mayores que la espada del mosquetero, Y la escopeta también, confirmó Cipriano Algor, y hablando de perro, qué estará haciendo Encontrado, nos hemos olvidado de él completamente, Se habrá dormido. El alfarero se levantó, apartó la cortina de la ventana, No lo veo en la caseta, dijo, Andará por ahí, cumpliendo su obligación de guardián de la casa, vigilando las cercanías, Si es que no se ha ido, Todo puede suceder en la vida, pero no lo creo. Inquieto, receloso, Cipriano Algor abrió bruscamente la puerta y casi tropezó con el perro. Encontrado estaba extendido en el felpudo, atravesado en el umbral, con el hocico vuelto hacia la entrada. Se levantó cuando vio aparecer al dueño y esperó. Está aquí, anunció el alfarero, Ya veo, respondió Marta desde dentro. Cipriano Algor comenzó cerrando la puerta, Está mirándome, dijo, No será la única vez, Qué hago, O cierra la puerta y lo deja fuera, o le hace una señal para que entre y cierra la puerta, No bromees, No estoy bromeando, tendrá que decidir hoy si quiere o no quiere admitir a Encontrado en casa, sabe que si entra, entra para siempre, Constante también entraba cuando le apetecía, Sí, prefería la independencia de la caseta, pero éste, si no me equivoco, necesita tanto de compañía como de pan para la boca, Esa razón me parece buena, dijo el alfarero. Abrió la puerta completamente e hizo un gesto, Entra. Sin apartar los ojos del dueño, Encontrado dio un paso tímido, después, como para demostrar que no tenía la certeza de haber comprendido la orden, se detuvo. Entra, insistió el alfarero. El perro avanzó despacio y se paró en medio de la cocina. Bienvenido a casa, dijo Marta, pero te advierto que es mejor que comiences ya a conocer el reglamento doméstico, las necesidades de perro, tanto las sólidas como las líquidas, se satisfacen fuera, la de comer también, durante el día podrás entrar o salir cuantas veces te apetezca, pero por la noche te recogerás en la caseta, para guardar la casa, y con esto no creas que estoy dispuesta a quererte menos que tu dueño, la prueba está en que he sido yo quien le ha dicho que eres un perro necesitado de compañía. Durante el tiempo que duró el aleccionamiento, Encontrado nunca desvió los ojos. No podía entender lo que Marta le indicaba, pero su pequeño cerebro de perro comprendía que para saber hay que mirar y escuchar. Esperó todavía unos instantes cuando Marta dejó de hablar, después fue a enroscarse a un rincón de la cocina, aunque no llegó a calentar el sitio, apenas Cipriano Algor acababa de sentarse mudó de lugar para tumbarse junto a su silla. Y para que no quedasen dudas en el espíritu de los dueños sobre el claro sentido que tenía de sus obligaciones y de sus responsabilidades, todavía no había transcurrido un cuarto de hora y ya se levantaba de allí para echarse al lado de Marta, un perro sabe muy bien cuándo alguien necesita de su compañía.

Fueron tres días de actividad intensa, de nerviosa excitación, de un continuo hacer y deshacer en el papel y en el barro. Ninguno de ellos quería admitir que el resultado de la idea y del trabajo que estaban realizando para darle solidez podría ser un rechazo brusco, sin otras explicaciones que no fueran, El tiempo de estos muñecos ya ha pasado. Náufragos, remaban hacia una isla sin saber si se trataba de una isla real o de su espectro. De los dos, la más habilidosa para el dibujo era Marta, por eso fue ella quien se encargó de la tarea de trasladar al papel los seis tipos escogidos, aumentándolos, por el clásico proceso de la cuadrícula, hasta el tamaño exacto en que los muñecos deberían quedar después de cocidos, un palmo bien medido, no de los de ella, que tiene la mano pequeña, sino de los del padre. Siguió la operación de dar color a los dibujos, complicada no por exageradas preocupaciones de primor en la ejecución, sino porque era necesario escoger y combinar colores que no se sabía si corresponderían al natural de las figuras, dado que la enciclopedia, ilustrada de acuerdo con las tecnologías gráficas del tiempo, sólo contenía grabados a talla dulce, minuciosos en el pormenor pero sin otros efectos cromáticos que las variaciones de un aparente gris resultante de la impresión de los trazos negros sobre el fondo invariable del papel. De todos, el más fácil de pintar es, obviamente, la enfermera. Toca blanca, blusa blanca, falda blanca, zapatos blancos, todo blanco blanco blanco, todo de impecable albura, como si se tratase de un ángel de caridad que baja a la tierra con el mandato de aliviar las angustias y mitigar los dolores mientras, antes o después, no tenga que ser llamado deprisa otro ángel vestido igual para mitigarle y aliviarle a ella sus propios dolores y aflicciones. Tampoco el esquimal presenta demasiadas dificultades, las pieles que lo revisten pueden ser pintadas de un color mitad beige mitad pardo, cortado por unas cuantas motas blanquecinas, simulando la piel de un oso vuelta del revés, lo importante es que el esquimal tenga cara de esquimal, que para serlo es para lo que vino al mundo. En cuanto al payaso, los problemas van a ser mucho más serios por la sencilla razón de que es pobre. Si, en vez del trapillo pobretón que es, fuese un payaso rico, un color vivo cualquiera, brillante, salpicado de lentejuelas distribuidas a voleo por el birrete, por la camisa y por los calzones, resolvería la cuestión. Pero el payaso es pobre, pobre de pobreza, viste un trapería sin gusto ni criterio, heterogéneo, remendado de arriba abajo, una chaqueta que le llega a las rodillas, unos pantalones anchos que acaban en la pantorrilla, una camisa donde entrarían tres cuellos holgadamente, un lazo que parece un ventilador, un chaleco delirante, unos zapatos como barcas. Todo esto podría ser pintado tranquilamente, pues, tratándose de un payaso pobre, nadie perdería su tiempo comprobando si los colores de este engendro de barro tienen la decencia de respetar los colores con que se presenta la realidad del pobre, incluso cuando no ejerza de payaso. Lo malo es que, vistas bien las cosas, este batiburrillo no será más fácil de modelar que el cazador y el mosquetero que tantas dudas habían levantado. Pasar de aquí al bufón será pasar de lo parecido a lo igual, de lo semejante a lo idéntico, de lo similar a lo análogo. Diversamente aplicados los colores de uno pueden servir al otro, y dos o tres alteraciones en la vestimenta transformarán rápidamente al bufón en payaso y al payaso en bufón. Bien mirado son figuras que tanto en la indumentaria como en la función casi parecen réplicas una de otra, la única diferencia que se observa entre ellas, desde un punto de vista social, es que no es habitual que el payaso vaya al palacio del rey. Tampoco el mandarín con su sayo y el asirio con su túnica exigirán atenciones especiales, con dos breves toques en los ojos la cara del esquimal servirá al chino y las opulentas y onduladas barbas del asirio harán más fácil el trabajo sobre la parte inferior del rostro. Marta hizo tres series de diseños, la primera totalmente fiel a los originales, la segunda desahogada de accesorios, la tercera limpia de pormenores superfluos, de esta manera se facilitaría el respectivo examen a quien en el Centro tuviera la última palabra sobre el destino de la propuesta, y, en caso de que fuese aprobada, tal vez se redujera, por lo menos así se esperaba, la posibilidad de futuras reclamaciones por diferencias entre lo apreciado en el dibujo y lo ejecutado en el barro. Mientras Marta no pasó a la tercera fase, Cipriano Algor se había limitado a seguir la marcha de las operaciones, impaciente por no poder ayudar, y más todavía por tener la conciencia de que cualquier intromisión por su parte sólo serviría para dificultar y atrasar el trabajo. Sin embargo, cuando Marta colocó ante sí la hoja de papel en la que iba a comenzar la última serie de ilustraciones, reunió rápidamente las copias iniciales y se fue a la alfarería. La hija todavía tuvo tiempo de decirle, No se irrite si no le sale bien a la primera. Hora tras hora, durante el resto de ese día y parte del día siguiente, hasta el momento en que iría a buscar a Marcial al Centro, el alfarero hizo, deshizo y rehízo muñecos con figuras de enfermeras y de mandarines, de bufones y de asirios, de esquimales y de payasos, casi irreconocibles en las primeras tentativas, aunque ganando forma y sentido a medida que los dedos comenzaban a interpretar por cuenta propia y de acuerdo con sus propias leyes las instrucciones que les llegaban de la cabeza. Verdaderamente son pocos los que saben de la existencia de un pequeño cerebro en cada uno de los dedos de la mano, en algún lugar entre falange, falangina y falangeta. Ese otro órgano al que llamamos cerebro, ese con el que venimos al mundo, ese que transportamos dentro del cráneo y que nos transporta a nosotros para que lo transportemos a él, nunca ha conseguido producir algo que no sean intenciones vagas, generales, difusas y, sobre todo, poco variadas, acerca de lo que las manos y los dedos deberán hacer. Por ejemplo, si al cerebro de la cabeza se le ocurre la idea de una pintura o música, o escultura, o literatura, o muñeco de barro, lo que hace él es manifestar el deseo y después se queda a la espera, a ver lo que sucede. Sólo porque despacha una orden a las manos y a los dedos, cree, o finge creer, que eso era todo cuanto se necesitaba para que el trabajo, tras unas cuantas operaciones ejecutadas con las extremidades de los brazos, apareciese hecho. Nunca ha tenido la curiosidad de preguntarse por qué razón el resultado final de esa manipulación, siempre compleja hasta en sus más simples expresiones, se asemeja tan poco a lo que había imaginado antes de dar instrucciones a las manos. Nótese que, cuando nacemos, los dedos todavía no tienen cerebros, se van formando poco a poco con el paso del tiempo y el auxilio de lo que los ojos ven. El auxilio de los ojos es importante, tanto como el auxilio de lo que es visto por ellos. Por eso lo que los dedos siempre han hecho mejor es precisamente revelar lo oculto. Lo que en el cerebro pueda ser percibido como conocimiento infuso, mágico o sobrenatural, signifique lo que signifique sobrenatural, mágico e infuso, son los dedos y sus pequeños cerebros quienes lo enseñan. Para que el cerebro de la cabeza supiese lo que era la piedra, fue necesario que los dedos la tocaran, sintiesen su aspereza, el peso y la densidad, fue necesario que se hiriesen en ella. Sólo mucho tiempo después el cerebro comprendió que de aquel pedazo de roca se podría hacer una cosa a la que llamaría puñal y una cosa a la que llamaría ídolo. El cerebro de la cabeza anduvo toda la vida retrasado con relación a las manos, e incluso en estos tiempos, cuando parece que se ha adelantado, todavía son los dedos quienes tienen que explicar las investigaciones del tacto, el estremecimiento de la epidermis al tocar el barro, la dilaceración aguda del cincel, la mordedura del ácido en la chapa, la vibración sutil de una hoja de papel extendida, la orografía de las texturas, el entramado de las fibras, el abecedario en relieve del mundo. Y los colores. Manda la verdad que se diga que el cerebro es mucho menos entendido en colores de lo que cree. Es cierto que consigue ver más o menos claramente lo que los ojos le muestran, pero la mayoría de las veces sufre lo que podríamos designar como problemas de orientación cuando llega la hora de convertir en conocimiento lo que ha visto. Gracias a la inconsciente seguridad con que el transcurso de la vida le ha dotado, pronuncia sin dudar los nombres de los colores a los que llama elementales y complementarios, pero inmediatamente se pierde perplejo, dubitativo, cuando intenta formar palabras que puedan servir de rótulos o dísticos explicativos de algo que toca lo inefable, de algo que roza lo indecible, ese color todavía no nacido del todo que, con el asentimiento, la complicidad, y a veces la sorpresa de los propios ojos, las manos y los dedos van creando y que probablemente nunca llegará a recibir su justo nombre. O tal vez ya lo tenga, pero sólo las manos lo conocen, porque compusieron la tinta como si estuvieran descomponiendo las partes constituyentes de una nota de música, porque se ensuciaron en su color y guardaron la mancha en el interior profundo de la dermis, porque sólo con ese saber invisible de los dedos se podrá alguna vez pintar la infinita tela de los sueños. Fiado en lo que los ojos creen haber visto, el cerebro de la cabeza afirma que, según la luz y las sombras, el viento y la calma, la humedad y la secura, la playa es blanca, o amarilla, o dorada, o gris, o violácea, o cualquier cosa entre esto y aquello, pero después vienen los dedos y, con un movimiento de recogida, como si estuviesen segando la cosecha, levantan del suelo todos los colores que hay en el mundo. Lo que parecía único era plural, lo que es plural lo será aún más. No es menos verdad, con todo, que en la fulguración exaltada de un solo tono, o en su modulación musical, estén presentes y vivos todos los otros, tanto los de los colores que ya tienen nombre, como los que todavía lo esperan, de la misma manera que una extensión de apariencia lisa podrá estar cubriendo, al mismo tiempo que las manifiesta, las huellas de todo lo vivido y acontecido en la historia del mundo. Toda arqueología de materiales es una arqueología humana. Lo que este barro esconde y muestra es el tránsito del ser en el tiempo y su paso por los espacios, las señales de los dedos, los arañazos de las uñas, las cenizas y los tizones de las hogueras apagadas, los huesos propios y ajenos, los caminos que eternamente se bifurcan y se van distanciando y perdiendo unos de los otros. Este grano que aflora a la superficie es una memoria, esta depresión, la marca que quedó de un cuerpo tumbado. El cerebro preguntó y pidió, la mano respondió e hizo. Marta lo dijo de otra manera, Ya le ha cogido el tranquillo.

Voy a un negocio de hombres, esta vez te quedas en casa, dijo Cipriano Algor al perro, que vino corriendo cuando lo vio acercarse a la furgoneta. Está claro que Encontrado no necesitaba que le ordenasen subir, bastaba que dejaran abierta la puerta del coche el tiempo suficiente para comprender que no lo iban a expulsar después, pero la causa real de la sobresaltada carrera, por muy extraño que parezca, fue la suposición, en su ansiedad de perro, de que lo iban a dejar solo. Marta, que salió a la explanada conversando con el padre y lo acompañaba hasta la furgoneta, llevaba en la mano el sobre con los dibujos y la propuesta, y aunque el perro Encontrado no tenga ideas claras acerca de lo que son y para qué sirven sobres, propuestas y dibujos, conoce de la vida, más que de sobra, que las personas que se disponen a entrar en coches suelen llevar consigo cosas que, por lo general, incluso antes de subir, echan en el asiento de atrás. Instruido por estas experiencias, se comprende que la memoria de Encontrado le haya hecho pensar que Marta acompañaría al padre en esta nueva salida de la furgoneta. Pese a los pocos días transcurridos desde su llegada, no tiene dudas de que la casa de los dueños es su casa, pero su sentido de la propiedad, por incipiente, todavía no lo autoriza a decir mirando alrededor, Todo esto es mío. Además, un perro, sea cual sea el tamaño, la raza y el carácter, jamás se atrevería a pronunciar palabras tan brutalmente posesivas, diría, como mucho, Todo esto es nuestro, e incluso así, retomando el caso particular de estos alfareros y de sus bienes muebles e inmuebles, el perro Encontrado ni de aquí a diez años será capaz de verse como tercer propietario. Quizá lo máximo que consiga alcanzar cuando sea perro viejo es el oscuro y vago sentimiento de participar en algo arriesgadamente complejo y, por así decirlo, de escurridizas significaciones, un todo hecho de partes en que cada una es, al mismo tiempo, la parte que es y el todo del que forma parte. Ideas aventuradas como ésta, que el cerebro humano, grosso modo, es más o menos capaz de concebir, pero que luego tiene una enorme dificultad en desmenuzar, son el pan nuestro de cada día en las diferentes naciones caninas, tanto desde un punto de vista meramente teórico como en lo que se refiere a sus consecuencias prácticas. No se piense, con todo, que el espíritu de los perros es una nube bonanzosa que levemente pasa, una alborada primaveral de suave luz, un estanque de jardín con cisnes blancos deslizándose, si así fuese no se habría puesto Encontrado, de súbito, a gemir con tanta lástima, Y yo, y yo, decía. Para responder a tal desgarramiento de alma afligida, no encontró Cipriano Algor, aprensivo como iba por la responsabilidad de la misión que lo llevaba al Centro, mejores palabras que Esta vez te quedas en casa, menos mal que el angustiado animal vio a Marta dar dos pasos atrás después de entregar el sobre al padre, así Encontrado entendió que no iban a dejarlo sin compañía. Verdaderamente, incluso constituyendo cada parte, de por sí, el todo a que pertenece, como creemos que ya dejamos demostrado por a + b, dos partes, siempre que estén unidas, dan un total diferente. Marta compuso un cansado gesto de adiós y volvió a casa. El perro no la siguió en seguida, esperó a que la furgoneta, después de bajar la ladera hasta la carretera, desapareciese tras la primera casa del pueblo. Cuando poco después entró en la cocina, vio que la dueña estaba sentada en la misma silla en que había trabajado durante estos días. Se pasaba los dedos por los ojos una y otra vez como si necesitase aliviarlos de una sombra o de un dolor. Seguro que por estar en el tierno verdor de la mocedad, Encontrado no ha tenido tiempo todavía de formarse opiniones claras y definitivas sobre la necesidad y el significado de las lágrimas en el ser humano, sin embargo, considerando que esos humores líquidos persisten en manifestarse en el extraño caldo de sentimiento, razón y crueldad de que el dicho ser humano está hecho, pensó que tal vez no fuese grave desacierto aproximarse a su llorosa dueña y posar dulcemente la cabeza sobre sus rodillas. Un perro de más edad, y por esa razón, suponiendo que la edad está obligada a soportar culpas duplicadas, más cínico que el cinismo que no puede evitar tener, comentaría con sarcasmo el afectuoso gesto, pero eso debería ser porque el vacío de la vejez le habría hecho olvidarse de que, en asuntos del corazón y del sentir, siempre lo demasiado es mejor que lo escaso. Conmovida, Marta le pasó despacio la mano por la cabeza, acariciándolo, y, como él no se retiraba y seguía mirándola fijamente, tomó un carbón y comenzó a dibujar en el papel los primeros trazos de un esbozo. Al principio, las lágrimas le impidieron ver bien, pero, poco a poco, al mismo tiempo que la mano adquiría más seguridad, los ojos se fueron aclarando, y la cabeza del perro, como si emergiese del fondo de un agua turbia, le apareció en su entera belleza y fuerza, en su misterio y en su interrogación. A partir de este día, Marta querrá tanto a Encontrado como sabemos que ya le quiere Cipriano.

El alfarero había dejado atrás el pueblo, las tres casas aisladas que nadie vendrá a levantar de la ruina, ahora bordea la ribera sofocada de podredumbre, atravesará los campos descuidados, el bosque abandonado, han sido tantas las veces que ha hecho este camino que apenas repara en la desolación que lo cerca, pero hoy tiene dos motivos de preocupación que justifican su aire absorto, uno de ellos, la diligencia comercial que lo lleva al Centro, no necesita, obviamente, mención particular, pero el otro, que no se sabe durante cuánto tiempo seguirá afectándolo, es lo que más le está desasosegando el espíritu, ese impulso realmente inesperado e inexplicable, al pasar junto a la entrada de la calle donde vive Isaura Estudiosa, de acercarse a saber noticias del cántaro, si el uso habría denunciado algún oculto defecto, si goteaba, si conservaba el agua fresca. Evidentemente Cipriano Algor no conoce a esta vecina ni desde hoy ni desde ayer, sería imposible que viviera alguien en el pueblo a quien él, por razones de oficio, no conociese, y, aunque nunca hubiesen existido, propiamente hablando, lo que se llama relaciones de amistad con esa familia, los Algores padre e hija habían acompañado al cementerio el cortejo del difunto Joaquín Estudioso, que suyo era el apellido por el cual Isaura, que vino de una aldea apartada para casarse aquí, pasó también, como es de uso en los pueblos, a ser conocida. Cipriano Algor recordaba haberle dado el pésame a la salida del cementerio, en el mismo sitio donde meses después volverían a encontrarse para intercambiar impresiones y promesas acerca de un cántaro partido. Era sólo una viuda más en el pueblo, otra mujer que iría vestida de luto riguroso durante seis meses, y otros seis de luto aliviado a continuación, y suerte que tenía, porque hubo un tiempo en que el riguroso y el aliviado, cada uno, pesaron sobre el cuerpo femenino, y, vaya usted a saber, sobre el alma, un año entero de días y de noches, sin hablar de esas mujeres a quienes, por viejas, la ley de la costumbre obligaba a vivir cubiertas de negro hasta el último de sus propios días. Se preguntaba Cipriano Algor si en el largo intervalo entre los dos encuentros en el cementerio habría hablado alguna vez con Isaura Estudiosa, y la respuesta le sorprendió, Si ni siquiera la he visto, y era cierto, aunque no nos debe extrañar la aparente singularidad de la situación, en los asuntos donde gobierna la casualidad tanto da que se viva en una ciudad de diez millones de habitantes como en una aldea de pocas centenas de vecinos, sólo ocurre lo que tenga que ocurrir. En este momento el pensamiento de Cipriano Algor quiso desviarse hacia Marta, estuvo a punto de responsabilizarla otra vez de las fantasías que le daban vueltas en la cabeza, pero su imparcialidad, su honestidad de juicio, vigilantes, consiguieron prevalecer, No te escondas, deja a tu hija en paz, ella sólo dijo las palabras que querías oír, ahora se trata de saber si tienes para ofrecerle a Isaura Estudiosa algo más que un cántaro, y, también, no te olvides, si ella estará dispuesta a recibir lo que imaginas que tienes para ofrecerle, si es que consigues imaginar algo. El soliloquio se detuvo ante la barrera de esta objeción, por ahora infranqueable, y la repentina parada fue aprovechada por el segundo motivo de preocupación, tres motivos en un pie sólo, las figuras de barro, el Centro, el jefe del departamento de compras, Ya veremos en qué acaba esto, murmuró el alfarero, frase semánticamente retorcida que, bien mirado, igualmente podría servir para ataviar con ropajes de distraída y tácita connivencia el excitante asunto de Isaura Estudiosa. Demasiado tarde, ya vamos atravesando el Cinturón Agrícola, o Verde, como le siguen llamando las personas que adoran embellecer con palabras la áspera realidad, este color de hielo sucio que cubre el suelo, este interminable mar de plástico donde los invernaderos, cortados por el mismo rasero, parecen icebergs petrificados, gigantescas fichas de dominó sin puntos. Ahí dentro no hace frío, al contrario, los hombres que trabajan se asfixian de calor, se cuecen en su propio sudor, desfallecen, son como trapos empapados y retorcidos por manos violentas. Si no es todo el mismo decir, es todo el mismo penar. Hoy la furgoneta va vacía, Cipriano Algor ya no pertenece al gremio de los vendedores por la razón incontestable de que su fabricación dejó de interesar, ahora lleva media docena de diseños en el asiento de al lado, que es donde Marta los puso, y no en el asiento de atrás como imaginó Encontrado, y esos diseños son la única y frágil brújula de este viaje, felizmente ya había salido de casa cuando, durante algunos momentos, la sintió perdida del todo quien esos papeles había pintado. Se dice que el paisaje es un estado de alma, que el paisaje de fuera lo vemos con los ojos de dentro, será porque esos extraordinarios órganos interiores de visión no supieron ver estas fábricas y estos hangares, estos humos que devoran el cielo, estos polvos tóxicos, estos lodos eternos, estas costras de hollín, la basura de ayer barrida sobre la basura de todos los días, la basura de mañana barrida sobre la basura de hoy, aquí serían suficientes los simples ojos de la cara para enseñar a la más satisfecha de las almas a dudar de la ventura en que suponía complacerse.

Pasado el Cinturón Industrial, en la carretera, ya en los terrenos baldíos ocupados por las chabolas, se ve un camión quemado. No hay señales de la mercancía que transportaba, salvo unos dispersos y ennegrecidos restos de cajas sin marbetes sobre el contenido y la procedencia. O la carga ardió con el camión, o consiguieron retirarla antes de que el fuego se intensificara. El suelo está mojado alrededor, lo que demuestra que los bomberos acudieron al siniestro, pero, por lo visto, llegaron tarde, dado que el camión ardió entero. Estacionados delante hay dos coches de la policía de tráfico, al otro lado de la carretera un vehículo militar de transporte de soldados. El alfarero redujo la velocidad para ver mejor lo que había sucedido, pero los policías, desagradables, mal encarados, le ordenaron que avanzase inmediatamente, apenas tuvo tiempo de preguntar si había muerto alguien, pero no le hicieron caso. Siga, siga, gritaban, y hacían gestos violentos con los brazos. Fue entonces cuando Cipriano Algor miró al lado y reparó en que había soldados moviéndose entre las chabolas. Por culpa de la velocidad no consiguió vislumbrar mucho más que esto, salvo que parecían estar haciendo salir de las casas a sus inquilinos. Era evidente que esta vez los asaltantes no se contentaron con saquear. Por algún motivo ignorado, nunca tal había sucedido antes, pren-

117

dieron fuego al camión, tal vez el conductor hubiese resistido la violencia del robo de igual a igual, o fueron los grupos organizados de las chabolas los que decidieron cambiar de estrategia, aunque cueste comprender qué demonio de provecho esperan sacar de una acción violenta como esta que, por el contrario, sólo servirá para justificar acciones igualmente violentas de las autoridades, Que yo sepa, pensó el alfarero, es la primera vez que el ejército entra en los barrios de chabolas, hasta ahora las redadas siempre eran cosa de la policía, incluso los barrios contaban con ellas, los agentes llegaban, unas veces hacían preguntas, otras veces no, se llevaban detenidos a dos o tres hombres, y la vida continuaba como si nada fuese, más pronto o más tarde los presos acababan reapareciendo. El alfarero Cipriano Algor va olvidado de la vecina Isaura Estudiosa, esa a quien le ofreció un cántaro, y del jefe del departamento de compras del Centro, ese a quien no sabe si podrá convencer del atractivo estético de las figuras, su pensamiento está todo entregado a un camión que las llamas calcinaron hasta tal punto que ni vestigios quedaron de la carga que llevaba, si la llevaba. Si, si. Repitió la conjunción como quien, después de haber tropezado con una piedra, retrocede para volver a tropezar con ella, como si la golpeara una y otra vez a la espera de ver saltar de dentro una centella, pero la centella no se decidía a aparecer, ya Cipriano Algor había gastado en este pensar unos buenos tres kilómetros y casi desistía, ya Isaura Estudiosa se preparaba para disputar el terreno al jefe del departamento, cuando de súbito la chispa saltó, la luz se hizo, el camión no lo quemó la gente de las chabolas, fue la propia policía, era un pretexto para la intervención del ejército, Me apuesto la cabeza a que ha pasado esto, murmuró el alfarero, y entonces se sintió muy cansado, no por haber forzado demasiado la mente, sino por comprobar que el mundo es así, que las mentiras son muchas y las verdades ninguna, o alguna, sí, deberá de andar por ahí, pero en cambio continuo, tanto que no nos da tiempo a pensar en ella en cuanto verdad posible porque tendremos que averiguar primero si no se tratará de una mentira probable. Cipriano Algor miró de reojo el reloj, si lo que pretendía saber era la hora, de nada le sirvió el gesto, porque, habiendo sido hecho inmediatamente después del debate entre la probabilidad de las mentiras y la posibilidad de las verdades, fue como si hubiese estado a la espera de encontrar su conclusión en la disposición de las manillas, un ángulo recto que significaría sí, un ángulo agudo que antepondría un prudente tal vez, un ángulo obtuso diciendo rotundamente no, un ángulo llano es mejor que no pienses más en eso. Cuando, a continuación, volvió a mirar la esfera, las manillas sólo marcaban horas, minutos y segundos, se habían convertido nuevamente en auténticas, funcionales y obedientes manillas de reloj, Voy a tiempo, dijo, y era cierto, iba a tiempo, a fin de cuentas es como vamos siempre, a tiempo, con el tiempo, en el tiempo, y nunca fuera del tiempo, por mucho que de eso nos acusen. Estaba ahora en la ciudad, circulaba por la avenida que lo conducía al destino, delante, más rápido que la furgoneta, corría el pensamiento, jefe del departamento de compras, jefe del departamento, jefe de compras, Isaura Estudiosa, la pobre, se había quedado atrás. Al fondo, en la alta pared oscura que cortaba el camino, se veía una enorme valla blanca, rectangular, donde en letras de un azul brillante e intenso se leían de un lado a otro estas palabras, VIVA SEGURO, VIVA EN EL CENTRO. Debajo, colocada en el extremo derecho se distinguía también una línea breve, sólo dos palabras, en negro, que los ojos miopes de Cipriano Algor a esa distancia no conseguían descifrar, aunque no merecen menos consideración que las del mensaje grande, podríamos, si quisiéramos, designarlas complementarias, pero nunca meramente dependientes, PIDA INFORMACIÓN, era lo que aconsejaban. La valla aparece de vez en cuando, repitiendo las mismas palabras, sólo variables en el color, algunas veces exhibiendo imágenes de familias felices, el marido de treinta y cinco, la esposa de treinta y tres, un hijo de once años, una hija de nueve, y también, aunque no siempre, un abuelo y una abuela de albos cabellos, pocas arrugas y edad indefinida, todos obligando a sonreír a las respectivas dentaduras, perfectas, blancas, resplandecientes. A Cipriano Algor le pareció un mal augurio la invitación, ya estaba oyendo al yerno anunciando, por centésima vez, que vivirían en el

Centro en cuanto llegase su ascenso a guarda residente, Todavía acabamos los tres en un cartel de ésos, pensó, como pareja joven tendrían a Marta y al marido, el abuelo sería yo si fuesen capaces de convencerme, abuela no hay, murió hace tres años, por ahora faltan los nietos, pero en su lugar podríamos poner a Encontrado en la fotografía, un perro siempre queda bien en los anuncios de familias felices, por muy extraño que parezca, tratándose de un irracional, confiere un toque sutil, aunque fácilmente reconocible, de superior humanidad. Cipriano Algor giró la furgoneta hacia la calle de la derecha, paralela al Centro, mientras iba pensando que no, que no podría ser, que en el Centro no aceptan perros ni gatos, quizá pájaros enjaulados, periquitos, canarios, jilgueros, picos de coral, y sin duda peces de acuario, sobre todo si son tropicales, de esos que tienen muchas aletas, gatos no, y perros todavía menos, era lo que nos faltaba, abandonar otra vez a Encontrado, con una vez es suficiente, en este momento se entrometió en el pensamiento de Cipriano Algor la imagen de Isaura Estudiosa junto al muro del cementerio, después con el cántaro apretado contra el pecho, después diciendo adiós desde la puerta, pero así como apareció tuvo que desaparecer, ya ve enfrente la entrada del piso subterráneo donde se dejan las mercancías y donde el jefe del departamento de compras comprueba los albaranes y las facturas y decide acerca de lo que entra y no entra.

Aparte del camión que estaba siendo descargado, sólo había otros dos a la espera de turno. El alfarero calculó que, en buena lógica, considerando que no venía para entregar mercancías, estaba exento de ocupar un lugar en la fila de camiones. El asunto que traía era de la competencia exclusiva del jefe del departamento, no para ser negociado con empleados subalternos y en principio reticentes, luego sólo tendría que presentarse en el mostrador y anunciar a lo que venía. Estacionó la furgoneta, tomó los papeles y, con un paso que parecía firme pero en el que un observador atento reconocería los efectos de los temblores de las piernas en el equilibrio del cuerpo, cruzó el pavimento salpicado de antiguas y recientes manchas de aceite hasta el mostrador de atención, saludó a quien atendía con educadas buenas tardes y solicitó hablar con el jefe del departamento. El empleado llevó el requerimiento verbal, volvió en seguida, Ya viene, dijo. Tuvieron que pasar diez minutos antes de que apareciese finalmente, no el jefe requerido, sino uno de los subjefes. A Cipriano Algor no le satisfizo tener que contar su historia a alguien que, por lo general, no tiene otra utilidad en el organigrama y en la práctica que servir de parapeto a quien jerárquicamente esté por encima. Le salvó que a la mitad de la explicación el propio subjefe comprendiera que encargarse él del asunto hasta el final sólo le daría trabajo, y que, de una manera u otra, la decisión siempre iba a ser tomada por quien para eso está y, por eso mismo, gana lo que gana. El subjefe, como fácilmente se concluye de este comportamiento, es un descontento social. Cortó bruscamente la palabra al alfarero, tomó la propuesta y los diseños y se apartó. Tardó algunos minutos en salir por la puerta por donde había entrado, hizo desde allí una señal a Cipriano Algor para que se aproximase, no será necesario recordar una vez más que, en estas situaciones, las piernas tienden irresistiblemente a acentuar los temblores que ya llevaban, y, después de haberle dado paso, regresó a sus propias ocupaciones. El jefe sostenía la propuesta en la mano derecha, los diseños estaban alineados sobre la mesa, ante él, como cartas de un solitario. Hizo un gesto a Cipriano Algor para que se sentara, providencia que permitió al alfarero dejar de pensar en las piernas y lanzarse a la exposición de su asunto, Buenas tardes, señor, disculpe si vengo a incomodarlo en su trabajo, pero esto es una idea que hemos tenido mi hija y yo, para ser sincero, más ella que yo. El jefe lo interrumpió, Antes de que continúe, señor Algor, es mi deber informarle de que el Centro ha decidido dejar de comprar los productos de su empresa, me refiero a los que nos venía forneciendo hasta la suspensión de compras, ahora es definitivo e irrevocable. Cipriano Algor bajó la cabeza, tenía que ser muy cuidadoso con las palabras, sucediese lo que sucediese, no podía decir o hacer nada que arriesgase la posibilidad de cerrar el negocio de las figuras, por eso se limitó a murmurar, Ya esperaba una cosa así, señor, pero, permítame un desahogo, es duro, después de tantos años de proveedor, tener que oír de su boca semejantes palabras, La vida es así, se hace mucho de cosas que acaban, También se hace de cosas que comienzan, Nunca son las mismas. El jefe del departamento hizo una pausa, movió vagamente los dibujos como si estuviese distraído, después dijo, Su yerno vino a hablar conmigo, Se lo pedí yo, señor, se lo pedí yo, para salir de la indecisión en que me encontraba, sin saber si podría o no seguir fabricando, Ahora ya lo sabe, Sí señor, ya lo sé, Debería tener claro también que siempre ha sido norma del Centro, incluso lo tiene a gala, no aceptar presiones o interferencias de terceros en su actividad comercial, y menos aún procedentes de empleados de la casa, No era una presión, señor, Pero fue una interferencia, Lo siento. Otra pausa, Qué más me faltará todavía por oír, pensó el alfarero angustiado. No tardaría mucho en saberlo, el jefe abría ahora un libro de registro, lo hojeaba, consultaba una página, otra, después sumó cantidades en una pequeña calculadora, finalmente dijo, Tenemos en el almacén, ya sin posibilidad de liquidación, incluso a precio de saldo, incluso por debajo de lo que nos costó, una cantidad grande de artículos de su alfarería, artículos de todo tipo que están ocupando un espacio que me hace falta, por este motivo me veo obligado a decirle que proceda a su retirada en el plazo máximo de dos semanas, tenía la intención de mandar que le telefoneasen mañana para informarle, Tendré que hacer no imagino

124

cuántos viajes, la furgoneta es pequeña, Con una carga por día resolverá la cuestión, Y a quién voy a vender ahora mis lozas, preguntó el alfarero hundido, El problema es suyo, no mío, Estoy autorizado, al menos, a negociar con los comerciantes de la ciudad, Nuestro contrato está cancelado, puede negociar con quien quiera, Si valiera la pena, Sí, si valiera la pena, la crisis fuera es grave, aparte de eso, el jefe del departamento se calló, tomó los diseños y los reunió, después los fue pasando despacio, uno por uno, los miraba con una atención que parecía sincera, como si los estuviese viendo por primera vez. Cipriano Algor no podía preguntar, Aparte de eso, qué, tenía que esperar, disimular la inquietud, a fin de cuentas, o desde el principio de éstas, era siempre el jefe del departamento quien decidía las reglas de la partida, y ahora lo que se está jugando aquí es un juego desigual, en el que los triunfos han caído todos en el mismo lado y en el que, si necesario fuera, los valores de los naipes variarán de acuerdo con la voluntad de quien tiene la mano, caso ese en que el rey podrá valer más que el as y menos que la dama, o el paje tanto como el caballero, y éste más que toda la casa real, aunque se deba reconocer, para lo que le pueda servir, que, siendo seis las figuras presentadas, el alfarero tiene, si bien que por los pelos, la ventaja numérica a su favor. El jefe del departamento volvió a juntar los diseños, los puso a un lado con gesto ausente, y después de mirar una vez más el libro de registro terminó la frase, Aparte de eso, quiero decir, aparte de la catastrófica situación en que se encuentra el comercio tradicional, nada propicia para artículos que el tiempo y los cambios de gusto han desacreditado, la alfarería tendrá prohibido hacer negocio fuera en el caso de que el Centro le encomiende los productos que en este momento le están siendo propuestos, Creo entender, señor, que no podremos vender las figuras a los comerciantes de la ciudad, Me ha entendido bien, pero no me ha entendido todo, No alcanzo adónde quiere llegar, No sólo no les podrá vender las figuras, tampoco tendrá autorización para venderles cualquiera de los restantes productos de la alfarería, incluso cuando, admitiendo una posibilidad absurda, le hagan encargos, Comprendo, a partir del momento en que vuelvan a aceptarme como proveedor del Centro, no podré serlo de nadie más, Exactamente, pero el asunto no es motivo de sorpresa, la regla siempre ha sido ésa, En todo caso, señor, en una situación como la de ahora, cuando determinados productos han dejado de interesar al Centro, sería de justicia conceder al proveedor la libertad de buscar otros compradores, Estamos en el terreno de los hechos comerciales, señor Algor, teorías que no estén al servicio de los hechos y los consoliden no cuentan para el Centro, y sepa desde ahora que nosotros también somos competentes para elaborar teorías, y algunas las hemos lanzado por ahí, en el mercado, quiero decir, pero sólo las que sirven para homologar y, si fuera necesario, absolver los hechos cuando alguna vez éstos se hayan portado mal. Cipriano Algor se dijo a sí mismo que no debía responder al desafío. Caer en la tentación de un dices-tú-diréyo con el jefe del departamento, yo afirmo, tú niegas, yo protesto, tú contestas, acabaría dando un pésimo resultado, nunca se sabe cuándo una palabra mal interpretada tendrá como desastrosa consecuencia echar a perder la más sutil y la más trabajada de las dialécticas de persuasión, ya lo decía la antigua sabiduría, con tu amo no te juegues las peras, que él se come las maduras y te deja las verdes. El jefe del departamento lo miró con una media sonrisa y añadió, Verdaderamente, no sé por qué le digo estas cosas, Hablando con franqueza, también a mí me extraña, señor, no paso de un simple alfarero, lo poco que tengo para venderle no es tan valioso que justifique gastar conmigo su paciencia y distinguirme con sus reflexiones, respondió Cipriano Algor, e inmediatamente se mordió la lengua, acababa de prometerse que no echaría leña al fuego de una conversación ya de por sí manifiestamente tensa, y ahí estaba lanzando otra vez una provocación, no sólo directa sino inoportuna. Pensando que de esta manera evitaría la respuesta agria que recelaba, se levantó y dijo, Le pido disculpas por el tiempo que le he robado, señor, le dejo los diseños para su apreciación, a no ser, A no ser, qué, A no ser que ya haya tomado una decisión, Qué decisión, No sé, señor, no estoy en su pensamiento, La decisión de no encargarle las figuras, por ejemplo, preguntó el jefe del departamento, Sí, señor, respondió el alfarero sin desviar los ojos, mientras mentalmente se iba acusando de estúpido e imprudente, Todavía no he tomado ninguna decisión, Puedo preguntarle si tardará mucho, es que, sabe, la situación en que nos encontramos, Seré rápido, cortó el jefe, tal vez reciba noticias mañana mismo, Mañana, Sí, mañana, no quiero que vaya diciendo por ahí que el Centro no le ha dado una última oportunidad, Creo concluir por lo que me dice que la decisión será positiva, Podrá ser positiva, es todo cuanto le puedo decir en este momento, Gracias, señor, Todavía no tiene razones para agradecerme nada, Gracias por la esperanza que me llevo de aquí, ya es algo, La esperanza nunca ha sido de fiar, Eso pienso, pero qué le vamos a hacer, a algo tendremos que acogernos en las horas malas, Buenas tardes, señor Algor, Buenas tardes, señor. El alfarero posó la mano en el tirador de la puerta, iba a salir pero el jefe del departamento todavía tenía algo que decirle, Concrete con el subjefe, ese que le mandó entrar, el plan de retirada de su cacharrería, acuérdese de que sólo dispone de dos semanas para sacar todo de allí, hasta el último plato, Sí señor. Esta expresión, plan de retirada, no queda bien en boca de un civil, suena más a operación militar que a una rutinaria devolución de mercancías, y, si la aplicamos al pie de la letra y a las posiciones relativas de la unidad Centro y de la unidad alfarería, tanto puede referirse a un providencial repliegue táctico para reunir fuerzas dispersas y después, en el momento propicio, es decir, aprobada la fabricación de las figuras, retomar el ataque, como, por el contrario, significar el fin de todo, la derrota en toda línea, la desbandada, el sálvese quien pueda. Cipriano Algor oía al subjefe diciéndole sin pausa y sin mirarle a la cara Todos los días a las cuatro de la tarde va a tener que ocuparse solo o trayendo ayuda, el personal de aquí no puede dedicarse incluso pagándole aparte, y se preguntaba si valdría la pena seguir aquí pasando esta vergüenza, siendo tratado como un lelo, un don nadie, y para colmo tener que reconocer que la razón está del lado de ellos, que para el Centro no tienen importancia unos toscos platos de barro vidriado o unos ridículos muñecos imitando enfermeras, esquimales y asirios con barba, ninguna importancia, nada, cero, Esto es lo que somos para ellos, cero. Se sentó finalmente en la furgoneta, miró el reloj, todavía tendría que esperar casi una hora para ir a recoger al yerno, le vino a la cabeza la idea de entrar al Centro, hace mucho tiempo que no usa las puertas del público, ya sea para mirar, ya sea para comprar, las compras siempre las hace Marcial debido a los descuentos a que tiene derecho como empleado, y entrar sólo para mirar no está, con perdón de la redundancia, bien visto, alguien que ande paseando ahí dentro con las manos colgando puede estar seguro de que no tardará en ser objeto de atención especial por parte de los guardas, podría darse incluso la cómica situación de que fuera su propio yerno quien lo interpelara, Padre, qué está haciendo aquí, si no compra nada, y él responderé, Voy al sector de las vajillas para ver si todavía tienen expuesta alguna pieza de la alfarería Algor, saber cuánto cuesta aquella jarra decorada con pedacitos de cuarzo incrustados, decir Sí señor, es un bonito jarrón, ya son pocas las artesanías capaces de ejecutar un trabajo de éstos, con tanta perfección en el acabado, tal vez el encargado del sector, estimulado por el informe del avalado especialista, recomendaría al departamento de compras la adquisición urgente de una centena de jarrones, de esos con trocitos de cuarzo, y en ese caso no tendríamos que arriesgarnos en aventuras de payasos, bufones y mandarines que no sabemos cómo acabarán. Cipriano Algor no necesitó decirse a sí mismo No voy, desde hace semanas anda diciéndoselo a la hija y al yerno, una vez debería bastar. Estaba inmerso en estas inútiles cogitaciones, con la cabeza apoyada en el volante, cuando se aproximó el guarda que velaba en la salida del subterráneo y dijo, Si ya ha resuelto el asunto que traía entre manos, haga el favor de marcharse, esto no es un aparcamiento. El alfarero dijo, Ya lo sé, encendió el motor y salió sin más palabras. El guarda anotó el número de la furgoneta en un papel, no necesitaba hacerlo, la conocía casi desde el primer día que comenzó a ser guarda en este subterráneo, pero si tan ostentosamente ha tomado nota es porque no le ha gustado aquel seco Ya lo sé, las personas, sobre todo si son guardas, deben ser tratadas con respeto y consideración, no se les responde Ya lo sé sin más ni menos, el viejo debería haber dicho Sí señor, que son palabras simpáticas y obedientes, sirven para todo, verdaderamente el guarda, más que irritado, está desconcertado, por eso pensó que tampoco él debería haber dicho Esto no es un aparcamiento, sobre todo en el tono desdeñoso con que le salió, como si fuese el rey del mundo, cuando ni siquiera lo era del sucio subterráneo en que pasaba los días. Tachó el número y volvió a su puesto.

Cipriano Algor buscó una calle tranquila para hacer tiempo mientras llegaba la hora de recoger al yerno en la puerta del Servicio de Seguridad. Estacionó la furgoneta en una esquina desde donde se divisaba, a la distancia de tres extensas manzanas, una franja de una de las fachadas descomunales del Centro, precisamente la que corresponde a la zona residencial. Exceptuando las puertas que comunican con el exterior, en ninguna de las restantes fachadas hay aberturas, son impenetrables paños de muralla donde los paneles suspendidos que prometen seguridad no pueden ser responsabilizados de tapar la luz y robar el aire a quien vive dentro. Al contrario de esas fachadas lisas, la cara de este lado está cribada de ventanas, centenares y centenares de ventanas, millares de ventanas, siempre cerradas debido al acondicionamiento de la atmósfera interna. Es sabido que cuando ignoramos la altura exacta de un edificio, pero queremos dar una idea aproximada de su tamaño, decimos que tiene un determinado número de pisos, que pueden ser dos, o cinco, o quince, o veinte, o treinta, o los que sean, menos o más que estos números, del uno al infinito. El edificio del Centro no es ni tan pequeño ni tan grande, se satisface con exhibir cuarenta y ocho pisos sobre el nivel de la calle y esconder diez pisos por debajo. Y ya puestos, dado que Cipriano Algor ha estacionado la furgoneta en este lugar y comenzamos a ponderar alguno de los números que especifican el volumen del Centro, digamos que el ancho de las fachadas menores es de cerca de ciento cincuenta metros, y el de las mayores un poco más de trescientos cincuenta, no teniendo en cuenta, claro está, la ampliación mencionada con pormenor al comienzo de este relato. Adelantando ahora un poco más los cálculos y tomando como media una altura de tres metros por cada uno de los pisos, incluyendo la espesura del pavimento que los separa, encontraremos, considerando también los diez pisos subterráneos, una altura total de ciento setenta y cuatro metros. Si multiplicamos este número por los ciento cincuenta metros de ancho y por los trescientos cincuenta metros de largo, observaremos como resultado, salvo error, omisión o confusión, un volumen de nueve millones ciento treinta y cinco mil metros cúbicos, palmo más palmo menos, punto más coma menos. El Centro, no hay una sola persona que no lo reconozca con asombro, es realmente grande. Y es ahí, dijo Cipriano Algor entre dientes, donde mi querido yerno quiere que yo vaya a vivir, detrás de una de esas ventanas que no se pueden abrir, dicen ellos que es para no alterar la estabilidad térmica del aire acondicionado, pero la verdad es otra, las personas pueden suicidarse, si quieren, pero no tirándose desde cien metros de altura a la calle, es una desesperación demasiado manifiesta y estimula la curiosidad morbosa de los transeúntes, que en seguida quieren saber por qué. Cipriano Algor ha dicho, no una vez sino muchas, que nunca se avendrá a vivir en el Centro, que nunca renunciará a la alfarería que fue del padre y del abuelo, y hasta la propia Marta, su hija única, que, pobrecilla, no tendrá otro remedio que acompañar al marido cuando sea ascendido a guarda residente, supo comprender, hace dos o tres días, con agradecida franqueza, que la decisión final sólo la podrá tomar el padre, sin ser forzado por insistencias y presiones de terceros, aunque estuviesen justificadas por el amor filial o por aquella llorosa piedad que los viejos, incluso cuando la rechacen, suscitan en el alma de las personas bien formadas. No voy, no voy, y no voy, aunque me maten, masculló el alfarero, consciente, sin embargo, de que estas palabras, precisamente por parecer tan rotundas, tan terminantes, podían estar fingiendo una convicción que en el fondo no sentían, disimulando una laxitud interior, como una grieta todavía invisible en la pared más fina de un cántaro. Es obvio que es ésta la mejor razón, ya que de cántaro se vuelve a hablar, para que Isaura Estudiosa regrese al pensamiento de Cipriano Algor, y fue lo que sucedió, pero el camino tomado por ese pensamiento, o raciocinio, si raciocinio hubo, si no sólo la luz de un instantáneo relámpago, lo empujó hacia una conclusión asaz embarazosa, formulada en un soñador murmullo, Así ya no tendría que venir al Centro. El gesto contrariado de Cipriano Algor, inmediatamente después de haber pronunciado estas palabras, no permite que demos la espalda a la evidencia de que el alfarero, no obstante el gusto de pensar en Isaura Estudiosa que se le viene observando, no puede evitar un movimiento de humor que lo parece negar. Perder el tiempo en explicar por qué le gusta sería poco menos que inútil, hay cosas en la vida que se definen por sí mismas, un cierto hombre, una cierta mujer, una cierta palabra, un cierto momento, bastaría que así lo hubiésemos enunciado para que todo el mundo percibiese de qué se trataba, pero otras cosas hay, y hasta podrán ser el mismo hombre y la misma mujer, la misma palabra y el mismo momento, que, miradas desde un ángulo diferente, con una luz diferente, pasan a determinar dudas y perplejidades, señales inquietas, una insólita palpitación, por eso a Cipriano Algor le falló de repente el gusto de pensar en Isaura Estudiosa, la culpa la tuvo aquella frase, Así ya no tendría que venir al Centro, como quien dice, Casándome con ella, tendría quien me cuidase, otra vez queda demostrado lo que ya demostración no precisa, o sea, aquello que más le cuesta a un hombre es reconocer sus debilidades y confesarlas. Sobre todo cuando éstas se manifiestan fuera de la época apropiada, como un fruto que la rama sostiene mal porque nació demasiado tarde para la estación. Cipriano Algor suspiró, después miró el reloj. Era hora de ir a recoger al yerno a la puerta del Servicio de Seguridad.

Al perro Encontrado no le gustó Marcial. Era tanto lo que había que contar, tantas las novedades, tantos los altos y bajos de esperanza y de ánimo vividos en estos días, que a Cipriano Algor no se le ocurrió, durante el camino entre el Centro y la alfarería, hablarle al yerno de la misteriosa aparición del animal y sus consiguientes singularidades de comportamiento. Se impone, sin embargo, por amor a la verdad, avivado por el escrúpulo del narrador, no dejar sin mención un único y veloz afloramiento del inopinado episodio a la memoria omisa del alfarero, que no consiguió desarrollarse porque Marcial, con más que justificado pesar, interrumpió el relato del suegro para preguntarle por qué endemoniada razón ni a él ni a Marta se les había ocurrido informarle de lo que estaba sucediendo en casa, la idea de los muñecos, los diseños, los experimentos de modelado, Incluso parece que no existo para ustedes, comentó con amargura. Pillado en falta, Cipriano Algor hilvanó una explicación en que participaba el nerviosismo y la concentración de toda creación artística, la ninguna amabilidad con que el mandado de turno del teléfono solía atender las llamadas de los parientes de los guardas que vivían fuera del Centro, y, finalmente, unas cuantas palabras decorativas, medio atropelladas, para acabar de llenar y rematar el discurso. Felizmente, la vista del camión quemado contribuyó a desviar las atenciones de una discrepancia capaz de convertirse en querella familiar, que adelantémoslo, de amenaza no pasará, aunque Marcial Gacho haga intención de retomar el asunto cuando se encuentre a solas con su mujer, en el dormitorio y con la puerta cerrada. Con desahogo visible, Cipriano Algor dejó a un lado las figuras de barro para exponerle las sospechas que el incendio había hecho nacer en su espíritu, posición esta que Marcial, todavía molesto por la desconsideración de que fuera víctima, contestó con cierta brusquedad en nombre de la deontología, de la conciencia ética y de la limpieza de procesos que, por definición, siempre han distinguido a las fuerzas armadas, en general, y a las autoridades administrativas y policiales, en particular. Cipriano Algor encogió los hombros, Dices eso porque eres guarda del Centro, si fueras tú un paisano como yo, verías las cosas de otra manera, El hecho de que sea guarda del Centro no hace de mí un policía o un militar, respondió Marcial, secamente, No lo hace, pero te quedas cerca, en la frontera, Ahora está obligado a decirme si le avergüenza que un guarda del Centro esté aquí a su lado, en su furgoneta, respirando el mismo aire. El alfarero no respondió en seguida, se arrepentía de haber cedido otra vez al estúpido y gratuito apetito de irritar al yerno, Por qué hago esto, se preguntó a sí mismo, como si no estuviese harto de conocer la respuesta, este hombre, este Marcial Gacho quería quitarle a la hija, verdaderamente se la quitó cuando se casó con ella, se la quitó sin remedio ni retorno, Aunque, cansado de decir no, acabe yéndome a vivir con ellos al Centro, pensó. Después, hablando lentamente, como si tuviese que arrastrar cada palabra, dijo, Perdona, no quería ofenderte ni ser desagradable contigo, a veces no puedo evitarlo, es como si fuera más fuerte que yo, y no vale la pena que me preguntes por qué, no te respondería, o te diría mentiras, pero hay razones, si las buscamos las encontramos siempre, razones para explicar cualquier cosa nunca faltan, incluso no siendo las ciertas, son los tiempos que mudan, son los viejos que cada hora que pasa envejecen un día, es el trabajo que deja de ser lo que había sido, y nosotros que sólo podemos ser lo que fuimos, de repente descubrimos que ya no somos necesarios en el mundo, si es que alguna vez lo fuimos, pero creer que lo éramos parecía bastante, parecía suficiente, y era en cierta manera eterno, durante el tiempo que la vida durase, que eso es la eternidad, nada más que eso. Marcial no habló, sólo puso la mano izquierda sobre la mano derecha del suegro, que sostenía el volante. Cipriano Algor tragó en seco, miró la mano que, suave, pero firme, parecía querer proteger la suya, la cicatriz torcida y oblicua que dilaceraba la piel de un lado a otro, marca última de una quemadura brutal que no se sabe por qué misteriosa circunstancia no llegó a alcanzar las venas subyacentes. Inexperto, inhábil, Marcial había querido echar una mano en la alimentación del horno, quedar bien ante la joven que era su novia desde hacía pocas semanas, quizá más ante el padre, demostrarle que era un hombre hecho, cuando en realidad apenas acababa de salir de la adolescencia y la única cosa de la vida y del mundo acerca de la cual creía saber todo lo que hay que saber era que quería a la hija del alfarero. A quien por estas certidumbres pasó algún día, no le costará imaginar qué entusiásticos sentimientos eran los suyos mientras arrastraba, rama tras rama, la leña del cobertizo, y luego la empujaba horno adentro, qué supremo premio habrían sido para él en aquellos momentos la sorpresa encantada de Marta, la sonrisa benévola de la madre, la mirada seria y rotundamente aprobadora del padre. Y de súbito, sin que se llegase a entender por qué, teniendo en cuenta que en la memoria de los alfareros nunca había sucedido tal cosa, una llamarada delgada, rápida y sinuosa como la lengua de una cobra irrumpió bufando desde la boca del horno, y fue a morder cruelmente la mano del muchacho, próxima, inocente, desprevenida. Ahí nació la sorda antipatía que la familia Gacho pasó a profesar a los Algores, no sólo imperdonablemente descuidados e irresponsables, sino, según el inflexible juicio de los Gachos, también descaradamente abusivos por haberse aprovechado de los sentimientos de un muchacho ingenuo para hacerlo trabajar de balde. No es sólo en aldeas apartadas de la civilización donde los apéndices cerebrales humanos son capaces de generar ideas así. Marta curó muchas veces la mano de Marcial, muchas veces la consoló y refrescó con su soplo, y tanto perseveró la voluntad de ambos que pasados unos años pudieron casarse, aunque no se unieron las familias. Ahora el amor de éstos parece estar adormecido, qué le vamos a hacer, debe de ser efecto natural del tiempo y de las ansiedades del vivir, mas si la sabiduría antigua todavía sirve para alguna cosa, si todavía puede ser de alguna utilidad en las ignorancias modernas, recordemos con ella, discretamente, para que no se rían de nosotros, que mientras haya vida, habrá esperanza. Sí, es cierto, por más espesas y negras que estén las nubes sobre nuestras cabezas, el cielo allá arriba estará permanentemente azul, pero la lluvia, el granizo y los rayos les caen siempre a los de abajo, verdaderamente no sabe una persona qué ha de pensar cuando tiene que hacerse entender con ciencias de éstas. La mano de Marcial ya se ha retirado, entre los hombres la costumbre es así, las demostraciones de afecto, para ser viriles, tienen que ser rápidas, instantáneas, hay quien afirma que esto se debe al pudor masculino, tal vez lo sea, pero reconózcase que mucho más de hombre, en la acepción completa de la palabra, habría sido, y por supuesto no menos viril, que Cipriano Algor detuviera la furgoneta para abrazar allí mismo

al yerno y agradecerle el gesto con las únicas palabras merecidas, Gracias por haber puesto tu mano
sobre la mía, esto era lo que debería haber dicho,
y no estar aprovechándose ahora de la seriedad del
momento para quejarse del ultimátum que le ha
sido impuesto por el jefe del departamento de compras, Imagínate, darme quince días para retirar la
loza, Quince días, Es verdad, quince días, y sin tener quien me ayude, Siento no poderle echar una
mano, Claro que no puedes, ni tienes tiempo ni
sería conveniente para tu carrera que se te vea de
mozo de carga, pero lo peor es que no sé cómo me
voy a librar de unos cacharros que ya nadie quiere, Todavía podrá vender algunas piezas, Para eso
basta con las que tenemos en la alfarería, Pues entonces parece realmente complicado, Ya veremos,
tal vez las deje por ahí, en el camino, La policía
no lo va a permitir, Si esta tartana, en lugar de furgoneta, fuese uno de esos camiones que levantan
la caja, sería facilísimo, un botoncito eléctrico y
hala, en menos de un minuto estaría todo en la
cuneta, Escaparía una vez o dos de la policía de
carretera, pero acabarían por pillarlo in fraganti,
Otra solución sería encontrar en el campo una
cueva, no necesitaría ser muy honda, y meter todo ahí dentro, imagínate la gracia que tendría si
dentro de mil o dos mil años pudiéramos presenciar los debates de los arqueólogos y los antropólogos sobre el origen y las razones de la presencia
de tal cantidad de platos, tazas y ollas de barro, y su
problemática utilidad en un sitio deshabitado co-

mo éste, Deshabitado, ahora, de aquí a mil o dos mil años no es imposible que la ciudad haya llegado hasta donde nos encontramos en este momento, observó Marcial. Hizo una pausa, como si las palabras que acababa de pronunciar hubiesen exigido que volviera a pensar en ellas, y, con el tono perplejo de quien, sin comprender cómo lo había conseguido, ha llegado a una conclusión lógicamente impecable, añadió, O el Centro. Ahora bien, sabiéndose que en la vida de este suegro y este yerno, la desafortunada cuestión del Centro ha sido de todo menos pacífica, es de extrañar que las consecuencias de la inesperada alusión del guarda interno Marcial Gacho se hayan quedado en eso, que la peligrosa frase O el Centro no hubiese disparado inmediatamente una nueva discusión, repitiéndose todos los desencuentros ya conocidos y el mismo rosario de recriminaciones sordas o explícitas. La razón de que ambos hayan permanecido silenciosos, suponiendo que sea posible, para quien, como nosotros, observa desde el lado de fuera, desvelar lo que, con toda probabilidad, ni para ellos está claro, es el hecho de que esas palabras constituyeron, en la boca de Marcial, sobre todo en el contexto en que fueron pronunciadas, una novedad absoluta. Se podrá decir que no es así, que, por el contrario, al admitir la posibilidad de que el Centro haga desaparecer en un día futuro, por imparable absorción territorial, los campos que la furgoneta ahora va atravesando, el guarda interno Marcial Gacho estaría subrayando, por su cuenta, y aplaudiendo, en su fuero interno, la potencia expansiva, tanto en el espacio como en el tiempo, de la empresa que le paga sus modestos servicios. La interpretación sería válida y liquidaría definitivamente la cuestión si no se hubiese producido aquella casi imperceptible pausa, si aquel instante de aparente suspensión del pensar no correspondiese, permítase la osadía de la propuesta, a la aparición de alguien simplemente capaz de pensar de otra manera. Si fue así, es fácil de comprender que Marcial Gacho no haya podido avanzar por el camino que se le abría, dado que ese camino estaba destinado a una persona que no era él. En cuanto al alfarero, ése lleva vividos años más que suficientes para saber que la mejor manera de hacer que una rosa muera es abrirla a la fuerza cuando todavía no pasa de ser una pequeña promesa de flor. Guardó, por tanto, en la memoria las palabras del yerno e hizo como que no se había dado cuenta de su verdadero alcance. No volvieron a hablar hasta que entraron en la aldea. Como de costumbre cuando traía del Centro al yerno, Cipriano Algor se detuvo ante la puerta de sus mal avenidos compadres, justo el tiempo para que Marcial entrara, diera un beso a la madre, y al padre, si estaba en casa, se informara de cómo andaban de salud desde la última vez y saliera después de haber dicho, Mañana vengo más despacio. En general, eran más que suficientes cinco minutos para que la rutina del sentimiento filial se cumpliese, el resto de las expansiones y lo más sustancial de las conversaciones quedaban para el día siguiente, unas veces almorzando, otras no, pero casi siempre sin la compañía de Marta. Hoy, sin embargo, los cinco minutos no bastaron, ni los diez, y fueron casi veinte los que tuvieron que consumirse antes de que Marcial reapareciese. Entró en la furgoneta bruscamente y cerró la puerta con fuerza. Tenía la cara seria, casi sombría, una expresión endurecida de adulto para la que la juventud de sus facciones todavía no estaba preparada. Has tardado mucho hoy, está alguien enfermo, algún problema en la familia, preguntó el suegro, solícito, No, no es nada grave, perdone que le haya obligado a esperar tanto, Vienes enfadado, No es nada grave, ya se lo he dicho, no se preocupe. Están casi llegando, la furgoneta gira a la izquierda para comenzar a subir la ladera que conduce a la alfarería, al cambiar de velocidad Cipriano Algor recuerda que ha pasado por donde vive Isaura Estudiosa sin haber pensado en ella, y es en este momento cuando un perro baja la cuesta corriendo y ladrando, segunda sorpresa que Marcial tiene hoy, o tercera, si la visita a los padres resultó ser la segunda. De dónde sale este perro, preguntó, Apareció por aquí hace unos días y dejamos que se quedara, es un animal simpático, le pusimos de nombre Encontrado, aunque, si lo pensamos bien, los encontrados somos nosotros, y no él. Cuando la furgoneta llegó al final de la rampa y se detuvo, unas cuantas cosas sucedieron simultáneamente, o con intervalos mínimos de tiempo, Marta apareció en la puerta de la cocina, el alfarero y el guarda interno salieron del coche, Encontrado gruñó, Marta vino hacia Marcial, Marcial fue hacia Marta, el perro dio un gruñido profundo, el marido abrazó a la mujer, la mujer abrazó al marido, luego se besaron, el perro dejó de gruñir y atacó una bota de Marcial, Marcial sacudió la pierna, el perro no soltó la presa, Marta gritó, Encontrado, el padre gritó lo mismo, el perro dejó la bota e intentó morder el tobillo, Marcial le dio un puntapié con intención pero sin demasiada violencia, Marta dijo, No le pegues, Marcial protestó, Me ha mordido, Es porque no te conoce, A mí no me conocen ni los perros, estas palabras terribles salieron de la boca de Marcial como si llorasen, dolor y queja insoportables cada una de ellas, Marta rodeó con las manos los hombros del marido, No repitas eso, claro que no lo repitió, no era necesario, hay ciertas cosas que se dicen una vez y nunca más, Marta oirá estas palabras dentro de su cabeza hasta el último día de su vida, y en cuanto a Cipriano Algor, si pretendiésemos saber lo que está haciendo en este momento, la respuesta más fácil sería, Nada, si no fuese por la reveladora circunstancia de que desvió rápidamente los ojos cuando oyó lo que dijo Marcial, algo hizo por tanto. El perro se había alejado camino de la caseta, pero a mitad del trayecto se detuvo, se volvió y se puso a observar. De vez en cuando dejaba salir un gruñido de la garganta. Marta dijo, No sabe lo que son los abrazos, debe de haber pensado que me estabas haciendo daño, pero Cipriano Algor, para limpiar la atmósfera, salió con una idea más trivial, También puede ser que le tenga tirria a los uniformes, se conocen casos así. Marcial no respondió, se movía entre dos conciencias íntimas, la del arrepentimiento de haber dicho palabras que se quedarían para siempre jamás como pública confesión de un dolor escondido hasta ese momento en lo más hondo de sí mismo, y la de una instintiva intuición de que haberlas dejado salir de esta manera podría significar que estaba a punto de abandonar un camino para tomar otro, aunque fuese todavía muy pronto para saber en qué dirección le llevaría. Besó a Marta en la frente y dijo, Voy a cambiarme de ropa. La tarde caía rápidamente, sería de noche en poco más de media hora. Cipriano Algor dijo a la hija, Ya he hablado con el tipo de las compras, Por culpa del jaleo del perro se me ha olvidado preguntarle cómo fue la conversación, Dice que tal vez mañana tenga una respuesta, Tan pronto, Cuesta creerlo, realmente, y todavía cuesta más pensar que la decisión puede ser afirmativa, que es lo que me ha parecido entender, por lo menos, Ojalá no se equivoque, La única bella sin pero que conozco eres tú, Qué quiere decir, a propósito de qué vienen ahora las bellas y los peros, Es que después de una noticia buena, siempre viene una noticia mala, Cuál es la de ahora, Tendré que sacar en dos semanas la loza que conservan en el almacén, Iré con usted para ayudarle, Ni en sueños, si el Centro nos hace el encargo, todo el tiempo aquí va a ser

146

poco, hay que modelar las figuras definitivas, hacer los moldes, trabajar en el moldeado, pintar, cargar y descargar el horno, me gustaría entregar el primer encargo antes de dejar vacías las baldas del almacén, no vaya a ser que el hombre cambie de ideas, Y qué vamos a hacer con esa loza, No te preocupes, ya me he puesto de acuerdo con Marcial, la dejo por ahí en medio del campo, en cualquier agujero, para que la aproveche cualquiera, Con tantas mudanzas, la mayor parte se romperá, Es lo más seguro. El perro vino y tocó con la nariz la mano de Marta, parecía estar pidiéndole que le explicase la nueva composición del conjunto familiar, como en algún tiempo se puso de moda decir. Marta le regañó, A ver cómo te portas de ahora en adelante, puedes estar seguro de que entre tú y el marido, escojo el marido. La última sombra del moral se recogía poco a poco para comenzar a hundirse en la sombra más profunda de la noche que se aproximaba. Cipriano Algor murmuró, Hay que tener cuidado con Marcial, lo que acaba de decir ha sido como una puñalada, y Marta respondió, también murmurando, Fue una puñalada, duele mucho. La lámpara de encima de la puerta se encendió. Marcial Gacho apareció en el umbral, había cambiado el uniforme por una ropa común, de estar en casa. El perro Encontrado lo miró con atención, con la cabeza alta avanzó unos pasos hacia él, después se estacó, expectante. Marcial se aproximó, Hacemos las paces, preguntó. La nariz fría rozó levemente la cicatriz de la mano izquierda, Hacemos las paces. Dijo el alfarero, Mira qué razón tenía, a nuestro Encontrado no le gustan los uniformes, En la vida todos son uniformes, el cuerpo sólo es civil verdaderamente cuando está desnudo, respondió Marcial, pero ya no se percibía amargura en su voz.

Durante la cena se conversó mucho sobre cómo se le había ocurrido a Marta la idea de hacer las figuras, también sobre las dudas, los temores y las esperanzas que ocuparon la casa y la alfarería en aquellos últimos días y, pasando a cuestiones prácticas, se calcularon los tiempos necesarios para cada fase de la producción y los respectivos factores de seguridad, diferentes unos y otros de las fabricaciones a que estaban habituados, Todo depende de la cantidad que se nos encargue, nos convendría que no fuera ni de más ni de menos, algo así como pretender sol para la era y lluvia para la huerta, que se decía en los tiempos en que no existían los invernaderos de plástico, comentó Cipriano Algor. Después de retirar el mantel de la mesa, Marta enseñó al marido los esbozos que había hecho, las tentativas, los experimentos de color, la vieja enciclopedia de donde había copiado los modelos, a primera vista parecía poquísimo trabajo para tan grandes ansiedades, pero es necesario comprender que en las circunnavegaciones de la vida un viraje ameno para unos puede ser para otros una tempestad mortal, todo depende del calado del barco y del estado de las velas. En el dormitorio, con la puerta cerrada, Marcial pensó que no valía la pena pedir explicaciones a Marta por no haberle informado de la idea de los muñecos, en primer lugar porque esas aguas hacía horas que habían pasado bajo el puente y por tanto arrastrado en su curso el despecho y el mal humor, en segundo lugar porque le apocaban preocupaciones mucho más serias que las de sentirse o imaginarse desconsiderado. Preocupaciones más serias y no menos urgentes. Cuando un hombre regresa a casa y a la mujer después de una privación de diez días, siendo joven como es este Marcial, o, en caso de ser mayor, si todavía no pudo la edad abatirle el ánimo amatorio, lo natural es que quiera dar satisfacción inmediata al temblor de los sentidos, dejando la conversación para después. En general, las mujeres no están de acuerdo. Si el tiempo no urge especialmente, si, al contrario, La noche es nuestra, y quien dice la noche, dice la tarde o la mañana, lo más seguro es que la mujer prefiera que el acto amoroso se inicie con una charla pausada, sin prisas, y mientras sea posible ajena a esa idea fija que, semejante a un trompo zumbador, gira en la cabeza del hombre. Como un cántaro profundo que lentamente se llena, la mujer se va aproximando al hombre poco a poco, o, tal vez con más exactitud, lo va aproximando, hasta que la urgencia de uno y la ansiedad del otro, ya declaradas, ya coincidentes, ya inaplazables, hagan subir cantando el agua unánime. Hay excepciones, sin embargo, como es este caso de Marcial que, por mucho que quisiese empujar a Marta hacia la cama, no podría hacerlo mientras no vaciara el pesado saco de las preocupaciones que carga, no desde el Centro, no desde la conversación que había mantenido con el suegro durante el camino, sino desde la casa de los padres. También esta vez la primera palabra iba a ser dicha por Marta, Es posible que los perros no te conozcan, Marcial, pero tu mujer te conoce, No quiero hablar de eso, Debemos hablar de lo que duele, Fui estúpido e injusto, Vamos a dejar a un lado lo de estúpido, porque no lo eres, quedémonos con lo de injusto, Ya lo he reconocido, Tampoco fuiste injusto, No compliquemos las cosas, Marta, por favor, lo pasado, pasado está, Las cosas que parecen haber pasado son las únicas que nunca acaban de pasar, los injustos hemos sido nosotros, Nosotros, quiénes, Mi padre y yo, sobre todo yo, mi padre tiene una hija casada y miedo de perderla, no necesita otra justificación, Y tú, Yo soy quien no tiene disculpa, Por qué, Porque te quiero, y a veces, demasiadas veces, doy la impresión de olvidar, o incluso se me olvida, que eres una persona concreta, completa en el ser que eres, que debo este amor no a alguien que tenga que contentarse con un sentimiento medio difuso que poco a poco se irá resignando, como si de un inapelable destino se tratase, a su propia y mortal carencia, El matrimonio es eso, las personas viven así, fíjate en mis padres, Todavía tengo otra culpa, No sigas, por favor, Vamos hasta el final, Marcial, ahora ya vamos hasta el final, Por favor, Marta, No quieres que siga porque adivinas lo que tengo que decirte, Por favor, Cuando dijiste que a ti ni los perros te conocen, estabas diciéndole a tu mujer que ella no sólo no te conoce, sino que no ha hecho nada para conocerte, bueno, digamos casi nada, No es verdad, tú me conoces, nadie me conoce mejor que tú, Sólo lo suficiente para comprender el sentido de tus palabras, pero no fui más inteligente que mi padre, que las comprendió tan rápido como yo, De entre nosotros dos, la persona adulta eres tú, yo todavía no paso de ser un niño, Quizá tengas razón, por lo menos estás dándome la razón a mí, pero ni esta maravillosa adulta que soy, ni esta sensatísima mujer de Marcial Gacho fueron capaces de entender, cuando debían, lo que representa una persona capaz de tener la sencillez y la honestidad de decir de sí mismo que es un niño, No siempre seré así, No serás así siempre, por eso, mientras llegue la hora, tendré que hacer todo cuanto esté a mi alcance para comprenderte como eres, y probablemente llegar a la conclusión de que, en ti, ser un niño es, a fin de cuentas, una forma diferente de ser adulto, Si seguimos así dejaré de saber quién soy, Mi padre te diría que ésa es una de las cosas que nos suceden muchas veces en la vida, Me parece que comienzo a entenderme con tu padre, No te imaginas, o sí te lo imaginas, qué feliz me hace eso. Marta tomó las manos de Marcial y las besó, después las apretó contra su pecho, A veces, dijo, deberíamos regresar a ciertos gestos de ternura antiguos, Qué sabes tú de eso, no viviste en los tiempos de la reverencia y el besamanos, Leo lo que cuentan los libros, es lo mismo que haber estado allí, de todos modos no era en besamanos y reverencias en lo que pensaba, Eran costumbres diferentes, modos de sentir y de comunicar que ya no son los nuestros, Aunque te pueda parecer extraña la comparación, los gestos, para mí, más que gestos son dibujos hechos por el cuerpo de uno en el cuerpo de otro. La invitación era explícita, pero Marcial hizo como que no había entendido, aunque comprendiese que había llegado el momento de atraer a Marta hacia sí, de acariciarle el pelo, de besarle despacio la cara, los párpados, suavemente, como si no sintiese deseo, como si estuviese sólo distraído, gran equivocación será pensar así, lo que en estas ocasiones sucede es que el deseo ha tomado posesión absoluta del cuerpo para servirse de él, perdónese el materialista y utilitario símil, como si de una herramienta de uso múltiple se tratara, tan habilitada para pulir como para labrar, tan potente para emitir como para recibir, tan minuciosa para contar como para medir, tan activa para subir como para bajar. Qué te pasa, preguntó Marta, súbitamente paralizada, Nada importante, sólo unos pequeños contratiempos, Cuestiones de trabajo, No, Entonces, qué, Es tan poco el tiempo que ya tenemos para estar juntos, y para colmo vienen a meterse en nuestra vida, No vivimos en una redoma, He pasado por casa de mis padres, Algún accidente, alguna complicación. Marcial movió la cabeza negativamente y prosiguió, Empezaron mostrándose muy interesados en saber si tengo noticias de cuándo voy a ser ascendido a guarda residente, y yo respondí que no, que ni siquiera hay razones seguras para afirmar que eso vaya a ocurrir, Es casi seguro, Sí, casi seguro, pero hasta no tener el pájaro en la mano, Está volando, y luego, Dieron unos cuantos rodeos, y yo sin saber adónde querían llegar, hasta que finalmente me anunciaron su gran idea, Y cuál es esa gran idea, Están pensando nada más y nada menos en vender la casa y venirse a vivir con nosotros, Con nosotros, dónde, En el Centro, Estoy oyendo bien, tus padres se quieren ir a vivir al Centro, con nosotros, Eso mismo, Y tú, qué les dijiste, Empecé haciéndoles notar que todavía era pronto para pensar en eso, pero me respondieron que vender una casa tampoco es cosa que se haga de hoy para mañana, que no iba a ser después de que estemos instalados, tú y yo, cuando se pusieran a buscar comprador, Y tú qué les dijiste, Pensando que liquidaba el asunto, les dije que teníamos intención de llevarnos a tu padre cuando nos mudásemos, para que no se quedara aquí solo, sobre todo ahora que la alfarería está pasando un momento de crisis, Les comentaste eso, Sí, pero no atendieron a razones, poco faltó para que se pusieran a dar voces, llorando, hablo de mi madre, claro, mi padre no es de sentimentalismos, lo que hizo fue protestar y echar pestes, qué clase de hijo soy yo que pongo las conveniencias de personas que no son de mi sangre por encima de las necesidades de mis propios progenitores, dijeron eso mismo, progenitores, no sé de dónde sacaron la palabra, que nunca podrían imaginar que algún día oirían de mi boca que reniego de aquellos a quienes debo la vida, aquellos que me criaron y educaron, que es bien cierto que casamiento aleja-miento, pero que desprecios no estaban dispues-tos a admitir, y que desde luego no me molestase, que por ahora todavía no necesitaban andar por las calles pidiendo limosna, pero que no me ol-vidase de que el remordimiento siempre acaba lle-gando, que si no viene durante la vida, vendrá después de la muerte, y ése es todavía peor, y que ojalá no tenga yo hijos que me castiguen por la inhumanidad con que he tratado hoy a mis pa-dres, Fue la frase final, No sé si fue la frase final, se me olvidarán algunas, cortadas por el mismo pa-trón, Deberías haberles explicado que no merecía la pena que se preocuparan, sabes bien que mi pa-dre no quiere vivir en el Centro, Sí, pero preferí no hacerlo, Por qué, Sería darles pie a pensar que son los únicos en el terreno, Si insisten, no tendrás otro remedio, Será suficiente con que no acepte el ascenso, sólo necesitaría encontrar una razón que consiguiera convencer al Centro, Dudo de que la encuentres. Estaban sentados en la cama, podían tocarse, pero el momento de las caricias había pa-sado, aparentemente andaba tan lejos de allí co-mo el tiempo del besamanos y la reverencia, o in-cluso de aquel otro momento en que dos manos de hombre fueron besadas, y luego cobijadas en el seno de la mujer. Marcial dijo, Sé que no está bien que un hijo haga una declaración de éstas, pero la verdad es que no quiero vivir con mis padres, Por qué, Nunca nos entendimos, ni yo a ellos, ni ellos a mí, Son tus padres, Sí, son mis padres, aquella noche se fueron a la cama y les apeteció, de ahí nací, cuando era pequeño recuerdo haberles oído comentar, como quien se divierte contando un buen chiste, que él, en esa ocasión, estaba borracho, Con vino o sin vino, de eso nacemos todos, Reconozco que es una exageración, pero me repugna pensar que mi padre estaba borracho cuando me engendró, es como si yo fuese hijo de otro hombre, es como si aquel que realmente debería haber sido mi padre no hubiese podido serlo, como si su lugar hubiese sido ocupado por otro hombre, este a quien hoy le he oído decir que ojalá me castiguen mis hijos, No fue exactamente así como él se expresó, Pero fue exactamente como lo pensó. Marta sostuvo la mano izquierda de Marcial, la apretó entre las suyas, y murmuró, Todos los padres fueron hijos, muchos hijos acaban siendo padres, pero unos se olvidan de que lo fueron, y a los otros no hay nadie que pueda explicarles lo que serán, No es fácil de entender, Ni yo misma lo entiendo, me ha salido así, no hagas caso, Vamos a acostarnos, Vamos. Se desnudaron y se metieron en la cama. El momento de las caricias volvió a entrar en el dormitorio, pidió disculpas por haberse demorado tanto ahí fuera, no encontraba el camino, se justificó, y, de repente, como les sucede algunas veces a los momentos, se hizo eterno. Un cuarto de

hora después, todavía enlazados los cuerpos, Marta murmuró, Marcial, Qué, preguntó él soñoliento, Tengo dos días de retraso.

En el resguardado silencio del dormitorio, entre las sábanas revueltas por la amorosa agitación de todavía hace poco, el hombre oyó a su mujer comunicarle que tiene atrasada la menstruación dos días, y la noticia se le apareció como algo inaudito y definitivamente asombroso, especie de segundo fiat lux en una época en que el latín ha dejado de ser usado y practicado, un surge et ambula vernáculo que no tiene idea de adónde va y por eso mismo asusta. Marcial Gacho, que apenas una hora antes, o ni tanto, en lance de conmovedor abandono raramente acontecible en el sexo masculino, se había confesado niño, era, al final, sin imaginarlo, padre embrionario desde hace unas semanas, lo que demuestra una vez más que nunca nos deberíamos sentir seguros de aquello que pensamos ser porque, en ese momento, pudiera muy bien ocurrir que ya estemos siendo cosa diferente. Casi todo lo que Marta y Marcial se dijeron el uno al otro según avanzaba la noche, antes de dormirse de puro cansancio, está descrito en mil y una historias de parejas con hijos, pero el análisis concreto de la situación concreta en que este matri-

monio se encuentra no deja pasar sin examen ciertas cuestiones que le son particulares, como la
disminuida posibilidad de Marta para seguir so-
portando la dureza del trabajo en la alfarería y, sin
solución de momento porque depende del esperado ascenso, la duda acerca de si el niño nacerá
antes o después del traslado al Centro. Alegó Marta, sobre la primera de estas cuestiones, que no
creía que su madre, la fallecida Justa Isasca, que
había trabajado sin descanso hasta su último día,
decidiese disfrutar de los regalos de una ociosidad
total sólo por el hecho de estar embarazada, Yo
misma podría dar testimonio de eso si recuperase
la memoria de los nueve meses que viví dentro de
ella, Es imposible que una criatura que está en la
barriga de la madre pueda saber lo que sucede fuera, respondió Marcial bostezando, Supongo que será así, pero por lo menos tienes que reconocer que
sería perfectamente natural que el niño conociese
íntimamente lo que va sucediendo en el cuerpo de
la madre, el problema, en mi opinión, está en la
memoria, Si ni siquiera nos acordamos de lo que
sufrimos en el tránsito del nacimiento, Es ahí, probablemente, donde perdemos la primera de todas
las memorias, Estás fantaseando, dame un beso.
Antes de esta delicada conversación y de este beso, Marcial había expresado vehementes votos para que el traslado al Centro se realizase antes del
nacimiento, Tendrás la mejor asistencia médica y
de enfermería que alguna vez pudieras imaginar,
no existe nada que se le parezca, ni de lejos ni de

cerca, y tanto en medicina como en cirugía, Cómo sabes todo eso, si nunca has estado en el hospital del Centro, ni probablemente hayas entrado, Conozco a alguien que ha estado internado, un superior mío que entró casi muriéndose y salió como nuevo, hasta hay gente de fuera que se busca enchufes para que la admitan, pero las normas son inflexibles, Quien te oiga creerá que en el Centro no muere nadie, Se muere, claro, pero la muerte se nota menos, Es una ventaja, no hay duda, Verás cuando estemos allí, Veré qué, que la muerte se nota menos, eso es lo que quieres decir, No estaba hablando de la muerte, Sí que estabas, La muerte no me interesa para nada, estaba hablando de ti y de nuestro hijo, del hospital donde lo vas a tener, Si tu nombramiento no se retrasa demasiado, Si no me ascienden en nueve meses, no me ascenderán nunca, Dame un beso, guarda interno, y vamos a dormir, Toma el beso, pero hay una cuestión de la que todavía necesitamos hablar, Cuál, Que a partir de hoy trabajarás menos en la alfarería y dentro de dos o tres meses lo dejas definitivamente, Crees que mi padre podrá hacer el trabajo solo, sobre todo si el Centro nos encarga el pedido de las figuras, Se contrata a alguien para que lo ayude, Bien sabes que ésos serían pasos perdidos, nadie quiere trabajar en alfarerías, Tu estado, Mi estado, qué, mi madre trabajó siempre mientras estuvo embarazada de mí, Cómo lo sabes, Me acuerdo. Se rieron ambos, después Marta propuso, Por ahora no hablaremos de esto a mi padre, él se pondría contentísimo, pero es preferible que no se lo digamos, Por qué, No sé, andan demasiadas cosas rondando en esa cabeza, La alfarería, La alfarería es sólo una de ellas, El Centro, El Centro también, el encargo que harán o no harán, la loza que es necesario retirar, pero hay otras cuestiones, la historia de un cántaro al que se le soltó el asa, por ejemplo, ya te lo contaré. Marta fue la primera en dormirse. Marcial ya no estaba tan asustado, más o menos sabía por qué camino tendría que ir después del nacimiento, y cuando, pasada casi media hora, el sueño le tocó con sus dedos de humo, se dejó llevar ya con el espíritu en paz, sin resistencia. Su último pensamiento consciente fue para preguntarse si Marta le habría hablado realmente del asa de un cántaro, Qué disparate, debo de estar soñando, pensó. Fue el que menos durmió, pero fue el primero en despertarse. La luz del amanecer se filtraba por los resquicios de las contraventanas. Vas a tener un hijo, se dijo a sí mismo, y repitió, un hijo, un hijo, un hijo. Luego movido por una curiosidad sin deseo, casi inocente, si es que todavía hay inocencia en ese lugar del mundo al que llamamos cama, levantó las mantas para mirar el cuerpo de Marta. Estaba vuelta hacia él, con las rodillas un poco dobladas. La parte inferior del camisón se le enrollaba en la cintura, la blancura del vientre apenas se distinguía en la penumbra y desaparecía completamente en la zona oscura del pubis. Marcial dejó caer las mantas y comprendió que el momento de las caricias no se había retirado, había permanecido a pie firme en el dormitorio durante toda la noche, y allí continuaba, a la espera. Probablemente tocada por el aire frío que se desplazó con el movimiento de la ropa de cama, Marta suspiró y cambió de posición. Como un pájaro tanteando suavemente el sitio para su primer nido, la mano izquierda de Marcial, leve, apenas le rozaba el vientre. Marta abrió los ojos y suspiró, después dijo juguetona, Buenos días, señor padre, pero su expresión cambió de repente, acababa de darse cuenta de que no estaban solos en el dormitorio. El momento de las caricias se insinuaba entre ellos, se metía entre las sábanas, no sabía decir explícitamente lo que quería, mas le satisficieron la voluntad.

Cipriano Algor ya andaba por fuera. Durmió mal pensando si recibiría hoy la respuesta del jefe del departamento de compras, y qué respuesta sería, si positiva, si negativa, si reticente, si dilatoria, pero lo que le hizo perder el sueño por completo durante algunas horas fue una idea que le brotó en la cabeza en medio de la noche y que, como todas las que nos asaltan en horas muertas de insomnio, creyó que era extraordinaria, magnífica, y hasta, en el caso que nos ocupa, golpe de un talento negociador que merecía todos los aplausos. Al despertar de las escasas dos horas de inquieto sueño que el cuerpo desesperado había podido sustraer a su propia extenuación, percibió que la idea, finalmente, no valía nada, que lo más prudente sería no alimentar ilusiones acerca de la naturaleza y del carácter de quien maneja la vara de mando, y que cualquier orden procedente de quien esté investido de una autoridad por encima de lo común deberá ser considerada como si del más irrefutable dictamen del destino se tratara. En verdad, si la simplicidad es una virtud, ninguna idea podría ser más virtuosa que ésta, como en seguida se apreciará, Señor jefe de departamento, diría Cipriano Algor, estuve pensando en lo que me dijo sobre las dos semanas para retirar la loza que le está ocupando espacio en el almacén, en aquel momento no reflexioné, probablemente debido a la emoción que sentí al comprender que había una leve esperanza de seguir siendo proveedor del Centro, pero después me puse a pensar, a pensar, y vi que no es tan fácil, que es hasta imposible, satisfacer al mismo tiempo dos obligaciones, es decir, retirar la loza y hacer las figuras, sí, bien sé que todavía no ha dicho que las encargará pero, suponiendo que lo haga, se me ocurrió, por mero espíritu previsor, proponerle una alternativa que sería dejar libre la primera semana para poder avanzar en la fabricación de las figuras, retirar la mitad de la loza en la segunda semana, volver a las figurillas en la tercera y rematar el transporte de la loza en la cuarta, ya lo sé, ya lo sé, no necesita decírmelo, no ignoro que hay otra opción, esa que sería comenzar por la loza en la primera semana, y después ir alternando, siguiendo la secuencia, ora figuras, ora loza, ora figuras, pero creo que en este caso particular se deberían tener en consideración los facto-

162

res psicológicos, todo el mundo sabe que el estado de espíritu del creador no es el mismo que el del destructor, de aquel que destruye, si yo pudiese comenzar por las figurillas, es decir, por la creación, y más en la excelente disposición de ánimo en que me encuentro, aceptaría con otro coraje la dura tarea de tener que destruir los frutos de mi propio trabajo, que es no tener a quien venderlos lo mismo que destruirlos, y, peor todavía, no encontrar a quien los quiera, incluso regalados. Este discurso, que a las tres de la madrugada le parecía a su autor que contenía una lógica irresistible, se tornó absurdo con el primer rayo de la mañana, y definitivamente ridículo bajo la denunciadora luz del sol. En fin, que lo que tenga que ser, será, dijo el alfarero al perro Encontrado, el diablo no acecha siempre tras la puerta. A causa de la manifiesta diferencia de conceptos y de la distinta naturaleza de los vocabularios de uno y otro, no podía Encontrado aspirar siquiera a una mera comprensión preliminar de lo que el dueño pretendía comunicarle, y en cierto modo menos mal que así era, porque, condición indispensable para pasar al siguiente grado de entendimiento, tendría que ser preguntarle qué era eso del diablo, figura, entidad o personaje, como se supone, ausente del mundo espiritual canino desde el principio de los tiempos, y ya se está viendo que, haciéndose una pregunta de éstas nada más comenzar, la discusión no tendría fin. Con la aparición de Marta y de Marcial, insólitamente risueños, como si esta vez la noche los hubiera premiado con algo más que el acostumbrado desahogo de los deseos acumulados durante los diez días de separación, Cipriano Algor despidió los últimos restos de mal humor, y, acto seguido, por mérito de recorridos mentales fácilmente delineables para quien conociese la premisa y la conclusión, se encontró pensando en Isaura Estudiosa, en ella en persona, pero también en el nombre que usa, que no se entiende por qué tendremos que seguir llamándola Estudiosa, si ese Estudioso le vino del marido, y él está muerto. En la primera ocasión, pensó el alfarero, no me olvidaré de preguntarle cuál es su apellido, el suyo propio, el de origen, el de familia. Absorto en la grave decisión que acababa de tomar, diligencia de las más temerarias en el territorio reservado del nombre, de hecho no es la primera vez que una historia de amor, por ejemplo, por hablar sólo de éstas, comienza por la fatal pregunta, Cuál es su nombre, preguntó ella, Cipriano Algor no reparó en seguida en que Marcial y el perro estaban confraternizando y jugando como viejos amigos que no se veían desde hacía mucho tiempo, Era el uniforme, decía el yerno, y Marta repetía, Era el uniforme. El alfarero los miró con extrañeza, como si todas las cosas del mundo hubiesen cambiado de repente de sentido, tal vez sería por haber pensado en la vecina Isaura más por el nombre que tenía que por la mujer que era, realmente no es común, incluso en pensamientos distraídos, cambiar una cosa por otra, salvo si se trata de una consecuencia de haber vivido mucho, a lo mejor hay cosas que sólo comenzamos a entender cuando llegamos allá, Llegamos allá, adónde, A la edad. Cipriano Algor se alejó en dirección al horno, iba murmurando una cantinela sin significado, Marta, Marcial, Isaura, Encontrado, después en orden diferente, Marcial, Isaura, Encontrado, Marta, y todavía otro, Isaura, Marta, Encontrado, Marcial, y otro, Encontrado, Marcial, Marta, Isaura, finalmente les unió su propio nombre, Cipriano, Cipriano, Cipriano, lo repitió hasta perder la cuenta de las veces, hasta sentir que un vértigo lo lanzaba fuera de sí mismo, hasta dejar de comprender el sentido de lo que estaba diciendo, entonces pronunció la palabra horno, la palabra alpendre, la palabra barro, la palabra moral, la palabra era, la palabra farol, la palabra tierra, la palabra leña, la palabra puerta, la palabra cama, la palabra cementerio, la palabra asa, la palabra cántaro, la palabra furgoneta, la palabra agua, la palabra alfarería, la palabra hierba, la palabra casa, la palabra fuego, la palabra perro, la palabra mujer, la palabra hombre, la palabra, la palabra, y todas las cosas de este mundo, las nombradas y las no nombradas, las conocidas y las secretas, las visibles y las invisibles, como una bandada de aves que se cansase de volar y bajara de las nubes fueron posándose poco a poco en sus lugares, llenando las ausencias y reordenando los sentidos. Cipriano Algor se sentó en un viejo banco de piedra que el abuelo mandó colocar al lado del horno, apoyó los codos en las rodillas, la cara entre las manos juntas y abiertas, no miraba la casa ni la alfarería, ni los campos que se extendían más allá de la carretera, ni los tejados de la aldea a su derecha, miraba sólo el suelo sembrado de minúsculos fragmentos de barro cocido, la tierra blancuzca y granulosa que aparecía por debajo, una hormiga extraviada que erguía entre las mandíbulas potentes una argaya de dos veces su tamaño, el recorte de una piedra por donde la fina cabeza de una lagartija espiaba, para luego desaparecer. No tenía pensamientos ni sensaciones, era sólo el mayor de aquellos pedacitos de barro, un terrón seco que una leve presión de dedos bastaría para desmoronar, una argaya que se soltó de la espiga y era transportada por el azar de una hormiga, una piedra donde de vez en cuando se refugiaba un ser vivo, un escarabajo, o una lagartija, o una ilusión. Encontrado pareció surgir de la nada, no estaba allí y de repente pasó a estar, puso bruscamente las patas sobre las rodillas del dueño, descomponiéndole la postura de contemplador de las vanidades del mundo que pierde su tiempo, o cree ganarlo, haciéndole preguntas a las hormigas, a los escarabajos y a las lagartijas. Cipriano Algor le pasó la mano por la cabeza y le hizo otra pregunta, Qué quieres, pero Encontrado no respondió, sólo jadeaba y abría la boca, como si sonriese ante la inanidad de la cuestión. Fue en ese momento cuando se oyó la voz de Marcial, llamando, Padre, venga, el desayuno está listo. Era la primera vez que el yerno hacía tal cosa, algo anormal debía de estar sucediendo en la casa y en la vida de esos dos, y él no conseguía entender qué sería, imaginó a la hija diciendo, Llámalo tú, o incluso, suceso todavía más extraordinario, Marcial anticipándose, Yo lo llamo, alguna explicación tendrá que haber para esto. Se levantó del banco, hizo otra caricia en la cabeza del perro, y se pusieron en marcha. No reparó Cipriano Algor en que la hormiga nunca más volverá a pisar el camino de vuelta al hormiguero, todavía conserva la argaya violentamente apretada entre las mandíbulas, pero la jornada se le acabó allí, la culpa la tuvo el zangolotino de Encontrado, que no ve dónde pone los pies.

Mientras desayunaban, Marcial, como si estuviese respondiendo a una pregunta, informó de que había telefoneado a los padres para decirles que un trabajo urgente le impediría almorzar con ellos, Marta, a su vez, opinó que el transporte de loza no debería empezar hoy, Así pasaríamos el día juntos, es de suponer que teniendo dos semanas la diferencia de un día no será tan grave, Cipriano Algor observó que también lo había pensado, sobre todo debido al jefe del departamento, que podría telefonear a cualquier hora, Y es necesario que esté aquí para atenderlo. Marta y Marcial se cruzaron una mirada de duda, y él dijo con cautela, Si yo me encontrase en su lugar y sabiendo cómo funciona el Centro, no estaría tan confiado, Acuérdate de que fue él mismo quien admitió la posibilidad de darme la respuesta hoy, Aun así, podían haber sido sólo palabras dichas con la boca pequeña, de esas a las que no se da mucha importancia,

No se trata de estar confiado o no, cuando el poder de decidir está en las manos de otras personas, cuando moverlas en un sentido o en otro no depende de nosotros, lo único que resta es aguantar. No tuvieron que esperar mucho tiempo, el teléfono sonó cuando Marta quitaba la mesa. Cipriano Algor se precipitó, tomó el auricular con una mano que temblaba, dijo, Alfarería Algor, al otro lado alguien, secretaria o telefonista, preguntó, Es el señor Cipriano Algor, El mismo, Un momento, le paso al señor jefe de departamento, durante un arrastradísimo minuto el alfarero tuvo que escuchar la música de violines con que se rellenan, con maníaca insistencia, estas esperas, iba mirando a la hija, pero era como si no la viese, al yerno, pero era como si no estuviese allí, de súbito la música cesó, la comunicación se había realizado, Buenos días, señor Algor, dijo el jefe del departamento de compras, Buenos días, señor, ahora mismo le estaba diciendo a mi hija, y a mi yerno, es su día libre, que, habiéndolo prometido, usted no dejaría de telefonear hoy, De las promesas cumplidas conviene hablar mucho para hacer olvidar las veces que no se cumplieron, Sí señor, Estuve estudiando su propuesta, consideré los diversos factores, tanto los positivos como los negativos, Perdone que le interrumpa, creo haber oído hablar de factores negativos, No negativos en el sentido riguroso del término, mejor diré factores que, siendo en principio neutros, podrán llegar a ejercer una influencia negativa, Tengo cierta dificultad en entender, si no

168

le importa que se lo diga, Me estoy refiriendo al hecho de que su alfarería no tiene ninguna experiencia conocida en la elaboración de los productos que propone, Es verdad, señor, pero tanto mi hija como yo sabemos modelar y, puedo decirle sin vanidad, modelamos bien, y si es cierto que nunca nos dedicamos industrialmente a ese trabajo, ha sido porque la alfarería se orientó a la fabricación de loza desde el principio, Comprendo, pero en estas condiciones no era fácil defender la propuesta, Quiere decir, si me autoriza la pregunta y la interpretación, que la defendió, La defendí, sí, Y la decisión, La decisión tomada fue positiva para una primera fase, Ah, muchas gracias, señor, pero tengo que pedirle que me explique eso de la primera fase, Significa que vamos a hacerle un encargo experimental de doscientas figuras de cada modelo y que la posibilidad de nuevos encargos dependerá obviamente de la manera en que los clientes reciban el producto, No sé cómo se lo podré agradecer, Para el Centro, señor Algor, el mejor agradecimiento está en la satisfacción de nuestros clientes, si ellos están satisfechos, es decir, si compran y siguen comprando, nosotros también lo estaremos, vea lo que sucedió con su loza, se dejaron de interesar por ella, y, como el producto, al contrario de lo que ha sucedido en otras ocasiones, no merecía el trabajo ni la inversión de convencerlos de que estaban errados, dimos por terminada nuestra relación comercial, es muy simple, como ve, Sí señor, es muy simple, ojalá estas figurillas de ahora no tengan la misma suerte, La tendrán más tarde o más pronto, como todo en la vida, lo que ha dejado de tener uso se tira, Incluyendo a las personas, Exactamente, incluyendo a las personas, a mí también me tirarán cuando ya no sirva, Usted es un jefe, Soy un jefe, claro, pero sólo para quienes están por debajo de mí, por encima hay otros jueces, El Centro no es un tribunal, Se equivoca, es un tribunal, y no conozco otro más implacable, Verdaderamente, señor, no sé por qué gasta su precioso tiempo hablando de estos asuntos con un alfarero sin importancia, Le observo que está repitiendo palabras que oyó de mí ayer, Creo recordar que sí, más o menos, La razón es que hay cosas que sólo pueden ser dichas hacia abajo, Y yo estoy abajo, No he sido yo quien lo ha puesto, pero está, Por lo menos todavía tengo esa utilidad, pero si su carrera progresa, como sin duda sucederá, muchos más quedarán debajo de usted, Si tal ocurre, señor Cipriano Algor, para mí se volverá invisible, Como dijo usted hace poco, así es la vida, Así es la vida, pero por ahora todavía soy yo quien firmará el encargo, Señor, tengo una cuestión que someter a su criterio, Qué cuestión es ésa, Me refiero a la retirada de la loza, Eso ya está decidido, le he dado un plazo de quince días, Es que se me ha ocurrido una idea, Qué idea, Como nuestro interés, el nuestro y el del Centro, está en despachar el encargo lo más rápidamente posible, ayudaría mucho que pudiésemos alternar, Alternar, Quiero decir, una semana para sacar de ahí la loza, otra para trabajar en las estatuillas, y así sucesivamente, Pero eso significaría que tardaría un mes en limpiarme el almacén, en vez de quince días, Sí, sin embargo, ganaríamos tiempo para ir adelantando el trabajo, Dijo una semana loza, otra semana estatuillas, Sí señor, Hagámoslo entonces de otra manera, la primera semana será para las figuras, la siguiente para la loza, en el fondo es una cuestión de psicología aplicada, construir siempre es más estimulante que destruir, No me atrevía a pedirle tanto, señor, es mucha bondad la suya, Yo no soy bueno, soy práctico, cortó el jefe de compras, Tal vez la bondad también sea una cuestión práctica, murmuró Cipriano Algor, Repita, no he entendido bien lo que ha dicho, No haga caso, señor, no era importante, Sea como sea, repita, Dije que tal vez la bondad sea también una cuestión práctica, Es una opinión de alfarero, Sí señor, pero no todos los alfareros la tendrían, Los alfareros se están acabando, señor Algor, Opiniones de éstas, también. El jefe del departamento no respondió en seguida, estaría pensando si valdría la pena seguir divirtiéndose con esta especie de juego del gato y el ratón, pero su posición en el mapa orgánico del Centro le recordó que las configuraciones jerárquicas se definen y se mantienen por y para ser escrupulosamente respetadas, y nunca excedidas o pervertidas, sin olvidar que tratar a los inferiores o subalternos con excesiva confianza siempre va minando el respeto y acaba en licencias, o, queriendo usar palabras más explícitas, sin ambigüedad, insubordinación, indisciplina y anarquía. Marta, que desde hace algunos momentos porfiaba en atraer la atención del padre sin conseguirlo, tan absorto estaba en la disputa verbal, garabateó velozmente en un papel dos preguntas en grandes letras y ahora se las ponía delante de la nariz, Cuáles, Cuántas. Al leerlas, Cipriano Algor se llevó la mano desocupada a la cabeza, su distracción no tenía disculpa, mucho hablar por hablar, mucho argumentar y contraargumentar, y de lo que realmente le interesaba saber sólo conocía una parte, y eso porque el jefe del departamento lo había dicho, a saber, que serían doscientas figuras de cada modelo las encargadas. El silencio no duró tanto cuanto probablemente estará pareciendo, pero hay que volver a recordar que en un instante de silencio, incluso más breve que éste, pueden ocurrir muchas cosas, y cuando, como en el caso presente, es necesario enumerarlas, describirlas, explicarlas para que se llegue a comprender algo que valga la pena del sentido que tengan cada una por sí y todas juntas, en seguida aparecerá alguien esgrimiendo que es imposible, que no cabe el mundo por el ojo de una aguja, cuando lo cierto es que cupo el universo, y mucho más cabría, por ejemplo, dos universos. Pero, usando un tono circunspecto, para que el despertar del dragón durmiente no sea demasiado brusco, es ya tiempo de que Cipriano Algor murmure, Señor, tiempo también de que el jefe del departamento de compras ponga punto final y remate una conversación de la que mañana, por las razones arriba expuestas, tal vez venga a arrepentirse y quiera dar por no sucedida, Bueno, estamos de acuerdo, pueden comenzar el trabajo, la hoja de pedido sale hoy mismo, y, finalmente, tiempo de que Cipriano Algor diga que falta por resolver todavía un pormenor, Y qué pormenor es ése, Cuáles, señor, Cuáles, qué, habló de un pormenor, no de varios, Cuáles de las seis figuras va a encargar, es eso lo que me falta saber, Todas, respondió el jefe de compras, Todas, repitió estupefacto Cipriano Algor, pero el otro ya no lo oía, había colgado. Aturdido, el alfarero miró a la hija, después al yerno, Nunca esperé, he oído lo que he oído y no lo creo, dice que va a encargar doscientas de todas, De las seis, preguntó Marta, Creo que sí, fue eso lo que dijo, todas. Marta corrió hacia el padre y lo abrazó con fuerza, sin una palabra. Marcial también se aproximó al suegro, Las cosas, a veces, van mal, pero después llega un día que sólo trae noticias buenas. Si estuviese Cipriano Algor apenas un pelín más interesado en lo que se decía, si no lo distrajese la alegría del trabajo ahora garantizado, ciertamente no dejaría de querer saber de qué otra u otras buenas noticias había sido este día portador. Por otra parte, el pacto de silencio hace pocas horas acordado entre los prometidos padres casi se rompe allí, de eso se dio cuenta Marta al mover los labios como para decir, Padre, me parece que estoy embarazada, sin embargo consiguió retener las palabras. No lo percibieron Marcial, firme en el compromiso asumido, ni Cipriano, inocente de cualquier sospecha. Es verdad que una tal revelación sólo podría ser obra de quien, además de saber leer los labios, habilidad relativamente común, fuese también capaz de prever lo que ellos van a pronunciar cuando la boca apenas comienza a entreabrirse. Tan raro es este mágico don como aquel otro, en otro lugar hablado, de ver el interior de los cuerpos a través del saco de piel que los envuelve. Pese a la seductora profundidad de ambos temas, propicia a las más suculentas reflexiones, tenemos que abandonarlos inmediatamente para prestar atención a lo que Marta acaba de decir, Padre, haga las cuentas, seis veces doscientos son mil doscientos, vamos a tener que entregar mil doscientas figuras, es mucho trabajo para dos personas y poquísimo tiempo para hacerlo. Lo exagerado del número empalideció la otra buena noticia del día, la probabilidad de un hijo de Marcial y Marta, tenida por cierta, perdió de súbito fuerza, volvió a ser la simple posibilidad de todos los días, el efecto ocasional o intencionado de haberse reunido sexualmente, por vías que llamamos naturales y sin tomar precauciones, un hombre y una mujer. Dijo el guarda interno Marcial Gacho, medio serio medio jocoso, Presiento que a partir de ahora desapareceré del paisaje, espero que al menos no se olviden de que existo, Nunca exististe tanto, respondió Marta, y Cipriano Algor dejó durante un momento de pensar en los mil doscientos muñecos para preguntarse a sí mismo qué estaría queriendo ella decir.

Así que los que viven en el Centro también mueren, dijo Cipriano Algor al entrar en casa con el perro detrás después de haber llevado al yerno a sus obligaciones, Supongo que nadie se habrá imaginado alguna vez lo contrario, respondió Marta, todos sabemos que tienen dentro su propio cementerio, El cementerio no se ve desde la calle, pero el humo, sí, Qué humo, El del crematorio, En el Centro no hay crematorio, No había, pero ahora hay, Quién lo ha dicho, Tu Marcial, cuando entramos en la avenida vi humo saliendo del tejado, era algo de lo que se venía hablando, y se ha cumplido, Marcial me dijo que empezaban a tener problemas de espacio, Lo que me extraña es el humo, casi apostaría a que la tecnología actual ya lo había eliminado, Estarían haciendo experimentos, quemando otras cosas, tal vez cachivaches pasados de moda, como nuestros platos, Deje de pensar en los platos, tenemos mucho trabajo a la espera, He venido lo más deprisa posible, sólo fue dejar a Marcial en la puerta y volver, respondió Cipriano Algor. Omitía el pequeño desvío que le había permitido pasar por delante de la casa de Isaura Estudiosa y no se percataba de que sus palabras sonaban a justificación improvisada, o quizá sabiendo que lo eran, no conseguía evitarlo. Es cierto que le faltó coraje para detener la furgoneta y llamar a la puerta de la viuda de Joaquín Estudioso, pero ésa no fue la única razón por la que, usando una expresión fuerte, se acobardó, lo que temió sobre todo fue el ridículo de encontrarse delante de la mujer sin saber qué decirle y, como tabla de salvación, acabar preguntándole por el cántaro. Una importante duda quedará sin aclaración para siempre jamás, esto es, si Cipriano Algor, en el caso de haber podido hablar aunque fuera dos minutos con Isaura Estudiosa, hubiera entrado en casa hablando de muertos, humos y crematorios, o si, al contrario, el placer de una amena conversación entre puertas habría hecho acudir a su espíritu algún tema más apacible, como el regreso de las golondrinas o la abundancia de flores que ya se observa en los campos. Marta dispuso sobre la mesa de la cocina los seis diseños de la última fase preparatoria, por orden de elección, el bufón, el payaso, la enfermera, el esquimal, el mandarín, el asirio de barbas, iguales en todo a aquellos que fueron conducidos al tribunal del jefe del departamento, una u otra diferencia de pormenor, ligerísimas, no bastan para considerarlos versiones diferentes de las mismas propuestas. Marta empujó una silla para que el padre se sentase, pero él se quedó de pie. Apoyaba las manos en la tabla de la mesa, miraba las figuras una tras otra, finalmente dijo, Es una pena que no tengamos también la visión de perfil, Para qué, Nos daría una noción más precisa de cómo los debemos fabricar, Mi idea, recuerde, fue modelarlos desnudos y después vestirlos, No creo que sea una buena solución, Por qué, Estás olvidando que son mil doscientos, Sí, lo sé, son mil doscientos, Modelar mil doscientas estatuillas desnudas y luego vestirlas una por una sería hacer y volver a hacer, significaría el doble de trabajo, Tiene razón, fui una estúpida por no haberlo pensado, Si vamos a eso, fui tan estúpido como tú, creíamos que el Centro no escogería más que tres o cuatro figuras, y ni se nos pasó por la cabeza que el primer encargo fuese tan abultado, Por tanto, sólo tenemos una manera, dijo Marta, Exactamente, Modelar los seis muñecos que servirán para los moldes, cocerlos, hacer las cajas, decidir si vamos a trabajar con barbotina de relleno o con lecho de barro, Para la barbotina no me creo que tengamos experiencia suficiente, saber teóricamente cómo se hace no basta, aquí siempre trabajamos a dedo, dijo Cipriano Algor, Sea entonces a dedo, En cuanto a las cajas, se encargan a un carpintero, Hay que dibujar los perfiles, dijo Marta, y también los dorsos, claro está, Vas a tener que inventar, No será complicado, bastarán algunas líneas simples que guíen lo esencial del modelado. Eran dos generales pacíficos estudiando el mapa de operaciones, elaborando la estrategia y la táctica, calculando los costos, evaluando los sacrificios. Los enemigos que abatir son estos seis muñecos, medio serios medio grotescos, hechos de papel pintado, habrá que forzarlos a la rendición por las armas del barro y del agua, de la madera y del yeso, de las pinturas y del fuego, y también por el mimo incansable de las manos, que no sólo para amar se necesitan ellas y él. Entonces Cipriano Algor dijo, Hay una cosa a la que tendremos que prestar atención, que el molde tenga sólo dos taceles, uno más nos complicaría el trabajo, Creo que dos serán suficientes, estas figurillas son simples, frente y espalda, y ya está, no quiero ni imaginar las dificultades si tuviéramos que atrevernos con el alabardero o el maestro de esgrima, con el labrador o el flautista, o el lancero a caballo, o el mosquetero con sombrero de plumas, dijo Marta, O el esqueleto con alas y guadaña, o la santísima trinidad, dijo Cipriano Algor, Tenía alas, A cuál de los dos te refieres, Al esqueleto, Tenía, aunque no comprendo por qué diablo la representan alada si está en todas partes, incluso en el Centro, como esta mañana se ha visto, Supongo que es de su tiempo, señaló Marta, el dicho de que quien habla de barcos quiere embarcar, Ése no es de mi tiempo, es del tiempo de tu bisabuelo, que nunca vio el mar, si el nieto habla tanto de barco es para no olvidarse de que no quiere viajar en él, Tregua, señor padre, No veo la bandera blanca, Aquí la tiene, dijo Marta y le dio un beso. Cipriano Algor reunió los diseños, el plan de batalla estaba trazado, no faltaba nada más que tocar el cornetín y dar la orden de asalto, Adelante, manos a la obra, pero en el último instante vio que le faltaba un clavo a la herradura de un caballo del estado mayor, bien pudiera suceder que la suerte de la guerra acabe dependiendo de ese caballo, de esa herradura y de ese clavo, es sabido que un caballo cojo no lleva recados, o, si los lleva, se arriesga a dejarlos por el camino. Todavía hay otra cuestión, y espero que sea la última, dijo Cipriano Algor, Qué se le ha ocurrido ahora, Los moldes, Ya hablamos de los moldes, Hablamos de las madres de los moldes, sólo de las madres, y ésas son para guardar, de lo que se trata es de los moldes de uso, no se puede pensar en moldear doscientos muñecos con un solo molde, no aguantaría mucho tiempo, comenzaríamos con un payaso sin barba y acabaríamos con una enfermera barbuda. Marta desvió los ojos al oír las primeras palabras, sentía que la sangre le estaba subiendo a la cara y que nada podía hacer para obligarla a regresar a la espesura protectora de las venas y de las arterias, ahí donde la vergüenza y el pudor se disfrazan de naturalidad y ligereza, la culpa la tenía aquella palabra, madre, y las otras que de ella nacen, maternidad, materno, maternal, la culpa la tenía su silencio, Por ahora no le hablaremos de esto a mi padre, dijera, y ahora no podía quedarse callada, es cierto que un atraso de dos días, o tres, contando con éste, no es nada para la mayoría de las mujeres, pero ella siempre había sido exacta, matemática, regularísima, un péndulo biológico, por así decirlo, si albergase la más mínima duda en su espíritu no se lo habría comunicado en seguida a Marcial, y ahora qué hacer, el padre está a la espera de una respuesta, el padre la está mirando con aire de extrañeza, ni siquiera había sonreído a su chiste sobre la enfermera barbuda, simplemente no lo oyó, Por qué te sonrojas, imposible responderle que no es verdad, que no está sonrojándose, dentro de poco, sí, podría decirlo, porque de súbito empalidecerá, contra esta sangre delatora y sus maneras opuestas de acusar no hay otro amparo que una confesión completa, Padre, creo que estoy embarazada, dijo, y bajó los ojos. Las cejas de Cipriano Algor se irguieron de golpe, la expresión del rostro pasó de la extrañeza a una perplejidad sorprendida, a la confusión, luego pareció que buscaba las palabras más adecuadas a la circunstancia, pero sólo encontró éstas, Por qué me lo dices ahora, por qué me lo dices así, claro que ella no va a responder Me he acordado de pronto, para fingimientos ya basta, Porque ha dicho la palabra madre, He dicho esa palabra, Sí, hablando de los moldes, Es verdad, tienes razón. El diálogo se deslizaba rápidamente hacia el absurdo, hacia lo cómico, Marta sentía unas ganas locas de reír, pero de repente se le saltaron las lágrimas, los colores le volvieron al rostro, no es inusual que dos temblores tan opuestos, tan contradictorios como éstos, tengan modos parecidos de manifestarse, Creo que sí, padre, creo que estoy embarazada, Todavía no tienes la certeza, Sí, tengo la certeza, Por qué dices entonces que crees, Qué sé yo, perturbación, nerviosismo, es la primera vez que me sucede, Marcial ya lo sabe, Se lo dije cuando llegó, Por eso estabais tan diferentes de lo habitual ayer por la mañana, Qué ocurrencia, eso fue una impresión suya, estábamos como siempre, Si te figuras que tu madre y yo nos quedamos como siempre en tu primer día, Claro que no, perdone. La interrogación que Marta veía aproximarse desde el principio de la conversación acabó llegando, Y por qué no me lo habías dicho antes, Preocupaciones, padre, ya tiene, y de sobra, Me ves con cara de preocupado ahora que ya lo sé, preguntó Cipriano Algor, Tampoco parece muy contento, observó Marta, intentando desviar el curso de la fatalidad, Estoy contento por dentro, muy contento incluso, pero seguro que no esperas que me ponga a bailar, no es mi estilo, Le he hecho daño, Me has hecho daño, sí, pero si no hubiese usado la palabra madre, cuánto tiempo seguiría ignorando que mi hija está embarazada, durante cuánto tiempo te miraría sin saber que, Padre, por favor, Probablemente hasta que se te notase, hasta que comenzases a tener náuseas, entonces sería yo quien te preguntaría si estás-enferma-andas-con-la-barriga-hinchada, y tú responderías qué-disparate-padre-estoy-embarazada-no-se-lo había-dicho-porque-se-me-olvidó, Padre, por favor, repitió Marta ya llorando, hoy no debería ser un día de lágrimas, Tienes razón, estoy siendo egoísta, No es eso, Estoy siendo egoísta, pero por mucho que me esfuerce no consigo entender por qué no me lo dijiste, hablaste de preocupaciones, mis preocupaciones son igualitas que las tuyas, la loza, las figurillas, el futuro, quien comparte una cosa también comparte la otra. Marta se pasó rápidamente los dedos por las mejillas mojadas, Había una razón, dijo, pero fue una niñería mía, imaginar sentimientos que lo más probable es que no existan, y si existen no tengo que meterme donde no soy llamada, Qué historia es ésa, qué quieres decir, preguntó Cipriano Algor, pero el tono de su voz se había alterado, la alusión a unos indefinidos sentimientos de cuya existencia ora se duda, ora se cree, lo perturbaba, Hablo de Isaura Estudiosa, avanzó Marta como si estuviese empujándose a sí misma a un baño de agua fría, Qué, exclamó el padre, Pensé que si está interesado en ella, como a veces me parece, llegar diciéndole que está esperando un nieto podría, comprendo que es un escrúpulo absurdo, pero no pude evitarlo, Podría, qué, No sé, hacerle caer en la cuenta, quizá hacerle notar que, Que es imbécil y ridículo, Esas palabras son suyas, no mías, Dicho con otros términos, el vejestorio viudo que andaba por ahí exhibiéndose, echándole miradas tiernas a una mujer viuda como él, pero de las jóvenes, y de pronto aparece la hija del vejestorio dándole la noticia de que va a ser abuelo, que es como quien dice acaba con eso, tu tiempo ya no da para más, limítate a pasear al nietito y a alzar las manos al cielo por haber vivido tanto, Oh, padre, Será muy difícil que me convenzas de que no había algo parecido a esto tras la decisión de callarte lo que me deberías haber contado en seguida, Por lo menos, no tuve mala intención, Sólo faltaba que la tuvieses, Le pido perdón, murmuró Marta hundida, y el llanto regresó irreprimible. El padre le pasó despacio las manos por el pelo, dijo, Déjalo, el tiempo es un maestro de ceremonias que siempre acaba poniéndonos en el lugar que nos compete, vamos avanzando, parando y retrocediendo según sus órdenes, nuestro error es imaginar que podemos buscarle las vueltas. Marta tomó la mano que se retiraba, la besó, apretándola con fuerza contra los labios, Disculpe, disculpe, repetía, Cipriano Algor quiso consolarla, pero las palabras que le salieron, Déjalo, en el fondo nada tiene importancia, no fueron seguramente las más adecuadas para su propósito. Salió a la explanada confundido por el inevitable pensamiento de que había sido injusto con la hija, y, más todavía, consciente de que acababa de decir de sí mismo sólo lo que hasta hoy se había negado a admitir, que su tiempo de hombre llegaba a su fin, que durante estos días la mujer llamada Isaura Estudiosa no había sido sino una fantasía de su cabeza, un engaño voluntariamente aceptado, una última invención del espíritu para consuelo de la triste carne, un efecto abusivo de la desmayada luz crepuscular, un soplo efímero que pasa y no deja rastro, la gota minúscula de lluvia que cae y en breve se seca. El perro Encontrado notó que otra vez el dueño no estaba en el mejor de los ánimos, todavía ayer, cuando fue a buscarlo al horno, se extrañó de la expresión ausente de quien considera agradable pensar en cosas que cuesta entender. Le tocó la mano con la nariz fría y húmeda, alguien ya debería haber enseñado a este animal primitivo a levantar la pata delantera como acaban siempre haciendo con naturalidad los perros instruidos en preceptos sociales, además, no se conoce otra manera de evitar que la amada mano del amo huya bruscamente al contacto, prueba final de que no todo está resuelto en la relación entre las personas humanas y las personas caninas, tal vez esa humedad y esa frialdad despierten viejos miedos en la parte más arcaica de nuestros cerebros, la viscosidad indeleble de una babosa gigante, el gélido y ondulante deambular de una serpiente, el aliento glacial de una gruta poblada por seres de otro mundo. Tanto es así que Cipriano Algor retiró con presteza la mano, aunque el hecho de haber acariciado en seguida la cabeza de Encontrado, siendo obviamente una petición de disculpa, deba ser interpretado como señal de que tal vez un día deje de reaccionar así, suponiendo, claro está, que el tiempo de vida en común de ambos venga a ser tan dilatado que pueda convertir en hábito lo que por ahora todavía se manifiesta como instintiva repulsión. El perro Encontrado está incapacitado para comprender estos melindres, el uso que hace de la nariz es algo instintivo, que le viene de la naturaleza, luego más saludablemente auténtico que los apretones de manos de los hombres, por muy cordiales que nos parezcan a la vista y al tacto. Lo que el perro Encontrado quiere saber es adónde irá el dueño cuando se decida a salir de la inmovilidad medio absorta en que lo ve. Para hacerle comprender que está esperando una decisión, repite el toque de nariz, y como Cipriano Algor, a continuación, comenzó a andar hacia el horno, el espíritu animal, que, por mucho que se proteste, es el más lógico de cuantos espíritus se encuentran en el mundo, hizo que Encontrado concluyera que en la vida de los humanos una vez no basta. Mientras Cipriano Algor se sentaba pesadamente en el banco de piedra, el perro se dedicó a olfatear la piedra gruesa bajo la que apareció la lagartija, pero las transparentes preocupaciones del dueño tuvieron más poder en su ánimo que la seducción de una dudosa caza, por eso no tardó mucho en tumbarse delante de él, preparado para una interesante conversación. La primera palabra que el alfarero pronunció, Se acabó, precisa y lacónica como una sentencia sin considerandos, no parecía enunciar desenlaces ulteriores, sin embargo, en casos de éstos, lo más productivo para un perro es siempre mantenerse en silencio durante el tiempo necesario hasta que el silencio de los dueños se canse, los perros saben perfectamente que la naturaleza humana es parlanchina por definición, imprudente, indiscreta, chismosa, incapaz de cerrar la boca y dejarla cerrada. En realidad nunca lograremos imaginar la profundidad abisal que puede alcanzar la introspección de un animal de éstos cuando se pone a mirarnos, creemos que está haciendo simplemente eso, mirarnos, y no nos damos cuenta de que sólo parece estar mirándonos, cuando lo cierto es que nos ha visto y después de habernos visto se ha marchado, dejándonos braceando como idiotas en la superficie de nosotros mismos, salpicando de explicaciones falaces e inútiles el mundo. El silencio del perro y aquel famoso silencio del universo al que en otra ocasión se hizo teológica referencia, pareciendo de comparación imposible por ser tan desproporcionadas las dimensiones materiales y objetivas de uno y de otro, son, a fin de cuentas, igualitos en densidad y peso específico a dos lágrimas, la diferencia está en el dolor que las hizo brotar, resbalar y caer. Se acabó, volvió a decir Cipriano Algor, y Encontrado ni siquiera pestañeó, demasiado bien sabía él que lo que había acabado no era el abastecimiento de cacharrería al Centro, eso ya pasó a la historia, el caso de ahora tiene que ver con faldas, y no pueden ser otras que las de aquella Isaura Estudiosa que había visto desde la furgoneta cuando el dueño le llevó el cántaro, mujer bonita tanto de cara como de figura, aunque deba observarse que esta opinión no la formuló Encontrado, eso de feo y bonito son cosas que no existen para él, los cánones de belleza son ideas humanas, Incluso siendo el más feo de los hombres, diría el perro Encontrado de su dueño, si hablase, tu fealdad no tendría ningún sentido para mí, sólo te extrañaría si tuvieras otro olor, o pasaras de otra manera la mano por mi cabeza. El inconveniente de las divagaciones está en la facilidad con que pueden distraer por caminos desviados al divagante, haciéndole perder el hilo de las palabras y de los acontecimientos, como le acaba de suceder a Encontrado, que alcanzó la frase siguiente de Cipriano Algor cuando ya iba por la mitad, ésa es la razón, como se va a notar, de que le falte la mayúscula, no la buscaré más, remató el alfarero, claro está que no se refería a la dicha mayúscula, ya que no las usa cuando habla, sino a la mujer llamada Isaura Estudiosa, con quien, a partir de este momento, renunció a tener trato de cualquier especie, Andaba procediendo como un niño tonto, a partir de ahora no la buscaré más, ésta fue la frase completa, pero el perro Encontrado, sin atreverse a dudar de lo poco que había oído, no puede dejar de percibir que la melancolía de la cara del dueño contrariaba abiertamente la determinación de las palabras, aunque nosotros sabemos que la decisión de Cipriano Algor es firme, Cipriano Algor no buscará más a Isaura Estudiosa, Cipriano Algor está agradecido a la hija por hacerle ver la luz de la razón, Cipriano Algor es un hombre hecho, rehecho y todavía no deshecho, no uno de esos adolescentes alocados que, porque están en la edad de los entusiasmos irreflexivos, se pasan el tiempo corriendo detrás de fantasías, nieblas e imaginaciones, y no desisten de ellas ni siquiera cuando se dan con la cabeza y los sentimientos que creían tener contra el muro de los imposibles. Cipriano Algor se levantó del banco de piedra, parecía que le costaba izar su propio cuerpo de allí, no es de extrañar, que no es lo mismo el peso que el hombre siente y el que la mecánica de la balanza registraría, unas veces de más, otras veces de menos. Cipriano Algor va a entrar en casa, pero, al contrario de lo que quedó anunciado antes, no agradecerá a la hija que le hiciera ver la luz de la razón, no se puede pedir tanto a un hombre que acaba de renunciar a un sueño, aunque sea de tan poco alcance como era éste, una simple vecina viuda, dirá, sí, que va a encargar las cajas al carpintero, no es que sea lo más urgente que hay que hacer, pero algún tiempo se adelantará, que en materia de plazos nunca los carpinteros ni los sastres han sido de fiar, por lo menos era así en el tiempo antiguo, con la ropa de confección y el hágalo-usted-mismo el mundo ha cambiado mucho. Todavía está enfadado conmigo, preguntó Marta, No me he enfadado, fue sólo una pequeña decepción, pero no vamos a quedarnos hablando de este asunto el resto de la vida, Marcial y tú vais a tener un hijo, yo voy a tener un nieto, y todo irá bien, cada cosa en su lugar, ya era hora de que se acabaran las fantasías, cuando vuelva nos sentamos a planificar el trabajo, tendremos que aprovechar al máximo esta semana, la próxima estaré ocupado con el transporte de la loza, por lo menos una buena parte del día, Llévese la furgoneta, dijo Marta, evítese el cansancio, No merece la pena, la carpintería no está lejos. Cipriano Algor llamó al perro, Vamos, bicho, y Encontrado fue detrás, Puede ser que la encuentre, pensaba. Los perros son así, cuando les da por tal, piensan por cuenta de los dueños.

Las sentidas razones de queja de Cipriano Algor contra la inmisericorde política comercial del Centro, extensamente presentadas en este relato desde un punto de vista de confesada simpatía de clase que, sin embargo, así lo creemos, en ningún momento se aparta de la más rigurosa imparcialidad de juicio, no podrán hacer olvidar, aunque arriesgando un atizar inoportuno en la adormecida hoguera de las conflictivas relaciones históricas entre el capital y el trabajo, no podrán hacer olvidar, decíamos, que el dicho Cipriano Algor carga con algunas culpas propias en todo esto, la primera de ellas, ingenua, inocente, pero, como a la inocencia y la ingenuidad tantas veces les ha sucedido, raíz maligna de las otras, ha sido pensar que ciertos gustos y necesidades de los contemporáneos del abuelo fundador, en materia de productos cerámicos, se iban a mantener inalterables per omnia saecula saeculorum o, por lo menos, durante toda su vida, lo que viene a ser lo mismo, si reparamos bien. Ya se ha visto cómo el barro se amasa aquí de la más artesanal de las maneras, ya se ha visto cómo son de rústicos y casi primitivos estos tornos, ya se ha visto cómo el horno de fuera conserva trazos de inadmisible antigüedad en una época moderna, la cual, pese a los escandalosos defectos e intolerancias que la caracterizan, ha tenido la benevolencia de admitir hasta ahora la existencia de una alfarería como ésta cuando existe un Centro como aquél. Cipriano Algor se queja, se queja, pero no parece comprender que los barros amasados ya no se almacenan así, que a las industrias cerámicas básicas de hoy poco les falta para convertirse en laboratorios con empleados de bata blanca tomando notas y robots inmaculados acometiendo el trabajo. Aquí hacen clamorosa falta, por ejemplo, higrómetros que midan la humedad ambiente y dispositivos electrónicos competentes que la mantengan constante, corrigiéndola cada vez que se exceda o mengüe, no se puede trabajar más a ojo ni a palmo, al tacto o al olfato, según los atrasados procedimientos tecnológicos de Cipriano Algor, que acaba de comunicarle a la hija con el aire más natural del mundo, La pasta está bien, húmeda y plástica, en su punto, fácil de trabajar, pero ahora preguntamos nosotros, cómo podrá estar tan seguro de lo que dice si sólo puso la palma de la mano encima, si sólo apretó y movió un poco de pasta entre el dedo pulgar y los dedos índice y corazón, como si, con ojos cerrados, todo él entregado al sentido interrogador del tacto, estuviese apreciando no una mezcla homogénea de arcilla roja, caolín, sílice y agua, sino la urdimbre y la trama de una seda. Lo más probable, como en uno de estos últimos días tuvimos ocasión de observar y proponer a consideración, es que lo saben sus dedos, y no él. En todo caso, el veredicto de Cipriano Algor debe de estar de acuerdo con la realidad física del barro, puesto que Marta, mucho más joven, mucho más moderna, mucho más de este tiempo, y que, como sabemos, tampoco tiene nada de pacata en estas artes, pasó sin objeción a otro asunto, preguntándole al padre, Cree que la cantidad será suficiente para las mil doscientas figuras, Creo que sí, pero trataré de reforzarla. Pasaron a la parte de la alfarería donde se guardaban los óxidos y otros materiales de acabado, registraron las existencias, anotaron las faltas, Vamos a necesitar más colores que estos que tenemos, dijo Marta, los muñecos tienen que ser atractivos a la vista, Y es necesario yeso para los moldes y jabón cerámico, y petróleo para las pinturas, añadió Cipriano Algor, traer de una vez todo lo que falte, para no tener que interrumpir el trabajo yendo deprisa y corriendo a comprar. Marta adquirió de pronto un aire pensativo, Qué pasa, preguntó el padre, Tenemos un problema muy serio, Cuál, Habíamos decidido que se haría el relleno de los moldes a dedo, Exactamente, Pero no hablamos de la fabricación de las figuras propiamente dichas, es imposible hacer mil doscientos muñecos a dedo, ni los moldes aguantarían, ni el trabajo rendiría, sería lo mismo que querer vaciar el mar con un cubo, Tienes razón, Lo que significa que nos vamos a ver obligados a recurrir al relleno de barbotina, No tenemos mucha experiencia, pero todavía estamos en edad de aprender, El problema peor no es ése, padre, Entonces, Recuerdo haber leído, debemos de tener por ahí el libro, que para hacer barbotina de relleno no es conveniente usar pasta rojiza que tenga caolín y la nuestra lo tiene, por lo menos en un treinta por ciento, Esta cabeza ya no sirve para mucho, cómo no he pensado en eso antes, No se reproche, nosotros no solemos trabajar con barbotina, Pues sí, pero son conocimientos de párvulos de alfarería, es el abecé del oficio. Se miraron el uno al otro desconcertados, no eran ni padre ni hija, ni futuro abuelo ni futura madre, sólo dos alfareros en riesgo ante la tarea desmedida de tener que extraer del barro amasado el caolín y después disminuirle la grasa introduciéndole barro fino de cochura roja. Sobre todo cuando tal operación de alquimia, simplemente, no es posible. Qué hacemos, preguntó Marta, vamos a consultar el libro, tal vez, No merece la pena, no se puede sacar el caolín del barro ni neutralizarlo, lo que estoy diciendo no tiene ningún sentido, cómo se sacaría o neutralizaría el caolín, pregunto, la única solución es preparar otro barro con los componentes exactos, No tenemos tiempo, padre, Sí, tienes razón, no tenemos tiempo. Salieron de la alfarería, dos figuras desalentadas a las que Encontrado ni siquiera intentó aproximarse, y ahora estaban sentados en la cocina, miraban los diseños que los miraban a ellos, y no encontraban la manera de resolver el meollo de la cuestión, sabían por experiencia que los barros fuertes tienden a encogerse demasiado, se agrietan, se deforman, son plásticos en exceso, blandos, moldeables, pero desconocían qué resultado podría tener eso en la barbotina y sobre todo qué consecuencias negativas en el trabajo acabado. Marta buscó y encontró el libro, ahí venía que para preparar la barbotina no es suficiente disolver el barro en agua, hay que usar fundentes, como el silicato de sodio, o el carbonato de sodio, o el silicato de potasio, también la sosa cáustica si no fuese tan peligroso trabajar con ella, la cerámica es el arte donde verdaderamente es imposible separar la química de sus efectos físicos y dinámicos, pero el libro no informa de lo que les sucederá a mis muñecos si los fabrico con el único barro que tengo, el problema es la cantidad, si fuesen pocos se llenaban los moldes a dedo, pero mil doscientos, virgen santa. Si lo entiendo bien, dijo Cipriano Algor, los requisitos principales a que debe obedecer la barbotina de relleno son la densidad y la fluidez, Es lo que aquí viene explicado, dijo Marta, Entonces léelo, Sobre la densidad, la ideal es uno coma siete, es decir, un litro de barbotina debe pesar mil setecientos gramos, a falta de un densímetro adecuado si quiere conocer la densidad de su barbotina use una probeta y una balanza, descontando, naturalmente, el peso de la probeta, Y en cuanto a la fluidez, Para medir la fluidez úsese un viscosímetro, los hay de varios tipos, cada uno da lecturas asentadas en escalas fundamentadas en diferentes criterios, No ayuda mucho ese libro, Sí ayuda, ponga atención, La pongo, Uno de los usos más frecuentes es el viscosímetro de torsión cuya lectura se hace en grados Gallenkamp, Quién es ese señor, Aquí no consta, Sigue, Según esta escala, la fluidez ideal se sitúa entre los doscientos sesenta y trescientos sesenta grados, No hay por ahí nada al alcance de mi comprensión, preguntó Cipriano Algor, Viene ahora, dijo Marta, y leyó, En nuestro caso utilizaremos un método artesanal, empírico e impreciso, pero capaz de dar, con la práctica, una indicación aproximada, Qué método es ése, Hundir la mano profundamente en la barbotina y sacarla, dejando escurrir la barbotina por la mano abierta, la fluidez será dada por buena cuando, al resbalar, forme entre los dedos una membrana como la de los patos, Como la de los patos, Sí, como la de los patos. Marta dejó el libro a un lado y dijo, No adelantamos mucho, Adelantamos algo, sabemos que no podemos trabajar sin fundente y que mientras no tengamos membranas de pato no tendremos barbotina de relleno que sirva, Menos mal que está de buen humor, El humor es como las mareas, ahora sube, ahora baja, el mío ha subido ahora, veremos cuánto tiempo dura, Tiene que durar, esta casa está en sus manos, La casa, sí, pero no la vida, Tan rápido está bajando la marea, preguntó Marta, En este momento duda, vacila, no sabe bien si ha de llenar o vaciar, Entonces quédese conmigo, que me siento flotando, como si no tuviese la certeza de ser lo que creo ser, A veces pienso que tal vez fuese preferible no saber quiénes somos, dijo Cipriano Algor, Como Encontrado, Sí, imagino que un perro sabe menos de sí mismo que del dueño que tiene, ni siquiera es capaz de reconocerse en un espejo, Quizá el espejo del perro sea el dueño, quizá sólo en él le sea posible reconocerse, sugirió Marta, Bonita idea, Como ve, hasta las ideas equivocadas pueden ser bonitas, Criaremos perros si el negocio de la alfarería falla, En el Centro no hay perros, Pobre Centro, que ni los perros lo quieren, Es el Centro el que no quiere a los perros, Ese problema sólo puede interesarle a quien viva allí, cortó Cipriano Algor con voz crispada. Marta no respondió, comprendía que cualquier palabra que dijera daría pie a una nueva discusión. Pensó mientras iba ordenando una vez más los cansados diseños, Si mañana Marcial llega a casa y dice que ya es guardia residente, que tenemos que mudarnos, lo que estamos haciendo aquí deja de tener sentido, dará lo mismo que padre nos acompañe como que no, de una manera u otra la alfarería estará siempre condenada, incluso aunque él insista en quedarse no podría trabajar solo, él mismo lo sabe. Qué pensamientos hayan sido entre tanto los de Cipriano Algor, se ignora, y no vale la pena inventarle unos que podrían no coincidir con los reales y efectivos, aunque, en la suposición de que la palabra, finalmente, no le haya sido concedida al hombre para esconder lo que piensa, algo muy aproximado nos será lícito concluir de lo que el alfarero dijo, después de un demorado silencio, Lo malo no es tener una ilusión, lo malo es ilusionarse, probablemente ha estado pensando lo mismo que la hija y la conclusión de uno tiene que ser, por pura lógica, la conclusión del otro. De cualquier modo, añadió Cipriano Algor, sin darse cuenta, o tal vez sí, tal vez en el mismo momento en que las dijo se apercibió de los matices sibilinos de aquellas palabras iniciales, de cualquier modo, barco parado no hace viaje, suceda mañana lo que suceda hay que trabajar hoy, quien planta un árbol tampoco sabe si acabará ahorcándose en él, Con una marea negra de ésas nuestro bote ni sale, dijo Marta, pero tiene razón, el tiempo no está ahí sentado a la espera, tenemos que ponernos a trabajar, mi tarea, de momento, es dibujar los lados y los dorsos de las figuras y darles color, cuento con acabarlas antes de la noche si nadie me distrae, No esperamos visitas, dijo Cipriano Algor, yo me encargo del almuerzo, Es sólo calentarlo, y hacer una ensalada, dijo Marta. Fue en busca de las hojas de papel de dibujo, las acuarelas, los tarros, los pinceles, un paño viejo para secarlos, dispuso todo en buen orden, metódicamente, sobre la mesa, se sentó y tomó el asirio de barbas, Comienzo por éste, dijo, Simplifica lo más que puedas para que no haya clavaduras ni anclajes en el desmolde, dos taceles y basta, un tercer tacel ya estaría fuera de nuestro alcance, No me olvidaré. Cipriano Algor se quedó algunos minutos mirando cómo dibujaba la hija, después salió a la alfarería. Iba a medirse con el barro, a levantar los pesos y las halteras de un aprender nuevo, rehacer la mano entorpecida, modelar unas cuantas figuras de ensayo que no sean, declaradamente, ni bufones ni payasos, ni esquimales ni enfermeras, ni asirios ni mandarines, figuras de las que cualquier persona, hombre o mujer, joven o vieja, mirándolas, pudiese decir, Se parece a mí. Y quizá una de esas personas, mujer u hombre, vieja o joven, por el gusto y tal vez la vanidad de llevarse a casa una representación tan fiel de la imagen que de sí misma tiene, venga a la alfarería y pregunte a Cipriano Algor cuánto cuesta esa figura de allí, y Cipriano Algor dirá que ésa no está a la venta, y la persona le preguntará por qué, y él responderá, Porque soy yo. Cayó la tarde, no tardaría el crepúsculo, cuando Marta entró en la alfarería y dijo, Ya he terminado, los he dejado secándose sobre la mesa de la cocina. Luego, habiendo visto el trabajo ejecutado por el padre, dos figuras inacabadas de casi dos palmos de altura, erectas, masculina una, femenina otra, desnudas ambas, del hombro de una salía una punta de alambre, comentó, Nada mal, padre, nada mal, pero nuestra muñequería no necesitará ser tan grande, acuérdese de que habíamos pensado en un palmo de los suyos, Convendrá que sean un poco mayores, se verán más en los escaparates del Centro, y también hay que contar con la reducción de tamaño dentro del horno como consecuencia de la pérdida última de humedad, de momento son sólo experimentos, Incluso así, me gustan, me gustan mucho, y no se parecen a nada que haya visto, aunque la mujer me recuerda a alguien, En qué quedamos, preguntó Cipriano Algor, dices que no se parecen a nada que hayas visto y añades que la mujer te recuerda a alguien, Es una impresión doble, de extrañeza y de familiaridad, Tal vez no tenga que criar perros, tal vez me dedique a la escultura, que es de las artes más lucrativas, según he oído decir, Una ejemplar familia de artistas, notó Marta con una sonrisa medio irónica, Felizmente se salva Marcial para que no se pierda todo, respondió Cipriano Algor, pero no sonrió.

Éste fue el primer día de la creación. En el segundo día el alfarero viajó a la ciudad para comprar el yeso cerámico destinado a los moldes, más el carbonato de sodio, que fue lo que encontró como fundente, las pinturas, unos cuantos baldes de plástico, cucharillas nuevas de madera y de alambre, espátulas, vaciadores. La cuestión de las pinturas fue objeto de vivo debate durante y después de la cena del dicho primer día, y el punto controvertido radicó en si las piezas deberían ser vidriadas y, por tanto, llevadas al horno después de pintadas, o si, por el contrario, eran pintadas en frío después de cocidas y no volvían más al horno. En un caso, las pinturas deberían ser unas, en otro, las pinturas deberían ser otras, luego la decisión tenía que ser tomada inmediatamente, no podía posponerse hasta última hora, ya con el pincel en la mano, Es una cuestión de estética, defendía Marta, Es una cuestión de tiempo, oponía Cipriano Algor, y de seguridad, Pintar y vidriar al horno dará más calidad y brillo a la ejecución, insistía ella, Pero si pintamos en frío evitaremos sorpresas desagradables, el color que usemos es el que permanecerá, no dependeremos de la acción del calor sobre los pigmentos, sobre todo cuando el horno se pone caprichoso. Prevaleció la opinión de Cipriano Algor, las pinturas que habría que comprar serían las que se conocen en el mercado de la especialidad por el nombre de esmalte para loza, de aplicación fácil y secado rápido, con gran variedad de colorido, y en cuanto al disolvente, indispensable porque el espesor original de la pintura es, normalmente, excesivo, si no se quiere usar un disolvente sintético, sirve hasta el petróleo de iluminación o de quinqué. Marta volvió a abrir el libro de arte, buscó el capítulo sobre la pintura en frío y leyó, Aplícase sobre piezas ya cocidas, la pieza será lijada con lija fina, de manera que se elimine cualquier rebaba u otro defecto de acabado, haciendo su superficie más uniforme y permitiendo una mejor adhesión de la pintura en las zonas donde la pieza haya quedado excesivamente cocida, Lijar mil doscientos muñecos será el colmo de la paciencia, Terminada esta operación, continuó Marta la lectura, hay que eliminar todos los vestigios de polvo producidos por la lija, usando un compresor, No tenemos compresor, interrumpió Cipriano Algor, O, aunque más lento, pero preferible, un cepillo de pelo duro, Los viejos procesos todavía tienen sus ventajas, No siempre, corrigió Marta y prosiguió, Como sucede con casi todas las pinturas del género, el esmalte para loza no se mantiene homogéneo dentro de la lata durante mucho tiempo, por eso hay que removerlo antes de la aplicación, Elemental, todo el mundo lo sabe, pasa adelante, Los colores podrán ser aplicados directamente sobre la pieza, pero su adhesión mejorará si se comienza aplicando una subcapa normalmente de blanco mate, No habíamos pensado en eso, Es difícil pensar cuando no se sabe, No estoy de acuerdo, se piensa precisamente porque no se sabe, Deje esa apasionante cuestión para otro momento, y óigame, No hago otra cosa, La base de subcapa puede ser dada con pincel, pero puede haber ventajas aplicándola con pistola a fin de conseguir una película más lisa, No tenemos pistola, O por medio de inmersión, Ésa es la manera clásica, de toda la vida, por tanto sumergiremos, Todo el proceso se desarrollará en frío, Muy bien, Una vez pintada y seca, la pieza no debe ni puede estar sujeta a cualquier tipo de cocción, Eso es lo que yo te decía, el tiempo que se ahorra, Todavía trae otras recomendaciones, pero la más importante es que se debe secar bien un color antes de aplicar el siguiente, salvo si se buscan efectos de superposición y mezcla, No queremos efectos ni transparencias, queremos rapidez, esto no es pintura al óleo, En todo caso, el sayo del mandarín merecería un tratamiento más cuidado, recordó Marta, mire que el propio diseño obliga a mayor diversidad y riqueza de colores, Simplificaremos. Esta palabra cerró el debate, pero estuvo presente en el espíritu de Cipriano Algor mientras hacía sus compras, la prueba es que adquirió a última hora una pistola de pintar. Dado el tamaño de las figuras, la subcapa no gana nada siendo gruesa, explicó después a la hija, pienso que la pistola prestará mejor servicio, una rociada alrededor del muñeco, y ya está, Necesitaremos máscaras, dijo Marta, Las máscaras son caras, no tenemos dinero para lujos, No es lujo, es precaución, vamos a respirar en medio de una nube de óxidos, La dificultad tiene remedio, Cuál, Haré esa parte del trabajo ahí fuera, al aire libre, el tiempo está estable, Por qué dice haré, y no haremos, preguntó Marta, Tú estás embarazada, yo no, que se sepa, Le ha vuelto el buen humor, señor padre, Hago lo que puedo, comprendo que hay cosas que están huyéndome de las manos y otras que amenazan hacerlo, mi problema es distinguir aquellas por las que todavía vale la pena luchar de esas otras que deben abandonarse sin pena, O con pena, La peor pena, hija mía, no es la que se siente en el momento, es la que se sentirá después, cuando ya no haya remedio, Se dice que el tiempo todo lo cura, No vivimos bastante para hacer esa prueba, dijo Cipriano Algor, y en el mismo instante se dio cuenta de que estaba trabajando en el torno sobre cuyo tabanque su mujer se derrumbara cuando el ataque cardíaco la fulminó. Entonces, obligado a eso por su honestidad moral, se preguntó si en las penas generales de que hablara también estaría incluida esta muerte, o si era cierto que el tiempo hizo, en este particular caso, su trabajo de curador emérito, o, todavía, si la pena invocada no era tanto de muerte, sino de vida, sino de vidas, la tuya, la mía, la nuestra, de quién. Cipriano Algor modelaba la enfermera, Marta estaba ocupada con el payaso, pero ni uno ni otro se sentían satisfechos con las tentativas, éstas después de otras, tal vez porque copiar sea, a fin de cuentas, más difícil que crear libremente, por lo menos podría decirlo así Cipriano Algor que con tanta vehemencia y soltura de gesto había concebido las dos figuras de hombre y mujer que están ahí, envueltas en paños mojados para que no se les reseque y agriete el espíritu que las mantiene en pie, estáticas y con todo vivas. A Marta y a Cipriano Algor no se les acabará tan pronto este esfuerzo, parte del barro con que modelan ahora una figura proviene de otras que tuvieron que despreciar y amasar, así ocurre con todas las cosas de este mundo, las propias palabras, que no son cosas, que sólo las designan lo mejor que pueden, y designándolas las modelan, incluso las que sirvieron de manera ejemplar, suponiendo que tal pudiera suceder en alguna ocasión, son millones de veces usadas y otras tantas desechadas, y después nosotros, humildes, con el rabo entre las piernas, como el perro Encontrado cuando la vergüenza lo encoge, tenemos que ir a buscarlas nuevamente, barro pisado que también ellas son, amasado y masticado, deglutido y restituido, el eterno retorno existe, sí señor, pero no es ése, es éste. El payaso modelado por Marta tal vez se aproveche, el bufón también se aproxima bastante a la realidad de los bufones, pero la enfermera, que parecía tan simple, tan estricta, tan reglada, se resiste a dejar aparecer el volumen de los senos bajo el barro, como si también ella estuviese envuelta en un paño mojado del que sostuviera con firmeza las puntas. Cuando la primera semana de creación esté a punto de terminar, cuando Cipriano Algor pase a la primera semana de destrucción, acarreando la loza del almacén del Centro y dejándola por ahí como basura sin uso, los dedos de los dos alfareros, al mismo tiempo libres y disciplinados, comenzarán finalmente a inventar y a trazar el camino recto que los conducirá al volumen adecuado, a la línea justa, al plano armonioso. Los momentos no llegan nunca tarde ni pronto, llegan a su hora, no a la nuestra, no tenemos que agradecerles las coincidencias, cuando ocurran, entre lo que ellos proponían y lo que nosotros necesitábamos. Durante la mitad del día en que el padre ande en el absurdo trabajo de descargar por inútil lo que cargó por rehusado, Marta estará sola en la alfarería con su media docena de muñecos prácticamente terminados, ocupada ahora en avivar algún ángulo degradado y en redondear alguna curva que un toque involuntario hubiese deprimido, igualando alturas, consolidando bases, calculando para cada una de las estatuillas la línea óptima de división de los respectivos taceles. Las cajas todavía no han sido entregadas por el carpintero, el yeso espera dentro de sus grandes sacos de papel grueso impermeable, pero el tiempo de la multiplicación ya se aproxima.

Cuando Cipriano Algor regresó a casa en el primer día de la semana de destrucción, más indignado por el vejamen que exhausto por el esfuerzo, traía que contarle a la hija la aventura ridícula de un hombre calcorreando por los campos en busca de un lugar yermo donde pudiese abandonar la cacharrería inútil que transportaba, como si de sus propios excrementos se tratase, Con los pantalones en la mano, decía, así me sentí, dos veces me sorprendieron personas preguntándome qué estaba haciendo ahí, en terreno privado, con una furgoneta abarrotada de loza, tuve que hilvanar una explicación sin sentido, dije que necesitaba tomar una carretera de más allá y había pensado que el camino para llegar era por ahí, que disculpase, por favor, y ya que estamos si le agrada alguna cosa de lo que llevo en la furgoneta tendré mucho gusto en regalársela, uno de ellos no quiso nada, respondió de malos modos que en su casa cosas de ésas ni para los perros, pero al otro le hizo gracia una sopera y se la llevó, Y dónde acabó dejando la loza, Cerca del río, Dónde, Había pensado que en una cueva natural sería lo más adecuado, pero incluso así siempre estaría el inconveniente de que se hallarían a la vista de quien pasase, al descubierto, reconocerían en seguida el producto y al fabricante, y para vergüenza y vejamen ya basta con lo que basta, Personalmente no me siento ni vejada ni avergonzada, Tal vez te sentirías si hubieras estado en mi lugar desde el principio, Es probable, sí, y entonces qué encontró, Precisamente la cueva ideal, Hay cuevas ideales, preguntó Marta, Depende siempre de lo que se quiera meter dentro, imagínate en este caso un agujero grande, más o menos circular, de unos tres metros de profundidad y al que se baja por una pendiente fácil, con árboles y arbustos dentro, visto desde fuera es como una isla verde en medio del campo, en invierno se llena de agua, todavía tiene un charco en el fondo, Está a unos cien metros de la margen del río, También la conoces, preguntó el padre, La conozco, la descubrí cuando tenía diez años, era realmente la cueva ideal, cada vez que entraba allí me parecía que atravesaba una puerta al otro mundo, Ya estaba allí cuando yo tenía tu edad, Y cuando la tenía mi abuelo, Y cuando el mío, Todo acaba perdiéndose, padre, durante tantos años aquella cueva fue sólo una cueva, también una puerta mágica para algunos niños soñadores, y ahora, con la acumulación de escombros, ni una cosa ni otra, Los cascotes no son tantos, mujer, en poco tiempo los cubrirán los zarzales, nadie lo va a notar, Lo ha dejado allí todo, Sí, lo he dejado, Al menos están cerca del pueblo, algún día uno de los muchachos de aquí, si es que todavía frecuentan la cueva ideal, aparece en casa con un plato agrietado, le preguntan dónde lo ha encontrado y va toda la gente corriendo a buscar lo que ahora no quiere, Estamos hechos así, no me extrañaría. Cipriano Algor acabó la taza de café que la hija le había puesto delante al llegar y preguntó, Dio señal de vida el carpintero, No, Tengo que ir a insistirle, Creo que sí, que es lo mejor. El alfarero se levantó, Me voy a lavar, dijo, dio dos pasos, y luego se detuvo, Qué es esto, preguntó, Esto, qué, Esto, señalaba un plato cubierto con una servilleta bordada, Es un bizcocho, Hiciste un bizcocho, No lo hice yo, lo trajeron, es un regalo, De quién, Adivínelo, No estoy de humor para adivinanzas, Mire que ésta es de las fáciles. Cipriano Algor se encogió de hombros como demostrando que se desentendía del asunto, dijo otra vez que se iba a lavar, pero no se resolvió, no dio el paso que le haría salir de la cocina, en su cabeza se trababa un debate entre dos alfareros, uno que argumentaba que es nuestra obligación comportarnos con naturalidad en todas las circunstancias de la vida, que si alguien es amable hasta el punto de traernos a casa un bizcocho cubierto por una servilleta bordada, lo apropiado y normal es preguntar a quién se debe la inesperada generosidad, y, si en respuesta nos proponen que adivinemos, más que sospechoso será fingir que no oímos, estos pequeños juegos de familia y de sociedad no tienen mayor importancia, nadie se va a poner a sacar conclusiones precipitadas por el hecho de que hayamos acertado, sobre todo porque las personas que creen tener motivos para complacernos con un bizcocho nunca podrán ser muchas, a veces sólo una, esto era lo que decía uno de los alfareros, pero el otro respondía que no estaba dispuesto a desempeñar el papel de cómplice en falsas adivinaciones de circo, que tener la certeza de conocer el nombre de la persona que había traído el bizcocho era precisamente la razón por la que no lo diría, y también que, por lo menos en algunos casos, lo peor de las conclusiones no es tanto que sean en ocasiones precipitadas, sino que sean, simplemente, conclusiones. Entonces, no lo quiere adivinar, insistió Marta, sonriendo, y Cipriano Algor, un poco enfadado con la hija y mucho consigo mismo, pero consciente de que la única manera de escapar del agujero donde se había metido con su propio pie sería reconocer el fracaso y dar marcha atrás, dijo, brusco, y envolviéndolo en palabras, un nombre, Fue la viuda, la vecina, Isaura Estudiosa, para agradecer el cántaro. Marta negó con un movimiento lento de cabeza, No se llama Isaura Estudiosa, corrigió, su nombre es Isaura Madruga, Ah, bueno, hizo Cipriano Algor, y pensó que ya no necesitaría preguntarle a la interesada, Entonces cómo es su nombre de soltera, pero en seguida se recordó a sí mismo que, sentado en el banco de piedra al lado del horno y teniendo al perro Encontrado por testigo, había tomado la decisión de dar por írritos y nulos todos los dichos y hechos expresados y acontecidos entre él y la viuda Estudiosa, no olvidemos que las palabras pronunciadas fueron exactamente Se acabó, no se remata de modo tan perentorio un episodio de la vida sentimental para dos días después dar lo dicho por no dicho. El efecto inmediato de estas reflexiones fue que Cipriano

Algor adoptara un aire desprendido y superior, y con tal convicción que, sin que la mano le temblase, pudo acercarse y levantar la servilleta, Tiene buen aspecto, dijo. En este momento Marta entendió que era oportuno añadir, En cierta manera es un recuerdo de despedida. La mano bajó despacio, dejó caer delicadamente la servilleta sobre el bizcocho en forma de corona circular, Despedida, oyó Marta preguntar, y respondió, Sí, en caso de que no consiga trabajo aquí, Trabajo, Está repitiendo mis palabras, padre, No soy ningún eco, no estoy repitiendo tus palabras. Marta no hizo caso de la respuesta, Tomamos un café, yo quería encetar el bizcocho pero ella no lo permitió, estuvo aquí más de una hora, conversamos, me contó un poco de su vida, la historia de su boda, no tuvo tiempo para saber si eso era felicidad o si estaba dejando de serlo, las palabras son de ella, no mías, en fin, si no encuentra trabajo vuelve al sitio de donde vino y donde tiene familia, Aquí no hay trabajo para nadie, dijo Cipriano Algor secamente, Es también lo que ella cree, por eso el bizcocho es como la primera mitad de una despedida, Espero no estar en casa en el momento de la segunda, Por qué, preguntó Marta. Cipriano Algor no respondió. Salió de la cocina hacia el dormitorio, se desnudó rápidamente, lanzó de soslayo una mirada al espejo de la cómoda que le mostraba su cuerpo y se metió en el baño. Abrió el grifo. Un poco de agua salada se mezcló con el agua dulce que caía de la ducha.

Con apreciable y tranquilizadora unanimidad sobre el significado de la palabra, los diccionarios definen como ridículo todo cuanto se muestre digno de risa y chanza, todo lo que merezca escarnio, todo lo que sea irrisorio, todo lo que se preste a lo cómico. Para los diccionarios, la circunstancia parece no existir, aunque, obligatoriamente requeridos a explicar en qué consiste, la llamen estado o particularidad que acompaña a un hecho, lo que, entre paréntesis, claramente nos aconseja no separar los hechos de sus circunstancias y no juzgar unos sin ponderar otras. Sea pues ridículo de modo supino este Cipriano Algor que se extenúa bajando la pendiente de la cueva cargando en los brazos la indeseada loza en vez de simplemente lanzarla desde arriba a voleo, reduciéndola in continenti a cascotes, que fue como despreciativamente la clasificó al describirle a la hija los trámites y episodios de la traumática operación de transbordo. No hay, sin embargo, límites para el ridículo. Si algún día, como Marta presumió, un muchacho de la aldea rescata del amontonamiento y se lleva a casa un plato rajado, podremos tener la seguridad de que el inconveniente defecto ya venía del almacén, o quizá, por el inevitable entrechocar de los barros, provocado por las irregularidades de la carretera, se produjera durante el transporte desde el Centro hasta la cueva. Basta ver con qué precauciones baja Cipriano Algor el declive, con qué atención posa en el suelo las diferentes piezas de loza, cómo las coloca hermanas con hermanas, cómo las encaja cuando es posible y aconsejable, bastará ver la irrisoria escena que se ofrece ante nuestros ojos para afirmar que aquí no se ha partido ni un solo plato, ni una taza ha perdido su asa, ninguna tetera se ha quedado sin pico, la loza apilada cubre en filas regulares el recodo de suelo escogido, rodea los troncos de los árboles, se insinúa entre la vegetación baja, como si en algún libro de los grandes estuviese escrito que sólo de esta manera debería quedar ordenada hasta la consumación del tiempo y la improbable resurrección de los restos. Se diría que el comportamiento de Cipriano Algor es absolutamente ridículo, pero aun en este caso sería bueno que no olvidásemos la importancia decisiva del punto de vista, estamos refiriéndonos esta vez a Marcial Gacho que, en su visita a casa el día de descanso, y cumpliendo lo que normalmente se entiende como deberes elementales de solidaridad familiar, no sólo ayudó al suegro en la descarga de la loza, sino que también, sin dar ninguna muestra de extrañeza o de dudosa perplejidad, sin preguntas directas o rodeos, sin miradas irónicas o compasivas, siguió tranquilamente su ejemplo, llegando al extremo de, por iniciativa propia, ajustar un bamboleo peligroso, rectificar un alineamiento defectuoso, reducir una altura excesiva. Por tanto es natural esperar que, en caso de que Marta repita aquella peyorativa y desafortunada palabra que empleó en la conversación con el padre, su propio marido, gracias a la irrecusable autoridad de quien con sus ojos ha visto lo que había que ver, la corrija, No son escombros. Y si ella, a quien venimos conociendo como alguien que de todo necesita explicación y claridad insistiera en que sí señor, que son escombros, que es ése el nombre que desde siempre se ha dado a los detritus y materiales inútiles que se tiran en las hondonadas hasta llenarlas, excluida de esa designación las sobras humanas, que tienen otro nombre, ciertamente Marcial le dirá con su voz seria, No son escombros, yo estuve allí. Ni ridículo, añadiría, si la cuestión se presentase.

Cuando entraron en casa había, cada una en su género, dos novedades de bulto. El carpintero finalmente había entregado las cajas, y Marta leyó en su libro que, en caso de relleno por vía líquida, no es prudente esperar de un molde más de cuarenta copias satisfactorias, Quiere decir, dijo Cipriano Algor, que necesitaremos treinta moldes por lo menos, cinco para cada doscientos muñecos, será mucho trabajo antes y mucho trabajo después y no tengo seguridad de que con nuestra inexperiencia los moldes nos salgan perfectos, Cuándo calcula que habrá retirado toda la loza del almacén del Centro, preguntó Marta, Creo que no llegaré a necesitar la segunda semana entera, tal vez dos o tres días sean suficientes, La segunda semana es ésta, corrigió Marcial, Sí, segunda de las cuatro, pero primera del transporte, la tercera será la segunda de fabricación, explicó Marta, Con tanta confusión de semanas que no y de semanas que sí no me extraña que tú y tu padre andéis algo desnortados, Cada uno de nosotros por nuestras propias razones, yo, por ejemplo, estoy embarazada y todavía no me he acostumbrado a la idea, Y padre, Padre hablará por sí mismo, si quiere, No sufro peor desorientación que la de tener que fabricar mil doscientas figuras de barro y no saber si lo voy a conseguir, cortó Cipriano Algor. Estaban en la alfarería, alineadas en el tablero las seis figuras parecían aquello que dramáticamente eran, seis objetos insignificantes, más grotescos unos que otros por lo que representaban, pero todos iguales en su lancinante inutilidad. Para que el marido pudiese verlos, Marta había retirado los paños mojados que los envolvían, pero casi se arrepentía de haberlo hecho, era como si aquellos obtusos monigotes no mereciesen el trabajo que habían dado, aquel repetido hacer y deshacer, aquel querer y no poder, aquel experimentar y enmendar, no es verdad que sólo las grandes obras de arte sean paridas con sufrimiento y duda, también un simple cuerpo y unos simples miembros de arcilla son capaces de resistir a entregarse a los dedos que los modelan, a los ojos que los interrogan, a la voluntad que los requiere. En otra ocasión pediría que me dieran vacaciones, podría ayudar en algo, dijo Marcial. A pesar de aparentemente completa en su formulación, la frase contenía prolongaciones problemáticas que no necesitaron de enunciado para que Cipriano Algor las percibiera. Lo que Marcial había querido decir, y que, sin haberlo dicho, acabó diciendo, era que, estando a la espera de un ascenso más o menos previsible al escalón de guarda residente, sus superiores no se quedarían satisfechos si se ausentase con vacaciones precisamente a estas alturas, como si la noticia pública de su ascenso en la carrera no pasara de episodio banal, de ordinaria importancia. Esta prolongación, sin embargo, era obvia y ciertamente la menos problemática de cuantas otras más hubiese. La cuestión esencial, involuntariamente subyacente tras las palabras dichas por Marcial, seguía siendo la preocupación por el futuro de la alfarería, por el trabajo que se hacía y por las personas que lo ejecutaban y que, mejor o peor, de él habían vivido hasta ahora. Aquellos seis muñecos eran como seis irónicos e insistentes puntos de interrogación, cada uno queriendo saber de Cipriano Algor si era tan confiado que pensaba disponer, y por cuánto tiempo, querido señor, de las fuerzas necesarias para gobernar solo la alfarería cuando la hija y el yerno se vayan a vivir al Centro, si era tan ingenuo hasta el punto de considerar que podría atender con satisfactoria regularidad los encargos siguientes, en el caso providencial de que fueran hechos, y, en fin, si era suficientemente estúpido para imaginar que de aquí en adelante sus relaciones con el Centro y el jefe del departamento de compras, tanto las comerciales como las personales, serían un continuo y perenne mar de rosas, o, como con incómoda precisión y amargo escepticismo preguntaba el esquimal, Crees tú que me van a querer siempre. Fue en ese momento cuando el recuerdo de Isaura Madruga pasó por la mente de Cipriano Algor, pensó en ella ayudándolo como empleada en el trabajo de la alfarería, acompañándolo al Centro sentada a su lado en la furgoneta, pensó en ella en diversas y cada vez más íntimas y apaciguadoras situaciones, almorzando en la misma mesa, conversando en el banco de piedra, dando de comer al perro Encontrado, recogiendo los frutos del moral, encendiendo el farol que está sobre la puerta, apartando el embozo de las sábanas de la cama, eran sin duda demasiados pensamientos y demasiado arriesgados para quien ni siquiera había querido probar el bizcocho. Claro está que las palabras de Marcial no requerían respuesta, no habían sido más que la verificación de un hecho para todos evidente, lo mismo que decir simplemente Me gustaría ayudaros, pero no es posible, sin embargo, Cipriano Algor creyó que debería dar expresión a una parte de los pensamientos con que ocupó el silencio subsiguiente a lo dicho por Marcial, no de los pensamientos íntimos, que mantiene encerrados en la caja fuerte de su patético orgullo de viejo, sino de aquellos que, de un modo u otro, son comunes a cuantos viven en esta casa, los confiesen o no, y que pueden ser resumidos en poco más de media docena de palabras, qué será lo que nos reserva el día de mañana. Dijo él, Es como si estuviésemos caminando en la oscuridad, el paso siguiente tanto podrá ser para avanzar como para caer, comenzaremos a saber lo que nos espera cuando el primer encargo esté puesto a la venta, a partir de ahí podremos echar cuentas del tiempo que nos van a necesitar, si mucho, si poco, si nada, será como estar deshojando una margarita a ver qué contesta, La vida no es muy diferente a eso, observó Marta, Pues no, pero lo que nos vinimos jugando durante años ahora nos lo jugamos en semanas o en días, de pronto el futuro se ha acortado, si no me equivoco ya he dicho algo parecido a esto. Cipriano Algor hizo una pausa, después añadió encogiéndose de hombros, Prueba de que es la pura verdad, Aquí sólo hay dos caminos, dijo Marta, resoluta e impaciente, o trabajar como hemos hecho hasta ahora, sin darle más vueltas a la cabeza que las necesarias para el buen acabado de la obra, o suspenderlo todo, informar al Centro de que desistimos del encargo y quedarnos a la espera, A la espera de qué, preguntó Marcial, De que te asciendan, de que nos mudemos al Centro, de que padre decida de una vez si se quiere quedar o venir con nosotros, lo que no podemos hacer es seguir en esta especie de sí pero no, que ya dura semanas, Dicho de otra forma, dijo Cipriano Algor, que ni padre muere, ni comemos caldo, Le perdono lo que acaba de decir porque sé lo que pasa dentro de su cabeza, No se enfaden, por favor, pidió Marcial, para mal vivir ya me basta con lo que tengo que aguantar en mi propia familia, Calma, no te preocupes, dijo Cipriano Algor, aunque ante los ojos de alguien pudiera parecerlo, entre tu mujer y yo nunca habría un enfado real, Pues no, pero hay ocasiones en que me dan ganas de pegarle, amenazó Marta sonriendo, y miren que a partir de ahora será peor, tengan los dos mucho cuidado conmigo, según me cuentan las mujeres embarazadas tienen cambios bruscos de humor, tienen caprichos, manías, mimos, ataques de llanto, golpes de mal genio, prepárense para lo que viene, Yo ya estoy resignado, dijo Marcial, y dirigiéndose a Cipriano Algor, Y usted, padre, Yo ya lo estaba desde hace muchos años, desde que ella nació, Finalmente, todo el poder para la mujer, temblad, varones, temblad y temed, exclamó Marta. El alfarero no acompañó esta vez el tono jovial de la hija, antes bien habló serio y sereno como si estuviese recogiendo una a una palabras que se habían quedado atrás, en el lugar donde fueron pensadas y puestas a madurar, no, esas palabras no fueron pensadas, ni tenían que sazonar, emergían en aquel momento de su espíritu como raíces que hubieran subido repentinamente a la superficie del suelo, El trabajo proseguirá normalmente, dijo, satisfaré nuestros compromisos en tanto me sea posible, sin más quejas ni protestas, y cuando Marcial sea ascendido consideraré la situación, Considerará la situación, preguntó Marta, qué quiere eso decir, Vista la imposibilidad de mantener en funcionamiento la alfarería, la cierro y dejo de ser suministrador del Centro, Muy bien, y de qué va a vivir luego, dónde, cómo, con quién, picó Marta, Acompañaré a mi hija y a mi yerno a vivir en el Centro, si todavía me quieren con ellos. La imprevista y terminante declaración de Cipriano Algor tuvo efectos diferentes en la hija y en el yerno. Marcial exclamó, Por fin, y abrazó con fuerza al suegro, No puede imaginar la alegría que me da, dijo, era una espina que traía clavada dentro. Marta miraba al padre, primero con escepticismo, como quien no acaba de creer lo que oye, pero poco a poco el rostro se le fue iluminando de comprensión, era el trabajo servicial de la memoria trayéndole al recuerdo ciertas expresiones populares corrientes, ciertos restos de lecturas clásicas, ciertas imágenes tópicas, es verdad que no recordó todo lo que habría para recordar, por ejemplo, quemar barcos, cortar puentes, cortar por lo sano, cortar derecho, cortar amarras, cortar el mal de raíz, perdido por diez perdido por cien, hombre perdido no quiere consejos, abandonar ante la meta, están verdes no sirven, mejor pájaro en mano que ciento volando, éstas y muchas más, y todas para decir una sola cosa, Lo que no quiero es lo que no puedo, lo que no puedo es lo que no quiero. Marta se aproximó al padre, le pasó la mano por la cara con un gesto demorado y tierno, casi maternal, Será lo mejor, si es eso lo que realmente desea, murmuró, no mostró más satisfacción que la poquísima que palabras tan pobres, tan pedestres, serían capaces de comunicar, pero tenía la seguridad de que el padre iba a comprender que no las escogió por indiferencia, sino por respeto. Cipriano Algor puso la mano sobre los hombros de la hija, después la atrajo hacia sí, le dio un beso en la frente y, en voz baja, pronunció la breve palabra que ella quería oír y leer en los ojos, Gracias. Marcial no preguntó Gracias por qué, aprendió hace mucho tiempo que el territorio donde se movían ese padre y esa hija, más que familiarmente particular, era de algún modo sagrado e inaccesible. No le afectaba un sentimiento de celos, sólo la melancolía de quien se sabe definitivamente excluido, no de este territorio, que nunca podría pertenecerle, sino de un otro en el que, si ellos estuvieran allí o si alguna vez él pudiese estar allí con ellos, encontraría y reconocería, por fin, a su propio padre y a su propia madre. Se descubrió a sí mismo pensando, sin demasiada sorpresa, que, puesto que el suegro había decidido vivir en el Centro, la idea de los padres de vender la casa del pueblo y mudarse con ellos sería irremediablemente abandonada, por mucho que les costase y por mucho que protestasen, en primer lugar porque es una norma inflexible del Centro, determinada e impuesta por las propias estructuras habitacionales internas, no admitir familias numerosas, y en segundo lugar porque, no habiendo existido nunca una relación de entendimiento entre los miembros de estas dos, fácilmente se imagina el infierno en el que se les podría convertir la vida si se viesen reunidas en un mismo reducido espacio. A pesar de ciertas situaciones y de ciertos desahogos que podrían inducir a una opinión contraria, Marcial no merece que lo consideremos un mal hijo, las culpas del desencuentro de sentimientos y voluntades en su familia no son sólo suyas, y sin embargo, demostrándose así una vez más hasta qué punto el alma humana es un pozo infestado de contradicciones, está contento por no tener que vivir en la misma casa que aquellos que le dieron el ser. Ahora que Marta está embarazada, ojalá el ignoto destino no confirme en ella y en él aquella antigua sentencia que severamente reza, Hijo eres, padre serás, como tú hagas, así te harán. Es bien cierto que, de una manera u otra, por una especie de infalible tropismo, la naturaleza profunda de hijo impele a los hijos a buscar padres de sustitución siempre que, por buenos o malos motivos, por justas e injustas razones, no puedan, no quieran o no sepan reconocerse en los propios. Verdaderamente, a pesar de todos sus defectos, la vida ama el equilibrio, si mandara sólo ella haría que el color oro estuviera permanentemente sobre el color azul, que todo lo cóncavo tuviese su convexo, que no sucediese ninguna despedida sin llegada, que la palabra, el gesto y la mirada se comportaran como gemelos inseparables que en todas las circunstancias dijeran lo mismo. Siguiendo vías para cuyo desarrollo pormenorizado no nos reconocemos ni aptos ni idóneos, pero de cuya existencia e intrínseca virtud comunicativa tenemos absoluta certeza, tanto como de las nuestras propias, fue el conjunto de observaciones que acaban de ser expendidas lo que hizo nacer en Marcial Gacho una idea, en seguida transmitida al suegro con el filial alborozo que se adivina, Es posible traer lo que queda de loza de una sola vez, anunció, Ni siquiera sabes cuánta queda, pienso que todavía unas cuantas furgonetas, objetó Cipriano Algor, No hablo de furgonetas, lo que digo es que la loza no será tanta que un camión vulgar no pueda resolver el asunto en una sola carga, Y de dónde vamos a sacar ese precioso camión, preguntó Marta, Lo alquilamos, Será muy caro, no tendré dinero suficiente, dijo el alfarero, pero la esperanza ya le hacía temblar la voz, Un día bastará para este trabajo, si juntamos nuestro dinero, el nuestro y el suyo, estoy seguro de que lo conseguiremos, y además siendo yo guarda interno, tal vez me hagan un descuento, no perdemos nada intentándolo, Sólo un hombre para la carga y descarga, no sé si seré capaz, apenas puedo ya con los brazos y las piernas, No estará solo, iré con usted, dijo Marcial, Eso no, pueden reconocerte, y sería malo para ti, No creo que haya peligro, sólo he ido una vez al departamento de compras, si llevo gafas oscuras y una boina en la cabeza puedo ser cualquier persona, La idea es buena, muy buena, dijo Marta, podríamos lanzarnos ya a la fabricación de muñecos, Eso es lo que pienso, dijo Marcial, También yo, confesó Cipriano Algor. Se quedaron mirándose, callados, sonrientes, hasta que el alfarero preguntó, Cuándo, Mañana mismo, respondió Marcial, aprovecharemos mi libranza, sólo habrá otra ocasión de aquí a diez días, y entonces no valdrá la pena, Mañana, repitió Cipriano Algor, eso quiere decir que ya podríamos comenzar a trabajar de lleno, Así es, dijo Marcial, y ganar casi dos semanas, Me has dado un alma nueva, dijo el alfarero, después preguntó, Cómo lo haremos, aquí en el pueblo no creo que haya camiones para alquilar, Lo alquilamos en la ciudad, saldremos por la mañana para tener tiempo de elegir el mejor precio posible, Comprendo que así convenga, dijo Marta, pero creo que deberías almorzar con tus padres, la última vez no fuiste y ellos estarán disgustados. Marcial se crispó, No me apetece, y además, se volvió hacia el suegro y preguntó, A qué hora tiene que comparecer en el almacén, A las cuatro, Ahí está, almorzar con mis padres, ir luego a la ciudad, todo el camino hasta allí, alquilar el camión y estar a las cuatro para recoger la loza, no da tiempo, Les dices que tienes necesidad absoluta de almorzar más temprano, Incluso así no va a dar tiempo, y encima no me apetece, iré el próximo permiso, Por lo menos telefonea a tu madre, La llamaré, pero no te extrañe que vuelva a preguntarme cuándo nos mudamos. Cipriano Algor dejó a la hija y al yerno discutiendo la grave cuestión del almuerzo familiar de los Gachos y se aproximó al tablero donde estaban las seis figuras. Con extremo cuidado les retiró los paños mojados, las observó con atención, una a una, necesitaban sólo de algunos ligeros retoques en las cabezas y en los rostros, partes del cuerpo que, siendo las figuras de pequeño tamaño, poco más de un palmo de altura, inevitablemente tendrían que resentirse de la presión de las telas, Marta se encargará de ponerlas como nuevas, después quedarán destapadas, al descubierto, para que pierdan la humedad antes de meterlas en el horno. Por el cuerpo dolorido de Cipriano Algor pasó un estremecimiento de placer, se sentía como si estuviese principiando el trabajo más difícil y delicado de su vida de alfarero, la aventurada cochura de una pieza de altísimo valor estético modelada por un gran artista a quien no le importa rebajar su genio hasta las precarias condiciones de este lugar humilde, y que no podría admitir, de la pieza se habla, mas también del artista, las consecuencias ruinosas que resultarían de la variación de un grado de calor, ya sea por exceso ya sea por defecto. De lo que realmente aquí se trata, sin grandezas ni dramas, es de llevar al horno y cocer media docena de figurillas insignificantes para que generen, cada una de ellas, doscientas insignificantes copias, habrá quien diga que todos nacemos con el destino trazado, pero lo que está a la vista es que sólo algunos vinieron a este mundo para hacer del barro adanes y evas o multiplicar los panes y los peces. Marta y Marcial habían salido de la alfarería, ella para preparar la cena, él para profundizar las relaciones iniciadas con el perro Encontrado, quien, aunque todavía renitente a aceptar sin protesta la presencia de un uniforme en la familia, parece dispuesto a asumir una postura de tácita condescendencia siempre que el dicho uniforme sea sustituido, nada más llegar, por cualquier vestimenta de corte civil, moderna o antigua, nueva o vieja, limpia o sucia, da lo mismo. Cipriano Algor está ahora solo en la alfarería. Probó distraídamente la solidez de una caja, mudó de sitio, sin necesidad, un saco de yeso, y, como si apenas el azar, y no la voluntad, le hubiese guiado los pasos, se encontró delante de las figuras que había modelado, el hombre, la mujer. En pocos segundos el hombre quedó transformado en un montón informe de barro. Quizá la mujer hubiese sobrevivido si en los oídos de Cipriano Algor no sonase ya la pregunta que Marta le haría mañana, Por qué, por qué el hombre y no la mujer, por qué uno y no los dos. El barro de la mujer se amasó sobre el barro del hombre, son otra vez un barro solo.

El primer acto de la función terminó, el atrezo de escena ha sido retirado, los actores descansan del esfuerzo de la apoteosis. En los almacenes del Centro no queda una sola pieza de loza fabricada por la alfarería de los Algores, quizá algún polvo rojo esparcido por los estantes, nunca estará de más recordar que la cohesión de las materias no es eterna, si el continuo roce de los invisibles dedos del tiempo desgasta mármoles y granitos, qué no hará a simples arcillas de composición precaria y cochura probablemente irregular. A Marcial Gacho no lo reconocieron en el departamento de compras, efecto seguro de la boina y de las gafas oscuras, pero también de la barba sin afeitar, que él se había dejado a caso hecho para rematar la eficacia del disfraz protector, pues entre las diversas características que deben distinguir a un guarda interno del Centro se incluye un perfecto rasurado. En todo caso al subjefe no dejó de extrañarle la repentina mejoría del vehículo transportador, actitud lógica en persona que más de una vez se había permitido sonreír irónicamente a la vista de la vetusta furgoneta, pero lo sorprendente fue, y ésta es en la presente circunstancia la mínima denominación posible, el asomo de irritación apenas contenida que le subió a la mirada y al gesto cuando Cipriano Algor le informó de que estaba dispuesto para llevarse el resto de la mercancía, Toda, preguntó, Toda, respondió el alfarero, he traído un camión y un ayudante. Si a este subjefe de demostrado mal talante le estuviese asignado suficiente futuro en el relato que venimos cursando, sin duda un día de éstos le pediríamos que nos desvelase el fondo de sus sentimientos en aquella ocasión, es decir, la razón última de una contrariedad, a todas luces ilógica, que no quiso ocultar o no fue capaz de tal. Es probable que intentara engañarnos diciendo, por ejemplo, que se había habituado a las visitas diarias de Cipriano Algor y que, aunque por respeto a la verdad no pudiese jurar que eran amigos, le había tomado una cierta simpatía, sobre todo debido a la poco auspiciosa situación profesional en la que el pobre diablo se encontraba. Falsedad de lo más descarada como es evidente, porque, si del desvelamiento del fondo pasásemos a la excavación de lo más hondo, en seguida nos daríamos cuenta de que lo que delata la muestra de exasperación del subjefe es la frustración de ver cómo se le iba de las manos el gozo sobre todos perverso de los que disfrutan con las derrotas ajenas hasta cuando no sacan ningún provecho de ellas. Con el pretexto de que pasarían horas haciendo el trabajo y de que estaban dificultando las descargas de otros abastecedores, el pésimo hombre todavía intentó impedir la carga del camión, pero Cipriano Algor lo puso, como elocuentemente se suele decir, entre la espada y la pared, preguntándole quién se responsabilizaría del gasto del alquiler del vehículo en caso de no acabar, exigió el libro de reclamaciones, y, como golpe final y desesperado, aseguró que de allí no saldría sin hablar con el jefe del departamento. Es de manuales elementales de psicología aplicada, capítulo comportamientos, que las personas de mal carácter son con mucha frecuencia cobardes, por eso no deberá sorprendernos que el temor a ser desautorizado en público por el jefe superior jerárquico haya hecho mudar de un instante a otro la actitud del subjefe. Dejó salir por la boca una insolencia para mitigar el desaire y se retiró al fondo del almacén, de donde sólo volvió a aparecer cuando el camión, finalmente cargado, abandonó el subterráneo. Ni propia ni figuradamente cantaron Cipriano Algor y Marcial Gacho victoria, estaban demasiado cansados para gastar el poco fuelle que les quedaba en gorjeos y congratulaciones, el mayor dijo solamente, Nos va a amargar la vida cuando traigamos la otra mercancía, va a examinar las figuras con lupa y a rechazarlas por docenas, y el más joven respondió que tal vez sí, pero que no era seguro, que el jefe del departamento es quien lleva el asunto, de ésta nos hemos librado, padre, la otra ya veremos, la vida tiene que ser así, cuando uno se desanima, el otro se agarra las propias tripas y de ellas hace corazón. Habían dejado la furgoneta estacionada en la esquina de una calle próxima, allí estará hasta que vuelvan de descargar la última loza en la hondonada que está cerca del río, después llevarán el camión al garaje y, exhaustos, más muertos que vivos, uno por haber perdido en los lisos pasillos del Centro la saludable costumbre del esfuerzo físico, el otro por las sobradamente conocidas desventajas de la edad, llegarán por fin a casa, cuando la tarde ya esté cayendo. Bajará a recibirlos al camino el perro Encontrado, también él dando los saltos y los latidos de su condición, y Marta estará esperando en la puerta. Ella preguntará, Ya está, quedó todo resuelto, y ellos responderán que sí, que todo quedó resuelto, y luego los tres han de pensar, o han de sentir, si hay desigualdad y contradicción entre el sentir y el pensar, que esta parte que ha acabado es la misma que está impaciente por comenzar, que los primeros, segundos y terceros actos, da lo mismo que sean los de las funciones o los de las vidas, son siempre una sola pieza. Es verdad que algunos atrezos han sido retirados del escenario, pero el barro del que van a ser hechos los nuevos aderezos es el mismo de ayer, y los actores, mañana, cuando despierten del sueño de los bastidores, posarán el pie derecho delante de donde habían dejado la marca del pie izquierdo, después asentarán el izquierdo delante del derecho, y, hagan lo que hagan, no se saldrán del camino. A pesar del cansancio de él, Marta y Marcial repetirán, como si también esta vez fuese la primera, los gestos, los movimientos y los gemidos y suspiros de amor. Y las palabras. Cipriano Algor dormirá sin sueños en su cama. Mañana temprano, como de costumbre, llevará al yerno al trabajo. Tal vez en el regreso se le ocurra pasar por la hondonada cerca del río, sin ningún motivo especial, ni siquiera curiosidad, sabe perfectamente lo que allí fue dejado, pero pese a todo quizá se acerque al borde de la cueva, y si lo hace mirará hacia abajo, entonces se preguntará a sí mismo si no debería cortar unas cuantas ramas de árboles para cubrir mejor la loza, da idea de que quiere que nadie más sepa lo que hay aquí, de que quiere que así se quede, oculta, resguardada, hasta el día en que nuevamente vuelvan a ser necesarias, ah, qué difícil es separarnos de aquello que hemos hecho, sea cosa o sueño, incluso cuando lo hemos destruido con nuestras propias manos.

Voy a limpiar el horno, dijo Cipriano Algor al llegar a casa. Las experiencias anteriores del perro Encontrado le indujeron a pensar que el dueño se disponía a sentarse otra vez en el banco de las meditaciones, todavía andaría el pobre con el espíritu turbio de conflictos, la vida corriéndole a contramano, en estas ocasiones es cuando los perros hacen más falta, vienen y se nos colocan delante con la infalible pregunta en los ojos, Quieres ayuda, y siendo cierto que, a primera vista, no parece estar al alcance de uno de estos animales poner remedio a los sufrimientos, angustias y otras aflicciones humanas, bien pudiera suceder que la causa radique en el hecho de que no seamos capaces de comprender lo que está más allá o acá de nuestra humanidad, como si las otras aflicciones en el mundo sólo pudiesen lograr una realidad aprehensible si las medimos por nuestros propios patrones, o, usando palabras más simples, como si sólo lo humano tuviese existencia. Cipriano Algor no se sentó en el banco de piedra, pasó a su lado, luego, tras mover uno tras otro los tres gruesos cierres de hierro instalados en alturas diferentes, arriba, en medio, abajo, abrió la puerta del horno, que chirrió gravemente en los goznes. Pasados los primeros días de indagaciones sensoriales que contentaron la curiosidad inmediata de quien acabara de llegar a un nuevo lugar, el horno había dejado de atraer la atención del perro Encontrado. Era una construcción vieja y basta de albañilería, con una puerta alta y estrecha, de finalidad desconocida y donde no vivía nadie, una construcción que tenía en la parte superior tres cosas como chimeneas, pero que seguramente no lo serían, puesto que de ellas nunca se había desprendido ningún estimulante olor a comida. Y ahora para su desconcierto la puerta se abre y el dueño entra con tan buena disposición como si también aquello fuese su casa, como la otra de ahí. Debe un perro, por cautela y principio, ladrar a cuantas sorpresas le surjan en la vida, porque no podrá saber de antemano si las buenas se transformarán en malas y si las malas dejarán de ser lo que fueron, por tanto Encontrado ladró y ladró, primero con inquietud cuando la figura del dueño pareció desvaírse en la última penumbra del horno, luego feliz al verlo reaparecer entero y con la expresión cambiada, son los pequeños milagros del amor, querer bien lo que se ha hecho también debería merecer ese nombre. Cuando Cipriano Algor volvió a entrar en el horno, ahora empuñando la escoba, Encontrado no se preocupó, un dueño, bien mirado, es como el sol y la luna, debemos ser pacientes cuando desaparece, esperar que el tiempo pase, si poco si mucho no lo podrá decir un perro, que no distingue duraciones entre la hora y la semana, entre el mes y el año, para un animal de éstos no hay más que la presencia y la ausencia. Durante la limpieza del horno, Encontrado no hizo intención de entrar, se apartó a un lado para que no le cayese encima la lluvia de pequeños fragmentos de barro cocido, de cascotes de loza rota que la escoba iba empujando hacia fuera, y se tumbó todo lo largo que era, con la cabeza asentada entre las patas. Parecía ajeno, casi dormido, pero hasta el más inexperto conocedor de mañas caninas sería capaz de comprender, nada más que por el modo disimulado con que de vez en cuando el sujeto abría y cerraba los ojos, que el perro Encontrado estaba simplemente a la espera. Terminada la tarea de limpieza, Cipriano Algor salió del horno y se encaminó a la alfarería. Mientras estuvo a la vista, el perro no se movió, luego se levantó despacio, avanzó con el cuello estirado hasta la entrada del horno y miró. Era una casa extraña y vacía, de techo abovedado, sin muebles ni adornos, forrada de paralelepípedos blanquecinos, pero lo que más impresionó la nariz del perro Encontrado fue la sequedad extrema del aire que dentro se respiraba y también el picor intenso del único olor que se percibía, la vaharada final de un infinito calcinamiento, que no os sorprenda la fragante y asumida contradicción entre final e infinito, pues no era de sensaciones humanas de lo que veníamos tratando, sino de lo que humanamente podemos imaginar acerca de lo que sentiría un perro al entrar por primera vez en un horno de alfarería vacío. Al contrario de lo que, por naturaleza, sería de esperar, Encontrado no dejó marcado de orina el nuevo sitio. Es verdad que comenzó obedeciendo a lo que el instinto le ordenaba, es verdad que llegó a levantar amenazadoramente la pata, pero se venció, se contuvo en el último y definitivo instante, quién sabe si amedrentado por el silencio mineral que lo rodeaba, por la rudeza tosca de la construcción, por el tono blanquecino y fantasmagórico del suelo y de las paredes, quién sabe si sencillamente porque sospechó que el dueño emplearía la violencia contra él si encontrara emporcado con una meada infame el reino, el trono y el dosel del fuego, el crisol donde la arcilla sueña cada vez que se va a convertir en diamante. Con la piel del dorso erizada, con el rabo entre las piernas como si viniese expulsado de lejos, el perro Encontrado salió del horno. No vio a ninguno de los dueños, la casa y el campo estaban como abandonados, y el moral, por efecto del ángulo de incidencia del sol, parecía proyectar una sombra extraña, que se arrastraba por el suelo como si viniese de un árbol diferente. Al contrario de lo que en general se piensa, los perros, por muchos cuidados y mimos de que sean objeto, no tienen la vida fácil, en primer lugar porque hasta hoy no han conseguido llegar a una comprensión mínimamente satisfactoria del mundo al que han sido traídos, en segundo lugar porque esa dificultad se ve agravada continuamente por las contradicciones y por las inestabilidades de conducta de los seres humanos con quienes comparten, por decirlo así, la casa, la comida y a veces la cama. Desapareció el dueño, no aparece la dueña, el perro Encontrado desahoga la melancolía y la retención de la vejiga en el banco de piedra que no tiene más utilidad que la de servir para meditaciones. En ese momento Cipriano Algor y Marta salieron de la alfarería. Encontrado corrió hacia ellos, en instantes como éste, sí, tiene la impresión de que finalmente va a entenderlo todo, pero la impresión no dura, nunca dura, el dueño le suelta un grito enorme, Fuera de aquí, la dueña grita alarmada, Quieto, quién podrá alguna vez entender a esta gente, el perro Encontrado no tardará en darse cuenta de que los dueños llevan unas figuras de barro en equilibrio sobre unas pequeñas tablas, tres cada uno y en cada una, imagínese el desastre que sucedería si no me hubiesen frenado a tiempo las efusiones. Se dirigen los equilibristas a las largas tablas de secado que desde hace semanas están desnudas de platos, cuencos, tazas, platillos, tazones, jarrones, botijos, cántaros, macetas y otros enseres de casa y jardín. Estos seis muñecos, que se quedarán secándose al aire, protegidos por la sombra del moral, pero tocados de vez en cuando por el sol que se insinúa y mueve entre las hojas, son la guardia avanzada de una nueva ocupación, la de centenas de figuras iguales que en batallones cerrados cubrirán las amplias tablas, mil doscientas figuras, seis veces doscientas, según las cuentas hechas en su momento, pero las cuentas estaban equivocadas, la alegría de la victoria no siempre es buena consejera, estos alfareros, pese a las tres generaciones de experiencia, parecen haberse olvidado de que es indispensable reservar siempre, porque hasta la tijera come el paño que corta, un margen para las pérdidas, es lo que cae y se parte, es lo que se deforma, es lo que se contrae más o menos, es lo que el calor revienta por estar mal fabricada la pieza, es lo que sale mal cocido por defectuosa circulación del aire caliente, y a todo esto, que tiene que ver directamente con las contingencias físicas de un trabajo en el que hay mucho de arte alquímica, que, como sabemos, no es una ciencia exacta, a todo esto, decíamos, habrá que añadir el examen riguroso que, como de costumbre, el Centro aplicará a cada una de las piezas, para colmo con aquel subjefe que parece tenérsela jurada. A Cipriano Algor únicamente se le vinieron a la cabeza estas dos amenazas, la cierta y la latente, cuando barría el horno, es lo que tienen de bueno las asociaciones de ideas, unas van tirando de otras, de carrerilla, la habilidad está

233

en no dejar que se rompa el hilo de la madeja, en comprender que un cascote en el suelo no es sólo su presente de cascote en el suelo, es también su pasado de cuando no lo era, es también su futuro de no saber lo que llegará a ser.

Se cuenta que en tiempos antiguos hubo un dios que decidió modelar un hombre con el barro de la tierra que antes había creado, y luego, para que tuviera respiración y vida, le dio un soplo en la nariz. Algunos espíritus contumaces y negativos enseñan cautelosamente, cuando no osan proclamarlo con escándalo, que, después de aquel acto creativo supremo, el tal dios no volvió a dedicarse nunca más a las artes de la alfarería, manera retorcida de denunciarlo por haber, simplemente, dejado de trabajar. El asunto, por la trascendencia de que se reviste, es demasiado serio para que lo tratemos de forma simplista, exige ponderación, mucha imparcialidad, mucho espíritu objetivo. Es un dato histórico que el trabajo de modelado, desde aquel memorable día, dejó de ser un atributo exclusivo del creador para pasar a la competencia incipiente de las criaturas, las cuales, excusado será decirlo, no están pertrechadas de suficiente soplo ventilador. El resultado fue que se asignara al fuego la responsabilidad de todas las operaciones subsidiarias capaces de dar, tanto por el color como por el brillo, y hasta por el sonido, una razonable semejanza de cosa viva a cuanto saliese de los hornos. Era juzgar por las apariencias. El fuego hace mucho, eso no hay quien lo niegue, pero no puede hacerlo todo, tiene serias limitaciones, incluso hasta algún grave defecto, como, por ejemplo, la insaciable bulimia que padece y que lo conduce a devorar y reducir a cenizas todo cuanto encuentra por delante. Volviendo al asunto que nos ocupa, la alfarería y su funcionamiento, todos sabemos que barro húmedo metido en horno es barro estallado en menos tiempo del que lleva contarlo. Una primera e irrevocable condición establece el fuego, si queremos que haga lo que de él se espera, que el barro entre seco y bien seco en el horno. Y es aquí cuando humildes regresamos al soplo en la nariz, es aquí cuando tendremos que reconocer hasta qué punto fuimos injustos e imprudentes al apadrinar y hacer nuestra la impía idea de que el dicho dios habría dado la espalda, indiferente, a su propia obra. Sí, es cierto que después de eso nadie más lo ha vuelto a ver, pero nos dejó lo que tal vez fuese lo mejor de sí mismo, el soplo, el aire, el viento, la brisa, el céfiro, esos que ya están entrando suavemente por las narices de los seis muñecos de barro que Cipriano Algor y la hija acaban de colocar, con todo cuidado, sobre uno de los tableros de secado. Escritor, además de alfarero, el dicho dios también sabe escribir derecho con líneas torcidas, no estando él aquí para soplar personalmente, mandó a quien hiciese el trabajo en su nombre, y todo para que la todavía frágil vida de estos barros no acabe extinguiéndose mañana en el ciego y brutal abrazo del fuego. Decir mañana es apenas una manera de hablar, porque si es cierto que un único soplo fue suficiente en el inicio para que el barro del hombre adquiriese respiración y vida, muchos serán los soplos necesarios para que de los bufones, de los payasos, de los asirios de barbas, de los mandarines, de los esquimales y de las enfermeras, de estos que están aquí y de los que en filas cerradas vendrán a alinearse en estos tableros, se evapore poco a poco el agua sin la que no habrían llegado a ser lo que son, y puedan entrar seguros en el horno para transformarse en aquello que van a tener que ser. El perro Encontrado se alzó sobre las patas traseras y apoyó las manos en el borde de la plancha para ver desde más cerca los seis monigotes formados ante él. Olisqueó una vez, dos veces, y luego se desinteresó de ellos, pero no a tiempo de evitar la palmada seca y dolorosa que el dueño le propinó en la cabeza ni la repetición de las duras palabras que ya oyera antes, Fuera de aquí, cómo podría él explicar que no le iba a hacer ningún mal a los muñecos, que sólo los quería ver mejor y oler, que no ha sido justo que me pegues por tan poco, parece que no sabes que los perros no se sirven sólo de los ojos de la cara para indagar el mundo exterior, la nariz es como un ojo complementario, ve lo que huele, menos mal que esta vez ella no gritó Quieto, felizmente siempre se encuentra a alguien capaz de comprender las razones ajenas, incluso las de aquellos que, por mudez de naturaleza, o insuficiencia de vocabulario, no supieron o no les llegó la lengua para explicarlas, No era necesario pegarle, padre, sólo estaba curioseando, dijo Marta. Lo más seguro es que el propio Cipriano Algor no haya querido hacerle daño al perro, le salió así por la fuerza del instinto, que, al contrario de lo que generalmente se piensa, los seres humanos todavía no han perdido ni están cerca de perder. Convive éste pared con pared con la inteligencia, pero es infinitamente más rápido que ella, por eso la pobrecilla queda tantas veces en ridículo y es desairada en tantas ocasiones, es lo que ha sucedido en este caso, el alfarero reaccionó al miedo de ver destruido lo que tanto esfuerzo le había costado de la misma manera que la leona a la ansiedad de ver en peligro a su cría. No todos los creadores se distraen de sus criaturas, sean éstas cachorros o muñecos de barro, no todos se van y dejan en su lugar la inconstancia de un céfiro que sopla de vez en cuando, como si nosotros no tuviésemos esta necesidad de crecer, de ir al horno, de saber quiénes somos. Cipriano Algor llamó al perro, Ven aquí, Encontrado, ven aquí, de hecho no hay quien consiga comprender a estos bichos, pegan y en seguida van a acariciar a quienes han pegado, les pegan y en seguida van a besar la mano que les ha pegado, es posible que todo esto no sea nada más que una consecuencia de los problemas que venimos teniendo, desde el remoto comienzo de los tiempos, para entendernos unos a otros, nosotros, los perros, nosotros, los humanos. Encontrado ya se ha olvidado del manotazo recibido, pero el dueño no, el dueño tiene memoria, lo olvidará mañana o dentro de una hora, pero por el momento no puede, en casos así la memoria es como aquel toque instantáneo de sol en la retina que deja una quemadura en la superficie, cosa leve, sin importancia, pero que molesta mientras dura, lo mejor será llamar al perro, decirle, Encontrado, ven aquí, y el perro irá, va siempre, si está lamiendo la mano que lo acaricia es porque ésa es la manera de besar de los perros, en poco tiempo desaparecerá la quemadura, la visión se normalizará, y será como si nada hubiera ocurrido.

Cipriano Algor echó cuenta de la leña y la encontró poca. Durante años había andado complaciéndose en la idea de que habría de llegar la hora en que el viejo horno de leña sería derribado para que en su lugar surgiera un horno nuevo, de los modernos, de esos que trabajan con gas, capaces de ofrecer temperaturas altísimas, rápidos de calentar y de excelentes resultados en la cocción. En el fondo de sí mismo, sin embargo, intuía que nunca tal acabaría sucediendo, en primer lugar por el mucho dinero que la obra exigiría, fuera de su alcance, pero también por otras razones menos materiales, como saber de antemano que le daría pena derribar aquello que el abuelo había construido y después el padre perfeccionara, si lo hiciese sería como si, en sentido propio, los borrase de una vez por todas de la faz de la tierra, pues precisamente sobre la faz de la tierra está el horno. Tenía aún una otra razón, menos confesable, que despachaba en cinco palabras, Ya estoy viejo para eso, pero que objetivamente implicaba el uso de los pirómetros, de las tuberías, de los pilotos de seguridad, de los quemadores, es decir, otras técnicas y otros cuidados. No quedaba por tanto más remedio que seguir con el horno viejo alimentándolo a la vieja manera, con leña, leña y leña, tal vez esto sea lo que más cuesta soportar en los menesteres del barro. Así como el fogonero de las antiguas locomotoras de vapor, que se pasaba el tiempo echando paladas de carbón en la boca del fogón, el alfarero, por lo menos este Cipriano Algor, que no puede pagar a un ayudante, se fatiga durante horas metiendo el arcaico combustible horno adentro, ramajes que el fuego envuelve y devora en un instante, ramas que la llama va mordisqueando y lamiendo poco a poco hasta fragmentarlas en brasas, lo bueno es cuando podemos mimarlo con piñas y serrín, que arden más despacio y proporcionan más calor. Cipriano Algor se abastece en los alrededores de la población, encarga a los leñadores y agricultores unas cuantas cargas de leña para quemar, compra en los aserraderos y carpinterías del Cinturón Industrial unas cuantas sacas de serrín, preferentemente de maderas duras, como el roble, el nogal y el castaño, y todo esto lo tendrá que hacer solo, evidentemente no se le pasa por la cabeza pedirle a la hija, y más estando embarazada, que le acompañe y le ayude a subir las sacas a la furgoneta, se llevará a Encontrado para acabar de hacer las paces, lo que parece significar que la quemadura en la memoria de Cipriano Algor, al final, no estaba del todo curada. La leña que se encuentra debajo del alpendre sería más que suficiente para la cochura de las seis figuras que van a servir de moldes. Pero Cipriano Algor duda, encuentra absurda, disparatada, un desbarato sin disculpa, la enorme desproporción de medios a emplear en relación con los fines a conseguir, es decir, que para cocer la nadería material de media docena de muñecos vaya a ser necesario usar el horno como si de una carga hasta el techo se tratase. Se lo dijo a Marta, que le dio la razón, y media hora después el remedio, El libro explica cómo se puede resolver el problema, hasta trae un dibujo para que se entienda mejor. Es muy posible que el bisabuelo de Marta, siendo como era del tiempo de Maricastaña, hubiese usado alguna vez, en los primordios de su profesión de alfarero, el ya en esa época anticuado proceso de cochura en cueva, pero la instalación del primer horno debería haber dispensado y de algún modo hecho olvidar la arcaica práctica, que no pasó ya al padre de Cipriano Algor. Afortunadamente existen los libros. Podemos tenerlos olvidados en una estantería o en un baúl, dejarlos entregados al polvo o a las polillas, abandonarlos en la oscuridad de los sótanos, podemos no pasarles la vista por encima ni tocarlos durante años y años, pero a ellos no les importa, esperan tranquilamente, cerrados sobre sí mismos para que nada de lo que tienen dentro se pierda, el momento que siempre llega, ese día en el que nos preguntamos, Dónde estará aquel libro

que enseñaba a cocer los barros, y el libro, finalmente convocado, aparece, está aquí en las manos
de Marta mientras el padre cava al lado del horno
una pequeña cueva con medio metro de profundidad y otro tanto de anchura, para el tamaño de
las figuras no es necesario más, después dispone
en el fondo del agujero una capa de pequeñas ramas y les prende fuego, las llamas suben, acarician
las paredes, reducen la humedad superficial, luego
la hoguera esmorecerá, sólo restarán las cenizas
calientes y unas diminutas brasas, y será sobre
éstas donde Marta, habiéndole pasado al padre el
libro abierto en la página, haga descender, y con
extremo cuidado vaya posando, una a una, las seis
figuras de la prueba, el mandarín, el esquimal, el
asirio de barba, el payaso, el bufón, la enfermera,
dentro de la cueva el aire caliente todavía tiembla,
toca la epidermis grisácea de la que, y también del
interior macizo de los cuerpos, casi toda el agua
ya se había evaporado por obra de la virazón y de
la brisa, y ahora, sobre la boca de la cavidad, a
falta de una rejilla adecuada para este fin, coloca
Cipriano Algor, ni demasiado juntas ni demasiado separadas, como el libro enseña, unas barras
estrechas de hierro por donde han de caer las brasas resultantes de la hoguera que el alfarero ya ha
comenzado a atizar. Tan felices estaban con el descubrimiento del libro salvador que no repararon,
ni el padre ni la hija, que la hora casi crepuscular
en que comenzaron el trabajo los obligaría a alimentar la hoguera noche adentro, hasta que las bra-

sas llenen por completo la cueva y la cocción termine. Cipriano Algor dijo a la hija, Tú acuéstate, que yo me quedo mirando por la lumbre, y ella respondió, No me perdería esto por todo el oro del mundo. Se sentaron en el banco de piedra contemplando las llamas, de vez en cuando Cipriano Algor se levantaba e iba a echar más leña, ramas no demasiado gruesas para que las brasas caigan por los intervalos de los hierros, cuando llegó la hora de la cena Marta bajó a casa para preparar una refección ligera, tomada después a la luz oscilante que se movía sobre la pared lateral del horno como si también él estuviese ardiendo por dentro. El perro Encontrado compartió lo que había para comer, después se tumbó a los pies de Marta, mirando fijamente las llamas, en su vida había estado cerca de otras hogueras, pero ninguna como ésta, probablemente querría decir otra cosa, las hogueras, mayores o más pequeñas, se parecen todas, son leña ardiendo, centellas, tizones y cenizas, lo que Encontrado pensaba era que nunca había estado así, a los pies de dos personas a quienes había entregado para siempre su amor de perro, junto a un banco de piedra propicio a serias meditaciones, como él mismo, a partir de hoy y por experiencia personal directa, podrá testificar. Llenar medio metro cúbico de brasas lleva su tiempo, sobre todo si la leña, como está sucediendo, no llegó seca del todo, la prueba está en que se ven hervir las últimas savias en el extremo opuesto de los troncos que se están quemando. Sería interesante, si fuese posible, mirar dentro, ver si las brasas han alcanzado ya la altura de la cintura de los muñecos, pero lo que se puede imaginar es cómo estará el interior de la cueva, vibrante y resplandeciente con la luz de las múltiples llamas breves que acaban de consumir los pequeños trozos de leña incandescente que van cayendo. Como la noche comenzaba a refrescar, Marta fue a casa a buscar una manta, bajo la cual, echada por los hombros, padre e hija se abrigaron. Por delante no necesitaban, sucedía ahora lo mismo que cuando, en tiempos pasados, nos arrimábamos a la chimenea para calentarnos en las noches de invierno, la espalda tiritaba de frío mientras la cara, las manos y las piernas se achicharraban. Las piernas sobre todo, por estar más cerca de la lumbre. Mañana comienza el trabajo duro, dijo Cipriano Algor, Yo ayudo, dijo Marta, Ayudarás, sin duda, no tienes otro remedio, por mucho que me cueste, Siempre he ayudado, Pero ahora estás embarazada, De un mes, o ni tanto, todavía no se nota, me siento perfectamente, Me temo que no consigamos llevar esto hasta el final, Lo conseguiremos, Si al menos pudiésemos encontrar a alguien que nos ayudase, Usted mismo lo tiene dicho, nadie quiere trabajar en alfarerías, aparte de eso emplearíamos todo el tiempo enseñando a quien viniese y los resultados serían de todo menos compensadores, Claro, confirmó Cipriano Algor, súbitamente distraído. Se había acordado de que Isaura Estudiosa, o Isaura Madruga como parece que ha vuelto a llamarse, andaba buscando trabajo, que si no lo encontraba se iría del pueblo, pero este pensamiento no llegó a perturbarlo, de hecho no podría ni querría imaginarse a la tal Madruga trabajando en la alfarería, metida en el barro, las únicas luces que ella tiene de este oficio es esa manera de abrazar un cántaro contra el pecho, pero eso no sirve de nada cuando es de fabricar monigotes de lo que se trata, y no de acunarlos. Para acunar cualquier persona sirve, pensó, pero sabía que esto no era verdad. Dijo Marta, Podríamos llamar a alguien para que se encargara del trabajo de casa, de manera que me dejara libre a mí para la alfarería, No tenemos dinero para pagar una asistenta, o una empleada doméstica, o mujer por horas, o comoquiera que se llame, cortó bruscamente Cipriano Algor, Una persona que esté necesitando una ocupación y que no le importe ganar poco durante un tiempo, insistió Marta. Impaciente, el padre se sacudió la manta de los hombros como si estuviera sofocándose, Si lo que estás pensando es lo que me imagino, creo que es mejor que la conversación acabe aquí, Falta saber si usted se lo imaginó porque yo lo pensé, dijo Marta, o si ya lo había pensado antes de que yo me lo imaginara, No juegues con las palabras, por favor, tú tienes esa habilidad, pero yo no, no la heredaste de mí, Alguna cosa tendrá que ser de nuestra propia cosecha, en todo caso, eso a lo que llama jugar con las palabras es simplemente un modo de hacerlas más visibles, Pues ésas puedes volver a taparlas, no me interesan. Marta repuso la manta en su lugar, embozó los hombros del padre, Ya están tapadas, dijo, si un día alguien las pone otra vez a la vista, le garantizo que no seré yo. Cipriano Algor se deshizo de la manta, No tengo frío, dijo, y fue a echar más leña a la hoguera. Marta se sintió conmovida al reparar en la meticulosidad con que él colocaba los troncos nuevos sobre las teas que ardían, aplicado y escrupuloso como quien se ha obligado, para expulsar incómodos pensamientos, a concentrar todo su poder de atención en un pormenor sin importancia. No debería haber vuelto al asunto, se dijo a sí misma, mucho menos ahora, cuando ya ha dicho que se vendrá con nosotros al Centro, además, suponiendo que ellos se entiendan hasta el punto de querer vivir juntos, cargaríamos con un problema de difícil o incluso de imposible solución, una cosa es irse al Centro con la hija y el yerno, otra que llevara a la propia mujer, en vez de una familia serían dos, estoy convencida de que no nos aceptarían, Marcial ya me ha dicho que los apartamentos son pequeños, luego tendrían que quedarse aquí, y de qué vivirían, dos personas que apenas se conocen, cuánto tiempo iba a durar el entendimiento, más que jugar con las palabras, lo que hago es jugar con los sentimientos de los otros, con los sentimientos de mi propio padre, qué derecho tengo yo, qué derecho tienes tú, Marta, prueba a ponerte en su lugar, no puedes, claro, pues si no puedes cállate, se dice que cada persona es una isla, y no es cierto, cada persona es un silencio, eso, un silencio, cada una con su silencio, cada una con el silencio que es. Cipriano Algor regresó al banco de piedra, él mismo se colocó la manta sobre los hombros a pesar de traer todavía en la ropa el calor de la hoguera, Marta se le acercó, Padre, padre, dijo, Qué quieres, Nada, no me haga caso. Pasaba de la una cuando la cueva se acabó de llenar. Ya no somos necesarios aquí, dijo Cipriano Algor, mañana, cuando se hayan enfriado, retiraremos las piezas, vamos a ver cómo salen. El perro Encontrado los acompañó hasta la puerta de la casa. Después volvió junto a la hoguera y se tumbó. Bajo la finísima película de ceniza, irradiando una luz tenue, el rescoldo todavía palpitaba. Sólo cuando las brasas se apagaron del todo, Encontrado cerró los ojos para dormir.

Cipriano Algor soñó que estaba dentro de su nuevo horno. Se sentía feliz por haber podido convencer a la hija y al yerno de que el repentino crecimiento de la actividad de la alfarería exigía cambios radicales en los procesos de elaboración y una rápida actualización de los medios y estructuras de fabricación, comenzando por la urgente sustitución del viejo horno, remanente arcaico de una vida artesanal que ni siquiera como ruina de museo al aire libre merecería ser conservado. Dejémonos de nostalgias que sólo perjudican y atrasan, dijo Cipriano con inusitada vehemencia, el progreso avanza imparable, es necesario que nos decidamos a acompañarlo, ay de aquellos que, con miedo a posibles aflicciones futuras, se queden sentados a la vera del camino llorando un pasado que ni siquiera fue mejor que el presente. De tan redonda, perfecta y acabada que salió, la frase redujo a los reluctantes jóvenes. En todo caso, hay que reconocer que las diferencias tecnológicas entre el horno nuevo y el horno viejo no eran nada del otro mundo, lo que el primero tenía de anticuado, de moderno lo tiene ahora el segundo, la única modificación que saltaba realmente a la vista consistía en el tamaño de la obra, en su capacidad dos veces mayor, siendo también cierto, aunque no se notase tanto, que eran diferentes, e incluso algo anormales, las relaciones de proporción que la altura, el fondo y el ancho del respectivo vano interno establecían entre sí. Puesto que se trata de un sueño, no hay que extrañarse de este último punto. Extraña, sí, por muchas libertades y exageraciones que la lógica onírica autorice al soñador, es la presencia de un banco de piedra ahí dentro, un banco exactamente igual que el de las meditaciones, y del que Cipriano Algor sólo puede ver la parte de atrás del respaldo, porque, insólitamente, este banco está vuelto hacia la pared del fondo, a sólo cinco palmos de ella. Deben de haberlo puesto aquí los albañiles para descansar a la hora del almuerzo, después se olvidaron de llevárselo, pensó Cipriano Algor, pero sabía que no podía ser cierto, a los albañiles, y este dato es rigurosamente histórico, siempre les ha gustado comer al aire libre, hasta cuando tuvieran que trabajar en el desierto, con más razón en un lugar tan agradablemente campestre como éste, con las tablas de secado debajo del moral y la suave brisa del mediodía soplando. Vengas de donde vengas, irás a hacerle compañía al que está ahí fuera, dijo Cipriano Algor, el problema será sacarte de aquí, para ir en brazos pesas demasiado y si te arrastro me harías polvo el pavimento, no comprendo quién tuvo la idea de traerte dentro de un horno y colocarte de esta manera, una persona sentada quedaría con la nariz casi pegada a la pared. Para demostrarse a sí mismo que tenía razón, Cipriano Algor se deslizó suavemente entre una de las extremidades del banco y la pared lateral que le correspondía, y se sentó. Tuvo que aceptar que su nariz, finalmente, no corría el menor riesgo de desollarse en los ladrillos refractarios, y que las rodillas, aunque más avanzadas en el plano horizontal, también se encontraban a salvo de rozaduras incómodas. La mano, ésa sí, podía alcanzar la pared sin ningún esfuerzo. Ahora bien, en el preciso instante en que los dedos de Cipriano Algor iban a tocarla, una voz que llegaba de fuera dijo, No merece la pena que enciendas el horno. La inesperada orden era de Marcial, como también era suya la sombra que durante un segundo se proyectó en la pared del fondo para desaparecer en seguida. A Cipriano Algor le pareció un abuso y una absoluta falta de respeto el tratamiento usado por el yerno, Nunca le he dado semejante confianza, pensó. Hizo un movimiento para volverse y preguntarle por qué motivo no merecía la pena encender el horno y qué es eso de tratarme de tú, pero no consiguió volver la cabeza, sucede mucho en los sueños, queremos correr y descubrimos que las piernas no obedecen, por lo general son las piernas, esta vez es el cuello el que se niega a dar la vuelta. La sombra ya no estaba, a ella no podía hacerle preguntas, en la vana e irracional suposición de que una sombra tenga lengua para articular respuestas, pero los armonios suplementarios de las palabras que Marcial había proferido todavía seguían resonando entre la bóveda y el suelo, entre una pared y otra pared. Antes de que las vibraciones se extinguiesen del todo y la dispersa sustancia del silencio quebrado tuviese tiempo de reconstituirse, Cipriano Algor quiso conocer las misteriosas razones por las que no merecía la pena encender el horno, si realmente fue eso lo que la voz del yerno dijo, ahora hasta le parecía que las palabras habían sido otras, y todavía más enigmáticas, No merece la pena que se sacrifique, como si Marcial creyese que el suegro, a quien, por lo que se ve, no tuteó, hubiere decidido probar en el propio cuerpo los poderes del fuego, antes de entregarle la obra de sus manos. Está loco, murmuró para sí el alfarero, es necesario que este mi yerno esté loco de remate para imaginar tales cosas, si he entrado en el horno ha sido porque, la frase tuvo que interrumpirse, de hecho Cipriano Algor no sabía por qué estaba allí, ni es de extrañar, si tantas veces eso nos sucede cuando nos encontramos despiertos, no saber por qué hacemos o hicimos esto o aquello, qué será cuando, durmiendo, soñamos. Cipriano Algor pensó que lo mejor, lo más fácil, sería levantarse simplemente del banco de piedra, salir y preguntarle al yerno qué demonios de galimatías era aquél, pero sintió que el cuerpo le pesaba como plomo, o ni siquiera eso, que verdaderamente nunca el peso del plomo será tanto que no consiga alzarlo una fuerza mayor, lo que ocurría era que estaba atado al respaldo del banco, atado sin cuerdas ni cadenas, mas atado. Trató de volver la cabeza otra vez, pero el cuello no le obedeció, Soy como una estatua de piedra sentada en un banco de piedra mirando un muro de piedra, pensó, aunque supiese que no era rigurosamente así, el muro, por lo menos, como sus ojos de entendido en materias minerales podían comprobar, no había sido construido con piedras, sino con ladrillos refractarios. Fue en ese momento cuando la sombra de Marcial volvió a proyectarse en la pared, Le traigo la buena noticia que ansiábamos hace tanto tiempo, dijo su voz, he sido ascendido, por fin, a guarda residente, de modo que no merece la pena seguir adelante con la fabricación, se explica al Centro que cerramos la alfarería y ellos entenderán, más pronto o más tarde tendría que suceder, así que salga de ahí, la furgoneta ya está delante de la puerta para cargar los muebles, qué pena el dinero que se ha gastado en ese horno. Cipriano Algor abrió la boca para responder, pero la sombra ya se había ido, lo que el alfarero quería decir era que la diferencia entre la palabra de artesano y un mandato divino estriba en que éste necesitó que lo pusieran por escrito, e incluso así con los lamentables resultados que se conocen, y además que si tenía tanta prisa podía empezar a andar, expresión algo grosera que contradecía la solemne declaración que él mismo hizo aún no hace muchos días, al prometer a la hija y al yerno que se iría a vivir con ellos cuando Marcial fuera ascendido, una vez que la mudanza de ambos al Centro haría imposible mantener en funcionamiento la alfarería. Estaba Cipriano Algor recriminándose por haber asegurado lo que la honra nunca le permitiría cumplir, cuando una sombra nueva apareció sobre la pared del fondo. A la débil luz que consigue entrar por la estrecha puerta de un horno de este tamaño, dos sombras humanas son muy fáciles de confundir, pero el alfarero supo de quién se trataba, ni la sombra, más oscura, ni la voz, más espesa, pertenecían al yerno, Señor Cipriano Algor, vine sólo para informarle de que nuestro pedido de figuras de barro acaba de ser cancelado, dijo el jefe del departamento de compras, no sé ni quiero saber por qué se ha metido ahí, si ha sido por dárselas de héroe romántico a la espera de que una pared le revele los secretos de la vida, me parece simplemente ridículo, pero si su intención va más lejos, si su intención es inmolarse en el fuego, por ejemplo, sepa desde ya que el Centro se negará a asumir cualquier responsabilidad por la defunción, eso es lo que nos faltaba, que vengan a culparnos de los suicidios cometidos por personas incompetentes que van a la quiebra por no haber sido capaces de entender las reglas del mercado. Cipriano Algor no volvió la cabeza hacia la puerta, aunque tenía la certidumbre de que ya podría hacerlo, sabía que el sueño acabó, que nada le impediría levantarse del banco de piedra cuando quisiera, sólo una duda le perturbaba todavía, es cierto que absurda, es cierto que estúpida, sin embargo comprensible si tenemos en consideración el estado de perplejidad mental en que lo ha dejado el sueño de tenerse que ir a vivir al mismísimo Centro que acababa de despreciarle el trabajo, y esa duda, a ella vamos, no se nos ha olvidado, tiene que ver con el banco de piedra. Cipriano Algor se pregunta si se habría llevado un banco de piedra a la cama o si se despertará cubierto de rocío en el otro banco de piedra, el de las meditaciones, los sueños humanos son así, a veces eligen cosas reales y las transforman en visiones, otras veces al delirio lo ponen a jugar al escondite con la realidad, por eso es tan frecuente que nos sintamos perplejos, el sueño tirando de un lado, la realidad empujando de otro, en buena verdad la línea recta sólo existe en la geometría, y aun así no pasa de una abstracción. Cipriano Algor abrió los ojos. Estoy en la cama, pensó con alivio, y en ese instante se dio cuenta de que la memoria del sueño estaba huyendo, que sólo conseguiría retener unos cuantos fragmentos, y no supo si debería alegrarse con lo poco o entristecerse con lo excesivo, también muchas veces sucede esto después de haber soñado. Todavía era de noche, pero la primera mudanza del cielo, anunciadora de la madrugada, no tardaría en manifestarse. Cipriano Algor no volvió a dormirse. Pensó en muchas cosas, pensó que su trabajo se tornaba definitivamente inútil, que la existencia de su persona dejaba de tener justificación suficiente y medianamente aceptable, Soy un engorro para ellos, murmuró, en ese instante un retazo del sueño se le apareció con toda nitidez, como si hubiese sido recortado y pegado en una pared, era el jefe del departamento de compras que le decía, Si su intención es inmolarse en el fuego, querido señor, que le haga buen provecho, le aviso, no obstante, de que no forma parte de las extravagancias del Centro, si algunas tiene, mandar representantes y coronas de flores a los funerales de sus antiguos suministradores. Cipriano Algor vuelve a caer en el sueño por momentos, regístrese a propósito, y antes de que nos sea apuntada la aparente contradicción, que caer en el sueño por momentos no es lo mismo que haberse dormido, el alfarero no hizo más que soñar de relance con el sueño que había tenido, y si las segundas palabras del jefe del departamento de compras no salieron exactamente iguales que las primeras fue por la sencilla razón de que no es sólo en la vida despierta donde las palabras que decimos dependen del humor de la ocasión. Aquella antipática y en todo dislocada referencia a una hipotética inmolación en el fuego tuvo, sin embargo, el mérito de desviar el pensamiento de Cipriano Algor hacia las estatuillas de barro puestas a cocer en la cueva, y luego, por caminos y travesías del cerebro que nos sería imposible reconstruir y describir con suficiente precisión, hacia el súbito reconocimiento de las ventajas del muñeco hueco en comparación con el muñeco macizo, ya sea en el tiempo que se emplea, ya sea en la arcilla que se consume. Esta frecuente reluctancia que tienen las evidencias para manifestarse sin hacerse de rogar demasiado debería ser objeto de un profundo análisis por parte de los entendidos, que ciertamente andan por ahí, en las distintas, pero seguramente no opuestas, naturalezas de lo visible y de lo invisible, en el sentido de averiguar si en el interior más íntimo de lo que se ofrece a la vista existirá, como parece haber fuertes motivos de sospecha, algo químico o físico con una tendencia perversa a la negación y al oscurecimiento, un deslizarse amenazador en dirección al cero, un sueño obsesivo de vacío. Sea como fuere, Cipriano Algor está satisfecho consigo mismo. Hace pocos minutos se consideraba un engorro para la hija y el yerno, un obstáculo, un estorbo, un inútil, palabra esta que lo dice todo cuando tenemos que clasificar lo que supuestamente ya no sirve para nada, y helo aquí siendo capaz de producir una idea cuya bondad intrínseca está de antemano demostrada por el hecho de que otros la han tenido antes y puesto muchas veces en ejecución. No siempre es posible tener ideas originales, ya basta con tenerlas simplemente practicables. A Cipriano Algor le gustaría alargar el remanso de la cama, aprovechar el buen sueño de la mañana, que, tal vez porque tenemos de él una conciencia vaga, es, de todos los sueños, el más reparador, pero la excitación causada por la idea que se le había ocurrido, el recuerdo de las estatuillas bajo las cenizas sin duda todavía calientes, y también, por qué no confesarlo, aquella precipitada información anterior de que no se había vuelto a dormir, todo esto junto le hizo apartar la ropa y saltar rápidamente al suelo, tan fresco y ágil como en sus verdes años. Se vistió sin hacer ruido, salió del cuarto con las botas en la mano y, de puntillas, se dirigió a la cocina. No quería que la hija se despertara, pero se despertó, o ya estaría despierta, ocupada en pegar fragmentos de sus propios sueños o de oído atento al trabajo ciego que la vida, segundo a segundo, carpinteaba en su útero. La voz sonó nítida y clara en el silencio de la casa, Padre, adónde va tan temprano, No puedo dormir, voy a ver cómo ha salido la cochura, pero tú quédate, no te levantes. Marta respondió, Pues sí, no era nada difícil, conociéndolo, pensar que el padre deseaba estar solo durante la grave operación de retirar las cenizas y las estatuillas de la cueva, así como un niño que, bien entrada la noche, temblando de susto y de excitación, avanza a tientas por el pasillo oscuro para descubrir qué soñados juguetes y regalos le han sido puestos en el zapato. Cipriano Algor se calzó, abrió la puerta de la cocina y salió. La frondosidad compacta del moral retenía la noche firmemente, no la dejaría irse tan pronto, la primera claridad del amanecer todavía tardaría por lo menos media hora. Miró la caseta, después paseó la vista en derredor, sorprendido de no ver surgir al perro. Silbó bajito, pero Encontrado no se manifestó. El alfarero pasó de la sorpresa perpleja a una inquietud explícita, No creo que se haya ido, no lo creo, murmuró. Podía gritar el nombre del perro, pero no lo hizo porque no quería alarmar a la hija. Andará por ahí, andará por ahí olisqueando algún bicho nocturno, dijo para tranquilizarse a sí mismo, pero la verdad es que, mientras atravesaba la explanada en dirección al horno, pensaba más en Encontrado que en las ansiadas estatuillas de barro. Se encontraba ya a pocos pasos de la cueva cuando vio salir al perro de debajo del banco de piedra, Me has dado un buen susto, bribón, por qué no vienes cuando te llamo, le reprendió, pero Encontrado no dio respuesta, estaba ocupado desperezándose, poniendo los músculos en su lugar, primero estiró con fuerza las manos hacia delante, bajando en plano inclinado la cabeza y la columna vertebral, luego ejecutó lo que se supone que es, en su entendimiento, un indispensable ejercicio de ajuste y compensación, rebajando y alargando hasta tal punto los cuartos traseros que parecía querer separarse de las patas de atrás. Todo el mundo sabe decirnos que los animales dejaron de hablar hace mucho tiempo, pero lo que nunca se podrá demostrar es que ellos no hayan seguido haciendo uso secreto del pensamiento. Véase, por ejemplo, el caso de este perro Encontrado, cómo a pesar de la escasa claridad que poco a poco comienza a bajar del cielo se le puede leer en la cara lo que está pensando, ni más ni menos A palabras necias, oídos sordos, quiere él decir en la suya que Cipriano Algor, con la larga experiencia de vida que tiene, aunque tan poco variada, no debería necesitar que le explicasen cuáles son los deberes de un perro, es harto conocido que los centinelas humanos sólo vigilan en serio si para eso les ha sido dada una orden terminante, mientras que los perros, y éste en particular, no están a la espera de que se les diga Quédate ahí mirando por la lumbre, podremos tener la certeza de que, mientras las brasas no se extingan, ellos permanecerán con los ojos abiertos. En todo caso habrá que hacer justicia al pensamiento humano, su consabida lentitud no siempre le impide llegar a las conclusiones ciertas, como dentro de la cabeza de Cipriano Algor acaba ahora mismo de suceder, se le encendió una luz de repente y gracias a ella pudo leer y en voz alta pronunciar las palabras de reconocimiento de que el perro Encontrado era justamente merecedor, Mientras yo dormía al calor de las sábanas, estabas tú aquí de centinela alerta, no importa que tu vigilancia de nada sirviera a la cochura, lo que cuenta realmente es el gesto. Cuando Cipriano Algor terminó la alabanza, Encontrado corrió a alzar la pata y aliviar la vejiga, después regresó moviendo la cola y se tumbó a poca distancia de la cueva, dispuesto para asistir a la operación de levantamiento de los muñecos. En ese momento la luz de la cocina se encendió, Marta se había levantado. El alfarero volvió la cabeza, no veía claro en su espíritu si prefería estar solo o si deseaba que la hija viniera a hacerle compañía, pero lo supo un minuto después, cuando percibió que ella había decidido dejarle el papel principal hasta el último momento. Semejante al reborde de una bóveda luminosa que llegara empujando la oscura cúpula de la noche, la frontera de la mañana se movía despacio hacia occidente. Una súbita virazón rasante arremolinó, como una tolvanera, las cenizas de la superficie de la cueva. Cipriano Algor se arrodilló, apartó a un lado las barras de hierro y, sirviéndose de la misma pequeña pala con la que había abierto la cueva, comenzó a retirar las cenizas mixturadas con pequeños trozos de carbón no consumidos. Casi imponderables, las blancas partículas se le pegaban a los dedos, algunas, levísimas, aspiradas por la respiración, se le subieron hasta la nariz y le obligaron a resoplar, tal como Encontrado hace a veces. Según la pala se iba aproximando al fondo de la cueva, las cenizas eran más calientes, pero no tanto que quemasen, estaban simplemente tibias, como piel humana, y blandas y suaves como ella. Cipriano Algor dejó a un lado la pala y hundió las dos manos en las cenizas. Tocó la fina e inconfundible aspereza de los barros cocidos. Entonces, como si estuviese ayudando a un nacimiento, sostuvo entre el pulgar, el índice y el corazón la cabeza todavía oculta de un muñeco y tiró hacia arriba. Era la enfermera. Le sacudió las cenizas del cuerpo, le sopló en la cara, parecía que estaba dándole una especie de vida, pasándole a ella el aliento de sus propios pulmones, el pulso de su propio corazón. Después, uno a uno, los restantes monigotes, el asirio de barbas, el mandarín, el bufón, el esquimal, el payaso, fueron retirados de la cueva y colocados al lado de la enfermera, más o menos limpios de cenizas, pero sin el beneficio suplementario del soplo vital. No había allí nadie que preguntara al alfarero los motivos de la diferencia de trato, determinados, a primera vista, por la diferencia de sexo, salvo si la intervención demiúrgica resultó simplemente de que la figura de la enfermera fue la primera en salir del agujero, siempre, desde que el mundo es mundo, así ha sucedido, se cansan de la creación los creadores en cuanto ella deja de ser novedad. Recordando, sin embargo, los complejos problemas de modelado con que Cipriano Algor tuvo que luchar cuando trabajaba el pecho de la enfermera, no sería demasiado temerario presumir que la razón última del soplido se encuentre, aunque de modo oscuro e impreciso, en ese su inmenso esfuerzo por llegar a lo que la propia ductilidad de la arcilla prometía a la vez que negaba. Quién sabe. Cipriano Algor volvió a llenar el agujero con la tierra que por natural derecho le pertenecía, la aplanó bien para que ningún puñado se quedara fuera, y, con tres muñecos en cada mano, se dirigió a casa. Curioso, con la cabeza levantada, Encontrado brincaba a su lado. La sombra del moral se había despedido de la noche, el cielo comenzaba a abrirse todo con el primer azul de la mañana, el sol no tardaría en despuntar en un horizonte que desde allí no se alcanzaba.

Qué tal salieron, preguntó Marta cuando el padre entró, Parece que bien, pero hay que limpiarlos de la ceniza que traen agarrada. Marta echó agua en un pequeño lebrillo de barro, Lávelos aquí, dijo. Primera en entrar en el agua, primera en salir de las cenizas, casualidad o coincidencia, esta enfermera podrá tener en el futuro algunas razones de queja, mas no por falta de atenciones. Cómo está ése, preguntó Marta, ajena al debate sobre géneros que ha venido trabándose aquí, Bien, repitió el padre brevemente. De hecho estaba bien, con la cochura toda por igual, un hermoso color rojo, sin la más mínima grieta, y estaban igualmente perfectas las otras figurillas, a excepción del asirio de barbas, que apareció con una mancha negra en la espalda, efecto felizmente restringido de un incipiente proceso de carbonización provocado por una indeseada entrada de aire. No tiene importancia, no sufrirá por eso, dijo Marta, y ahora haga el favor de sentarse a descansar mientras le preparo el desayuno, que buena madrugada lleva ya en ese cuerpo, Me desvelé, y no conseguía dormir otra vez, Los muñecos podían esperar a que se hiciese de día, Pero yo no, Como sentencia el antiguo dicho, quien preocupaciones tiene no duerme, O duerme para soñar con las preocupaciones que tiene, Para no soñar se ha despertado tan temprano, preguntó Marta, Hay sueños de los que es mejor salir rápidamente, respondió el padre, Y ése es el caso de esta noche, Sí, es el caso de esta noche, Quiere contármelo, No merece la pena, En esta casa las preocupaciones de uno siempre han sido las preocupaciones de todos, Pero no los sueños, Excepto si son de preocupaciones, Contigo no se puede discutir, Si es así, no pierda más tiempo, cuéntelo, Soñé que Marcial había sido ascendido y que cancelaban el pedido, Lo más probable de eso no será la cancelación del pedido, Eso creo, pero las preocupaciones se enganchan como las cerezas, una tira de la otra, y las dos de un cesto lleno, en cuanto al ascenso de Marcial, sabemos que puede suceder de un momento a otro, Es cierto, El sueño fue un aviso para trabajar deprisa, Los sueños no avisan, A no ser que los que sueñan se sientan avisados, Se ha levantado sentencioso mi querido padre, Cada edad tiene sus defectos, y éste viene agravándoseme en los últimos tiempos, Menos mal, me gustan sus sentencias, voy aprendiendo con ellas, Incluso cuando no pasan de meros juegos de palabras, como ahora, preguntó Cipriano Algor, Pienso que las palabras sólo nacieron para jugar unas con otras, que no saben hacer otra cosa, y que, al contrario de lo que se dice, no existen palabras vacías, Sentenciosa, Es enfermedad de familia. Marta puso el desayuno en la mesa, el café, la leche, unos huevos revueltos, pan tostado y mantequilla, alguna fruta. Se sentó enfrente del padre para verlo comer. Y tú, preguntó Cipriano Algor, No tengo apetito, respondió ella, Mala señal, en el estado en que estás, Dicen que estos hastíos son bastante comunes en las embarazadas, Pero necesitas alimentarte bien, por lógica deberías comer por dos, O por tres, si llevo gemelos, Estoy hablando en serio, No se preocupe, todavía me vendrán las náuseas y no sé cuántas incomodidades más. Hubo un silencio. El perro se enroscó debajo de la mesa, fingiéndose indiferente a los olores de la comida, pero es sólo resignación, sabe que su vez todavía tardará algunas horas. Va a comenzar a trabajar ya, preguntó Marta, Así que acabe de comer, respondió Cipriano Algor. Otro silencio. Padre, dijo Marta, imagine que Marcial telefonea hoy comunicando que lo han ascendido, Tienes algún motivo para pensar que eso va a suceder, Ninguno, es sólo una suposición, Muy bien, imaginémonos entonces que el teléfono suena en este momento, que tú te levantas y atiendes, que es Marcial informándonos de que ha pasado al grado de guarda residente, Qué haría en ese caso, Acabaría de desayunar, me llevaría las figuras a la alfarería y comenzaría a hacer los moldes, Como si nada hubiera ocurrido, Como si nada hubiera ocurrido, Cree que sería una decisión sensata, no le parecería más consecuente desistir de la fabricación, volver página, Amada hija, es muy posible que la insensatez y la inconsecuencia sean para los jóvenes un deber, para los viejos son un derecho absolutamente respetable, Tomo nota por la parte que me toca, Aunque tú y Marcial tengáis que mudaros al Centro antes, yo seguiré aquí hasta terminar el trabajo que me encargaron, después me iré con vosotros, como prometí, Es una locura, padre, Locura, inconsecuencia, insensatez, flaca opinión tienes de mí, Es una locura que quiera hacer solo un trabajo de éstos, dígame cómo imagina que me voy a sentir sabiendo lo que está pasando aquí, Y cómo imaginas tú que me sentiría yo si abandonase el trabajo a la mitad, no comprendes que a esta altura de la vida no tengo muchas más cosas a las que agarrarme, Me tiene a mí, va a tener a su nieto, Perdona, pero no basta, Tendrá que bastar cuando se venga a vivir con nosotros, Supongo que será así, pero al menos habré terminado mi último trabajo, No sea dramático, padre, quién sabe cuál va a ser su último trabajo. Cipriano Algor se levantó de la mesa. Perdió el apetito de pronto, preguntó la hija, viendo que sobraba comida en el plato, Me cuesta tragar, tengo un nudo en la garganta, Son nervios, Debe de ser eso, nervios. El perro se había levantado también, preparado para ir detrás del amo. Ah, hizo Cipriano Algor, olvidaba decirte que Encontrado se ha pasado toda la noche debajo del banco de piedra vigilando la lumbre, Por lo visto también con los perros se puede aprender alguna cosa, Sí, se aprende sobre todo a no discutir lo que debe ser hecho, algunas ventajas ha de tener el simple instinto, Está queriendo decir que es también el instinto quien le manda terminar el trabajo, que en los seres humanos, o en algunos, existe un factor de comportamiento parecido al instinto, preguntó Marta, Lo que yo sé es que la razón sólo tiene un consejo que darme, Cuál, Que no sea tonto, que el mundo no se acaba por el hecho de que no remate las figuras, Realmente, qué importancia tendrían para el mundo unos cuantos muñecos de arcilla más o menos, Apuesto a que no mostrarías tanta indiferencia si en vez de figuras de arcilla se tratase de novenas o quintas sinfonías, infelizmente, hija mía, tu padre no nació para músico, Si realmente cree que estaba mostrando indiferencia, me quedo triste, Claro que no, perdona. Cipriano Algor iba a salir, pero se paró todavía un momento en el umbral de la puerta, En todo caso, hay que reconocer que la razón también es capaz de producir ideas aprovechables, esta noche, al despertar, se me ha ocurrido que se puede economizar mucho tiempo y algún material si hacemos las estatuillas huecas, secan y cuecen más deprisa, y ahorramos en barro, Viva la razón, por fin, Mira que no sé, las aves también hacen los nidos huecos y no andan por ahí presumiendo.

A partir de ese día, Cipriano Algor sólo interrumpió el trabajo en la alfarería para comer y dormir. Su poca experiencia en las técnicas le hizo desentenderse de las proporciones de yeso y agua en la fabricación de los taceles, empeorarlo todo cuando se equivocó en las cantidades de barro, agua y fundente necesarias para una mezcla equilibrada de la barbotina de relleno, verter con excesiva rapidez la mezcla obtenida, creando burbujas de aire en el interior del molde. Los tres primeros días se le fueron haciendo y deshaciendo, desesperándose con los errores, maldiciendo su torpeza, estremeciéndose de alegría siempre que lograba salir bien de una operación delicada. Marta ofreció su ayuda, pero él le pidió que lo dejase en paz, manera de expresarse verdaderamente nada coincidente con la realidad de lo que se estaba viviendo dentro del viejo taller, entre yesos que endurecían demasiado pronto y aguas que llegaban tarde al encuentro, entre pastas que no estaban suficientemente secas y mezclas demasiado espesas que se negaban a dejarse filtrar, mucho más acertado hubiera sido que él dijera Déjame en paz con mi guerra. En la mañana del cuarto día, como si los maliciosos y esquivos duendes, que eran los diferentes materiales, se hubiesen arrepentido del modo cruel con que habían tratado al inesperado principiante en el nuevo arte, Cipriano Algor comenzó a encontrar suavidades donde antes sólo había enfrentado asperezas, docilidades que lo llenaban de gratitud, secretos que se desvelaban. Tenía el manual auxiliar encima del tablero, húmedo, manchado por dedos sucios, le pedía consejo de cinco en cinco minutos, a veces entendía mal lo que había leído, otras veces una súbita intuición le iluminaba una página entera, no es un despropósito afirmar que Cipriano Algor oscilaba entre la infelicidad más dilacerante y la más completa de las bienaventuranzas. Se levantaba de la cama con la primera luz del alba, despachaba el desayuno en dos bocados y se metía en la alfarería hasta la hora del almuerzo, después trabajaba durante toda la tarde y hasta bien entrada la velada, haciendo apenas un intervalo rápido para cenar, con una frugalidad que nada quedaba debiéndole a las otras refecciones. La hija protestaba, Se me va a poner enfermo, trabajando de esa manera y comiendo tan poco, Estoy bien, respondía él, nunca me he sentido tan bien en la vida. Era cierto y no lo era. A la noche, cuando finalmente se iba a acostar, limpio de los olores del esfuerzo y de las suciedades del trabajo, sentía que las articulaciones le crujían, que su cuerpo era un continuo dolor. Ya no puedo lo que podía, se decía a sí mismo, pero, muy en el fondo de su conciencia, una voz que también era suya lo contrariaba, Nunca pudiste tanto, Cipriano, nunca pudiste tanto. Dormía como se supone que una piedra deberá dormir, sin sueños, sin estremecimientos, parecía que hasta sin respiración, descansando sobre el mundo el peso todo de su infinita fatiga. Alguna vez, como una madre inquieta, anticipando, sin haber pensado en eso, desasosiegos futuros, Marta se levantó a medianoche para ver cómo estaba el padre. Entraba silenciosamente en el cuarto, se aproximaba despacio a la cama, se inclinaba un poco para escuchar, después salía con los mismos cuidados. Aquel hombre grande, de pelo blanco y rostro castigado, su padre, era también como un hijo, poco sabe de la vida quien se niegue a entender esto, las telas que enredan las relaciones humanas, en general, y las de parentesco, en particular, sobre todo las próximas, son más complejas de lo que parecen a primera vista, decimos padres, decimos hijos, creemos que sabemos perfectamente de qué estamos hablando, y no nos interrogamos sobre las causas profundas del afecto que allí hay, o la indiferencia, o el odio. Marta sale del cuarto y va pensando Duerme, he aquí una palabra que aparentemente no hace más que expresar la verificación de un hecho, y con todo, en seis letras, en dos sílabas, fue capaz de traducir todo el amor que en un cierto momento puede caber en un corazón humano. Conviene decir, para ilustración de los ingenuos, que, en asuntos de sentimiento, cuanto mayor sea la parte de grandilocuencia, menor será la parte de verdad.

El cuarto día correspondió con aquel en que debía ir a buscar a Marcial al Centro para su jornada de descanso, a la que naturalmente llamaríamos semanal si no fuese, como sabemos, una decena, es decir, de diez en diez. Marta le dijo al padre que iría ella, que no interrumpiese el trabajo, pero Cipriano Algor respondió que no, que ni pensase en eso, Los robos en la carretera han disminuido, es cierto, pero hay siempre un riesgo, Si hay peligro para mí, también lo habrá para usted, En primer lugar, soy hombre, en segundo lugar, no estoy embarazado, Respetables razones que sólo le adornan, Falta todavía la tercera razón, que es la importante, Dígala, No podría trabajar mientras no regresases, por eso el trabajo no se perjudicará, aparte de eso el viaje me va a servir para airear la cabeza, que bien necesitada está, sólo consigo pensar en moldes, taceles y mezclas, También servirá para que yo me airee, así que iremos ambos a buscar a Marcial, y Encontrado se queda guardando el castillo, Si es eso lo que quieres, Déjelo, estaba bromeando, usted suele ir a buscar a Marcial, yo suelo quedarme en casa, viva la costumbre, En serio, vamos, En serio, vaya. Sonrieron los dos y el debate de la cuestión central, es decir, las razones objetivas y subjetivas de la costumbre, quedó pospuesto. A la tarde, llegada la hora, y sin haberse mudado la ropa de trabajo para no perder tiempo, Cipriano Algor se puso en camino. Cuando ya iba a salir del pueblo se dio cuenta de que no había vuelto la cabeza al pasar ante la calle donde vive

Isaura Madruga, y cuando aquí se dice volver la cabeza, tanto se entiende hacia un lado como hacia el otro, pues Cipriano Algor, en días pasados, unas veces había mirado para ver si veía, otras veces para donde tenía la seguridad de que no veía. Le cruzó la idea de preguntarse a sí mismo cómo interpretaba la desconcertante indiferencia, pero una piedra en medio de la carretera lo distrajo, y la ocasión se perdió. El viaje hacia la ciudad transcurrió sin dificultad, sólo tuvo que sufrir un atraso causado por una barrera de la policía que detenía un coche sí un coche no a fin de examinar los documentos de los conductores. Mientras esperaba que se los devolviesen, Cipriano Algor tuvo tiempo de observar que la línea limítrofe de las chabolas parecía haberse dislocado un poco en dirección a la carretera, Cualquier día vuelven a empujarlas hacia atrás, pensó.

Marcial ya estaba a la espera. Disculpa que me haya retrasado, dijo el suegro, debía haber salido más temprano de casa, y luego la policía quiso meter la nariz en los papeles, Cómo está Marta, preguntó Marcial, ayer no pude telefonear, Creo que se encuentra bien, en todo caso deberías hablarle, está comiendo poco, sin apetito, ella dice que en las mujeres embarazadas es normal, puede que lo sea, de esas cosas no entiendo, pero yo que tú no me fiaría, Hablaré con ella, esté tranquilo, a lo mejor está así porque es el principio del embarazo, No sabemos nada, ante estas cosas somos como un niño perdido, tienes que llevarla al médico. Marcial no respondió. El suegro se calló. Seguramente estaban los dos pensando en lo mismo, que en el hospital del Centro la observarían como en ningún otro lugar, por lo menos es lo que proclama la voz popular, y más, siendo mujer de un empleado, aunque no es condición residir allí para ser competentemente atendida. Pasado un minuto, Cipriano Algor dijo, Cuando quieras yo traigo a Marta. Habían salido de la ciudad, podían circular más deprisa. Marcial preguntó, Cómo va el trabajo, Todavía estamos en el principio, ya hemos cocido las estatuillas que habíamos modelado, ahora estoy a vueltas con los moldes, Y qué tal, Uno se engaña, cree que todo barro es barro, que quien hace una cosa hace otra, y después descubre que no es así, que tenemos que aprender todo desde el principio. Hizo una pausa para después añadir, Pero estoy contento, es un poco como si estuviese intentando nacer otra vez, con perdón de la exageración, Mañana le echo una mano, dijo Marcial, sé menos que poco, aunque para alguna cosa he de servir, No, tú vas a estar con tu mujer, salid, dad una vuelta por ahí, Una vuelta, no, pero mañana tendremos que ir a almorzar a casa de mis padres, ellos todavía no saben que Marta está embarazada, cualquier día comienza a notársele, imagine lo que tendría que oír, Y será con razón, hay que ser justos, dijo Cipriano Algor. Otro silencio. El tiempo es bueno, observó Marcial, Ojalá se mantenga así dos o tres semanas, dijo el suegro, los muñecos tienen que ir al horno lo más secos que se pueda. Nuevo silencio, éste dilatado. La policía ya había levantado la barrera, la carretera estaba libre. Dos veces Cipriano Algor hizo intención de hablar, a la tercera habló por fin, Hay alguna novedad acerca de tu ascenso, preguntó, Nada, de momento, respondió Marcial, Crees que habrán cambiado de idea, No, se trata sólo de una cuestión de trámites, el aparato burocrático del Centro es tan tiquismiquis como el de este mundo de fuera, Con patrullas de policía verificando carnés de conducir, pólizas de seguros y certificados de salud, Es más o menos eso, Parece que no sabemos vivir de otra manera, Tal vez no haya otra manera de vivir, O tal vez sea demasiado tarde para que haya otra manera. No volvieron a hablar hasta la entrada del pueblo. Marcial pidió al suegro que parase ante la puerta de la casa de los padres, Es sólo el tiempo de avisarlos de que vendremos mañana a almorzar. La espera, de hecho, no fue larga, pero, una vez más, Marcial no parecía satisfecho cuando entró en la furgoneta, Qué te pasa ahora, preguntó Cipriano Algor, Lo que me pasa es que todo me sale mal con mis padres, No exageres, hombre, la vida de las familias nunca ha sido lo que se podría llamar un mar de rosas, vivimos algunas horas buenas, algunas horas malas, y tenemos mucha suerte de que casi todas sean así así, Entré, en casa sólo estaba mi madre, mi padre no había llegado, le expliqué a lo que iba y, para animar la conversación, usando un tono solemne y alegre al mismo tiempo, la previne de que mañana tendrían una gran sorpresa, Y luego, Es capaz de adivinar cuál fue la respuesta de mi madre, A tanto no llegan mis dotes adivinatorias, Me preguntó si la gran sorpresa era que se vendrían a vivir conmigo al Centro, Y tú, qué le dijiste, Que no, y que finalmente no merecía la pena reservar la sorpresa para mañana, queden ya sabiendo, dije yo, que Marta está embarazada, vamos a tener un hijo, Se puso contenta, por supuesto, Claro, no paraba de darme abrazos y besos, De qué te quejas, entonces, Es que con ellos siempre tiene que haber una nube oscura en el cielo, ahora es esa idea fija de vivir en el Centro, Ya sabes que no me importaría ceder mi lugar, Ni pensarlo, eso está fuera de cuestión, y no es porque yo cambie padres por suegro, sino porque los padres se tienen el uno al otro, mientras que el suegro se quedaría solo, No sería la única persona en este mundo que viviría sola, Para Marta, sí, le garantizo que lo sería, Me dejas sin saber qué responderte, Hay cosas que son tanto lo que son, que no necesitan de ninguna explicación. Ante una tan categórica manifestación de sabiduría básica, el alfarero se encontró por segunda vez sin respuesta. Otro motivo había contribuido también para la repentina mudez, la circunstancia de que estuvieran pasando, en ese preciso instante, frente a la calle de Isaura Madruga, hecho al que la consciencia de Cipriano Algor, al contrario de lo que había sucedido en el viaje de ida, no encontró manera de permanecer indiferente. Cuando llegaron a la alfarería, Marcial tuvo el placer inesperado de verse recibido por Encontrado como si en lugar de su intimidatorio uniforme de guarda del Centro llevase puestas encima las más pacíficas y paisanas de todas las vestimentas. Al sensible corazón del mozo, aún dolorido por la desafortunada conversación con la progenitora, tanto le conmovieron las efusivas demostraciones del animal, que se abrazó a él como la persona a quien más amase. Son momentos especiales, no es necesario recordar que la persona a quien Marcial más ama en la vida es a su mujer, esta que espera a su lado con una tierna sonrisa su turno de ser abrazada, pero así como hay ocasiones en que una simple mano en el hombro casi nos hace derretirnos en lágrimas, también puede suceder que la alegría desinteresada de un perro nos reconcilie durante un breve minuto con los dolores, las decepciones y los disgustos que el mundo nos ha causado. Como Encontrado sabe poco de sentimientos humanos, cuya existencia, tanto en lo positivo como en lo negativo, se encuentra satisfactoriamente probada, y Marcial menos todavía de sentimientos caninos, sobre los que las certezas son pocas y miríadas las dudas, alguien tendrá que explicarnos un día por qué diablo de razones, comprensibles a uno y otro, estuvieron estos dos aquí abrazados cuando ni siquiera a la misma especie pertenecen. Como la elaboración de moldes era en la alfarería una novedad absoluta, Cipriano Algor no podía dejarle de mostrar al yerno lo que había hecho en estos días, pero su amor propio, que ya lo indujo a rechazar la ayuda de la hija, sufría con la idea de que se pudiera apercibir de algún error, de alguna inepcia mal enmendada, de cualquiera de las innumerables señales que fácilmente denunciarían la agonía mental en que había vivido en el interior de aquellas cuatro paredes. Aunque Marcial estuviese demasiado ocupado con Marta para prestar atención a barros, silicatos de sodio, yesos, cajas y moldes, el alfarero decidió no trabajar hoy después de la cena, hacerles compañía en la sobremesa, lo que acabó por abrirle campo para discurrir con bastante exactitud teórica sobre una materia de la que, mejor que nadie, sabía hasta qué punto y con qué desastrosas consecuencias le había fallado la práctica. Marcial avisó a Marta de que al día siguiente almorzarían con los padres, pero ni de pasada tocó el penoso diálogo mantenido con la madre, de manera que hizo pensar al suegro que se trataba de un asunto que pasaba al foro privado, un problema para analizar en la intimidad del dormitorio, no para reiterar y pormenorizar en una conversación a tres, salvo si, con la más admirable de las prudencias, Marcial pretendía simplemente evitar que se cayese una y otra vez en el debate sobre la espinosa cuestión de la mudanza al Centro, abondo hemos visto cómo comienza, abondo hemos visto cómo suele terminar.

A la mañana siguiente, ya Cipriano Algor estaba entregado a su tarea, Marcial entró en la alfarería, Buenos días, dijo, se presenta el aprendiz.

Marta venía con él, pero no se ofreció para trabajar, aunque estuviese segura de que el padre no la echaría esta vez. La alfarería era como un campo de batalla donde una sola persona hubiese andado durante cuatro días peleándose contra sí misma y contra todo lo que la rodeaba, Esto está un poco desordenado, se disculpó Cipriano Algor, nada es como antes, cuando hacíamos cacharrería teníamos una norma, una rutina establecida, Es sólo cuestión de tiempo, dijo Marta, con el tiempo las manos y las cosas acaban habituándose unas a otras, a partir de ese día ni las cosas aturrullan ni las manos se dejan aturrullar, Por la noche me siento tan cansado que se me caen los brazos sólo de pensar que debería ordenar este caos, Con todo gusto me encargaría yo de la tarea si no se me hubiese prohibido la entrada aquí, dijo Marta, No te la he prohibido, Con esas precisas y exactas palabras, no, Es que no quiero que te canses, cuando sea el momento de comenzar a pintar será diferente, trabajarás sentada, no tendrás que hacer esfuerzos, Vamos a ver si a esa altura no se le ocurre decirme que el olor de las pinturas perjudica al niño, Está visto que con esta mujer no es posible conversar, dice Cipriano Algor a Marcial como quien se ha resignado a pedir ayuda, La conoce hace más tiempo que yo, tenga paciencia, pero que esto necesita una limpieza en serio y una organización capaz, no hay duda, Puedo tener una idea, preguntó Marta, me autorizan los señores a tener una idea, Ya la has tenido, reventarías si no la echaras afuera, rezongó el padre, Cuál es, preguntó Marcial, Esta mañana la pasta descansa, vamos a poner todo esto en condiciones decentes, y como mi querido padre no quiere que me canse trabajando, daré las órdenes. Cipriano Algor y Marcial se miraron el uno al otro, a ver quién hablaría primero, y como ni uno ni otro se decidía a tomar la palabra, acabaron diciendo a coro, De acuerdo. Antes de la hora en que Marcial y Marta salieran para el almuerzo, la alfarería y todo lo que en ella se contiene estaba tan limpio y aseado cuanto se podría esperar de un lugar de trabajo donde la lama es la materia prima del producto fabricado. En verdad, si juntamos y mezclamos agua y barro, o agua y yeso, o agua y cemento, podremos dar las vueltas que queramos a la imaginación para inventarles un nombre menos grosero, menos prosaico, menos ordinario, pero siempre, más pronto o más tarde acabaremos llegando a la palabra justa, la palabra que dice lo que hay que decir, lama. Muchos dioses, de los más conocidos, no quisieron otro material para sus creaciones, pero es dudoso si esa preferencia representa hoy para la lama un punto a favor o un punto en contra.

Marta dejó preparado el almuerzo del padre, Es sólo calentarlo, dijo al salir con Marcial. El ruido débil del motor de la furgoneta disminuyó y se desvaneció rápidamente, el silencio se adueñó de la casa y de la alfarería, durante un poco más de una hora Cipriano Algor estará solo. Aliviado de la situación nerviosa de los últimos tiempos, no tardó mucho en notar que el estómago comenzaba a darle señales de insatisfacción. Llevó primero la comida a Encontrado, después entró en la cocina, destapó la cacerola y olió. Olía bien y aún estaba caliente. No había ninguna razón para esperar. Cuando acabó de comer, ya sentado en su sillón de reposo, se sintió en paz. Es de sobra conocido que el gozo del espíritu no es del todo insensible a una alimentación suficiente del cuerpo, sin embargo, si en este momento Cipriano Algor se sentía en paz, si experimentaba una especie de transporte casi jubiloso en todo su ser, no se debía sólo al hecho material de haber comido. Por orden, contribuyeron también para ese venturoso estado de ánimo su innegable avance en el dominio de las técnicas de modelado, la esperanza de que a partir de ahora se acaben los problemas o pasen a mostrarse menos intratables, el excelente entendimiento de Marta y Marcial, que, como suele decirse, entra por los ojos de cualquiera, y, finalmente, pero no de menor importancia, la limpieza a fondo de la alfarería. Los párpados de Cipriano Algor cayeron despacio, se levantaron todavía una vez, después otra con mayor esfuerzo, la tercera no pasó de una tentativa enteramente desprovista de convicción. Con el alma y el estómago en estado de plenitud, Cipriano Algor se dejó deslizar hacia el sueño. Fuera, bajo la sombra del moral, Encontrado también dormía, podrían quedarse así hasta el regreso de Marcial y Marta, pero de repente el perro ladró. El tono no era de amenaza ni de susto, no pasaba de una alerta convencional, un quién va por deber del cargo, Aunque conozca a la persona que acaba de llegar, tengo que ladrar porque es eso lo que se espera que haga. No fueron, sin embargo, los ladridos desenfadados de Encontrado los que despertaron a Cipriano Algor, pero sí una voz, una voz de mujer que desde fuera llamaba, Marta, y luego preguntaba, Marta, estás en casa. El alfarero no se levantó del sillón, apenas enderezó el cuerpo como si estuviese preparándose para huir. El perro ya no ladraba, la puerta de la cocina estaba abierta, la mujer venía ahí, se aproximaba cada vez más, iba a aparecer, si este nuevo encuentro no es efecto de un incidente fortuito, de una mera y casual coincidencia, si estaba previsto y registrado en el libro de los destinos, ni siquiera un terremoto le podrá impedir el camino. Abaneando el rabo, Encontrado fue el primero en entrar, luego apareció Isaura Madruga. Ah, exclamó ella, sorprendida. No le resultó fácil a Cipriano Algor levantarse, el sillón bajo y las piernas súbitamente flojas tuvieron la culpa de la triste figura que sabía que estaba haciendo. Dijo él, Buenas tardes. Dijo ella, Buenas tardes, buenos días, no sé bien qué hora es. Dijo él, Ya es más de mediodía. Dijo ella, Creía que era más temprano. Dijo él, Marta no está, pero haga el favor de entrar. Dijo ella, No quiero molestarlo, vengo en otro momento, lo que me traía no tiene ninguna urgencia. Dijo él, Fue con Marcial a almorzar a casa de los suegros, no tardarán. Dijo ella,

Sólo venía para decirle a Marta que conseguí un trabajo. Dijo él, Consiguió trabajo, dónde. Dijo ella, Aquí mismo, en el pueblo, felizmente. Dijo él, En qué va a trabajar. Dijo ella, En una tienda, atendiendo el mostrador, podría ser peor. Dijo él, Le gusta ese trabajo. Dijo ella, En la vida no siempre podemos hacer aquello que nos gusta, lo principal, para mí, era quedarme aquí, a esto no respondió Cipriano Algor, se quedó callado, confundido por las preguntas que, casi sin pensar, le habían salido de la boca, salta a la vista de cualquiera que si una persona pregunta es porque quiere saber, y si quiere saber es porque tiene algún motivo, ahora la cuestión de principio que Cipriano Algor tiene que elucidar en el desorden de sus sentimientos es el motivo de preguntas que, entendidas literalmente, y no se ve que pueda existir en este caso otro modo de entenderlas, demuestran un interés por la vida y por el futuro de esta mujer que excede en mucho lo que sería natural esperar de un buen vecino, interés ese, por otro lado, como sabemos de sobra, en contradicción radical e inconciliable con decisiones y pensamientos que, a lo largo de estas páginas, el mismo Cipriano Algor ha venido tomando y produciendo con relación a Isaura, primero Estudiosa y actualmente Madruga. El problema es serio y exigiría una extensa y concienzuda reflexión, pero la lógica ordenadora y la disciplina del relato, aunque alguna que otra vez puedan ser desacatadas, o incluso, cuando así convenga, deban serlo, no nos permiten que dejemos más tiempo a Isaura Madruga y Cipriano Algor en esta angustiosa situación, constreñidos, callados uno ante otro, con un perro que los mira y no comprende lo que pasa, con un reloj de pared que se estará preguntando, en su tic tac, para qué querrán estos dos el tiempo si no lo aprovechan. Es necesario, por tanto, hacer alguna cosa. Sí, hacer alguna cosa, pero no cualquier cosa. Podremos y deberemos faltar el respeto a la lógica ordenadora y a la disciplina del relato, pero jamás de los jamases a eso que constituye el carácter exclusivo y esencial de una persona, es decir, a su personalidad, a su modo de ser, a su propia e inconfundible presencia. Se admiten en el personaje todas las contradicciones, pero ninguna incoherencia, y en este punto insistimos particularmente porque, al contrario de lo que suelen preceptuar los diccionarios, incoherencia y contradicción no son sinónimos. Es en el interior de su propia coherencia donde una persona o un personaje se van contradiciendo, mientras que la incoherencia, por ser, más que la contradicción, una constante del comportamiento, repele de sí a la contradicción, la elimina, no se entiende viviendo con ella. Desde este punto de vista, aunque arriesgándonos a caer en las telas paralizadoras de la paradoja, no debería ser excluida la hipótesis de que la contradicción sea, al final, y precisamente, uno de los más coherentes contrarios de la incoherencia. Ay de nosotros, estas especulaciones, quizá no del todo desprovistas de interés para aquellos que no se satisfacen con el aspecto superficial y consuetudinario de los conceptos, nos distraerán todavía más de la difícil situación en que habíamos dejado a Cipriano Algor e Isaura Madruga, ahora a solas uno con el otro, porque Encontrado, comprendiendo que allí no se ataba ni se desataba, tuvo por bien apartarse y regresar a la sombra del moral para proseguir el sueño interrumpido. Es, pues, tiempo de buscar una solución para este inadmisible estado de cosas, haciendo, por ejemplo, que Isaura Madruga, más resuelta por el hecho de ser mujer, pronuncie unas pocas palabras sólo para comprobar que da igual, tanto servirían éstas como otras, Bueno, entonces me voy, muchas veces no es necesario más, basta romper el silencio, mover ligeramente el cuerpo como quien hace ademán de retirarse, por lo menos en este caso fue remedio bendito, aunque al alfarero Cipriano Algor, lamentablemente, no se le ocurrió nada mejor que dejar salir una pregunta que más tarde le hará darse puñetazos en la cabeza, juzgue cada uno de nosotros si el suceso es para tanto, Qué me dice de nuestro cántaro, preguntó él, sigue prestándole buen servicio. Cipriano Algor se infligirá puñetazos como castigo por lo que consideró una estupidez sin perdón, pero esperemos que más tarde, cuando se le pase la furia autopunitiva, recuerde que Isaura Madruga no soltó una insultante carcajada a cambio, no se rió inclemente, no sonrió siquiera aquella mínima sonrisa de ironía que la situación parecía pedir, y que, al contrario, se puso muy seria, cruzó los brazos sobre el pecho como si estuviese todavía abrazando el cántaro, ese que Cipriano Algor sin darse cuenta del desliz verbal había llamado nuestro, tal vez luego a la noche, mientras el sueño llega, esta palabra lo interrogue sobre qué intención efectiva habría tenido cuando le dijo, si el cántaro era nuestro porque un día pasó de una mano a otra y porque de él se hablaba en ese momento, o nuestro por ser nuestro, nuestro sin rodeos, nuestro sólo, nuestro de los dos, nuestro y punto final. Cipriano Algor no responderá, mascullará como otras veces, Qué estupidez, pero lo hará de manera automática, en tono asaz vehemente, seguro, pero sin real convicción. Ahora que Isaura Madruga se ha retirado después de haber dicho en un murmullo Hasta otro día, ahora que ha salido por esa puerta como una sombra sutil, ahora que Encontrado, después de haberle hecho compañía hasta el principio de la rampa que conduce a la carretera, acaba de entrar en la cocina con una expresión claramente interrogante en la inclinación de la cabeza, en el meneo de la cola y en el levantar de las orejas, es cuando Cipriano Algor se da cuenta de que ninguna palabra había respondido a su pregunta, ni un sí, ni un no, sólo aquel gesto de abrazar el propio cuerpo, tal vez para encontrarse en él, tal vez para defenderlo o de él defenderse. Cipriano Algor miró alrededor perplejo, como si estuviese perdido, tenía las manos húmedas, el corazón disparado en el pecho, la ansiedad de quien acaba de escapar de un peligro de cuya gravedad no llegó a tener una noción clara. Y entonces se dio el primer puñetazo en la cabeza.

Cuando Marta y Marcial regresaron del almuerzo, lo encontraron en la alfarería, echando yeso líquido en un molde, Cómo lo ha pasado sin nosotros, preguntó Marta, No me he muerto de nostalgia, si era eso lo que querías decir, di de comer al perro, almorcé, descansé un poco, y aquí estoy otra vez, y por aquella casa, qué tal las cosas, Nada de especial, dijo Marcial, como ya les había dicho lo de Marta, no hubo grandes fiestas, los besos y los abrazos de rigor en estas ocasiones, del resto no se habló, Mejor así, dijo Cipriano Algor, y siguió vertiendo la mezcla de yeso dentro del molde. Le temblaban un poco las manos. Ya vengo a ayudarlo, voy a cambiarme de ropa, dijo Marcial. Marta no siguió al marido. Un minuto después, Cipriano Algor, sin mirarla, le preguntó, Quieres algo, No, no quiero nada, sólo estaba viendo su trabajo. Pasó otro minuto, y fue el turno de que Marta preguntara, No se siente bien, Claro que me siento bien, Lo encuentro muy extraño, diferente, Eso son tus ojos, En general, mis ojos están de acuerdo conmigo, Tienes suerte, yo nunca sé con quién estoy de acuerdo, respondió el padre secamente. Marcial no podría tardar mucho. Marta volvió a preguntar, Ha pasado algo en nuestra ausencia. El padre dejó el cubo en el suelo, se limpió las manos con un trapo, y respondió mirando a la hija de frente, Apareció por aquí Isaura, esa Estudiosa, o Madruga, o comoquiera que se llame, ve-

nía para hablar contigo, Isaura vino, Con más palabras, creo que ha sido lo que acabo de decirte, No
todos tenemos sus capacidades analíticas, y qué
quería, si se puede saber, Darte noticia de que ha
encontrado trabajo, Dónde, Aquí, Me alegro, me
alegro mucho, luego iré a su casa. Cipriano Algor
había pasado a ocuparse de otro molde, Padre, comenzó a decir Marta, pero él la interrumpió, Si es
sobre este asunto, te pido que no sigas, lo que me
pidieron que te transmitiera ya lo sabes, sobran
cualesquiera otras palabras, A las semillas también
las entierran, y acaban naciendo, perdone si el
asunto es el mismo. Cipriano Algor no respondió.
Entre la salida de la hija y el regreso del yerno se
daría otro puñetazo en la cabeza.

Que muchos de los mitos antropogenéticos no prescindieron del barro en la creación material del hombre es un hecho ya mencionado aquí y al alcance de cualquier persona medianamente interesada en almanaques lo-sé-todo y enciclopedias casi-todo. No es éste, por regla general, el caso de los creyentes de las diferentes religiones, ya que se sirven de las vías orgánicas de la iglesia de la que forman parte para recibir e incorporar esa y otras muchas informaciones de igual o similar importancia. No obstante, hay un caso, un caso por lo menos, en que el barro necesitó ir al horno para que la obra fuese considerada acabada. Y eso después de varias tentativas. Este singular creador al que nos estamos refiriendo y cuyo nombre olvidamos ignoraría probablemente, o no tendría suficiente confianza en la eficacia taumatúrgica del soplo en la nariz al que otro creador recurrió antes o recurriría después, como en nuestros días hizo también Cipriano Algor, aunque sin más intención que la modestísima de limpiar de cenizas la cara de la enfermera. Volviendo, pues, al tal creador que necesitó llevar el hombre al horno, el episodio pasó de la manera que vamos a explicar, de donde se verá que las frustradas tentativas a que nos referimos resultaron del insuficiente conocimiento que el dicho creador tenía de las temperaturas de la cocción. Comenzó por hacer con barro una figura humana, de hombre o de mujer es pormenor sin importancia, la metió en el horno y atizó la lumbre suficiente. Pasado el tiempo que le pareció cierto, la sacó de allí, y, Dios mío, se le cayó el alma a los pies. La figura había salido negra retinta, nada parecida a la idea que tenía de lo que debería ser su hombre. Sin embargo, tal vez porque todavía estaba en comienzo de actividad, no tuvo valor para destruir el fallido producto de su inexperiencia. Le dio vida, se supone que con un coscorrón en la cabeza, y lo mandó por ahí. Volvió a moldear otra figura, la metió en el horno, pero esta vez tuvo la precaución de cautelarse con la lumbre. Lo consiguió, sí, pero demasiado, pues la figura apareció blanca como la más blanca de todas las cosas blancas. Aún no era lo que él quería. Con todo, pese al nuevo fallo, no perdió la paciencia, debe de haber pensado, indulgente, Pobrecillo, la culpa no es suya, en fin, dio también vida a éste y lo echó a andar. En el mundo había ya por tanto un negro y un blanco, pero el desgarbado creador todavía no había logrado la criatura que soñara. Se puso una vez más manos a la obra, otra figura humana ocupó lugar en el horno, el problema, incluso no existiendo todavía el pirómetro, debía ser fácil de solucionar a partir de aquí, es decir, el secreto era no calentar el horno ni de más ni de menos, ni tanto ni tan poco, y, por esta regla de tres, ahora será la buena. No lo fue. Es cierto que la nueva figura no salió negra, es cierto que no salió blanca, pero, oh cielos, salió amarilla. Otro cualquiera tal vez hubiese desistido, habría despachado aprisa un diluvio para acabar con el negro y el blanco, habría partido el cuello al amarillo, lo que se podría considerar como la conclusión lógica del pensamiento que le pasó por la mente en forma de pregunta, Si yo mismo no sé hacer un hombre capaz, cómo podré mañana pedirle cuentas de sus errores. Durante unos cuantos días nuestro improvisado alfarero no tuvo coraje para entrar en la alfarería, pero después, como se suele decir, le acometió de nuevo el bicho de la creación y al cabo de algunas horas la cuarta figura estaba modelada y pronta para ir al horno. En el supuesto de que entonces hubiese por encima de este creador otro creador, es muy probable que del menor al mayor se hubiese elevado algo así como un ruego, una oración, una súplica, cualquier cosa del género, No me dejes quedar mal. En fin, con las manos ansiosas introdujo la figura de barro en el horno, después escogió con meticulosidad y pesó la cantidad de leña que le parecía conveniente, eliminó la verde y la demasiado seca, retiró una que ardía mal y sin gracia, añadió otra que daba una llama alegre, calculó con la aproximación posible el tiempo y la intensidad del calor, y, repitiendo la imploración, No me dejes quedar

288

mal, acercó un fósforo al combustible. Nosotros, humanos de ahora, que hemos pasado por tantas situaciones de ansiedad, un examen difícil, una novia que faltó al encuentro, un hijo que se hizo esperar, un empleo que nos fue negado, podemos imaginar lo que este creador habrá sufrido mientras aguardaba el resultado de su cuarta tentativa, los sudores que probablemente sólo la proximidad del horno impedían que fuesen helados, las uñas roídas hasta la raíz, cada minuto que iba pasando se llevaba consigo diez años de existencia, por primera vez en la historia de las diversas creaciones del universo mundo conoció el propio creador los tormentos que nos aguardan en la vida eterna, por ser eterna, no por ser vida. Pero valió la pena. Cuando nuestro creador abrió la puerta del horno y vio lo que se encontraba dentro, cayó de rodillas extasiado. Este hombre ya no era ni negro, ni blanco, ni amarillo, era, sí, rojo, rojo como son rojos la aurora y el poniente, rojo como la ígnea lava de los volcanes, rojo como el fuego que lo había hecho rojo, rojo como la misma sangre que ya le estaba corriendo por las venas, porque a esta humana figura, por ser la deseada, no fue necesario darle un coscorrón, bastó haberle dicho, Ven, y ella por su propio pie salió del horno. Quien desconozca lo que pasó en las posteriores edades dirá que, pese a tal acopio de yerros y ansiedades, o, por la virtud instructiva y educativa de la experimentación, gracias a ellos, la historia acabó teniendo un final feliz. Como en todas las cosas de este mundo, y seguramente de todos los otros, el juicio dependerá del punto de vista del observador. Aquellos a quienes el creador rechazó, aquellos a quienes, aunque con benevolencia de agradecer, apartó de sí, o sea, los de piel negra, blanca y amarilla, prosperaron en número, se multiplicaron, cubren, por decirlo así, todo el orbe terráqueo, mientras que los de piel roja, esos por quienes se había esforzado tanto y por quienes sufriera un mar de penas y angustias, son, en estos días de hoy, las evidencias impotentes de cómo un triunfo puede llegar a transformarse, pasado el tiempo, en el preludio engañador de una derrota. La cuarta y última tentativa del primer creador de hombres que introdujo sus criaturas en el horno, esa que aparentemente le trajo la victoria definitiva, llegó a ser, al final, la del definitivo descalabro. Cipriano Algor, también lector asiduo de almanaques y enciclopedias lo-sé-todo o casi-todo, había leído esta historia cuando todavía era muchacho y habiendo olvidado tantas cosas en la vida, de ésta no se olvidó, vaya usted a saber por qué. Era una leyenda india, de los llamados pieles rojas, para ser más exactos, con la cual los remotos creadores del mito pretenderían probar la superioridad de su raza sobre cualesquiera otras, incluyendo aquellas de cuya efectiva existencia no tenían entonces noticia. Sobre este último punto, anticípese la objeción, sería vano e inútil el argumento de que, puesto que no tenían conocimiento de otras razas tampoco las podrían imaginar blancas, o negras, o amarillas, o tornasoladas. Puro engaño. Quien así argumentase sólo demostraría ignorar que estamos lidiando aquí con un pueblo de alfareros, de cazadores también, para quienes el penoso trabajo de transformar el barro en una vasija o en un ídolo había enseñado que dentro de un horno todas las cosas pueden suceder, tanto el desastre como la gloria, tanto la perfección como la miseria, tanto lo sublime como lo grotesco. Cuántas y cuántas veces, durante cuántas generaciones habrían tenido que retirar del horno piezas torcidas, rajadas, convertidas en carbón, faltas o medio crudas, todas inservibles. En realidad no existe una gran diferencia entre lo que pasa en el interior de un horno de alfarería y un horno de panadería. La masa del pan no es más que un barro diferente, hecho de harina, levadura y agua, y, tal como el otro, va a salir cocido del horno, o crudo, o quemado. Dentro tal vez no haya diferencia, se desahoga Cipriano Algor, pero, aquí fuera, garantizo que daría todo en este momento por ser panadero.

Los días y las noches se sucedían, y las tardes y las mañanas. Está en los libros y en la vida que los trabajos de los hombres siempre fueron más largos y pesados que los de los dioses, véase el caso ya mencionado del creador de los pieles rojas que, en definitiva, no hizo más que cuatro imágenes humanas, y por este poco, aunque con escaso éxito de público interesado, tuvo entrada en la historia de los almanaques, mientras que Cipriano Algor, a quien ciertamente no le espera la retribución de un registro biográfico y curricular en letra de molde, tendrá que desentrañar de las profundidades del barro, sólo en esta primera fase, ciento cincuenta veces más, es decir, seiscientos muñecos de orígenes, características y situaciones sociales diferentes, tres de ellos, el bufón, el payaso y la enfermera, más fácilmente definibles también por las actividades que ejercen, lo que no sucede con el mandarín y con el asirio de barbas, que, a pesar de la razonable información recopilada en la enciclopedia, no fue posible averiguar lo que hicieron en la vida. En cuanto al esquimal se supone que seguirá cazando y pescando. Es cierto que a Cipriano Algor le da lo mismo. Cuando las figurillas comiencen a salir de los moldes, iguales en tamaño, atenuadas por la uniformidad del color las diferencias indumentarias que los distinguen, necesitará hacer un esfuerzo de atención para no confundirlas y mezclarlas. De tan entregado al trabajo, algunas veces se olvidará de que los moldes de yeso tienen un límite de uso, algo así como unas cuarenta utilizaciones, a partir de las cuales los contornos comienzan a difuminarse, a perder vigor y nitidez como si la figura se fuese poco a poco cansando de ser, como si estuviese siendo atraída a un estado original de desnudez, no sólo la suya propia como representación humana, sino la desnudez absoluta del barro antes de que la primera forma expresada de una idea lo hubiese comenzado a vestir. Para no perder tiempo comenzó arrumbando las figuras inservibles en un rincón, pero después, movido por un extraño e inexplicable sentimiento de piedad y de culpa, fue a buscarlas, deformadas y confundidas por la caída y por el choque la mayor parte, y las colocó cuidadosamente en un estante de la alfarería. Podría haber vuelto a amasarlas para concederles una segunda posibilidad de vida, podría haberlas aplanado sin dolor como aquellas dos figuras de hombre y de mujer que modeló al principio, todavía está aquí su barro seco, agrietado, informe, y sin embargo levantó de la basura los mal formados engendros, los protegió, los abrigó, como si quisiese menos sus aciertos que los errores que no había sabido evitar. No llevará esos muñecos al horno, mal empleada sería la leña que para ellos ardiese, pero va a dejarlos aquí hasta que el barro se raje y disgregue, hasta que los fragmentos se desprendan y caigan, y, si el tiempo diera para tanto, hasta que el polvo que ellos serán se transforme de nuevo en arcilla resucitada. Marta ha de preguntarle, Qué hacen ahí esas piezas defectuosas, a lo que él responderá, Ellos me gustan, no dirá Ellas me gustan, si lo hubiera dicho los expulsaría definitivamente del mundo para el que habían nacido, dejaría de reconocerlos como obra suya para condenarlos a una última y definitiva orfandad. Obra suya, y fatigosa obra, también son las decenas de muñecos acabados que todos los días van siendo transferidos a las tablas de secado, ahí fuera, bajo la sombra del moral, pero ésos, por ser tantos y apenas distinguirse unos de los otros, no piden más cuidados y atenciones que los indispensables para que no se lisien a última hora. A Encontrado no hubo más remedio que atarlo para que no se subiese a las tablas, donde sin ninguna duda cometería el mayor estropicio jamás visto en la turbulenta historia de la alfarería, pródiga, como se sabe, en cascotes e indeseables amalgamaciones. Recordemos que cuando los primeros seis muñecos, los otros, los prototipos, fueron puestos a secar aquí, y Encontrado quiso averiguar, por contacto directo, lo que era aquello, el grito y la palmada instantánea de Cipriano Algor bastaron para que su instinto de cazador, aún más excitado por la insolente inmovilidad de los objetos, se retrajese sin llegar a causar daños, pero reconozcamos que sería irrazonable esperar ahora de un animal así que resistiese impávido a la provocación de una horda de payasos y mandarines, de bufones y enfermeras, de esquimales y asirios de barbas, todos malamente disfrazados de pieles rojas. Duró una hora la privación de libertad. Impresionada por la sentida expresión, incluso melindrosa, con que Encontrado se sometió al castigo, Marta le dijo al padre que la educación tendría que servir para algo, aunque se tratase de perros, La cuestión es adaptar los métodos, declaró, Y cómo vas a hacer eso, Lo primero que hay que hacer es soltarlo, Y después, Si intenta subir a las tablas, se ata otra vez, Y después, Se suelta y se ata tantas veces cuantas sean necesarias, hasta que aprenda, A primera vista, puede dar resultado, en todo caso no te dejes engañar si te parece que ya ha aprendido la lección, claro que no se atreverá a subir estando tú presente, pero, cuando se encuentre solo, sin nadie que lo vigile, temo que tus métodos educativos no tengan suficiente fuerza para disciplinar los instintos del abuelo chacal que está al acecho en la cabeza de Encontrado, El abuelito chacal de Encontrado ni siquiera se tomaría la molestia de oler los muñecos, pasaría de largo y seguiría su camino a la búsqueda de algo que realmente pudiera ser comido, Bueno, sólo te pido que pienses en lo que sucederá si el perro se sube a las tablas, la cantidad de trabajo que vamos a perder, Será mucho, será poco, ya veremos, pero, si eso ocurre, me comprometo a rehacer las figuras que se estraguen, tal vez sea ésa la manera de convencerlo para que me deje ayudarle, De eso no vamos a hablar ahora, vete ya a tu experiencia pedagógica. Marta salió de la alfarería y, sin decir una palabra, soltó la correa del collar. Luego, tras dar unos pasos hacia la casa, se paró como distraída. El perro la miró y se tumbó. Marta avanzó algunos pasos más, se detuvo otra vez, y a continuación, decidida, entró en la cocina, dejando la puerta abierta. El perro no se movió. Marta cerró la puerta. El perro esperó un poco, después se levantó y, despacio, se fue aproximando a las tablas. Marta no abrió la puerta. El perro miró hacia la casa, dudó, volvió a mirar, después asentó las patas en el borde de la tabla donde estaban secándose los asirios de barbas. Marta abrió la puerta y salió. El perro bajó rápidamente las patas y se

quedó parado en el mismo sitio, a la espera. No
había motivos para huir, no le acusaba la conciencia de haber hecho mal alguno. Marta lo agarró
por el collar y, nuevamente sin pronunciar palabra, lo prendió a la correa. Después volvió a entrar en la cocina y cerró la puerta. Su apuesta era
que el can se hubiese quedado pensando en lo sucedido, pensando, o lo que él suela hacer en una
situación como ésta. Pasados dos minutos lo libe-
ró otra vez de la correa, convenía no darle tiempo
al animal de olvidar, la relación entre la causa y el
efecto tenía que instalarse en su memoria. El perro empleó más tiempo en poner las patas sobre la
tabla, pero por fin se decidió, se diría que con menos convicción que la de antes. En seguida estaba
nuevamente atado. A partir de la cuarta vez comenzó a dar señales de comprender lo que se pretendía de él, pero continuaba subiendo las patas a
la tabla, como para acabar de tener la certeza de
que no las debería poner allí. Durante todo este
atar y desatar, Marta no había proferido una sola
palabra, entraba y salía de la cocina, cerraba y abría
la puerta, a cada movimiento del perro, el mismo siempre, respondía con su propio movimiento, siempre el mismo, en una cadena de acciones sucesivas y recíprocas que sólo acabaría cuando uno
de ellos, merced a un movimiento distinto, rom-
piese la secuencia. A la octava vez que Marta cerró
tras de sí la puerta de la cocina, Encontrado avanzó de nuevo hacia las tablas, pero, llegado allí, no
levantó las patas simulando que quería alcanzar

los asirios de barbas, se puso a mirar hacia la casa, inmóvil, a la espera, como si estuviese desafiando a la dueña a ser más osada que él, como si le preguntase Qué respuesta tienes tú ahora para contraponer a esta genial jugada mía, que me va a dar la victoria, y a ti te derrotará. Marta murmuraba satisfecha consigo misma, He ganado, estaba segura de que ganaría. Fue hacia el perro, le hizo unas caricias en la cabeza, dijo gentil, Encontrado bonito, Encontrado simpático, el padre se asomó a la puerta de la alfarería para presenciar el feliz desenlace, Muy bien, sólo falta saber si será definitivo, Pongo las manos en el fuego por que nunca más subirá a las tablas, dijo Marta. Son poquísimas las palabras humanas que los perros consiguen incorporar a su vocabulario propio de roznidos y ladridos, sólo por eso, por no entenderlas, Encontrado no protestó contra la irresponsable satisfacción de que sus dueños estaban dando muestras, pues cualquier persona competente en estas materias y capaz de apreciar de manera objetiva lo sucedido diría que el vencedor de la contienda no es Marta, la dueña, por muy convencida que de eso esté, mas sí el perro, aunque también debamos reconocer que dirían precisamente lo contrario aquellas personas que sólo por las apariencias saben juzgar. Presuma cada uno de la victoria que supone haber alcanzado, incluso los asirios de barbas y sus colegas, ahora felizmente a salvo de agresiones. En cuanto a Encontrado, no nos resignaremos a dejarlo por ahí con una injusta reputación de perdedor. La prueba probada de que la victoria fue suya es que se convirtió, a partir de aquel día, en el más cuidadoso de los guardianes que alguna vez protegieron monigotes de barro. Había que oírlo ladrar llamando a los dueños cuando un inesperado golpe de viento tumbó media docena de enfermeras.

La primera hornada fue de trescientas estatuillas, o mejor de trescientas cincuenta, contando ya con la posibilidad de estragos. No cabían más. Sucedió que era el día de descanso de Marcial, sucedió por tanto que para Marcial fue un duro día de trabajo. Paciente, solícito, ayudó al suegro a colocar los muñecos en los estantes interiores, se encargó de la alimentación del horno, tarea para gente robusta, tanto por el esfuerzo físico de transportar e introducir la leña en el fogón como por las horas que tenía que durar, pues un horno como éste, antiguo, rudimentario a la luz de las nuevas tecnologías, necesita bastante tiempo para alcanzar el punto de cochura, sin olvidar que, tras alcanzarlo, será necesario mantenerlo lo más estable posible. Marcial va a trabajar hasta bien entrada la noche, hasta la hora en que el suegro, terminada la obra que se impuso a sí mismo adelantar en la alfarería, pueda venir a sustituirlo. Marta llevó la cena al padre, después trajo la de Marcial y, sentados ambos en el banco que ha servido para las meditaciones, comió con él. Ninguno de los dos tenía apetito, cada cual por sus motivos. No te veo comer, debes de estar muy cansado, dijo ella,

Bastante, sí, perdí el hábito del esfuerzo, por eso me cuesta más, dijo él, La idea de la fabricación de estas estatuillas fue mía, Ya lo sé, Fue mía, pero en estos últimos días me está atormentando una especie de remordimiento, a todas horas me pregunto si habrá valido la pena que nos metamos a elaborar figuras, si no será todo esto patéticamente inútil, En este momento lo más importante para tu padre es el trabajo que hace, no la utilidad que tenga, si le quitas el trabajo, cualquier trabajo, le quitas, en cierto modo, una razón de vivir, y si le dices que lo que está haciendo no sirve para nada, lo más probable, aunque la evidencia del hecho esté estallando ante sus ojos, será que no lo crea, simplemente porque no puede, El Centro dejó de comprarnos cacharrería y consiguió aguantar el choque, Porque tú tuviste en seguida la idea de hacer las figurillas, Presiento que están a punto de llegar días malos, todavía peores que éstos, Mi ascenso a guarda residente, que ya no tardará mucho, será un día malo para tu padre, Él dijo que se vendría con nosotros al Centro, Es verdad, pero lo dijo de esa misma manera que decimos todos que un día tendremos que morir, hay parte de nuestra mente que se niega a admitir lo que sabe que es el destino de todos los seres vivos, hace como si no fuera con ella, así está tu padre, nos dice que se vendrá a vivir con nosotros, pero, en el fondo, es como si no lo creyera, Como si estuviese esperando que le apareciera en el último instante un desvío que le lleve por otro camino, Debería saber que para el Centro sólo existe un camino, el que lleva del Centro al Centro, trabajo allí, sé de lo que hablo, Habrá quien diga que la vida en el Centro es un milagro a todas horas. Marcial no respondió de inmediato. Dio un trozo de carne al perro, que desde el principio había esperado pacientemente que algún resto de comida sobrase para él, y sólo después manifestó, Sí, como a Encontrado debe de haberle parecido obra de milagro, a estas horas de la noche, la carne que le acabo de dar. Pasó la mano por el espinazo del animal, dos veces, tres veces, la primera por simple y habitual cariño, las otras con insistencia angustiada, como si fuese indispensable sosegarlo sin pérdida de tiempo, pero era a él mismo a quien necesitaba tranquilizar, apartar una idea que le surgiera de pronto del lugar de la memoria donde se había escondido, En el Centro no admiten perros. Es cierto, no admiten perros en el Centro, ni gatos, sólo aves de jaula o peces de acuario, e incluso éstos se ven cada vez menos desde que fueron inventados los acuarios virtuales, sin peces que tengan olor a pez ni agua que sea necesario cambiar. Ahí dentro nadan graciosamente cincuenta ejemplares de diez especies diferentes que, para no morir, tendrán que ser cuidados y alimentados como si fueran seres vivos, la calidad de la inexistente agua hay que vigilarla, también hay que fiscalizar la temperatura, además, para que no todo sean obligaciones, el fondo del acuario podrá ser decorado con varios tipos de rocas y de plantas, y el feliz poseedor de esta maravilla tendrá a su disposición una gama de sonidos que le permitirá, mientras contempla sus peces sin tripas ni espinas, rodearse de ambientes sonoros tan diversos como una playa caribeña, una selva tropical o una tormenta en el mar. En el Centro no quieren perros, pensó nuevamente Marcial, y notó que esta preocupación estaba, por momentos, ocultando la otra, Le hablo de esto, no le hablo, comenzó inclinándose por el sí, después pensó que sería preferible dejar la cuestión para más tarde, cuando tenga que ser, cuando no haya otro remedio. Tomó pues la decisión de callarse, pero, qué verdad es ésa de la fluctuación inconstante de la voluntad en el acuario virtual de nuestra cabeza, un minuto después le estaba diciendo a Marta, Me acabo de dar cuenta de que no podemos llevarnos a Encontrado al Centro, no aceptan perros, va a ser un problema serio, pobre animal, tenerlo que dejar por ahí abandonado, Quizá se consiga encontrar una solución, dijo Marta, Concluyo que ya habías pensado en el asunto, se sorprendió Marcial, Sí, había pensado, hace mucho tiempo, Y esa solución, cuál sería, Pienso que a Isaura no le importaría hacerse cargo de Encontrado, incluso creo que sería para ella una gran alegría, además ya se conocen, Isaura, Sí, Isaura, la del cántaro, te acuerdas, la que nos trajo el bizcocho, la que vino a hablar conmigo la última vez que fuimos a almorzar a casa de tus padres, La idea me parece buena, Para Encontrado será lo mejor, Falta saber si tu padre estará de acuerdo, Ya se sabe

que una mitad de él protestará, dirá que no señor, que una mujer sola no es buena compañía
para un perro, imagino que es capaz de inventar-
nos una teoría de diferencias como ésta, que seguramente habrá otras personas que no tendrán inconveniente en acoger al animal, pero también
sabemos que la otra mitad deseará, con todas las
fuerzas del deseo, que la primera no gane, Cómo
van esos amores, preguntó Marcial, Pobre Isaura,
pobre padre, Por qué dices pobre Isaura, pobre padre, Porque está claro que ella lo quiere, pero no
consigue traspasar la barrera que él ha levantado,
Y él, Él, él es una vez más la historia de las dos mi-
tades, hay una que probablemente no piensa nada
más que en eso, Y la otra, La otra tiene sesenta y
cuatro años, la otra tiene miedo, Realmente las
personas son muy complicadas, Es verdad, pero si
fuéramos simples no seríamos personas. Encontrado no estaba allí, recordó de repente que no había
en casa nadie más para hacerle compañía al dueño
viejo, solo en la alfarería y ya ocupado con los segundos trescientos muñecos de la primera entrega
de seiscientos, un perro ve estas cosas y le provocan
una confusión enorme, las percibe pero no consigue comprenderlas, tanto trabajo, tanto esfuerzo,
tanto sudor, y ahora no me estoy refiriendo a la
cantidad de dinero que se acabe ganando en el negocio, será poco, será así así, mucho no será ciertamente, es sobre todo por lo que Marta ha dicho
hace un poco si no será todo esto patéticamente
inútil. Como ya se había visto antes, y ahora, gra-

cias al extenso y profundo diálogo mantenido entre Marta y Marcial, tuvimos ocasión de confirmar, el banco de piedra justifica ampliamente el grave y ponderoso nombre que le pusimos, el banco de las meditaciones, pero he aquí que la necesidad obliga, es tiempo de volver las atenciones al horno, meter más leña por la bocaza del fogón, con cuidado, Marcial, no te olvides de que la fatiga entorpece los reflejos de defensa, aumenta el tiempo que necesitan para actuar, no sea que te salte otra vez desde dentro, como sucedió en aquel maldito día, la víbora de fuego sibilante que te marcó la mano izquierda para siempre. Fue también esto, más o menos, lo que Marta dijo, Voy a lavar los platos y a acostarme, ten tú cuidado, Marcial.

Al día siguiente, por la mañana muy temprano, como siempre, Cipriano Algor llevó a Marcial al Centro en la furgoneta. Le había dicho al salir de casa, No sé cómo agradecerte la ayuda que me has dado, y Marcial le respondió, Hice lo que pude, ojalá todo siga bien, Estoy convencido de que las próximas figuras darán menos quehaceres, he encontrado unos cuantos trucos para simplificar el trabajo, es la ventaja que tiene acumular experiencia, creo que los trescientos de la nueva hornada podrán estar en las tablas de secado en una semana, Si de aquí a diez días, en mi próximo permiso, ya están en condiciones de meterlos en el horno, cuente conmigo, Gracias, quieres que te diga una cosa, tú y yo, si no fuese por esta maldita crisis del barro, podríamos formar una buena pareja, dejabas de ser guarda del Centro y te dedicabas a la alfarería, Podría ser, pero es tarde para pensar en eso, además, si lo hubiéramos hecho, estaríamos ahora los dos sin trabajo, Yo todavía tengo trabajo, Es verdad. Más adelante, ya en la carretera de la ciudad, y después de un largo silencio, Cipriano Algor dijo, Tengo una idea, quiero saber qué piensas de ella, Dígame, Llevar al Centro, en cuanto se seque la pintura, estos primeros trescientos muñecos, así el Centro vería que estamos trabajando en serio y comenzaría a vender antes de la fecha prevista, sería bueno para ellos y mejor para nosotros, excusaríamos pasar tanto tiempo esperando resultados, y, si todo sale como se espera, podríamos preparar con más tranquilidad la producción futura, sin precipitaciones, como ha sido esta vez, qué tal te parece la idea, Creo que sí, creo que es una idea buena, dijo Marcial, y en ese momento le vino a la memoria que también había encontrado buena la idea de entregar el perro a los cuidados de la vecina del cántaro, Después de acercarte a tu puesto voy a hablar con el jefe de compras, tengo la seguridad de que estará de acuerdo, dijo Cipriano Algor, Ojalá, respondió Marcial, y reparó en que otra vez repetía una palabra pronunciada poco antes, es lo que nos sucede siempre con las palabras, las repetimos constantemente, pero en algunos casos, no se sabe por qué, se nota más. Cuando la furgoneta entraba en la ciudad Marcial preguntó, Quién va

304

a pintar ahora los muñecos, Marta insiste en querer pintarlos, argumenta que yo no podré estar, al mismo tiempo, en misa y repicando, no lo dijo con estas palabras, pero el sentido era el mismo, Padre, las pinturas intoxican, Sí que intoxican, Y en el estado en que Marta se encuentra me parece inconveniente, Yo me ocuparé de la primera mano, puedo usar la pistola, es cierto que dispersa la pintura en el aire pero compensa por la rapidez, Y luego, Luego se pintará con pincel, no perjudica, Se debería haber comprado al menos una mascarilla, Era cara, murmuró Cipriano Algor, como si tuviera vergüenza de sus propias palabras, Si conseguimos encontrar dinero para alquilar la camioneta que sacó del Centro lo que quedaba de cacharrería, también se encontrará el necesario para comprar la mascarilla, No lo pensamos, dijo Cipriano Algor, después enmendó, contrito, No lo pensé. Iban ya por la avenida que los conducía en línea recta al Centro, a pesar de la distancia podían leerse las palabras del gigantesco anuncio que habían colocado, USTED ES NUESTRO MEJOR CLIENTE, PERO, POR FAVOR, NO SE LO DIGA A SU VECINO. Cipriano Algor no hizo ningún comentario, a Marcial lo sorprendió un pensamiento, Se divierten a nuestra costa. Cuando la furgoneta estacionó frente a la puerta del Servicio de Seguridad, Marcial dijo, Después de haber hablado con el jefe del departamento de compras pase por aquí, voy a ver si le consigo una mascarilla, Para mí no es necesario, ya te lo he dicho, y Marta sólo utilizará los pinceles, La conoce tan bien como yo, en la primera ocasión que se distraiga ocupará su lugar y cuando se quiera dar cuenta de lo sucedido será tarde, No sé cuánto tiempo emplearé en el departamento de compras, pregunto por ti aquí o entro y te busco, No entre, no merece la pena entrar, dejaré la mascarilla a mi colega de la puerta, Como quieras, Hasta dentro de diez días, Hasta dentro de diez días, Cuídeme a Marta, padre, La cuidaré, sí, vete tranquilo, mira que no la quieres más que yo, Si es más o si es menos no lo sé, la quiero de otra manera, Marcial, Dígame, Dame un abrazo, por favor. Cuando Marcial salió de la furgoneta llevaba los ojos húmedos. Cipriano Algor no se dio ningún puñetazo en la cabeza, sólo se dijo a sí mismo con una media sonrisa triste, A esto puede llegar un hombre, verse implorando un abrazo, como un niño carente de amor. Puso la furgoneta en marcha, dio la vuelta a la manzana, ahora más extensa como consecuencia de la ampliación del Centro, Dentro de poco ya nadie se acordará de lo que existía aquí antes, pensó. Quince minutos más tarde, sintiéndose extraño como alguien que, tras regresar a un lugar después de una larga ausencia, no encuentra mudanzas que objetivamente justifiquen ese sentimiento, que tampoco puede ignorar, descendía la rampa del subterráneo. Tras avisar al guarda de la entrada de que venía a pedir una información, y no para descargar, estacionó la furgoneta en la vía lateral. Ya había una fila larga de camiones a la espera, algunos enormes, aún faltaban casi dos horas para que el servicio de recepción de mercancías abriese. Cipriano Algor se acomodó en el asiento e intentó dormir. La última mirada que había echado por la mirilla, antes de venir a la ciudad, mostraba que el proceso de cocción ya había terminado, ahora sólo tenía que dejar que el horno enfriara a su gusto, sin prisas, paulatinamente, como quien va por su propio pie. Para dormirse se puso a contar los muñecos como si estuviese contando borregos, comenzó por los bufones y los contó a todos, después pasó a los payasos y consiguió llegar también al final, cincuenta de ésos, cincuenta de éstos, de los que sobraban, el remanente para estropicios, no se interesó, luego quiso pasar a los esquimales, pero se le adelantaron, sin explicación, las enfermeras, y, en la lucha que tuvo que entablar para repelerlas, se durmió. No era la primera vez que veía terminar su sueño de la mañana en el subterráneo del Centro, no era la primera vez que lo despertaba, amplificado y multiplicado por los ecos, el estruendo de los motores de los camiones. Bajó de la furgoneta y avanzó hacia el mostrador de atención personal, dijo quién era, dijo que venía para una aclaración, a hablar con el jefe, si fuera posible, Es un asunto importante, añadió. El empleado que lo atendía lo miró con aire de duda, era más que evidente que no podrían ser importantes ni el asunto ni la persona que tenía delante, salida de una miserable furgoneta que decía por fuera Alfarería, por eso respondió que el jefe estaba ocupado, En una reunión, precisó, y ocupado iba a seguir toda la mañana, que dijese por tanto a qué venía. El alfarero explicó lo que tenía que explicar, no se olvidó, para impresionar al interlocutor, de aludir a la conversación telefónica que tuvo con el jefe del departamento, y finalmente oyó al otro decir, Voy a preguntar a un subjefe. Temió Cipriano Algor que le saliese el malvado que le había amargado la vida, pero el subjefe que apareció era educado y atento, concordó que era una excelente idea, Buena ocurrencia, sí señor, es bueno para ustedes y todavía mejor para nosotros, mientras van fabricando la segunda entrega de trescientos y preparando la producción de los restantes seiscientos, en dos tiempos, como en el presente caso, o de una sola vez, nosotros iremos observando la acogida del público comprador, las reacciones al nuevo producto, los comentarios explícitos e implícitos, incluso nos daría tiempo a promover unos sondeos, orientados según dos vertientes, en primer lugar, la situación previa a la compra, es decir, el interés, la apetencia, la voluntad espontánea o motivada del cliente, en segundo lugar, la situación resultante del uso, es decir, el placer obtenido, la utilidad reconocida, la satisfacción del amor propio, tanto desde un punto de vista personal como desde un punto de vista grupal, sea familiar, profesional, o cualquier otro, la cuestión, para nosotros esencialísima, consiste en averiguar si el valor de uso, elemento fluctuante, inestable, subjetivo por excelencia, se sitúa demasiado por debajo o demasiado por encima del valor de cambio, Y cuando eso sucede, qué hacen, preguntó Cipriano Algor por preguntar, a lo que el subjefe respondió en tono condescendiente, Querido señor, supongo que no está a la espera de que le vaya a descubrir aquí el secreto de la abeja, Siempre he oído que el secreto de la abeja no existe, que es una mistificación, un falso misterio, una fábula que no terminaron de inventar, un cuento que podía haber sido y no fue, Tiene razón, el secreto de la abeja no existe, pero nosotros lo conocemos. Cipriano Algor se retrajo como si hubiese sido víctima de una agresión inesperada. El subjefe sonreía, insistía complaciente en que la idea era buena, muy buena, que quedaba a la espera de la primera entrega y después le daría noticias. Oprimido, bajo una inquietante impresión de amenaza, Cipriano Algor entró en la furgoneta y salió del subterráneo. La última frase del subjefe le daba vueltas en la cabeza, El secreto de la abeja no existe, pero nosotros lo conocemos, no existe, pero lo conocemos, lo conocemos, lo conocemos. Vio caer una máscara y percibió que detrás había otra exactamente igual, comprendía que las máscaras siguientes serían fatalmente idénticas a las que hubiesen caído, es verdad que el secreto de la abeja no existe, pero ellos lo conocen. No podría hablar de esta su perturbación a Marta y a Marcial porque no lo entenderían, y no lo entenderían porque no habían estado allí con él, en la parte de fuera del mostrador, oyendo a un subjefe de departamento explicar qué es el valor de cambio y el valor de uso, probablemente el secreto de la abeja reside en crear e impulsar en el cliente estímulos y sugestiones suficientes para que los valores de uso se eleven progresivamente en su estimación, paso al que seguirá en poco tiempo la subida de los valores de cambio, impuesta por la argucia del productor a un comprador al que le fueron retirando poco a poco, sutilmente, las defensas interiores que resultaban de la conciencia de su propia personalidad, esas que antes, si es que alguna vez existió un antes intacto, le proporcionaron, aunque fuera precariamente, una cierta posibilidad de resistencia y autodominio. La culpa de esta laboriosa y confusa explanación es toda de Cipriano Algor que, siendo lo que es, un simple alfarero sin carné de sociólogo ni preparación de economista, se ha atrevido, dentro de su rústica cabeza, a correr detrás de una idea, para acabar reconociéndose, como resultado de la falta de un vocabulario adecuado y por las graves y patentes imprecisiones en la propiedad de los términos utilizados, incompetente para trasladarla a un lenguaje suficientemente científico que tal vez nos facilitara, por fin, comprender lo que él había querido decir en el suyo. Quedará para los recuerdos de Cipriano Algor este otro momento de desconcierto de vida y de desacierto en la comprensión de ella, cuando, habiendo ido un día al departamento de compras del Centro para hacer la más simple de las preguntas, de allí regresó con la más compleja y oscura de las respuestas, y tan tenebrosa y oscura era, que nada era más natural que perderse en los laberintos de su propio cerebro. Al menos queda salvada la intención. En su defensa Cipriano Algor siempre podrá alegar que hizo todo lo que estaba al alcance de su condición de alfarero para intentar desentrañar el sentido oculto de la sibilina frase del subjefe sonriente, y si incluso para él mismo era evidente que no lo había conseguido, al menos dejó bien claro a quien detrás viniese que, por el camino que él había tomado, no se llegaba a ninguna parte. Estas cosas son para quien sabe, pensó Cipriano Algor, sin conseguir callar su desasosiego interior. En todo caso, decimos nosotros, otros hicieron menos y presumieron de más.

El paquete que Marcial había dejado al guarda de la puerta contenía dos mascarillas, no una, para el caso de que se averíe el sistema purificador del aire en alguna, decía la nota. Y nuevamente la petición, Cuídeme de Marta, por favor. Era casi la hora del almuerzo, una mañana perdida, pensó Cipriano Algor, acordándose de los moldes, del barro que esperaba, del horno que perdía calor, de las filas de muñecos allí dentro. Después, en medio de la avenida, conduciendo de espaldas a la pared del Centro donde la frase, USTED ES NUESTRO MEJOR CLIENTE, PERO, POR FAVOR, NO SE LO DIGA A SU VECINO, trazaba con descaro irónico el diagrama relacional en que se consumaba la complicidad inconsciente de la ciudad con el engaño consciente que la manipulaba y absorbía, se le pasó por la cabeza, a Cipriano Algor, la idea de que no era sólo esta mañana la que perdía, que la obscena frase del subjefe había hecho desaparecer lo que quedaba de la realidad del mundo en que aprendió y se habituó a vivir, que a partir de hoy todo sería poco más que apariencia, ilusión, ausencia de sentido, interrogaciones sin repuesta. Dan ganas de estrellar la furgoneta contra un muro, pensó. Se preguntó por qué no lo hacía y por qué nunca, probablemente, lo llegaría a hacer, después se puso a enumerar sus razones. Pese a que ésta se encuentra dislocada en el contexto del análisis, por lo menos en principio, las personas se suicidan precisamente porque tienen vida, la primera de las razones fuertes de Cipriano Algor para no hacerlo era el hecho de estar vivo, luego en seguida apareció su hija Marta, y tan junta, tan ceñida a la vida del padre, que fue como si hubiese entrado al mismo tiempo, después vino la alfarería, el horno, y también el yerno Marcial, claro, que es tan buen mozo y quiere tanto a Marta, y Encontrado, aunque a mucha gente le parezca escandaloso decirlo y objetivamente no se pueda explicar, hasta un perro es capaz de agarrar a una persona a la vida, y más, y más, y más qué, Cipriano Algor no encontraba ningunas otras razones, sin embargo tenía la impresión de que todavía le estaba faltando una, qué será, qué no será, de súbito, sin avisar, la memoria le lanzó a la cara el nombre y el rostro de la mujer fallecida, el nombre y el rostro de Justa Isasca, por qué, si Cipriano Algor lo que estaba buscando eran razones para no estrellar la furgoneta contra un muro y si ya las había encontrado en número y sustancia suficientes, a saber, él mismo, Marta, la alfarería, el horno, Marcial, el perro Encontrado y además el moral, por olvido no mencionado antes, era absurdo que la última, esa inesperada razón de cuya existencia inquietamente se había apercibido como una sombra o una provocación, fuese alguien que ya no pertenecía a este mundo, es verdad que no se trata de una persona cualquiera, es la mujer con quien estuvo casado, la compañera de trabajo, la madre de su hija, pero, aun así, por mucho talento dialéctico que se ponga en la olla, será difícil de sustentar que el recuerdo de un muerto pueda ser razón para que un vivo decida seguir vivo. Un amante de proverbios, adagios, anejires y otras máximas populares, de esos ya raros excéntricos que imaginan saber más de lo que les enseñan, diría que aquí hay gato encerrado con el rabo fuera. Con disculpa de lo inconveniente e irrespetuoso de la comparación, diremos que la cola del felino, en el caso a examen, es la fallecida Justa, y que para encontrar lo que falta del gato no sería necesario más que doblar la esquina. Cipriano Algor no lo hará. No obstante, cuando llegue al pueblo, dejará la furgoneta ante la puerta del cementerio donde no ha vuelto a entrar desde aquel día, y se dirigirá a la sepultura de la mujer. Estará allí unos minutos pensando, tal vez para agradecer, tal vez preguntando, Por qué apareciste, tal vez oyendo preguntar, Por qué apareciste, después levantará la cabeza y mirará alrededor como buscando a alguien. Con este sol, hora de almorzar, no será probable.

La primera media centuria en salir del horno fue la de los esquimales, que eran los que estaban más a mano, justo a la entrada. Una afortunada casualidad en la inmediata opinión de Marta, Como entrenamiento no podría tener mejor comienzo, son fáciles de pintar, más fáciles que éstos sólo las enfermeras, que van todas vestidas de blanco. Cuando las estatuillas se enfriaron del todo, las transportaron a las tablas de secado donde Cipriano Algor, armado con la pistola de pulverizar y resguardado tras el filtro de la máscara, metódicamente las cubrió con la blancura mate de la base. Para sus entretelas refunfuñó que no merecía la pena andar con eso tapándole la boca y la nariz, Bastaba que me pusiese a favor del viento, y la pintura se iría lejos, no me tocaría, pero luego pensó que estaba siendo injusto y desagradecido, sin olvidar que con este buen tiempo que hace no faltarán los días en que no corra ni un céfiro. Terminada su parte de trabajo, Cipriano Algor ayudó a la hija a colocar las pinturas, el recipiente de petróleo, los pinceles, los dibujos coloreados que servirán de modelo, trajo el banco donde ella se debería sentar, y apenas la vio dar la primera pincelada observó, Esto está mal pensado, con los muñecos puestos así en fila, como están, tendrás que desplazar constantemente el banco a lo largo de la plancha, te vas a cansar, Marcial me dijo, Qué le dijo Marcial, preguntó Marta, Que debes tener mucho cuidado, evitar las fatigas, A mí lo que me cansa es oír tantas veces la misma recomendación, Es por tu bien, Mire, si pongo ante mí una docena de muñecos, ve, están todos a mi alcance y sólo tendré que mudar el banco cuatro veces, además me viene bien moverme, y ahora que ya le he explicado el funcionamiento de esta cadena de montaje invertida, le recuerdo que no hay nada más perjudicial para quien trabaja que la presencia de los que no hacen nada, como en esta ocasión me parece que es su caso, No me olvidaré de decirte lo mismo cuando sea yo quien esté trabajando, Ya lo hizo, es decir, fue peor, me expulsó, Me voy, no se puede hablar contigo, Dos cosas antes de que se vaya, la primera es que si existe alguien con quien se puede hablar, es precisamente conmigo, Y la segunda, Deme un beso. Todavía ayer Cipriano Algor le pidió un abrazo al yerno, ahora es Marta quien pide un beso al padre, algo está sucediendo en esta familia, sólo falta que comiencen a aparecer en el cielo cometas, auroras boreales y brujas galopando en escobas, que Encontrado aúlle toda la noche a la luna, incluso no habiendo luna, que de un momento a otro el moral se vuelva estéril. Salvo que todo esto no sea más que un efecto de sensibilidades excesivamente impresionables, la de Marta porque está embarazada, la de Marcial porque está embarazada Marta, la de Cipriano Algor por todas las razones que conocemos y algunas que sólo él sabe. En fin, el padre besó a la hija, la hija besó al padre, a Encontrado le concedieron un poco de las atenciones que pedía, no se podrá quejar. Como se suele decir, aquí no ha pasado nada. Entró Cipriano Algor en la alfarería para comenzar el modelado de los trescientos muñecos de la segunda entrega, y Marta, bajo la sombra del moral, ante la mirada concienzuda de Encontrado, que ha regresado a sus responsabilidades de guardián, se prepara para acometer la pintura de los esquimales. No podía, se había olvidado de que primero era necesario lijar los muñecos, desbastarles la rebaba, las irregularidades de superficie, los defectos de acabado, después limpiarlos de polvo, y, como una desgracia nunca viene sola y un olvido en general recuerda otro, tampoco los podría pintar como pensaba, pasando de un color a otro, sucesivamente, sin interrupción, hasta la última pincelada. Se le vino a la cabeza la página del manual, ésa donde se explica con claridad que sólo cuando un color estuviere bien seco se podría aplicar el siguiente, Ahora, sí, me vendría bien una cadena de montaje en serio, dijo, los muñecos pasando ante mí de uno en uno para recibir el azul, otra vez para el amarillo, luego para el violeta, luego para el negro, y el rojo, y el verde, y el blanco, y la bendición final, esa que trae dentro todos los colores del arco iris, Que Dios te ponga la virtud, que yo, por mi parte, ya hice lo que pude, y no será tanto la virtud adicional de Dios, sujeto como cualquier común mortal a olvidos e imprevistos, la que contribuya a la coronación de los esfuerzos, sino la conciencia humilde de que si no conseguimos hacerlo mejor es simplemente porque de tal no somos capaces. Argumentar con lo que tiene que ser es siempre una pérdida de tiempo, para lo que tiene que ser los argumentos no pasan de conjuntos más o menos casuales de palabras que esperan recibir de la ordenación sintáctica un sentido que ellas mismas no están seguras de poseer. Marta dejó a Encontrado mirando por los muñecos y, sin más debates con lo inevitable, fue a la cocina a buscar la única hoja de lija fina que sabía que había en casa, Esto se gasta en un instante, pensó, tendré que comprar unas cuantas más. Si hubiese atisbado por la puerta de la alfarería, vería que las cosas tampoco allí estaban ocurriendo bien. Cipriano Algor presumió ante Marcial de haber inventado unos cuantos trucos para aligerar la obra, lo que, desde un punto de vista, por decirlo así, global, era verdad, pero la rapidez no tardó en mostrarse incompatible con la perfección, de lo que resultó un número de figuras defectuosas mucho mayor que el verificado en la primera serie. Cuando Marta volvió a su trabajo ya los primeros estropeados estaban instalados en la estantería, pero Cipriano Algor, hechas las cuentas entre el tiempo que ganaba y los muñecos que perdía, decidió no renunciar a sus fecundos aunque no irreprensibles ni nunca explicados trucos. Y así fueron pasando los días. A los esquimales siguieron los payasos, después salieron las enfermeras, y pronto los mandarines, y los asirios de barbas, y finalmente los bufones, que eran los que estaban junto a la pared del fondo. Marta bajó en el segundo día al pueblo a comprar dos docenas de hojas de lija. Era en este establecimiento donde Isaura había comenzado a trabajar, como Marta sabía desde que la visitó tras el perturbador encuentro, emocionalmente hablando, se entiende, que la vecina tuviera con el padre. Estas mujeres no se ven mucho, pero tienen motivos de sobra para que se conviertan en grandes amigas. Con discreción, de modo que las palabras no llegasen a los oídos del dueño de la tienda, Marta le preguntó a Isaura si se sentía bien en ese trabajo y ella respondió que sí, que se sentía bien, Una se habitúa, dijo. Hablaba sin alegría, pero con firmeza, como si quisiese dejar claro que el gusto nada tenía que ver con la cuestión, que fue la voluntad, y sólo ella, la que pesó en su decisión de aceptar el empleo. Marta recordaba palabras oídas tiempo atrás, Cualquier trabajo mientras pueda seguir viviendo aquí. La pregunta que Isaura hizo después, a la vez que enrollaba las hojas de lija, blandamente como es aconsejable, la entendió Marta como un eco, distorsionado pero aun así reconocible, de aquellas palabras, Y por su casa, cómo están todos, Cansados, con mucho trabajo, pero en general bien,

Marcial, pobrecillo, tuvo que trabajar en el horno su día de descanso, supongo que todavía andará con los riñones arrasados. Las hojas de lija estaban enrolladas. En tanto que recibía el dinero y le daba la vuelta, Isaura, sin levantar los ojos, preguntó, Y su padre. Marta sólo consiguió responder que el padre estaba bien, un pensamiento angustioso le atravesó de súbito el cerebro, Qué va a hacer esta mujer con su vida cuando nos vayamos. Isaura se despedía, tenía que atender a otro cliente, Dé recuerdos, dijo, si en aquel momento Marta le hubiese preguntado, Qué va a hacer con su vida cuando nos vayamos, tal vez respondiese como hace poco, sosegadamente, Una se habitúa. Sí, oímos decir muchas veces, o lo decimos nosotros mismos, Uno se habitúa, lo dicen, o lo decimos, con una serenidad que parece auténtica, porque realmente no existe, o todavía no se ha descubierto, otro modo de expresar con la dignidad posible nuestras resignaciones, lo que nadie pregunta es a costa de qué se habitúa uno. Marta salió de la tienda casi deshecha en lágrimas. Con una especie de remordimiento desesperado, como si estuviese acusándose de haber engañado a Isaura, pensaba, Pero ella no sabe nada, ni siquiera sabe que estamos a punto de irnos de aquí.

Dos veces se olvidaron de dar de comer al perro. Recordando sus tiempos de indigencia, cuando la esperanza en el día de mañana era el único condumio que tenía para las muchas horas en que el estómago ansiaba alimento, Encontrado no reclamó, se desinteresó de sus obligaciones de vigilante, se echó al lado de la caseta, es de la sabiduría antigua que cuerpo tumbado aguanta mucha hambre, a la espera, paciente, de que uno de los dueños se diese una palmada en la cabeza y exclamase, Diablos, nos olvidamos del perro. No es caso de extrañar, estos días hasta de ellos mismos se han olvidado. Pero gracias a esa total entrega a las respectivas tareas, robando horas al sueño, aunque Cipriano Algor nunca hubiese dejado de protestar a Marta, Tienes que descansar, tienes que descansar, gracias a ese esfuerzo paralelo los trescientos muñecos que salieron del horno estaban lijados, cepillados, pintados y secos, todos ellos, cuando llegó el día en que Cipriano Algor iría a buscar al yerno al Centro, y los otros trescientos, secos y aplomados en su barro crudo, sin defectos visibles, estaban, también ellos, con ayuda del calor y de la brisa, libres de humedad y preparados para la cochura. La alfarería parecía descansar de una gran fatiga, el silencio se había echado a dormir. A la sombra del moral, padre e hija miraban los seiscientos muñecos alineados en las tablas y les parecía que habían producido obra aseada. Cipriano Algor dijo, Mañana no trabajo en la alfarería, Marcial no tendrá que verse solo con la faena toda del horno, y Marta dijo, Creo que deberíamos descansar algunos días antes de lanzarnos a la segunda parte del pedido, y Cipriano Algor preguntó, Qué tal tres días, y Marta respondió, Será mejor que nada, y Cipriano Algor volvió a preguntar, Cómo te sientes, y Marta respondió, Cansada, pero bien, y Cipriano Algor dijo, Pues yo me siento como nunca, y Marta dijo, Será a esto a lo que solemos llamar satisfacción del deber cumplido. Al contrario de lo que podría haber parecido, no había ninguna ironía en estas palabras, lo que en ellas rezumaba era tan sólo un cansancio al que apetecería llamar infinito si no fuera de tal manera manifiesta y desproporcionada la exageración del calificativo. Al fin y al cabo no era tanto del cuerpo de lo que ella se sentía cansada, mas de asistir impotente, sin recurso, al desconsuelo amargo y a la mal escondida tristeza del padre, a sus altibajos de humor, a sus patéticos remedos de seguridad y de autoridad, a la afirmación categórica y obsesiva de las propias dudas, como si creyese que de esa manera se las conseguiría quitar de la cabeza. Y estaba esa mujer, Isaura, Isaura Madruga, la vecina del cántaro, a quien el otro día no respondió nada más que Está bien a la pregunta que ella murmuró con los ojos bajos, mientras contaba las monedas, Y su padre, cuando lo que debería haber hecho era tomarla de un brazo, subir con ella a la alfarería, entrar con ella a donde el padre trabajaba, decir, Aquí está, y después cerrar la puerta y dejarlos ahí dentro hasta que las palabras les sirviesen para algo, ya que los silencios, pobre de ellos, no son más que eso mismo, silencios, nadie ignora que, muchas veces, hasta los que parecen elocuentes han dado origen, con las más serias y a veces fatales consecuencias, a erradas interpretaciones. Somos demasiado medrosos, demasiado cobardes para aventurarnos a un acto así, pensó Marta contemplando al padre que parecía haberse dormido, estamos demasiado presos en la red de las llamadas conveniencias sociales, en la tela de araña de lo apropiado y de lo inapropiado, si se supiese que yo había hecho algo así en seguida me dirían que echar una mujer a los brazos de un hombre, la expresión sería ésa, es una absoluta falta de respeto por la identidad ajena, y para colmo una irresponsable imprudencia, quién sabe lo que les puede suceder en el futuro, la felicidad de las personas no es una cosa que hoy se fabrica y mañana todavía podamos tener seguridad de que sigue durando, un día encontramos por ahí desunido a alguno de los que habíamos unido y nos arriesgamos a que nos digan La culpa fue suya. Marta no quiso rendirse ante este discurso de sentido común, fruto consecuente y escéptico de las duras batallas de la vida, Es una estupidez perder el presente sólo por el miedo de no llegar a ganar el futuro, se dijo a sí misma, y luego añadió, Además no todo tiene que suceder mañana, hay cosas que sólo pasado mañana, Qué has dicho, preguntó el padre rápidamente, Nada, respondió, he estado quietecita y callada para no despertarlo, No dormía, Pues me parecía que sí, Dijiste que hay cosas que sólo pasado mañana, Qué extraño, yo he dicho eso, preguntó Marta, No lo he soñado, Entonces lo he soñado yo, me habré dormido y despertado en seguida, los sueños son así, sin pies ni cabeza, o mejor tienen cabeza y tienen pies, pero casi siempre los pies van hacia un lado y la cabeza hacia otro, es lo que explica que los sueños sean tan difíciles de interpretar. Cipriano Algor se levantó, Se acerca la hora de recoger a Marcial, pero estaba pensando que tal vez valga la pena ir un poco más pronto y pasar por el departamento de compras, así aviso de que los primeros trescientos ya están acabados y coordinamos la entrega, Es una buena idea, dijo Marta. Cipriano Algor se mudó de ropa, se puso una camisa limpia, se cambió de zapatos, y en menos de diez minutos estaba entrando en la furgoneta, Hasta luego, dijo, Hasta luego, padre, vaya con cuidado, Y vuelva con más cuidado todavía, excusas decirlo, Sí, todavía con más cuidado, porque son dos, Es lo que siempre digo y siempre he de decir, contigo no se puede discutir ni argumentar, encuentras respuesta para todo. Encontrado vino a preguntarle al dueño si esta vez podría ir con él, pero Cipriano Algor le dijo que no, que tuviese paciencia, las ciudades no son lo mejor para los perros.

Uno más después de tantos, el viaje no habría tenido historia de no ser por el inquieto presentimiento del alfarero de que algo malo estaba a punto de suceder. Casualmente se acordó de lo oído a la hija, hay cosas que sólo pasado mañana, unas cuantas palabras sueltas, sin causa ni sentido aparentes, que ella no había sabido o no había querido explicar, Dudo de que estuviese durmiendo, pero no comprendo qué le habrá inducido a sugerir que soñaba, pensó, y en seguida, como continuación de la frase recordada, dejó que su pensamiento prosiguiese por aquel mismo camino y comenzara a entonar dentro de la cabeza una letanía obsesiva, Hay cosas que sólo pasado mañana, hay cosas que sólo mañana, hay cosas que ya hoy, después retomaba la secuencia invirtiéndola, Hay cosas que ya hoy, hay cosas que sólo mañana, hay cosas que sólo pasado mañana, y tantas veces lo fue repitiendo y repitiendo que acabó por perder el sonido y el sentido, el significado de mañana y de pasado mañana, le quedó sólo en la cabeza, como una luz de alarma encendiéndose y apagándose, Ya hoy, ya hoy, ya hoy, hoy, hoy, hoy. Hoy, qué, se preguntó con violencia, intentando reaccionar contra el absurdo nerviosismo que hacía que le temblaran las manos sobre el volante, estoy yendo a la ciudad para recoger a Marcial, voy al departamento de compras a informar de que la primera parte del pedido está lista para ser entregada, todo lo que estoy haciendo es habitual, es corriente, es lógico, no tengo motivo de inquietud, y voy conduciendo con cuidado, el tráfico es fluido, los asaltos en la carretera han acabado, por lo menos no se ha oído hablar de ellos, luego nada podrá sucederme que no sea la monotonía de siempre, los mismos pasos, las mismas palabras, los mismos gestos, el mostrador de compras, el subjefe sonriente o el maleducado, o el jefe, si no está reunido y tiene el capricho de recibirme, después la puerta de la furgoneta que se abre, Marcial que entra, Buenas tardes, padre, Buenas tardes, Marcial, qué tal te ha ido el trabajo esta semana, no sé si a diez días se les puede llamar semana, pero no conozco otra manera, Como de costumbre, dirá él, Acabamos la primera serie de muñecos, ya he establecido la entrega con el departamento de compras, diré yo, Cómo está Marta, preguntará él, Cansada, pero bien, responderé yo, y estas palabras también las andamos diciendo constantemente, no me extrañaría nada que cuando transitemos de este mundo hacia el otro todavía consigamos encontrar fuerzas para responder a alguien que se le ocurra la imbécil idea de preguntarnos cómo nos sentimos, Muriendo, pero bien, es lo que diremos. Para distraerse de la compañía de los aciagos pensamientos que se empeñaban en importunarlo, Cipriano Algor experimentó prestarle atención al paisaje, lo hacía como último recurso porque sabía muy bien que nada tranquilizador le podría ser ofrecido por el deprimente espectáculo de los invernaderos de plástico extendidos más allá de lo que alcanza la vista, a un lado y a otro, hasta el horizonte, como mejor se distinguía desde lo alto de la pequeña loma por donde la furgoneta en este momento trepaba. Y a esto llaman Cinturón Verde, pensó, a esta desolación, a esta especie de campamento soturno, a esta manada de bloques de hielo sucio que derriten en sudor a los que trabajan dentro, para mucha gente estos invernaderos son máquinas, máquinas de hacer vegetales, realmente no tiene ninguna dificultad, es como seguir una receta, se mezclan los ingredientes adecuados, se regula el termostato y el higrómetro, se aprieta un botón y poco después sale una lechuga. Claro que el desagrado no le impide a Cipriano Algor reconocer que gracias a estos invernaderos tiene verduras en el plato durante todo el año, lo que él no puede soportar es que se haya bautizado con la designación de Cinturón Verde un lugar donde ese color, precisamente, no se encuentra, salvo en las pocas hierbas que se dejan crecer en el lado de fuera de los invernaderos. Serías más feliz si los plásticos fuesen verdes, le preguntó de sopetón el pensamiento que se afana en el rellano inferior del cerebro, ese inquieto pensamiento que nunca se da por satisfecho con lo que se ha pensado y decidido en el del rellano de arriba, pero Cipriano Algor, a esta pregunta pertinentísima, prefirió no darle respuesta, hizo como que no la había oído, quizá por un cierto tono impertinente que las preguntas pertinentes, sólo por haber sido hechas, y por mucho que se pretenda enmascarar, automáticamente toman. El Cinturón Industrial, semejante, cada vez más, a una construcción tubular en expansión continua, a un armazón de tubos proyectado por un furioso y ejecutado por un alucinado, no mejoró su disposición, aunque, algo es algo, de lo malo lo menos malo, su inquieto y turbio presentimiento haya pasado a rezongar en sordina. Notó que la alineación visible de los barrios de chabolas estaba ahora mucho más cerca de la carretera, como un hormiguero que volviera al carril después de la lluvia, pensó, encogiéndose de hombros, los asaltos a los camiones no tardarían en recomenzar, y, en fin, haciendo un esfuerzo enorme para separarse de la sombra que venía sentada a su lado, entró en el tránsito confuso de la ciudad. Todavía no era la hora de recoger a Marcial, tenía tiempo de sobra para ir al departamento de compras. No solicitó hablar con el jefe, bien sabía que el asunto que llevaba no era más que un pretexto para que lo tuvieran presente, un recado de paso para que no se olvidaran de que existía, de que a unos treinta kilómetros de allí había un horno cociendo barro diligentemente, y una mujer pintando, y su padre moldeando, todos con los ojos puestos en el Centro, y no me vengan a decir que los hornos no tienen ojos, los tienen sí señor, si no los tuviesen no sabrían lo que están haciendo, son ojos, lo que pasa es que no se parecen a los nuestros. Le atendió el subjefe del otro día, aquel simpático y sonriente, Qué le trae hoy por aquí, preguntó, Las trescientas figurillas están hechas, venía a preguntarle cuándo quiere que las traiga, Cuando quiera, mañana mismo, Mañana no sé si podré, mi yerno estará en casa de día libre, aprovecha para ayudarme a cocer los otros trescientos, Entonces pasado mañana, lo más deprisa que pueda, se me ha ocurrido una idea que quiero poner en práctica rápidamente, Se refiere a mis muñecos, Exactamente, se acuerda de que le había hablado de un sondeo, Me acuerdo, sí señor, ése sobre la situación previa a la compra y la situación resultante del uso, Feli-

328

cidades, tiene buena memoria, Para mi edad no está mal, Pues esta idea, por cierto ya aplicada en otros casos con resultados muy apreciables, consistirá en distribuir entre un determinado número de potenciales compradores, de acuerdo con un universo social y cultural que será definido, una cierta cantidad de figuras, y averiguar después qué opinión les ha merecido el artículo, lo digo así para simplificar, el esquema de nuestras preguntas es más complejo, como debe suponer, No tengo experiencia, señor, nunca he encuestado ni nunca me han encuestado, Estoy pensando en utilizar para el sondeo estos sus primeros trescientos, selecciono cincuenta clientes, facilito gratis a cada uno la colección completa de seis y en pocos días conoceré la opinión que se han formado sobre el producto, Gratis, preguntó Cipriano Algor, quiere decir que no me los va a pagar, De ningún modo, querido señor, el experimento corre de nuestra cuenta, seremos nosotros, por tanto, los que asumamos los costes, no queremos perjudicarlo. El alivio que sintió Cipriano Algor hizo que se retirara, de momento, la preocupación que irrumpió bruscamente en su espíritu, esto es, Qué sucederá si el resultado del muestreo me fuese adverso, si la mayoría de los clientes inquiridos, o todos ellos, resolviesen las preguntas todas en una única y definitiva respuesta, Esto no interesa. Se oyó a sí mismo diciendo, Gracias, no sólo por educación, también por justicia tenía que darlas, pues no todos los días aparece alguien tranquilizándonos con la benévola información de que no quiere nuestro perjuicio. La inquietud había vuelto a morderle en el estómago, pero ahora era él mismo quien no dejaba salir la pregunta de la boca, se iría de allí como si llevara en el bolsillo una carta sellada para ser abierta en alta mar y en la que su destino ya estaba apuntado, trazado, escrito, hoy, mañana, pasado mañana. El subjefe había preguntado, Qué le trae hoy por aquí, después dijo, Mañana mismo, después concluyó, Entonces que sea pasado mañana, es cierto que las palabras son así, van y vuelven, y van, y vuelven, y vuelven, y van, mas por qué estaban éstas aquí esperándome, por qué salieron conmigo de casa y no me dejaron durante todo el camino, no mañana, no pasado mañana, sino hoy, ahora mismo. De súbito Cipriano Algor detestó al hombre que se encontraba ante él, este subjefe simpático y cordial, casi afectuoso, con quien el otro día pudo conversar prácticamente de igual a igual, salvadas, claro está, las obvias distancias y diferencias de edad y condición social, ninguna, según le pareció entonces, impedimento para una relación fundada en el respeto mutuo. Si te clavan una navaja en la barriga, al menos que tengan la decencia moral de mostrarte una cara en consonancia con la acción asesina, una cara que rezume odio y ferocidad, una cara de furor demente, incluso de frialdad inhumana, pero, por el amor de Dios, que no te sonrían mientras te están rasgando las tripas, que no te desprecien hasta ese punto, que no te den esperanzas falsas, diciendo por ejemplo, No se preocupe, esto no es nada, con media docena de puntos estará como antes, o, Deseo sinceramente que el resultado del sondeo le sea favorable, pocas cosas me darían mayor satisfacción, créame. Cipriano Algor asintió vagamente con la cabeza, con un gesto que tanto podría significar sí como no, que tal vez ni significado tenga, después dijo, Tengo que ir a recoger a mi yerno.

Salió del subterráneo, dio la vuelta al Centro y estacionó la furgoneta ante la puerta del Servicio de Seguridad. Marcial tardó más de lo que era habitual, parecía nervioso al entrar en el coche, Buenas tardes, padre, dijo, y Cipriano Algor dijo, Buenas tardes, qué tal te ha ido el trabajo esta semana, Como de costumbre, respondió Marcial, y Cipriano Algor dijo, Acabamos la primera serie de muñecos, ya he establecido la entrega con el departamento de compras, Cómo está Marta, Cansada, pero bien. No volvieron a hablar hasta la salida de la ciudad. Sólo cuando iban a la altura de las chabolas Marcial dijo, Padre, me acaban de informar que he sido ascendido, soy guarda residente del Centro a partir de hoy. Cipriano Algor giró la cabeza hacia el yerno, lo miró como si lo estuviese viendo por primera vez, hoy, no pasado mañana, ni mañana, hoy, tenía razón el presentimiento. Hoy, qué, se preguntó, la amenaza que se esconde en las preguntas del sondeo, o ésta de ahora, finalmente consumada después de haberse prometido durante tiempo. Se ha visto, es verdad

331

que menos en la vida real que en los libros donde se cuentan historias, que una sorpresa súbita puede dejar sin voz en un momento a la persona sorprendida, pero una media sorpresa que se queda en silencio, quizá fingiendo, quizá queriendo que la tomen por sorpresa completa, no deberá, en principio, ser tomada en consideración. Atención, sólo en principio. Desde siempre sabemos que este hombre que va conduciendo la furgoneta no tenía ninguna duda de que la temida noticia acabaría llegando un día, pero es comprensible que hoy, colocado como lo pusieron entre dos fuegos, se haya visto de repente sin fuerzas para decidir a cuál de ellos acudiría en primer lugar. Revelemos, desde ya, aunque sabiendo que perjudicaremos la regularidad del orden a que los acontecimientos deben someterse, que Cipriano Algor no comunicará en estos próximos días, ya sea al yerno, ya sea a la hija, una sola palabra acerca de la inquietante conversación que tuvo con el subjefe del departamento de compras. Acabará hablando del asunto, sí, pero más adelante, cuando todo esté perdido. Ahora sólo le dice al yerno, Felicidades, supongo que estarás satisfecho, palabras banales y casi indiferentes que no deberían haber necesitado tanto tiempo para manifestarse, y Marcial no las agradecerá, tampoco confirmará si está satisfecho como el suegro supone, o un poco menos, o un poco más, lo que él dice es tan serio como una mano extendida, Para usted no es una buena noticia. Cipriano Algor comprendió el propósito, lo miró de lado con un esbozo de sonrisa que parecía burlarse de su propia resignación, y dijo, Ni siquiera las mejores noticias son buenas para todo el mundo, Verá cómo todo se resuelve de la mejor manera, dijo Marcial, No te preocupes, quedó resuelto el día en que os dije que me iría a vivir con vosotros al Centro, la palabra está dada, fue dicha y no tiene vuelta atrás, Vivir en el Centro no es ningún destierro, dijo Marcial, No sé cómo será vivir en el Centro, lo sabré cuando esté allí, pero tú, sí, tú ya lo sabes, y de tu boca nunca se ha oído una explicación, un relato, una descripción que me hiciese comprender, lo que se llama realmente comprender, eso que, tan seguro de ti mismo, afirmaste que no es un destierro, Usted ya ha estado en el Centro, Pocas veces, y siempre de paso, tan sólo como un comprador que sabe lo que quiere, Creo que la mejor explicación del Centro será considerarlo como una ciudad dentro de otra ciudad, No sé si será la mejor explicación, de todos modos no es suficiente para que me haga una idea de lo que hay dentro del Centro, Allí se encuentra lo que en cualquier ciudad, tiendas, personas que pasan, que compran, que conversan, que comen, que se distraen, que trabajan, O sea, exactamente como en el pueblo atrasado donde vivimos, Más o menos, en el fondo se trata de una cuestión de tamaño, La verdad no puede ser tan simple, Supongo que hay algunas verdades simples, Es posible, pero no creo que las podamos reconocer dentro del Centro. Hubo una pausa, después Cipriano Algor dijo,

Y ya que estamos hablando de tamaños, es curioso que cada vez que miro al Centro desde fuera tengo la impresión de que es mayor que la propia ciudad, es decir, el Centro está dentro de la ciudad, pero es mayor que la ciudad, siendo una parte es mayor que el todo, probablemente será porque es más alto que los edificios que lo cercan, más alto que cualquier edificio de la ciudad, probablemente porque desde el principio ha estado engullendo calles, plazas, barrios enteros. Marcial no respondió en seguida, el suegro acababa de dar expresión casi visual a la confusa sensación de perdimiento que se apoderaba de él cada vez que regresaba al Centro después del descanso, sobre todo durante las rondas nocturnas con la iluminación reducida, recorriendo las galerías desiertas, bajando y subiendo en los ascensores, como si vigilase la nada para que continuase siendo nada. En el interior de una gran catedral vacía, si levantamos los ojos hacia las bóvedas, hacia las obras superiores, tenemos la impresión de que su altura es mayor que la altura a que vemos el cielo en campo abierto. Al cabo de un silencio, Marcial dijo, Creo que comprendo su idea, y se quedó ahí, no quería alimentar en el espíritu del suegro una corriente de pensamientos que lo podría inducir a cerrarse tras una nueva línea de resistencia desesperada. Pero las preocupaciones de Cipriano Algor se encaminaban en otra dirección, Cuándo hacéis la mudanza, Lo más pronto posible, ya he visto el apartamento que me han adjudicado, es más pequeño que nuestra casa, pero eso es lógico, por muy grande que sea el Centro, el espacio no es infinito, tiene que ser racionalizado, Crees que cabremos todos, preguntó el alfarero deseando que el yerno no se percatase del tono de melancólica ironía que en el último momento se entrometió en las palabras, Cabemos, esté tranquilo, para una familia como la nuestra el apartamento basta y sobra, respondió Marcial, no necesitaremos dormir todos juntos. Cipriano Algor pensó, Lo he molestado, hubiera sido preferible que no le hiciera la pregunta. Hasta llegar a casa no volvieron a hablar. Marta recibió la noticia sin manifestar ningún sentimiento. Lo que se sabe que va a ocurrir en cierta manera es como si ya hubiese ocurrido, las expectativas hacen algo más que anular las sorpresas, embotan las emociones, las banalizan, todo lo que se deseaba o temía ya había sido vivido mientras se deseó o temió. Durante la cena Marcial dio una importante información de la que se había olvidado, y ésta desagradó francamente a Marta, Quieres decir que no podremos llevarnos nuestras cosas, Algunas sí, las de decoración de la casa, por ejemplo, pero no los muebles, ni la vajilla, ni la cristalería, ni los cubiertos, ni los manteles, ni las cortinas, ni la ropa de cama, el apartamento ya tiene todo lo que se necesita, O sea que mudanza, mudanza, eso que llamamos mudanza, no habrá, dijo Cipriano Algor, Se mudan las personas, ésa es la mudanza, Vamos a dejar esta casa con todo lo que tiene dentro, dijo Marta, Ya ves que no hay otro remedio. Marta pensó un poco, después tuvo que aceptar lo inevitable, Vendré por aquí de vez en cuando, para abrir las ventanas, airear las habitaciones, una casa cerrada es como una planta que se olvidan de regar, muere, se seca, se marchita. Cuando acabaron de comer, y antes de que Marta se levantase para retirar los platos, Cipriano Algor dijo, He estado pensando. La hija y el yerno entrecruzaron las miradas, como si se transmitiesen uno a otro palabras de alarma, Nunca se sabe por dónde puede salir cuando se pone a pensar. La primera idea, continuó el alfarero, fue que Marcial me ayudase mañana en el trabajo del horno, Pido licencia para recordarle que quedó claro que tendríamos tres días de descanso, puntualizó Marta, Los tuyos comienzan mañana, Y los suyos, Los míos tampoco van a tardar, sólo tendrán que esperar un poco, Bien, ésa es la primera idea, y la segunda, cuál es, o la tercera, preguntó Marta, Disponemos en el horno, por la mañana, los muñecos que están listos para cocer, pero no lo encendemos, luego me ocuparé yo de eso, a continuación me ayudáis a cargar en la furgoneta las figuras que ya están acabadas, y mientras las llevo al Centro y vuelvo, os quedáis tranquilos aquí, sin un padre y un suegro metiéndose donde no lo llaman, Ése es el acuerdo que hizo con el departamento de compras, entregar los muñecos mañana, preguntó Marcial, no fue ésa la impresión que saqué, pensé que los llevaríamos después, cuando vayamos los tres, Así es mejor, respondió Cipriano Algor, se gana tiempo, Se gana por un lado y se pierde por otro, las otras figuras van a retrasarse, No se retrasarán mucho, enciendo el horno así que llegue a casa después de que regresemos del Centro, quién sabe si no será la última vez, Vaya idea la suya, todavía tenemos seiscientos muñecos por hacer, dijo Marta, No estoy tan seguro de eso, Por qué, En primer lugar, la mudanza, el Centro no es persona que se quede a la espera de que el suegro del guarda residente Marcial Gacho termine un pedido, aunque haya que decir que, con tiempo, suponiendo que lo hubiese, yo podría acabarlo solo, y en segundo lugar, En segundo lugar, qué, preguntó Marcial, En la vida hay siempre alguna cosa que viene detrás de lo que aparece en primer lugar, a veces tenemos la impresión de saber lo que es, pero querríamos ignorarlo, otras veces ni siquiera imaginamos lo que puede ser, pero sabemos que está ahí, Deje de hablar como un oráculo, por favor, dijo Marta, Muy bien, se calla el oráculo, quedémonos entonces con aquello que venía en primer lugar, lo que pretendía decir es que si la mudanza tiene que ser hecha en breve no habrá tiempo para resolver el problema de los seiscientos muñecos que faltan, Será cuestión de hablar con el Centro, dijo Marta dirigiéndose al marido, tres o cuatro semanas más no deben suponerle nada, habla con ellos, si tardaron tanto tiempo en decidir tu ascenso, bien pueden ahora ayudarnos en esto, además se ayudarían a ellos mismos porque se quedarían con el pedido completo, No hablo, no merece la pena, dijo Marcial, tenemos diez días exactos para hacer la mudanza, ni una hora más, es el reglamento, el próximo día de descanso ya tendré que pasarlo en el apartamento, También podrías venir a pasarlo aquí, dijo Cipriano Algor, a tu casa de campo, No estaría bien visto que ascendiera a guarda residente y me ausentara del Centro en el primer descanso, Diez días es poco tiempo, dijo Marta, Tal vez fuese poco tiempo si tuviésemos que llevarnos los muebles y el resto, pero las únicas cosas que realmente tendremos que mudar son los cuerpos con las ropas que vestimos, y ésos estarían entrando en el apartamento en menos de una hora si fuera necesario, Siendo así, qué haremos con lo que quede del pedido, preguntó Marta, El Centro lo sabe, el Centro lo anunciará cuando lo crea oportuno, dijo el alfarero. Auxiliada por el marido, Marta quitó la mesa, después fue a la puerta para sacudir el mantel, se entretuvo un poco mirando hacia fuera, y cuando volvió dijo, Todavía hay una cuestión que resolver y no puede ser dejada para última hora, Qué cuestión es ésa, preguntó Marcial, El perro, respondió ella, Encontrado, rectificó Cipriano Algor, y Marta continuó, Puesto que no somos personas para matarlo o para dejarlo abandonado, hay que darle un destino, confiarlo a alguien, Es que en el Centro no se aceptan animales, aclaró Marcial con intención al suegro, Ni una tortuga familiar, ni siquiera un canario, ni al menos una tierna tortolita, quiso saber Cipriano

Algor, Parece que de repente ha dejado de interesarle la suerte del perro, dijo Marta, De Encontrado, Del perro, de Encontrado, es lo mismo, lo importante es decidir qué vamos a hacer con él, yo por mi parte digo que ya tengo una idea, Yo también, cortó Cipriano Algor, y acto seguido se levantó y se fue a su habitación. Reapareció pasados algunos minutos, atravesó la cocina sin pronunciar palabra y salió. Llamó al perro, Anda, vamos a dar una vuelta, dijo. Bajó con él la cuesta, al llegar a la carretera giró hacia la izquierda, en dirección opuesta al pueblo, y se adentró en el campo. Encontrado no se apartaba de los tobillos del dueño, debía de estar recordando sus tiempos de infeliz vagabundeo cuando lo expulsaban violentamente de los huertos y hasta un trago de agua le negaban. Aunque no tenga nada de miedoso, aunque no le asusten las sombras de la noche, preferiría estar ahora tumbado en la caseta, o, mejor todavía, enroscado en la cocina, a los pies de uno de ellos, no dice uno de ellos por indiferencia, como si le diese igual, porque a los otros dos también los mantendría al alcance de la vista y del olfato, y porque podría mudar de sitio cuando le apeteciese sin que la armonía y la felicidad del momento sufriesen con el cambio. No fue muy largo el paseo. La piedra en que Cipriano Algor acaba de sentarse va a hacer las veces de banco de las meditaciones, para eso salió de casa, si se hubiese acogido al auténtico la hija lo vería desde la puerta de la cocina y no tardaría en acercarse preguntándole si estaba bien, son cuidados que evidentemente se agradecen, pero la naturaleza humana está hecha de tan extraña manera que hasta los más sinceros y espontáneos movimientos del corazón pueden ser inoportunos en ciertas circunstancias. De lo que Cipriano Algor pensó no merece la pena hablar porque ya lo había pensado en otras ocasiones y de ese pensar se dejó información más que suficiente. Y lo nuevo aquí aconteció fue que él dejó resbalar por la cara unas cuantas costosas lágrimas, hace mucho tiempo que andaban ahí represadas, siempre a punto de derramarse, finalmente estaban prometidas para esta hora triste, para esta noche sin luna, para esta soledad que no se resigna. No tuvo novedad alguna, porque ya había sucedido otra vez en la historia de las fábulas y de los prodigios de la gente canina, que se acercara Encontrado a Cipriano Algor para lamerle las lágrimas, gesto de consolación suprema que, en todo caso, por muy conmovedor que nos parezca, capaz incluso de tocar los corazones menos propensos a manifestaciones de sensibilidad, no nos debería hacer olvidar la cruda realidad de que el sabor a sal que en ellas está tan presente es apreciado en grado sumo por la generalidad de los perros. Una cosa, sin embargo, no quita la otra, si preguntamos a Encontrado si es la sal la causa de que lamiera la cara de Cipriano Algor, probablemente nos respondería que no merecemos el pan que comemos, que somos incapaces de ver más allá de la punta de nuestra nariz. Así se quedaron más de dos horas el perro y su dueño, cada cual con sus pensamientos, ya sin lágrimas que uno llorase y otro secase, quién sabe si a la espera de que la rotación del mundo volviera a poner todas las cosas en sus lugares, sin olvidar algunas que todavía no han conseguido encontrar sitio.

A la mañana siguiente, como habían decidido, Cipriano Algor llevó las figurillas acabadas al Centro. Las otras ya se encontraban en el horno, a la espera de su turno. Cipriano Algor se levantó temprano, todavía la hija y el yerno dormían, y cuando finalmente Marcial y Marta, soñolientos, se mostraron en la puerta de la cocina, la mitad del trabajo estaba hecho. Tomaron el desayuno juntos intercambiando frases de circunstancia, quiere más café, pásame el pan, queda mermelada, después Marcial ayudó al suegro en lo que faltaba, luego se ocupó del delicado trabajo de acomodar las trescientas figuras acabadas en las cajas que antes se usaban para el transporte de la cacharrería. Marta le dijo al padre que iría con Marcial a casa de sus suegros, era necesario informarles de la próxima mudanza, vamos a ver cómo recibirán la noticia, de cualquier modo no se quedarían a comer, Probablemente ya estaremos aquí cuando vuelva del Centro, concluyó. Cipriano Algor dijo que se llevaría a Encontrado, y Marta le preguntó si era en alguien de la ciudad en quien estaba pensando cuando ayer noche dijo que también tenía una idea para resolver el problema del perro, y él respondió que no, pero el asunto podría estudiarse, de esa manera Encontrado estaría cerca de ellos, lo verían siempre que quisiesen. Marta observó que no constaba en sus conocimientos que el padre tuviera amigos cercanos en la ciudad, personas de tanta confianza que mereciesen, dijo con intención la palabra mereciesen, quedarse con un animal a quien en aquella casa se estimaba como a una persona. Cipriano Algor respondió que no recordaba haber dicho alguna vez que tuviese amigos cercanos en la ciudad, y que si se llevaba al perro era para distraerse de pensamientos que no quería tener. Marta dijo que si él tenía pensamientos de ésos debería compartirlos con su hija, a lo que Cipriano Algor respondió que hablarle de sus pensamientos sería como si lloviera sobre mojado, porque ella los conocía tan bien o mejor que él mismo, no palabra por palabra, claro está, como el registro de una grabadora, sino en lo más profundo y esencial, y entonces ella dijo que, en su humilde opinión, la realidad era precisamente al contrario, que de lo esencial y profundo nada sabía y que muchas de las palabras que le oía no pasaban de cortinas de humo, circunstancia por otro lado nada extraña porque las palabras, muchas veces, sólo sirven para eso, pero hay algo todavía peor, que es cuando se callan del todo y se convierten en un muro de silencio compacto, ante ese muro no sabe una persona lo que ha de hacer, Ayer noche me quedé aquí a su espera, al cabo de una hora Marcial se fue a la cama y yo esperando, esperando, mientras mi señor padre estaba de paseo con el perro a saber por dónde, Por ahí, por el campo, Claro, por el campo, realmente no hay nada más agradable que andar por el campo de noche, sin ver dónde ponemos los pies, Deberías haberte acostado, Es lo que acabé haciendo, por supuesto, antes de transformarme en estatua de sal, Entonces está todo en orden, no se habla más del asunto, No está todo en orden, no señor, Por qué, Porque me robó lo que yo más deseaba en ese momento, Y qué era, Verlo volver, sólo eso, verlo volver, Un día comprenderás, Espero que sí, pero no con palabras, por favor, estoy harta de palabras. Los ojos de Marta brillaban rasos de agua, No me haga caso, dijo, según parece, nosotras, las frágiles mujeres, no sabemos comportarnos de otra manera cuando estamos embarazadas, lo vivimos todo de manera exagerada. Marcial gritó desde la explanada que la carga ya estaba lista, que podía partir cuando quisiese. Cipriano Algor salió, subió a la furgoneta y llamó a Encontrado. El perro, a quien no le había pasado por la cabeza la posibilidad de semejante fortuna, saltó como un rayo al lado del dueño y allí se quedó, sentado, sonriente, con la boca abierta y la lengua fuera, feliz por el viaje que comenzaba, en esto, como en tantas otras cosas, son los seres humanos como los perros, ponen todas sus esperanzas en lo que vendrá al doblar la esquina, y luego dicen que ya veremos. Cuando la furgoneta desapareció tras las primeras casas de la población, Marcial preguntó, Has discutido con él, Es el mismo problema de siempre, si no hablamos somos infelices, y si hablamos discrepamos, Hay que tener paciencia, no es necesaria una excepcional agudeza de visión para percibir que tu padre se está viendo a sí mismo como si viviese en una isla que se va haciendo más pequeña cada día que pasa, un trozo, otro trozo, date cuenta de que acaba de llevar los muñecos al Centro, después regresará a casa para encender el horno, pero estas cosas las está haciendo como si dudara de la razón de ser que alguna vez han tenido, como si desease que le apareciera un obstáculo imposible de trasponer para poder decir en fin se acabó, Creo que tienes razón, No sé si tengo razón, pero intento ponerme en su lugar, dentro de una semana todo lo que estamos viendo aquí perderá gran parte del significado que tiene, la casa seguirá siendo nuestra, pero no viviremos en ella, el horno no mantendrá su nombre de horno si no hubiere quien se lo dé todos los días, el moral persistirá en criar sus moras, pero no tendrá a nadie que venga a recogerlas, si ni a mí, que no he nacido ni me he criado bajo este techo, me va a resultar fácil separarme, qué no será para tu padre, Vendremos aquí muchas veces, Sí, a la casa de campo, como él la llamó, Existirá otra solución, preguntó Marta, desistes de ser guarda y te vienes a trabajar en la alfarería con nosotros, para hacer loza que nadie quiere, o muñecos que nadie va a querer durante mucho tiempo, Tal como están las cosas, para mí también existe sólo una solución, la de ser guarda residente del Centro, Tienes lo que querías tener, Cuando pensaba que era eso lo que quería, Y ahora, En los últimos tiempos he aprendido con tu padre algo que me faltaba conocer, quizá no te hayas dado cuenta, pero es mi deber avisarte de que el hombre con quien estás casada es mucho más viejo de lo que parece, No me das ninguna novedad, he tenido el privilegio de asistir al envejecimiento, dijo Marta, sonriendo. Pero después su rostro se tornó grave, Es verdad que se nos oprime el corazón pensando que va a ser necesario dejar todo esto, dijo. Estaban bajo el moral, sentados, juntos, en una de las tablas de secado, miraban la casa que tenían enfrente, la alfarería paredaña, si volvieran un poco la cabeza verían entre las hojas la puerta del horno abierta, la mañana es bonita, con sol, pero fresca, tal vez el tiempo vaya a cambiar. Se sentían bien, a pesar de la tristeza, se sentían casi felices, de esa melancólica manera que la felicidad, a veces, escoge para manifestarse, pero de súbito Marcial se levantó de la tabla de secado y exclamó, Se me habían olvidado mis padres, tenemos que ir a hablar con mis padres, apuesto doble contra sencillo que van a insistir en la idea de que son ellos quienes deberían vivir en el Centro y no tu padre, Estando yo presente, lo más probable es que no hablen de eso, es una cuestión de delicadeza, de buen gusto, Espero que sí, espero que tengas razón.

No la tuvo. Cuando Cipriano Algor, regresando de llevar los muñecos al Centro, atravesaba el pueblo en dirección a casa, vio a la hija y al yerno que caminaban delante. Él le pasaba un brazo sobre los hombros a ella y parecía consolarla. Cipriano Algor paró la furgoneta, Subid, dijo, no mandó a Encontrado al asiento trasero porque sabía que ellos querrían estar juntos. Marta intentaba enjugarse las lágrimas mientras Marcial le iba diciendo, No te aflijas, sabes cómo son, si yo hubiera adivinado que iba a pasar esto no te hubiera traído, Qué ha pasado, preguntó Cipriano Algor, Lo mismo que el otro día, que quieren vivir en el Centro, que lo merecen más que otras personas, que ya es hora de que disfruten de la vida, no les importó nada que Marta estuviera allí, fue una escena realmente deplorable, lo siento. Esta vez Cipriano Algor no repitió que estaba dispuesto a cambiarse con ellos, sería como garrapatear un dolor nuevo en una herida vieja, sólo preguntó, Y cómo acabó la discusión, Les dije que el apartamento que me ha sido asignado es, básicamente, para un matrimonio con un hijo, que como mucho se puede admitir la presencia de una persona más de la familia si para su instalación se utiliza un pequeño compartimento que en principio está destinado a desván, pero dos personas nunca, porque no cabrían, Y ellos, Quisieron saber qué sucedería si tenemos más hijos, y yo les respondí con la verdad, que en ese caso el Centro nos mudaría a un apartamento mayor, y ellos preguntaron que por qué motivo no lo pueden hacer ya, teniendo en cuenta que los padres del guarda residente también pretenden vivir con él, Y tú, Les dije que la pretensión no había sido presentada a su debido tiempo, que hay reglas, plazos, reglamentos que cumplir, pero que tal vez más adelante sea posible volver a estudiar el asunto, Conseguiste convencerlos, No creo, en todo caso la idea de que más tarde podrán mudarse al Centro les mejoró ligeramente el humor, Hasta la próxima ocasión, Sí, la prueba es que no dejaron de decirme que la culpa de que el asunto no se hubiera tratado a tiempo no era de ellos, Tus padres no tienen nada de tontos, Sobre todo mi madre, en el fondo esta guerra es mucho más de ella que de él, siempre ha sido dura de roer. Marta había dejado de llorar, Y tú, cómo te sientes, la pregunta era de Cipriano Algor, Humillada y avergonzada, primero fue la humillación de tener que asistir a una discusión que iba contra mí directamente, pero en la que no podía intervenir, ahora lo que siento es vergüenza, Explícate, Querámoslo o no, ellos tienen tanto derecho como nosotros, somos nosotros quienes estamos torciendo las cosas para que no puedan irse al Centro, Nosotros, no, yo, cortó Marcial, soy yo quien no quiere vivir con mis padres, tú y tu padre no tenéis nada que ver en esto, Pero somos cómplices de una injusticia, Yo sé que mi actitud parecerá censurable vista desde fuera, pero la he tomado de libre y consciente voluntad para evitar mayores males, si yo mismo no quiero vivir con mis padres, mucho menos querré que mi mujer y mi hijo tengan que sufrirlos, el amor une, pero no a todos, hasta puede suceder que los motivos de unos para la unión sean precisamente los motivos de otros para la desunión, Y cómo puedes tener tú la seguridad de que nuestros motivos se inclinan hacia el lado de la unión, preguntó Cipriano Algor, Sólo hay una razón para que yo me sienta feliz de no ser su hijo, respondió Marcial, Déjame adivinarla, No es difícil, Porque si lo fueses no estarías casado con Marta, Exactamente, adivinó. Se rieron ambos. Y Marta dijo, Espero que a esta altura mi hijo ya haya tomado la sabia decisión de nacer hija, Por qué, preguntó Marcial, Porque la pobre madre no tendría fuerzas para soportar sola y desamparada la suficiencia del padre y del abuelo. Se repitió la risa, felizmente no pasaban por allí los padres de Marcial, pensarían que los Algores se reían a su costa, engañando al hijo hasta el punto de que también se riera de aquellos que le habían dado el ser. Las últimas casas del pueblo habían quedado atrás. Encontrado ladró de alegría al ver surgir en lo alto de la cuesta el tejado de la alfarería, el moral, la parte de arriba de una pared lateral del horno. Dicen los entendidos que viajar es importantísimo para la formación del espíritu, sin embargo no es preciso ser una luminaria del intelecto para comprender que los espíritus, por muy viajeros que sean, necesitan volver de vez en cuando a casa porque sólo en ella consiguen alcanzar y mantener una idea pasablemente satisfactoria acerca de sí mismos. Marta dijo, Vamos hablando de incompatibilidades familiares, de vergüenzas, de humillaciones, de vanidades, de monótonas y mezquinas ambiciones, y no tenemos un pensamiento para este pobre animal que no puede imaginar que de aquí a diez días ya no estará con nosotros. Yo sí pienso, dijo Marcial. Cipriano Algor no habló. Soltó la mano derecha del volante y, como le haría a un niño, la pasó por la cabeza del perro. Cuando la furgoneta paró junto al alpendre de la leña, Marta fue la primera en salir, Voy a hacer el almuerzo, dijo. Encontrado no esperó que abriesen su puerta, se escabulló entre los dos asientos delanteros, saltó sobre las piernas de Marcial y salió disparado hacia el horno, con la vejiga súbitamente sobresaltada reclamando urgente satisfacción. Marcial dijo, Ahora que estamos solos, cuénteme cómo ha sido la entrega de la mercancía, Sin novedad, como de costumbre, entregué los albaranes, descargué las cajas, se hizo el recuento, el empleado que atendía examinó los muñecos uno por uno y no encontró nada mal, ninguno estaba roto, y las pinturas no tenían ningún desconchón, hiciste un excelente trabajo cuando los embalaste, Nada más, Por qué lo preguntas, Desde ayer tengo la impresión de que está escondiendo algo, Te he contado lo que pasó, sin ocultar nada, En este momento no me refería a la entrega de la mercancía, me ronda esta idea desde que me recogió en el Centro, Entonces, a qué te refieres, No sé, estoy a la espera de que me explique, por ejemplo, los enigmáticos sobrentendidos de la conversación de ayer noche, durante la cena. Cipriano Algor se quedó callado, tamborileaba con los dedos sobre el arco del volante, como si estuviera decidiendo, según fuera par o impar el número final del redoble, qué respuesta daría. Finalmente dijo, Ven conmigo. Salió de la furgoneta y, seguido de Marcial, avanzó hacia el horno. Tenía ya la mano puesta en uno de los tiradores de los cierres, pero se detuvo un instante y pidió, No le dirás a Marta una sola palabra de lo que vas a oír, Lo prometo, Ni una sola palabra, Ya lo he prometido. Cipriano Algor abrió la puerta del horno. La claridad del día hizo aparecer bruscamente las estatuillas agrupadas y alineadas, ciegas por la oscuridad, antes, ciegas por la luz, ahora. Cipriano Algor dijo, Es posible, es incluso muy probable, que estos trescientos muñecos no lleguen a salir de aquí, Y eso, por qué, preguntó Marcial, El departamento de compras decidió hacer un sondeo de mercado para evaluar el grado de interés de los clientes, los muñecos que les he llevado hoy servirán para eso, Un sondeo por unas figurillas de barro, preguntó Marcial, Así me lo explicó uno de los subjefes, Aquel que le tenía tirria, No, otro, uno con aire simpático, sonriente, uno que habla con nosotros como si se nos quisiera meter en el corazón. Marcial pensó un poco y dijo, En el fondo, es indiferente, nos da lo mismo, de cualquier modo ya estaremos viviendo en el Centro de aquí a diez días, Crees, de verdad, que es indiferente, que nos da lo mismo, preguntó el suegro, Mire, si el resultado del sondeo sale positivo habrá tiempo para acabar estas figurillas y entregarlas, pero el resto del pedido, como es lógico, será automáticamente cancelado por el hecho irrefutable de que la alfarería dejará de fabricar, Y si el resultado es negativo, Pues entonces dan ganas de decir que mejor todavía, se evitan, usted y Marta, el trabajo de tener que cocer los muñecos y pintarlos. Cipriano Algor cerró despacio la puerta del horno y dijo, Olvidas algunos aspectos de la cuestión, es verdad que insignificantes, Cuáles, Olvidas la bofetada que supone que te rechacen el fruto de tu trabajo, olvidas que si no fuera por la casualidad de que estos nefastos sucesos coinciden con la mudanza al Centro estaríamos en la misma situación en que nos encontramos cuando dejaron de comprarnos las lozas, y ahora sin la esperanza absurda de que unos ridículos muñecos de barro todavía nos puedan salvar la vida, Es con lo que es con lo que tenemos que vivir, no con lo que sería o podría haber sido, Admirable y pacífica filosofía esa tuya, Perdone si no soy capaz de llegar a más, Yo tampoco llego muy lejos, pero nací con una cabeza que sufre la incurable enfermedad de justamente preocuparse con lo que sería o podría haber sido, Y qué ha ganado con esa preocupación, preguntó Marcial, Tienes razón, nada, como tú muy bien me has recordado es con lo que es con lo que tenemos que vivir, no con las fantasías de lo que podría haber sido, si fuese. Aliviado ya de la urgencia fisiológica y con las piernas desentorpecidas por las carreras desatinadas que dio por las cercanías, Encontrado se aproximó moviendo el rabo, muestra habitual de alegría y cordialidad, pero que, esta vez, teniendo en cuenta la aproximación de la hora del almuerzo, significaba otra imperiosa necesidad del cuerpo. Cipriano Algor lo acarició, torciéndole levemente una oreja, Tenemos que esperar a que Marta nos llame, muchacho, no estaría bien que el perro de la casa coma antes que sus dueños, hay que respetar la jerarquía, dijo. Después, a Marcial, como si la idea se le hubiese ocurrido en ese instante, Encenderé hoy el horno, Dijo que sólo lo encendería mañana, cuando regresase del Centro, Lo he pensado mejor, será una manera de estar ocupado mientras descansáis, o, si preferís, aprovecháis la furgoneta y dais un paseo, probablemente, después de la mudanza, no os apetecerá salir de la casa nueva tan pronto, y menos aún por estos lugares, Si vendremos aquí, o no, y cuándo, es un asunto que ya se verá, lo que quiero que me diga es si realmente cree que soy hombre para salir de paseo con Marta y dejarlo solo echando leña en el fogón, Puedo hacerlo sin ayuda, Claro que sí, pero, ya puestos, si no le importa, a mí también me gustaría ser parte activa en esta última vez que se enciende el horno, si es que va a ser la última vez, Comenzaremos después del almuerzo, si es eso lo que quieres, De acuerdo, Recuerda, por favor, ni una palabra sobre el asunto del sondeo, Quédese tranquilo. Con el perro detrás se encaminaron a la casa, y estaban a pocos metros cuando Marta apareció ante la puerta de la cocina, Venía a llamarlos, dijo, el almuerzo está listo, Primero voy a darle de comer al perro, el viaje le ha abierto el apetito, dijo el padre, Su comida está allí, apuntó Marta. Cipriano Algor tomó el cazo y dijo, Ven conmigo, Encontrado, menos mal que no eres una persona, si lo fueses ya habrías empezado a desconfiar de los cuidados y atenciones con que últimamente te estamos tratando. El cuenco de Encontrado estaba, como siempre, al lado de la caseta, y hacia ella se dirigió Cipriano Algor. Vertió el contenido del cazo dentro y se quedó un momento viendo comer al perro. En la cocina, Marcial decía, Vamos a encender el horno después del almuerzo, Hoy, se extrañó Marta, Tu padre no quiere dejar trabajo para mañana, No había prisa, teníamos tres días de descanso, Él sabrá sus razones, Y, como de costumbre, sus razones sólo él las conoce. Marcial consideró preferible no responder, la boca es un órgano que será de más confianza cuanto más silencioso se mantenga. Poco después Cipriano Algor entró en la cocina. La comida ya estaba en la mesa, Marta servía. Poco después el padre dirá, Encenderemos el horno hoy, y Marta responderá, Ya lo sé, Marcial me lo ha dicho.

Con estas u otras palabras se ha recordado aquí que todos los días pasados fueron vísperas y todos los días futuros lo han de ser. Volver a ser víspera, al menos por una hora, es el deseo imposible de cada ayer pasado y de cada hoy que está pasando. Ningún día consigue ser víspera durante todo el tiempo que soñaba. Todavía ayer estaban Cipriano Algor y Marcial Gacho metiendo leña en el fogón, alguien que anduviera por aquellos sitios y no estuviese al tanto de la realidad de los hechos podría muy bien pensar, creyendo que acertaba, Ya están ahí nuevamente, se van a pasar toda la vida en eso, y ahora helos en la furgoneta que aún lleva la palabra Alfarería escrita en las chapas laterales de la carrocería, camino de la ciudad y del Centro, y con ellos Marta, sentada al lado del conductor, que esta vez es su marido. Cipriano Algor va solo en el asiento de atrás, Encontrado no vino, se quedó guardando la casa. Es por la mañana, muy temprano, el sol todavía no ha nacido, el Cinturón Verde no tardará en aparecer, luego será el Cinturón Industrial, luego los barrios de chabolas, luego la tierra de nadie, luego los edificios en construcción de la periferia, después la ciudad, la gran avenida, el Centro finalmente. Cualquier camino que se tome va a dar al Centro. Ninguno de los pasajeros de la furgoneta abrirá la boca durante todo el viaje. Personas por lo general tan locuaces como éstas parece que ahora no tienen nada que decirse unas a otras. De hecho, se comprende que no valga la pena hablar, perder tiempo y gastar saliva articulando discursos, frases, palabras y sílabas cuando aquello que uno está pensando también está siendo pensado por los otros. Si Marcial, por ejemplo, dijera, Vamos al Centro para ver la casa donde viviremos, Marta dirá, Curiosa coincidencia, yo iba pensando lo mismo, y aunque Cipriano Algor lo negase, Pues yo no, lo que yo iba pensando es que no voy a entrar, que me voy a quedar fuera esperando, pese a eso, por muy perentorio que el tono nos sonase a los oídos, no le deberíamos hacer mayor caso, Cipriano Algor tiene sesenta y cuatro años, ya ha pasado la edad de las rabietas de niño y todavía le falta bastante para llegar al tiempo de las rabietas de viejo. De verdad lo que Cipriano Algor piensa es que no tendrá otro remedio que acompañar a la hija y al yerno, mostrar la mejor cara posible ante los comentarios de ambos, dar opiniones si se las piden, en fin, como se decía en las antiguas novelas, agotar el cáliz de la amargura hasta las heces. Gracias a la hora matutina, Marcial encontró sitio para estacionar la furgoneta apenas a unos doscientos metros del Centro, será otro cantar cuando ya estén instalados, los guardas residentes tienen derecho al usufructo de seis metros cuadrados en el aparcamiento de dentro. Llegamos, dijo sin necesidad Marcial cuando echó el freno de mano de la furgoneta. El Centro no se veía desde allí, pero les apareció de frente al volver la esquina de la calle donde habían dejado el coche. Quiso la casualidad que éste fuese el lado, la parte, la cara, el extremo, la punta en que habitan los residentes. La visión no constituía novedad para ninguno de los tres, pero hay una gran diferencia entre mirar por mirar, y mirar al mismo tiempo que alguien nos está diciendo, Dos ventanas de ésas son nuestras, Sólo dos, preguntó Marta, No nos podemos quejar, hay apartamentos que sólo tienen una, dijo Marcial, eso sin hablar de los que las tienen hacia el interior, Al interior de qué, Al interior del Centro, claro, Quieres decir que hay apartamentos cuyas ventanas dan al interior del propio Centro, Que sepas que hay muchas personas que los prefieren, creen que esa vista es infinitamente más agradable, variada y divertida, mientras que de este lado son siempre los mismos tejados y el mismo cielo, De todos modos, quien viva en esos apartamentos sólo verá el piso del Centro que coincida con la altura en que vive, señaló Cipriano Algor, sin mucho interés real pero no queriendo parecer que se había retirado ostensiblemente de la conversación, La medida de las plantas comerciales es alta, los espacios son desahogados y amplios, lo que oigo decir es que las personas no se cansan del espectáculo, sobre todo las de más edad, Nunca me he dado cuenta de la existencia de esas ventanas, se precipitó Marta para evitar el previsible comentario del padre sobre las distracciones que más convienen a los viejos, Están disimuladas por la pintura, dijo Marcial. Caminaban a lo largo de la fachada donde se encontraba la entrada reservada al personal de Seguridad, Cipriano Algor andaba dos reluctantes pasos por detrás, como si estuviese siendo conducido por un hilo invisible. Estoy nerviosa, dijo Marta bajito para que el padre no se enterara, Después de estar aquí todo será fácil, ya verás, es cuestión de habituarse, respondió Marcial también en voz baja. Un poco más adelante, ya natural, Marta preguntó, En qué piso está el apartamento, En el treinta y cuatro, Tan alto, Todavía hay catorce pisos encima del nuestro, Un pájaro en una jaula colgada en la ventana podría imaginar que está en libertad, Estas ventanas no se pueden abrir, Por qué, Por el aire acondicionado, Evidentemente. Habían llegado a la puerta. Marcial entró delante, dio los buenos días a los vigilantes de servicio, dijo de paso, Mi mujer, mi suegro, y abrió la antepuerta que daba acceso al interior. Entraron en un ascensor, Vamos a recoger la llave, dijo Marcial. Salieron en el segundo piso, recorrieron un pasillo largo y estrecho, de paredes grises, con puertas espaciadas a un lado y a otro. Marcial abrió una de ellas. Ésta es mi sección, dijo. Dio los buenos días a los colegas de trabajo, presentó nuevamente, Mi mujer, mi suegro, después añadió, Vamos a ver el apartamento. Se dirigió a un armario donde estaba escrito su nombre, lo abrió, tomó un manojo de llaves y dijo a Marta, Son éstas. Entraron en otro ascensor. Tiene dos velocidades, explicó Marcial, comenzaremos por la lenta. Pulsó el botón respectivo, después el que tenía el número veinte, Vamos primero hasta el vigésimo piso para que nos dé tiempo de ver. La parte del ascensor que miraba al interior era acristalada, el ascensor iba atravesando vagarosamente los pisos, mostrando sucesivamente las plantas, las galerías, las tiendas, las escalinatas monumentales, las escaleras mecánicas, los puntos de encuentro, los cafés, los restaurantes, las terrazas con mesas y sillas, los cines y los teatros, las discotecas, unas pantallas enormes de televisión, infinitas decoraciones, los juegos electrónicos, los globos, los surtidores y otros efectos de agua, las plataformas, los jardines colgantes, los carteles, las banderolas, los paneles electrónicos, los maniquíes, los probadores, una fachada de iglesia, la entrada a la playa, un bingo, un casino, un campo de tenis, un gimnasio, una montaña rusa, un zoológico, una pista de coches eléctricos, un ciclorama, una cascada, todo a la espera, todo en silencio, y más tiendas, y más galerías, y más maniquíes, y más jardines colgantes, y cosas de las que probablemente nadie conoce los nombres, como una ascensión al paraíso. Y esta velocidad para qué sirve, para gozar de la vista, preguntó Cipriano Algor, A esta velocidad los ascensores son usados sólo como medio complementario de vigilancia, dijo Marcial, No bastan para eso los guardas, los detectores, las cámaras de vídeo, y el resto de la parafernalia del fisgoneo, volvió a preguntar Cipriano Algor, Pasan por aquí todos los días muchas decenas de millares de personas, es necesario mantener la seguridad, respondió Marcial con el rostro tenso y un reproche de contrariedad en la voz, Padre, dijo Marta, deje de pinchar, por favor, No te preocupes, dijo Marcial, nosotros siempre nos entendemos, incluso cuando parezca que no. El ascensor continuaba subiendo lentamente. La iluminación de los pisos todavía está reducida al mínimo, se ven pocas personas, algún empleado que ha madrugado por necesidad o por gusto, falta por lo menos una hora para que las puertas se abran al público. Los habitantes que trabajan en el Centro no necesitan apresurarse, los que tienen que salir no atraviesan los espacios comerciales y de ocio, bajan directamente de sus apartamentos a los garajes subterráneos. Marcial apretó el botón rápido cuando el ascensor paró, pocos segundos después estaban en el trigésimo cuarto piso. Mientras recorrían el pasillo que llevaba a la parte residencial, Marcial explicó que había ascensores para uso exclusivo de los inquilinos, y que si hoy utilizaron éste era por haber pasado a recoger la llave. A partir de este momento, las llaves se quedan con nosotros, son nuestras, dijo. Al contrario de lo que Marta y el padre pensaran encontrar, no había sólo un pasillo separando los bloques de apartamentos con vistas a la calle de los que daban al interior. Había, sí, dos pasillos, y, entre ambos, otro bloque de apartamentos, pero éste con el doble de anchura de los restantes, lo que, narrando prolijamente, quiere decir que la parte habitada del Centro está constituida por cuatro secuencias verticales paralelas de apartamentos, dispuestas como placas de baterías o de colmenas, las interiores unidas espalda con espalda, las exteriores unidas a la parte central por las estructuras de los pasillos. Marta dijo, Estas personas no ven la luz del día cuando están en casa, Las que viven en los apartamentos que dan al interior del Centro tampoco, respondió Marcial, Pero ésas, como tú dijiste, se pueden distraer con las vistas y el movimiento, mientras que éstas de aquí están prácticamente enclaustradas, no debe de ser nada fácil vivir en estos apartamentos, sin la luz del sol, respirando aire enlatado todo el día, Pues no falta quien los prefiera, los encuentran más cómodos, más pertrechados de comodidades, por ejemplo, todos tienen aparatos de rayos ultravioletas, regeneradores atmosféricos, y reguladores de temperatura y de humedad tan rigurosos que es posible tener en casa, de noche y de día, en cualquier estación del año, una humedad y una temperatura constantes, Menos mal que no nos tocó un apartamento de éstos, no sé si conseguiría vivir mucho tiempo dentro, dijo Marta, Los guardas residentes tienen que darse por satisfechos con un apartamento común, de los que tienen ventanas, Jamás pude imaginar que ser suegro de un guarda residente del Centro sería la mejor de las fortunas y el mayor de los privilegios que la vida me había reservado, dijo Cipriano Algor. Los apartamentos estaban identificados como si fuesen habitaciones de hotel, la diferencia es que introducían un guión entre el número del piso y el número de la puerta. Marcial metió la llave, abrió y se apartó a un lado, Pueden entrar, por favor, llegamos a casa, dijo en voz alta fingiendo un entusiasmo que no sentía. No estaban contentos ni excitados por la novedad. Marta se detuvo en el umbral, después dio tres pasos inseguros, miró alrededor. Marcial y el padre se mantuvieron detrás. Tras unos momentos de vacilación, como si tuviese dudas sobre lo que sería más conveniente hacer, se dirigió sola a la puerta más próxima, miró dentro y siguió adelante. Su primer conocimiento de la casa fue así, pasando rápidamente del dormitorio a la cocina, de la cocina al cuarto de baño, de la sala de estar que será también comedor al pequeño compartimento destinado al padre, No hay sitio para la criatura, pensó, y a continuación, Mientras sea pequeño estará con nosotros, después ya veremos, probablemente nos darán otra casa. Volvió a la entrada, donde Marcial y Cipriano Algor estaban a su espera. Ya la has visto, preguntó el marido, Ya, Qué te ha parecido, A mí, bien, Te has dado cuenta de que los muebles son nuevos, es todo nuevo, como te dije, Y a usted, padre, qué le parece, No puedo dar opinión de lo que no conozco, Entonces venga, yo le sirvo de guía. Se notaba que estaba tensa, nerviosa, tan fuera de su estado de espíritu habitual que fue anunciando los nombres de las habitaciones como si proclamase sus loores, Aquí el dormitorio de matrimonio, aquí la cocina, aquí el cuarto de baño, aquí la sala de estar que también servirá de comedor, aquí el confortable y espacioso aposento en que mi querido padre dormirá y gozará de un merecido descanso, no se ve sitio para colocar a la niña cuando esté crecidita, pero mientras crece y no crece se encontrará una solución. No te gusta la casa, preguntó Marcial, Es la casa que vamos a tener, no adelantamos nada discutiendo si nos gusta mucho, o poco, o nada, como quien deshoja una margarita. Marcial se volvió hacia el suegro para pedirle ayuda, no dijo nada, sólo puso en él los ojos, Hay que reconocer que la casa no está mal, dijo Cipriano Algor, está como nueva, el mobiliario es de buena madera, obviamente los muebles tendrían que ser diferentes de los nuestros, ahora se estilan así, en tonos claros, no son como los que tenemos, que parecen haber pasado por el horno, en cuanto al resto uno siempre se habitúa, uno se habitúa siempre. Marta frunció el entrecejo durante la arenga del padre, dio a los labios un mohín de sonrisa y comenzó otra vuelta por la casa, esta vez abriendo y cerrando cajones y armarios, valorando los contenidos. Marcial hizo un gesto de agradecimiento al suegro, después miró el reloj y avisó, Está acercándose la hora de acudir al trabajo. Marta dijo desde dentro, No tardo, voy ya, son éstas las ventajas de los apartamentos pequeños, se suelta con todas las cautelas un suspiro que se traía dentro y acto seguido alguien en el otro extremo de la casa denuncia, Has suspirado, no lo niegues. Y aún hay quien se queje de los guardas, de las cámaras de vídeo, de los detectores y restante aparato. La visita a la casa estaba hecha, y, por la diferencia entre el aire con que entraron y el aire con que salían, sin que pretendamos desvelar el secreto de los corazones, parece haber valido la pena. Descendieron directamente del piso treinta y cuatro al bajo porque, no estando todavía Marta y el padre provistos de los documentos que los habilitarían como residentes, Marcial tenía que acompañarlos hasta la salida. Apenas habían dado los primeros pasos después de que las puertas del ascensor se cerraran, Cipriano Algor dijo, Qué sensación tan extraña, me parece que siento el suelo vibrar debajo de los pies. Paró, afinó el oído y añadió, Y tengo la impresión de que oigo algo así como un ruido de máquinas excavadoras, Son excavadoras, dijo Marcial apresurando el paso, trabajan en turnos seguidos de seis horas, sin parar, están a unos buenos metros de la superficie, Alguna obra, dijo Cipriano Algor, Sí, se comenta que van a ser instalados nuevos almacenes frigoríficos y algo más posiblemente, quizá más aparcamientos, aquí nunca se acaban las obras, el Centro crece todos los días, incluso cuando no se nota, si no es hacia los lados, es hacia arriba, si no es hacia arriba, es hacia abajo, Supongo que dentro de poco, cuando comience todo a funcionar, no se sentirá el ruido de las excavadoras, dijo Marta, Con la música, los anuncios de los artículos por los altavoces, el barullo de las conversaciones de la gente, las escaleras mecánicas subiendo y bajando sin parar, será como si no existiese. Habían llegado a la puerta. Marcial dijo que telefonearía en cuanto hubiese novedades, que entre tanto convendría ir adelantando lo necesario para la mudanza, eligiendo sólo lo que fuera estrictamente indispensable, Ahora que ya conocen el espacio de que disponemos, deben de haberse dado cuenta de que el lugar no sobra. Estaban en la acera, iban a despedirse, pero Marta todavía dijo, En realidad, es como si no hubiese mudanza, la casa de la alfarería sigue siendo nuestra, lo que podemos traer de allí es lo mismo que nada, lo que está sucediendo es algo así como desnudarnos de una ropa para vestir otra, una especie de carnaval de máscaras, Sí, observó el padre, aparentemente es así, aunque, al contrario de lo que se suele creer y sin pensar se afirma, el hábito hace al monje, la persona también está hecha por la ropa que lleva, podrá no notarse inmediatamente, pero es sólo cuestión de dar tiempo al tiempo. Adiós, adiós, dijo Marcial, a la vez que se despedía de la mujer con un beso, tienen todo el camino para filosofar, aprovechen. Marta y el padre se dirigieron hacia donde habían dejado la furgoneta. En la fachada del Centro, sobre sus cabezas, un nuevo y gigantesco cartel proclamaba, VENDERÍAMOS TODO CUANTO USTED NECESITARA SI NO PREFIRIÉSEMOS QUE USTED NECESITASE LO QUE TENEMOS PARA VENDERLE.

Durante el regreso a casa, o, como Marta dijo para diferenciarla de la otra, a la casa de la alfarería, padre e hija, pese a la instigación medio zumbona medio cariñosa de Marcial, hablaron poco, poquísimo, aunque el más simple examen de las múltiples probabilidades consecuentes de la situación sugiera que hayan pensado mucho. Adelantarnos, con temerarias suposiciones o con venturosas deducciones, o, peor todavía, con inconsideradas adivinaciones, a lo que ellos pensaron no sería, en principio, si tenemos en cuenta la presteza y el descaro con que en relatos de esta naturaleza se menosprecia el secreto de los corazones, no sería, decíamos, tarea imposible, pero, puesto que esos pensamientos, más pronto o más tarde, tendrán que expresarse en actos, o en palabras que a actos conduzcan, nos ha parecido preferible pasar adelante y aguardar tranquilamente a que sean los actos y las palabras los que manifiesten los pensamientos. Para el primero no tuvimos que esperar mucho, padre e hija almorzaron en silencio, lo que significa que nuevos pensamientos se estuvieron juntando a los del camino, y de pronto ella decidió quebrar el silencio, Esa idea suya de descansar tres días era excelente y, además de que es de agradecer, tenía toda la justificación en su momento, pero el ascenso de Marcial ha alterado completamente la situación, piense que no tenemos más que una semana para organizar la mudanza y pintar las trescientas estatuillas ya cocidas que aguardan en el horno, al menos ésas tenemos obligación de entregarlas, A mí también me preocupa el muñequerío, pero he llegado a una conclusión diferente a la tuya, No comprendo, El Centro ya tiene una avanzada de trescientos muñecos, por el momento serán suficientes, las estatuillas de barro no son juegos de ordenador ni pulseras magnéticas, las personas no se empujan gritando quiero mi esquimal, quiero mi asirio de barbas, quiero mi enfermera, Muy bien, supongo que los clientes del Centro no irán a pelearse por culpa del mandarín, o del bufón, o del payaso, pero eso no quiere decir que no debamos acabar el trabajo, Claro que no, pero no me parece que merezca la pena precipitarnos, Vuelvo a recordarle que sólo tenemos una semana para todo, No se me ha olvidado, Entonces, Entonces, tal como tú misma dijiste a la salida del Centro, en el fondo es como si no hubiera ninguna mudanza, la casa de la alfarería, así la llamaste, está aquí, y, estando la casa, está evidentemente la alfarería con ella, Yo sé que usted es un gran amante de enigmas, No soy amante de enigmas, me gustan las cosas claras, Es igual, no le gustan los enigmas, pero es enigmático, de modo que le quedaría muy reconocida si me explicase adónde quiere llegar, Quiero llegar precisamente a donde estamos en este momento, donde estaremos durante una semana más y espero que muchas otras después, No me haga perder la paciencia, por favor, Por favor digo yo, es tan simple como que dos y dos son cuatro, En su cabeza, dos y dos siempre son cinco, o tres, o cualquier número menos cuatro, Te vas a arrepentir, Lo dudo, Imagínate que no pintamos las estatuillas, que nos mudamos al Centro y las dejamos en el horno tal como están, Ya está imaginado, Vivir en el Centro, como Marcial explicó con mucha claridad, no es un destierro, las personas no están encarceladas allí, son libres para salir cuando quieran, pasar todo el día en la ciudad o en el campo y volver por la noche. Cipriano Algor hizo una pausa y miró curioso a la hija sabiendo que iba a asistir al despertar de su comprensión. Así sucedió, Marta dijo sonriendo, Me someto al castigo, en su cabeza dos y dos también pueden ser cuatro, Ya te dije que era simple, Vendremos a acabar el trabajo cuando sea necesario y de esta manera no tendremos que cancelar el pedido de las seiscientas figurillas que todavía faltan, es sólo cuestión de acordar con el Centro unos plazos de entrega que convengan a ambas partes, Exactamente. La hija aplaudió al padre, el padre agradeció el aplauso. Incluso, dijo Marta, de repente entusiasmada por el océano de posibilidades positivas que se abría ante ella, suponiendo que el Centro siga interesado por los muñecos, podremos mantener la elaboración, no tendremos que cerrar la alfarería, Exactamente, Y quien dice muñecos, también dice alguna otra idea que se nos ocurra y les convenza, o añadir otras seis figuras a las seis que tenemos, Así es. Mientras padre e hija saborean las dulces perspectivas que una vez más acaban de demostrarnos que el diablo no está siempre tras la puerta, aprovechemos la pausa para examinar la real valía y el real significado de los pensamientos de uno y de otro, de esos dos pensamientos que, después de tan prolongado silencio, por fin se expresan. No obstante, advertimos desde ya que no será posible llegar a una conclusión, aunque provisional, como lo son todas, si no comenzamos admitiendo una premisa inicial ciertamente chocante para las almas rectas y bien formadas, pero no por eso menos verdadera, la premisa de que, en muchos casos, el pensamiento manifestado es, digámoslo así, empujado a primera línea por otro pensamiento que no ha considerado oportuno manifestarse. En lo que atañe a Cipriano Algor, no es difícil comprender que algunos de sus insólitos procedimientos están motivados por las preocupaciones que lo atormentan sobre el resultado del sondeo, y que, por tanto, al recordarle a la hija que, incluso viviendo en el Centro, podrían venir a trabajar a la alfarería, simplemente lo que quiso fue disuadirla de pintar los muñecos, no vaya a darse el caso de que llegue mañana o pasado una orden del subjefe sonriente o de su superior máximo anulando la entrega, y ella sufra el disgusto de dejar el trabajo a la mitad, o, si acabado, inservible. Más sorprendente sería el comportamiento de Marta, la impulsiva y en cierto modo inquietante alegría ante la dudosa suposición de que la alfarería se mantenga en actividad, si no se pudiera establecer una relación entre ese comportamiento y el pensamiento que le dio origen, un pensamiento que la persigue tenazmente desde que entró en el apartamento del Centro y que se ha jurado a sí misma no confesar a nadie, ni al padre, pese a tenerlo aquí tan próximo, ni, faltaría más, a su propio marido, pese a quererlo tanto. Lo que cruzó la cabeza de Marta y echó raíces al cruzar el umbral de la puerta de su nuevo hogar, en aquel altísimo trigésimo cuarto piso de muebles claros y dos vertiginosas ventanas a las que no tuvo valor de acercarse, fue que no soportaría vivir allí dentro el resto de su vida, sin más certezas que ser la mujer del guarda residente Marcial Gacho, sin más mañana que la hija que cree traer dentro de sí. O el hijo. Pensó en esto durante todo el camino hasta llegar a la casa de la alfarería, continuó pensando mientras preparaba el almuerzo, todavía pensaba cuando, por falta de apetito, empujaba con el tenedor de un lado a otro la comida en el plato, seguía pensando cuando le dijo al padre que, antes de mudarse al Centro, tenían la obligación estricta de terminar las estatuillas que estaban esperando en el horno. Terminar las estatuillas era pintarlas, y pintarlas era justamente el trabajo que le competía hacer a ella, al menos que le otor-

garan tres o cuatro días para estar sentada debajo del moral, con Encontrado tumbado a su lado,
riéndose con la boca abierta y la lengua fuera.
Como si se tratase de una última y desesperada voluntad dictada por un condenado, no pedía nada
más que esto, y de pronto, con una simple palabra, el padre le abrió la puerta de la libertad, podría venir desde el Centro siempre que quisiese,
abrir la puerta de su casa con la llave de su casa,
reencontrar en los mismos lugares todo cuanto
aquí hubiese dejado, entrar en la alfarería para
comprobar que el barro tiene la humedad conveniente, después sentarse al torno, confiar las manos
a la arcilla fresca, sólo ahora comprendía que ama-
ba estos lugares como un árbol, si pudiese, amaría
las raíces que lo alimentan y levantan en el aire.
Cipriano Algor miraba a la hija, leía en su rostro
como en las páginas de un libro abierto, y el corazón le dolía del engaño con que la habría estando
embelecando si los resultados del sondeo fuesen
hasta tal punto negativos que indujesen al departamento de compras del Centro a desistir de los
muñecos de una vez para siempre. Marta se levantó
de la silla, venía a darle un beso, un abrazo, Qué
pasará dentro de unos días, pensó Cipriano Algor
correspondiéndole a los cariños, aunque las palabras que pronunció fueron otras, fueron ésas de
siempre, Como nuestros abuelos más o menos
creían, habiendo vida, hay esperanza. El tono resignado con que las dejó salir quizá hubiera hecho
sospechar a Marta si no estuviese tan entregada

a sus propias y felices expectativas. Disfrutemos entonces en paz nuestros tres días de descanso, dijo Cipriano Algor, verdaderamente los tenemos merecidos, no estamos robándoselos a nadie, después comenzaremos a organizar la mudanza, Dé ejemplo y vaya a dormir una siesta, dijo Marta, ayer anduvo todo el santísimo día trabajando en el horno, hoy se ha levantado temprano, incluso para un padre como el mío la resistencia tiene límites, y en lo que respecta a la mudanza, tranquilo, eso es asunto del ama de casa. Cipriano Algor se retiró al dormitorio, se desnudó con los lentos movimientos de una fatiga que no era sólo del cuerpo y se tumbó en la cama liberando un hondo suspiro. No se mantuvo así mucho tiempo. Se incorporó en la almohada y miró a su alrededor como si fuera la primera vez que entraba en esta habitación y necesitara fijarla en la memoria por alguna oscura razón, como si fuera también la última vez que venía y pretendiera que la memoria le sirviese de algo más en el futuro que para recordarle aquella mancha en la pared, aquella raya de luz en el entarimado, aquel retrato de mujer sobre la cómoda. Fuera Encontrado ladró como si hubiese oído a un desconocido subiendo la cuesta, pero luego se calló, lo más probable es que respondiera, sin especial interés, al ladrido de cualquier perro distante, o simplemente quiso recordar su existencia, debe de presentir que anda en el aire algo que no es capaz de entender. Cipriano Algor cerró los ojos para convocar al sueño, pero la voluntad de los ojos fue otra. No hay nada más triste, más miserablemente triste, que un viejo llorando.

La noticia llegó el cuarto día. El tiempo había cambiado, de vez en cuando caía una lluvia fuerte que encharcaba en un minuto la explanada y repiqueteaba en las hojas crespas del moral como diez mil baquetas de tambor. Marta estuvo haciendo la lista de cosas que en principio deberían llevarse al apartamento, pero con la conciencia vivísima, en cada momento, de la contradicción entre dos impulsos que jugaban en su interior, uno que le decía la más perfecta de las verdades, es decir, que una mudanza no es mudanza si no hay algo para mudar, otro que simplemente le aconsejaba dejar todo tal cual, Teniendo en cuenta, acuérdate, que volverás aquí muchas veces para trabajar y respirar el aire del campo. En cuanto a Cipriano Algor, con el propósito de limpiar su cabeza de las telarañas de inquietudes que lo obligan a mirar el reloj decenas de veces al día, se ocupa de barrer y fregar la alfarería de una punta a otra, rechazando de nuevo la ayuda que Marta quiso ofrecerle, Luego sería yo quien tendría que oír a Marcial, dijo. Hace un rato que Encontrado fue mandado a la caseta por ensuciar lamentablemente el suelo de la cocina con el barro que traía en las patas tras la primera incursión que decidió hacer aprovechando una escampada. El agua nunca será tanta que le entre en casa, pero, por si las moscas, el dueño le metió debajo cuatro ladrillos, transformando en palafito prehistórico un actual y corriente refugio canino. Estaba en eso cuando sonó el teléfono. Marta atendió, en el primer instante, al oír la voz que decía, Aquí el Centro, pensó que era Marcial, pensó que le iban a pasar la llamada, pero no fueron ésas las palabras que siguieron, El jefe del departamento de compras quiere hablar con el señor Cipriano Algor. Por lo general, una secretaria conoce el asunto que su patrón va a tratar cuando le pide que haga una llamada telefónica, pero una telefonista propiamente dicha no sabe nada de nada, por eso tienen la voz neutra, indiferente, de quien ha dejado de pertenecer a este mundo, en cualquier caso hagámosle la justicia de pensar que algunas veces habría derramado lágrimas de pena si adivinara lo sucedido después de decir mecánicamente, Pueden hablar. Marta comenzó imaginando que el jefe del departamento de compras quería expresar su contrariedad por el retraso en la entrega de las trescientas estatuillas que faltaban, quién sabe si también de las seiscientas que ni siquiera estaban comenzadas, y cuando, tras decir a la telefonista, Un momento, corrió a llamar al padre a la alfarería, llevaba la idea de soltarle de paso una rápida palabra crítica sobre el error cometido al no proseguir el trabajo así que la primera serie de muñecos estuvo lista. La palabra recriminatoria, sin embargo, se le quedó presa en la lengua cuando vio cómo el rostro del padre se transformaba al oírle anunciar, Es el jefe de compras, quiere hablar con usted. Cipriano Algor no creyó oportuno correr, ya debería reconocérsele mérito suficiente en la firmeza de los pasos que lo conducían hasta el banquillo del tribunal donde iba a ser leída su sentencia. Tomó el teléfono que la hija había dejado sobre la mesa, Soy yo, Cipriano Algor, la telefonista dijo, Muy bien, voy a pasar la comunicación, hubo un silencio, un zumbido tenue, un clic, y la voz del jefe del departamento de compras, vibrante, llena, sonó al otro lado, Buenas tardes, señor Algor, Buenas tardes, señor, Supongo que imagina por qué motivo le estoy telefoneando hoy, Supone bien, señor, dígame, Tengo ante mí los resultados y las conclusiones del sondeo acerca de sus artículos, que un subjefe del departamento, con mi aprobación, decidió promover, Y esos resultados cuáles son, señor, preguntó Cipriano Algor, Lamento informarle de que no fueron tan buenos cuanto desearíamos, Si es así nadie lo lamentará más que yo, Temo que su participación en la vida de nuestro Centro ha llegado al final, Todos los días se comienzan cosas, pero, tarde o temprano, todas acaban, No quiere que le lea los resultados, Me interesan más las conclusiones, y ésas ya las sé, el Centro no comprará más nuestras figurillas. Marta, que había escuchado con ansiedad cada vez mayor las palabras del padre, se llevó las manos a la boca como para sujetar una exclamación. Cipriano Algor le hizo gestos pidiéndole calma, al mismo tiempo que respondía a una pregunta del jefe del departamento de compras, Comprendo su deseo de que no quede ninguna duda en mi espíritu, estoy de acuerdo con lo que acaba de decir, que presentar conclusiones sin la exposición previa de los motivos que las originaron podría ser entendido como una manera poco habilidosa de enmascarar una decisión arbitraria, lo que no sería nunca, evidentemente, el caso del Centro, Menos mal que está de acuerdo conmigo, Es difícil no estar de acuerdo, señor, Vaya tomando entonces nota de los resultados, Dígamelos, El universo de los clientes sobre el que incidiría el sondeo quedó definido desde el principio por la exclusión de las personas que por edad, posición social, educación y cultura, y también por sus hábitos conocidos de consumo, fuesen previsible y radicalmente contrarias a la adquisición de artículos de este tipo, es bueno que sepa que si tomamos esta decisión, señor Algor, fue para no perjudicarlo de entrada, Muchas gracias, señor, Le doy un ejemplo, si hubiéramos seleccionado cincuenta jóvenes modernos, cincuenta chicos y chicas de nuestro tiempo, puede tener la certeza, señor Algor, de que ninguno querría llevarse a casa uno de sus muñecos, o si se lo llevase sería para usarlo en algo así como tiro al blanco, Comprendo, Escogimos veinticinco personas de cada sexo, de profesiones e ingresos medios, personas con antecedentes familiares modestos, todavía apegadas a gustos tradicionales, y en cuyas casas la rusticidad del producto no desentonaría demasiado, E incluso así, Es verdad, señor Algor, incluso así los resultados fueron malos, Qué le vamos a hacer, señor, Veinte hombres y diez mujeres respondieron que no les gustaban los muñecos de barro, cuatro mujeres dijeron que quizá los compraran si fueran más grandes, tres podrían comprarlos si fuesen más pequeños, de los cinco hombres que quedaban, cuatro dijeron que ya no estaban en edad de jugar y otro protestó por el hecho de que tres de las figurillas representasen extranjeros, para colmo exóticos, y en cuanto a las ocho mujeres que todavía faltan por mencionar, dos se declararon alérgicas al barro, cuatro tenían malos recuerdos de esta clase de objetos, y sólo las dos últimas respondieron agradeciendo mucho la posibilidad que les había sido proporcionada de decorar gratuitamente su casa con unos muñequitos tan simpáticos, hay que añadir que se trata de personas de edad que viven solas, Me gustaría conocer los nombres y las direcciones de esas señoras para darles las gracias, dijo Cipriano Algor, Lo lamento, pero no estoy autorizado a revelar datos personales de los encuestados, es una condición estricta de cualquier sondeo de este tipo, respetar el anonimato de las respuestas, Tal vez pueda decirme, en todo caso, si esas personas viven en el Centro, A quiénes se refiere, a todas las personas, preguntó el jefe del departamento de compras, No señor, sólo a las dos que tuvieron la bondad de encontrar simpáticos nuestros muñecos, dijo Cipriano Algor, Tratándose de un dato no particularmente sustancial supongo que no estaré traicionando la deontología que rige los sondeos si le digo que esas dos mujeres viven fuera del Centro, en la ciudad, Muchas gracias por la información, señor, Le ha servido de algo, Desgraciadamente no, señor, Entonces para qué quería saberlo, Podría ocurrir que tuviera la oportunidad de encontrármelas y agradecérselo personalmente, viviendo en la ciudad será casi imposible, Y si viviesen aquí, Cuando, al principio de esta conversación, me dijo que mi participación en la vida del Centro había llegado a su fin, estuve a punto de interrumpirlo, Por qué, Porque, al contrario de lo que piensa, y a pesar de que no quieran ver más ni la loza ni los muñecos de este alfarero, mi vida seguirá ligada al Centro, No comprendo, explíquese mejor, por favor, Dentro de cinco o seis días estaré viviendo ahí, mi yerno ha sido ascendido a guarda residente y yo me iré a vivir con mi hija y con él, Me alegra esa noticia y le felicito, finalmente usted es un hombre de mucha suerte, no se podrá quejar, acaba ganándolo todo cuando creía que lo había perdido todo, No me quejo, señor, Ésta es la ocasión de proclamar que el Centro escribe derecho con renglones torcidos, si alguna vez tiene que quitar con una mano, con presteza acude a compensar con la otra, Si recuerdo bien, eso de los renglones torcidos y escribir derecho se decía de Dios, observó Cipriano Algor, En estos tiempos viene a ser prácticamente lo mismo, no exagero nada afirmando que el Centro, como perfecto distribuidor de bienes materiales y espirituales que es, acaba generando por sí mismo y en sí mismo, por pura necesidad, algo

que, aunque esto pueda chocar a ciertas ortodo-
xias más sensibles, participa de la naturaleza de lo
divino, También se distribuyen allí bienes espirituales, señor, Sí, y no se puede imaginar hasta qué
punto los detractores del Centro, por cierto cada
vez menos numerosos y cada vez menos combati-
vos, están absolutamente ciegos para con el lado
espiritual de nuestra actividad, cuando la verdad
es que gracias a ella la vida adquiere un nuevo sentido para millones y millones de personas que andaban por ahí infelices, frustradas, desamparadas,
es decir, se quiera o no se quiera, créame, esto
no es obra de materia vil, sino de espíritu sublime,
Sí señor, Mucho me complace decirle, señor Algor,
que encontré en su persona a alguien con quien,
incluso en situaciones difíciles como la de ahora,
siempre resulta satisfactorio hablar de estas y otras
cuestiones serias que me tomo muy a pecho por la
dimensión trascendente que, de algún modo, aña-
den a mi trabajo, espero que a partir de su próxima mudanza al Centro nos podamos ver otras veces y sigamos intercambiando ideas, Yo también,
señor, Buenas tardes, Buenas tardes. Cipriano Algor colgó el teléfono y miró a su hija. Marta estaba sentada, con las manos en el regazo, como si de
súbito hubiera necesitado proteger la primera y
todavía apenas perceptible redondez del vientre.
Dejan de comprar, preguntó, Sí, hicieron un sondeo entre los clientes y el resultado salió negativo,
Y no comprarán siquiera los trescientos muñecos
que están en el horno, No. Marta se levantó, fue

hasta la puerta de la cocina, miró la lluvia que no paraba de caer, y desde allí, volviendo un poco la cabeza, preguntó, No tiene nada que decirme, Sí, respondió el padre, Entonces hable, soy toda oídos. Cipriano Algor se apoyó en el quicio de la puerta, respiró hondo, después arrancó, No estaba desprevenido, sabía que esto podría suceder, fue uno de los propios subjefes del departamento quien me dijo que iban a hacer un sondeo para valorar la disposición de los clientes hacia las figurillas, lo más probable es que la idea haya nacido del propio jefe, Luego estuve engañada estos tres días, engañada por usted, mi padre, soñando con una alfarería en funcionamiento, imaginándonos saliendo del Centro por la mañana temprano, llegar aquí y arremangarnos, respirar el olor del barro, trabajar a su lado, tener a Marcial conmigo en los días de descanso, No quise que sufrieras, Estoy sufriendo dos veces, su buena intención no me ahorró nada, Te pido perdón, Y, por favor, no pierda el tiempo pidiéndome que le perdone, sabe bien que siempre le perdonaré, haga lo que haga, Si la decisión fuese al contrario, si el Centro hubiera decidido comprar los muñecos, nunca llegarías a conocer el riesgo que corrimos, Ahora ya no es un riesgo, es una realidad, Tenemos la casa, podremos venir cuando queramos, Sí, tenemos la casa, una casa con vistas al cementerio, Qué cementerio, La alfarería, el horno, las tablas de secado, las pilas de leña, lo que era y ha dejado de ser, qué mayor cementerio que ése, preguntó Marta, al borde del llanto. El padre le puso la mano sobre el hombro, No llores, reconozco que fue un error no haberte contado lo que pasaba. Marta no respondió, se recordaba a sí misma que no tenía derecho de censurar al padre, que ella también le ocultaba al marido un secreto que nunca le contaría, Cómo vas a conseguir ahora, perdida la esperanza, vivir en ese apartamento, se preguntaba. Encontrado había salido de la caseta, le caían encima gruesas gotas de agua que resbalaban del moral, pero no se decidía. Tenía las patas sucias, el pelo pingando y la certeza de no ser bien recibido. Y, sin embargo, era de él de quien se hablaba en la puerta de la cocina. Cuando lo vio aparecer y pararse mirando, Marta preguntó, Qué vamos a hacer con este perro. Tranquilamente, como si se tratase de un asunto mil veces discutido y sobre el que no merecía la pena volver, el padre respondió, Le preguntaré a la vecina Isaura Madruga si se quiere quedar con él, No sé si estoy oyendo bien, repita, por favor, dice usted que va a preguntarle a la vecina Isaura Madruga si quiere quedarse con Encontrado, Lo has oído perfectamente, eso es lo que he dicho, Con Isaura Madruga, Si sigues insistiendo en eso, yo te responderé con Isaura Madruga, entonces tú volverás a preguntarme con Isaura Madruga, y pasaremos así el resto de la tarde, Es una sorpresa enorme, La sorpresa no puede ser tan grande, es la misma persona a quien tú pensabas dejarlo, La sorpresa no es la persona, para mí la sorpresa es que haya sido usted quien tenga esa idea, No hay nadie más en la aldea, y probablemente en el mundo, con quien dejase a Encontrado, preferiría matarlo. Expectante, moviendo el rabo con lentitud, el animal seguía mirando desde lejos. Cipriano Algor se agachó y lo llamó, Encontrado, ven aquí. Escurriendo agua por todas partes, el perro comenzó sacudiéndose entero, como si sólo decente y presentable estuviese autorizado para acercarse al dueño, después dio una rápida carrera para encontrarse, al instante siguiente, con la cabezorra apoyada en el pecho de Cipriano Algor, con tanta fuerza que parecía querérsele meter adentro. Entonces Marta preguntó al padre, Para que todo sea perfecto, que no sea sólo tener a Encontrado entre los brazos, dígame si habló con Marcial de la cuestión del sondeo, Sí, Él no me contó nada, Por la misma razón que yo no te lo conté. Llegado el diálogo a ese punto, tal vez se esté a la espera de que Marta responda, Realmente, padre, parece imposible, habérselo dicho a él, y a mí dejarme en la ignorancia, las personas en general reaccionan así, a nadie le gusta quedarse al margen, menoscabado en su derecho a la información y al conocimiento, aunque, de tarde en tarde, todavía uno se va topando con alguna rara excepción en este fastidioso mundo de repeticiones, como lo podrían haber llamado los sabios órficos, pitagóricos, estoicos y neoplatónicos, si no hubiesen preferido, con poética inspiración, darle el más bonito y sonoro nombre de eterno retorno. Marta no protestó, no montó una escena, se limitó a decir, Me habría enfadado mucho si no se lo hubiera contado a Marcial. Cipriano Algor se despegó del perro, lo mandó regresar a la caseta, y dijo, De vez en cuando, acierto. Se quedaron mirando la lluvia que no paraba de caer, oyendo el monólogo del moral, y entonces Marta preguntó, Qué podríamos hacer por esos muñecos que están en el horno, y el padre respondió, Nada. Seca, cortante, la palabra no dejó dudas, Cipriano Algor no profirió, en su lugar, una de esas frases comunes que, por querer manifestarse como definitivamente negativas, no consideran importante llevar dentro de sí dos negaciones, lo que, según la acreditada opinión de los gramáticos, la convertirían en rotunda afirmación, como si una de esas frases, ésta por ejemplo, No podemos hacer nada, se estuviera tomando la molestia de negarse a sí misma para significar que, en resumidas cuentas, todavía sería posible hacer algo.

Marcial telefoneó después de cenar, Te estoy llamando desde casa, dijo, hoy he dejado el dormitorio común del personal de Seguridad y esta noche ya dormiré en nuestra cama, Mejor así, estarás satisfecho, claro, Sí, y tengo noticias que darte, Nosotros también, dijo Marta, Por dónde empezamos, por las mías o por las vuestras, preguntó él, Lo mejor será comenzar por las malas, y dejar las buenas, si las hay, para el final, Las mías no son buenas ni malas, son noticias, simplemente, Entonces empezaré por las de aquí, esta tarde nos comunicaron del Centro que no compran las figurillas, hicieron un sondeo y el resultado fue negativo. Hubo un silencio al otro lado. Marta esperó. Después Marcial dijo, Sabía de ese sondeo, Ya sé que lo sabías, me lo ha contado padre, Yo temía que ése fuera el resultado, Tu temor se ha confirmado, Estás enfadada conmigo por no haberte dicho lo que pasaba, Ni contigo ni con él, las cosas son así, hay que hacer un esfuerzo para comprenderlas y aceptarlas, lo que más me ha costado es haber perdido la ilusión de que, aunque viviéramos en el Centro, podríamos seguir trabajando en la alfarería, Nunca pensé en esa posibilidad, No fue una idea que naciese en mi cabeza, salió de una conversación con padre, Pero él no podía estar seguro de que los muñecos fuesen aceptados, Quiso que no me preocupara, como tú, el resultado del engaño es que yo he vivido feliz como un pajarillo estos tres días, dan ganas de decir que algo es algo, en fin, no lloremos sobre la leche derramada que tantas lágrimas ha hecho correr en el mundo, cuéntame ahora tus noticias, Me han concedido tres días para la mudanza, incluyendo el de descanso, que esta vez cae en lunes, así que saldré de aquí el viernes a la caída de la tarde, en taxi, no merece la pena que tu padre venga a buscarme, lo preparamos todo el sábado, y el domingo por la mañana izamos velas, Lo que es necesario llevar ya está apartado, dijo Marta con voz distraída. Hubo un nuevo silencio. No estás contenta, preguntó Marcial, Estoy, estoy contenta, respondió Marta. Después repitió, Estoy, estoy contenta. Afuera, el perro Encontrado ladró, alguna sombra de la noche se habría movido.

La furgoneta estaba cargada, las ventanas y las puertas de la alfarería y de la casa están cerradas, sólo faltaba, como dijo Marcial días antes, izar velas. Contrariado, con la expresión tensa, pareciendo súbitamente más viejo, Cipriano Algor llamó al perro. Pese al tono de angustia que un oído atento podría distinguir en ella, la voz del dueño alteró para mejor el ánimo de Encontrado. Andaba por allí perplejo, inquieto, corriendo de un lado a otro, oliendo las maletas y los paquetes que sacaban de la casa, ladraba con fuerza para llamar la atención, y he aquí que sus presentimientos acertaron, algo singular, fuera de lo común, se estuvo preparando en los últimos tiempos, y ahora llegaba la hora en que la suerte, o el destino, o la casualidad, o la inestabilidad de las voluntades y sujeciones humanas, iban a decidir su existencia. Estaba tumbado junto a la caseta, con la cabeza estirada sobre las patas, a la espera. Cuando el dueño dijo, Encontrado, ven, creyó que lo estaban llamando para subirse a la furgoneta como otras veces había sucedido, señal de que nada habría mudado en su vida, de que el día de hoy iba a ser igual al de ayer, como es sueño constante de los perros. Le extrañó que le pusieran la correa, no era habitual cuando viajaban, pero la extrañeza aumentó, se hizo confusión, cuando la dueña y el dueño más joven le pasaron la mano por la cabeza, al mismo tiempo que murmuraban palabras incomprensibles y en las que su propio nombre de Encontrado sonaba de manera inquietante, aunque lo que le estaban diciendo no fuera tan malo, Vendremos a verte un día de éstos. Un tirón le hizo entender que tenía que seguir al dueño, la situación volvía a aclararse, la furgoneta era para los otros dueños, con éste el paseo sería a pie. Incluso así, la correa continuaba sorprendiéndole, pero se trataba de un pormenor sin importancia, al llegar al campo el dueño lo soltaría para que corriera detrás de cualquier bicho viviente que apareciese por delante, aunque no fuese más que la bagatela de una lagartija. La mañana está fresca, el cielo nublado, pero sin amenaza de lluvia. Ya en la carretera, en lugar de volver a la izquierda, hacia campo abierto, como esperaba, el dueño torció a la derecha, irían por tanto al pueblo. Tres veces, en el camino, Encontrado tuvo que frenar el paso con brusquedad. Cipriano Algor iba como habitualmente vamos todos en circunstancias parecidas a éstas, cuando nos ponemos a discutir, ociosos, con nuestro ser íntimo si queremos o no queremos lo que ya está claro que queremos, se comienza una frase y no se termina, se detiene uno de repente, se corre como si se fuese a salvar al padre de la horca, se detiene uno otra vez, el más paciente y dedicado de los perros acabará preguntándose si no le convendría un dueño más resoluto. Mal sabe, sin embargo, hasta qué punto es determinante la resolución que éste lleva. Cipriano Algor ya está ante la puerta de Isaura Madruga, extiende la mano para llamar, duda, avanza otra vez, en ese instante la puerta se abre como si hubiese estado a su espera, y no era cierto, Isaura Madruga oyó el timbre y vino a ver quién era. Buenos días, señora Isaura, dijo el alfarero, Buenos días, señor Algor, Disculpe que venga a molestarla en su casa, pero tengo un asunto que quería hablar con usted, pedirle un gran favor, Entre, Podemos hablar aquí mismo, no es necesario entrar, Por favor, pase, sin ceremonias, El perro también puede entrar, preguntó Cipriano Algor, tiene las patas sucias, Encontrado es como si fuera de la familia, somos viejos conocidos. La puerta se cerró, la penumbra de la pequeña sala se cerró sobre ellos, Isaura hizo un gesto indicando un sillón, se sentó ella también. Tengo la impresión de que ya sabe a qué vengo, dijo el alfarero mientras hacía que el perro se tumbara a sus pies, Es posible, Quizá mi hija haya tenido alguna conversación con usted, Sobre qué, Sobre Encontrado, No, nunca hablamos de Encontrado en ese sentido que dice, Qué sentido, Ese que dice, de tener una conversación, por supuesto que hemos hablado de Encontrado más de una vez, pero no hemos tenido propiamente una conversación sobre él. Cipriano Algor bajó los ojos, Lo que vengo a pedirle es que se quede con Encon-

387

trado en mi ausencia, Se va fuera, preguntó Isaura, Ahora mismo, como supondrá no podemos llevarnos al perro, en el Centro no admiten animales, Yo me quedo con él, Sé que lo cuidará como si fuese suyo, Lo cuidaré mejor que si fuese mío, porque es suyo. Sin pensar en lo que hacía, tal vez para aliviar los nervios, Cipriano Algor le quitó la correa al perro. Creo que le debería pedir disculpas, dijo, Por qué, Porque no siempre he sido bien educado con usted, Mi memoria recuerda otras cosas, la tarde que lo encontré en el cementerio, lo que hablamos sobre el asa suelta del cántaro, su visita a mi casa para traerme un cántaro nuevo, Sí, pero después estuve incorrecto, grosero, y no fue ni una vez ni dos, No tiene importancia, Sí la tiene, La prueba de que no la tiene es que estamos ahora aquí, Pero a punto de dejar de estar, Sí, a punto de dejar de estar. Nubes oscuras debían de haber tapado el cielo, la penumbra dentro de la casa se tornó más densa, lo natural sería que Isaura se levantara ahora del sillón para encender la luz. Pero no lo hizo, no por indiferencia o cualquier razón oculta, simplemente porque no se había dado cuenta de que apenas conseguía distinguir las facciones de Cipriano Algor, sentado allí mismo ante ella, a la corta distancia de su brazo si se inclinase un poco hacia delante, El cántaro sigue probando bien, haciendo el agua fresca, preguntó Cipriano Algor, Como el primer día, y en ese momento se dio cuenta de lo oscura que estaba la sala, Debería encender la luz, se dijo a sí misma, pero no se levantó. Nunca le habían dicho que a muchas personas en el mundo les ha cambiado radicalmente el destino por ese gesto tan simple que es encender o apagar la luz, ya fuese una lámpara antigua, o una vela, o un candil de petróleo, o una lámpara de las modernas, es verdad que pensó que tendría que levantarse, que eso es lo que imponen las conveniencias, pero el cuerpo se negaba, no se movía, rechazaba cumplir la orden de la cabeza. Ésta era la penumbra que le faltaba a Cipriano Algor para que finalmente se atreviese a declarar, La quiero, Isaura, y ella respondió con una voz que parecía dolorida, Y en el día en que se va es cuando me lo dice, Sería inútil haberlo hecho antes, tanto, a fin de cuentas, como hacerlo ahora, Y sin embargo me lo acaba de decir, Era la última ocasión, tómelo como una despedida, Por qué, No tengo nada que ofrecerle, soy una especie en vías de extinción, no tengo futuro, ni siquiera tengo presente, Presente tiene, esta hora, esta sala, su hija y su yerno que se lo van a llevar, ese perro ahí tumbado a sus pies, Pero no esa mujer, No me ha preguntado, Ni quiero preguntar, Por qué, Repito, porque no tengo nada para ofrecerle, Si lo que ha dicho hace un momento fue sentido y pensado, tiene amor, El amor no es casa, ni ropa, ni comida, Pero comida, ropa y casa, por sí solas, no son amor, No juguemos con las palabras, un hombre no pide a una mujer que se case con él si no tiene medios para ganarse la vida, Es su caso, preguntó Isaura, Sabe bien que sí, la alfarería cerró, y yo no sé hacer otra cosa, Pero va a vivir a costa de su yerno, No tengo más remedio, También podría vivir de lo que su mujer ganara, Cuánto tiempo duraría el amor en ese caso, preguntó Cipriano Algor, No trabajé mientras estuve casada, viví de lo que mi marido ganaba, Nadie lo encontraba mal, era ésa la costumbre, pero ponga a un hombre en esa situación y cuénteme lo que pasará después, Entonces tendría el amor que morir forzosamente por esa causa, preguntó Isaura, por una razón tan simple como ésa el amor se acaba, No estoy en situación de responderle, me falta experiencia. Con discreción, Encontrado se levantó, en su opinión la visita de cortesía ya se estaba prolongando demasiado, ahora quería volver a la caseta, al moral, al banco de las meditaciones. Cipriano Algor dijo, Tengo que irme, están esperándome, Así nos despedimos, preguntó Isaura, Vendremos de vez en cuando para saber cómo está Encontrado, para ver si la casa todavía está en pie, no es un adiós hasta siempre jamás. Volvió a enganchar la correa y la pasó a las manos de Isaura, Aquí lo dejo, es sólo un perro, aunque. Nunca sabremos qué ontológicas consideraciones se disponía Cipriano Algor a desarrollar después de la conjunción que dejó suspensa en el aire, porque su mano derecha, esa que sostenía la punta de la correa, se perdió o se dejó encontrar entre las manos de Isaura Madruga, la mujer que no había querido incluir en su presente y que, sin embargo, le decía ahora, Lo quiero, Cipriano, sabe que lo quiero. La correa se resbaló al suelo, sintiéndose libre Encontrado se apartó para oler un rodapié, cuando poco después volvió la cabeza comprendió que la visita se había desviado del camino, que ya no era simple cortesía aquel abrazo, ni aquellos besos, ni aquella respiración entrecortada, ni aquellas palabras que, ahora por muy diferente razón, también comenzaban pero no conseguían acabar. Cipriano Algor e Isaura se habían levantado, ella lloraba de alegría y dolor, él balbuceaba, Volveré, volveré, es una pena que la puerta de la calle no se abra de par en par para que los vecinos puedan presenciar y correr la palabra de cómo la viuda del Estudioso y el viejo de la alfarería se aman de un verdadero y finalmente confesado amor. Con voz que recuperara algo de su tono natural, Cipriano Algor repitió, Volveré, volveré, tiene que haber una solución para nosotros, La única solución es que te quedes, dijo Isaura, Sabes bien que no puedo, Estaremos aquí esperándote, Encontrado y yo. El perro no comprendía por qué motivo sostenía la mujer la correa que lo prendía, yendo los tres andando hacia la puerta, señal evidente de que el dueño y él irían por fin a salir, no comprendía por qué razón la correa todavía no había pasado a la mano de quien, por derecho, la había colocado. El pánico le subía desde las tripas a la garganta, pero, al mismo tiempo, los miembros le temblaban a causa de la excitación resultante del plan que el instinto le acababa de delinear, librarse de un tirón violento cuando se abriera la puerta y, luego, triunfante, esperar fuera a que el dueño fuese a su encuentro. La puerta sólo se abrió después de otros abrazos y de otros besos, de otras palabras murmuradas, pero la mujer lo aseguraba con firmeza, mientras decía, Tú te quedas, tú te quedas, así son las cosas del hablar, el mismo verbo que había sido incapaz de retener a Cipriano Algor era el que no dejaba ahora que Encontrado se escapase. La puerta se cerró, separó al animal de su amo, pero, así son las cosas del sentir, la angustia del desamparo de uno no podía, al menos en ese momento, esperar simpatía ni correspondencia en la lacerada felicidad del otro. No está lejos el día en que sabremos cómo transcurrió la vida de Encontrado en su nueva casa, si le fue cómodo o costoso adaptarse a su nueva dueña, si el buen trato y el afecto sin límites que ella le ofreció fueron suficientes para que olvidara la tristeza de haber sido abandonado injustamente. Ahora a quien tenemos que seguir es a Cipriano Algor, nada más que seguirlo, ir tras él, acompañar su paso sonámbulo. En cuanto a imaginar cómo es posible que se junten en una persona sentimientos tan contrapuestos como, en el caso que estamos apreciando, la más profunda de las alegrías y el más pungente de los disgustos, para luego descubrir o crear aquel único nombre con que pasaría a ser designado el sentimiento particular consecuente de esa unión, es una tarea que muchas veces se ha emprendido en el pasado y cada vez se resigna, como si fuera un horizonte que se va dislocando incesantemente, a no alcanzar siquiera el umbral de la puerta de las inefabilidades que esperan dejar de serlo. La expresión locutiva humana no sabe todavía, y es probable que no lo sepa nunca, conocer, reconocer y comunicar todo cuanto es humanamente experimentable y sensible. Hay quien afirma que la causa principal de esta serísima dificultad reside en el hecho de que los seres humanos están hechos en lo fundamental de arcilla, la cual, como las enciclopedias con minuciosidad nos explican, es una roca sedimentaria detrítica formada por fragmentos minerales minúsculos del tamaño de uno/doscientos cincuenta y seisavos por milímetro. Hasta hoy, por más vueltas que se hayan dado a las lenguas, no se ha conseguido encontrar un nombre para esto.

Entre tanto, Cipriano Algor llegó al final de la calle, torció en la carretera que dividía la población por medio y, ni andando ni arrastrándose, ni corriendo ni volando, como si estuviese soñando que quería liberarse de sí mismo y chocase continuamente con su propio cuerpo, llegó a lo alto de la cuesta donde la furgoneta lo esperaba con el yerno y la hija. El cielo, antes, parecía no estar para aguaceros, sin embargo, ahora, comenzaba a caer una lluvia indecisa, indolente, que tal vez no viniese para durar, pero exacerbaba la melancolía de estas personas apenas a una vuelta de rueda de separarse de los lugares queridos, el propio Marcial sentía que se le contraía de inquietud el estómago. Cipriano Algor entró en la furgoneta, se sentó al lado del conductor, en el lugar que le había sido dejado, y dijo, Vamos. No pronunciaría otra palabra hasta llegar al Centro, hasta entrar en el montacargas que lo llevó con maletas y paquetes al piso treinta y cuatro, hasta que abrieron la puerta del apartamento, hasta que Marcial exclamó, Aquí estamos, sólo en ese momento abrió la boca para emitir unos pocos sonidos organizados, aunque no le salió nada que fuese de su cosecha, se limitó a repetir, con un pequeño aditamento retórico, la frase del yerno, Es verdad, aquí estamos. A su vez, Marta y Marcial poco se habían dicho durante el trayecto. Las únicas palabras merecedoras de registro en esta historia, y aun así muy por encima, de modo puramente accidental, por hacer referencia a personas de quien apenas hemos oído hablar, fueron las que intercambiaron cuando la furgoneta pasaba ante la casa de los padres de Marcial, Les avisaste de que nos íbamos hoy, preguntó Marta, Sí, anteayer, cuando vine del Centro, estuve poco tiempo, tenía el taxi esperando, No quieres parar, volvió a preguntar ella, Estoy cansado de discusiones, harto hasta la coronilla, Incluso así, Te acuerdas de cómo se comportaron cuando vinimos los dos, seguro que no quieres que la escena se repita, dijo Marcial, Es una pena, sea como fuere son tus padres, Es una expresión muy curiosa, ésa, Cuál, Sea como fuere, Se dice así, Es verdad, son palabras que a primera vista parece que no pasan de un adorno de frase en todos los sentidos dispensable, pero acaban dándonos miedo cuando nos ponemos a pensar en ellas y comprendemos adónde quieren llegar, Sea como fuere, dijo Marta, es otra manera disimulada de decir qué remedio, qué le vamos a hacer, ya que tiene que ser así, o simplemente resignación, que es la palabra fuerte, En fin, siempre tendremos que vivir con los padres que tenemos, dijo Marcial, Sin olvidarnos de que alguien vivirá con los padres que seremos, concluyó Marta. Entonces Marcial miró a su derecha y dijo, sonriendo, Claro que esta conversación de padres e hijos malavenidos no tiene nada que ver con usted, pero Cipriano Algor no respondió, se limitó a asentir con la cabeza vagamente. Sentada detrás del marido, Marta veía al padre casi de perfil. Qué habrá pasado con Isaura, pensó, claro que no sería sólo llegar, dejar a Encontrado y volver, por la tardanza algo más se habrán dicho el uno al otro, daría no sé qué por saber qué va cavilando, la cara parece serena, pero al mismo tiempo es la de alguien que no está completamente en sí, la de alguien que ha escapado de un peligro y se sorprende de estar todavía vivo. Mucho más quedaría sabiendo si pudiese mirar al padre de frente, entonces tal vez dijese, Conozco esas lágrimas que no caen y se consumen en los ojos, conozco ese dolor feliz, esa especie de felicidad dolorosa, ese ser y no ser, ese tener y no tener, ese querer y no poder. Pero todavía sería pronto para que Cipriano Algor le respondiese. Habían salido del pueblo, atrás quedaban las tres casas en ruinas, ahora cruzaban el puente sobre el riachuelo de aguas oscuras y malolientes. Adelante, en medio del campo, donde se avistaban aquellos árboles juntos, oculto por los zarzales, está el tesoro arqueológico de la alfarería de Cipriano Algor. Cualquiera diría que han pasado mil años desde que se descargaron allí las últimas sobras de una antigua civilización.

Cuando a la mañana siguiente de su día de descanso Marcial bajó del piso treinta y cuatro para presentarse en el servicio ya como guarda para todos los efectos residente, el apartamento estaba arreglado, limpio, en orden, con los objetos traídos de la otra casa en los lugares apropiados y a la espera de que los habitantes comiencen, sin resistencia, a ocupar también los lugares que en el conjunto les competen. No será fácil, una persona no es como una cosa que se deja en un sitio y allí se queda, una persona se mueve, piensa, pregunta, duda, investiga, quiere saber, y si es verdad que, forzada por el hábito de la conformidad, acaba, más tarde o más pronto, pareciendo sometida a los objetos, no se crea que tal sometimiento es, en todos los casos, definitivo. La primera cuestión que los nuevos habitantes tendrán que resolver, con excepción de Marcial Gacho que seguirá en su conocido y rutinario trabajo de velar por la seguridad de las personas y de los bienes institucional u ocasionalmente relacionados con el Centro, la primera cuestión, decíamos, será encontrar una respuesta satisfactoria a la pregunta, Y ahora qué voy a hacer. Marta lleva a sus espaldas el gobierno de la casa, cuando le llegue la hora tendrá un hijo que criar, y eso será más que suficiente para mantenerla ocupada durante muchas horas del día y algunas de la noche. No obstante, siendo las personas, como arriba quedó señalado, aparte de sujetos de un hacer, también sujetos de un pensar, no deberemos sorprendernos si ella llega a preguntarse, en medio de un trabajo que ya le hubiese ocupado una hora y todavía le tenga que ocupar otras dos, Y ahora qué voy a hacer yo. En todo caso, es Cipriano Algor quien se encuentra confrontado con la peor de las situaciones, la de mirarse las manos y saber que ya no sirven para nada, la de mirar el reloj y saber que la hora que viene será igual a esta que está, la de pensar en el día de mañana y saber que será tan vacío como el de hoy. Cipriano Algor no es un adolescente, no puede pasarse el día tumbado en una cama que apenas cabe en su pequeñísimo cuarto, pensando en Isaura Madruga, repitiendo las palabras que se dijeron el uno al otro, reviviendo, si se puede dar tan ambicioso nombre a las inmateriales operaciones de la memoria, los besos y los abrazos que se habían dado. Gente habrá que piense que la mejor medicina para los males de Cipriano Algor sería que bajara ahora al garaje, se metiese en la furgoneta y fuera a visitar a Isaura Madruga, que, a buen seguro, estará pasando, allí lejos, por iguales ansiedades del cuerpo y del espíritu, y que para un hombre en la situación en que él se encuentra y a quien la vida ya no reserva triunfos industriales y artísticos de primera o segunda importancia, tener todavía una mujer a quien querer y que ya ha confesado corresponderle el amor, es la más excelsa de las bendiciones y de las suertes. Será no conocer a Cipriano Algor. Así como ya nos había dicho que un hombre no le pide a una mujer que se case con él si ni siquiera tiene medios para garantizar su propia subsistencia, también ahora nos diría que no ha nacido para aprovecharse de circunstancias beneficiosas y comportarse como si un supuesto derecho a las satisfacciones resultantes de ese aprovechamiento, aparte de justificado por las cualidades y virtudes que lo exornan, le fuese igualmente debido por el hecho de ser hombre y haber puesto su atención de hombre y sus deseos en una mujer. Dicho con otras palabras, más francas y directas, Cipriano Algor no está dispuesto, aunque le cueste todas las penas y amarguras de la soledad, a representar ante sí mismo el papel del sujeto que periódicamente visita a la amasia y regresa sin más sentimentales recuerdos que los de una tarde o una noche pasadas agitando el cuerpo y sacudiendo los sentidos, dejando a la salida un beso distraído en una cara que ha perdido el maquillaje, y, en el caso particular que nos viene ocupando, una caricia en la cabeza de un canino, Hasta la próxima, Encontrado. Con todo, aún tiene Cipriano Algor dos recursos para escapar de la prisión en que de súbito vio convertirse el apartamento, por no hablar del simple y poco duradero paliativo que sería acercarse de vez en cuando a la ventana y mirar el cielo tras los cristales. El primer recurso es la ciudad, esto es, Cipriano Algor, que siempre vivió en el insignificante pueblo que apenas conocimos y que de la ciudad no conoce nada más que aquello que quedaba en su trayecto, podrá ahora gastar su tiempo paseando, vagueando, dando aire a la pluma, expresión figurada y caricaturesca que debe de venir de un tiempo pasado, cuando los hidalgos y los señores de la corte usaban plumas en los sombreros y salían a tomar el aire con ellos y con ellas. También tiene a su disposición los parques y jardines públicos de la ciudad donde se suelen reunir hombres de edad por las tardes, hombres que tienen la cara y los gestos típicos de los jubilados y de los desempleados, que son dos modos distintos de decir lo mismo. Podría juntarse y compadrear con ellos, y entusiásticamente jugar a las cartas hasta la caída de la tarde, hasta que ya no le sea posible a sus ojos miopes distinguir si las pintas todavía son rojas o ya se han vuelto negras. Pedirá la revancha, si pierde, la concederá, si gana, las reglas en el jardín son simples y se aprenden deprisa. El segundo recurso, excusado sería decirlo, es el propio Centro en que vive. Lo conoce, evidentemente, desde antes, en todo caso menos de lo que conoce la ciudad, porque nunca ha conseguido guardar en la memoria los trayectos de las contadas veces que ha entrado, siempre con la hija, para hacer algunas compras. Ahora, por decirlo así, el Centro es todo suyo, se lo han puesto en una bandeja de sonido y de luz, puede vaguear por él tanto cuanto le apetezca, regalarse de música fácil y de voces invitadoras. Si, cuando vinieron para conocer el apartamento, hubieran utilizado un ascensor del lado opuesto, habría podido apreciar, durante la vagarosa subida, aparte de nuevas galerías, tiendas, escaleras mecánicas, puntos de encuentro, cafés y restaurantes, muchas otras instalaciones que en interés y variedad nada les deben a las primeras, como son un carrusel con caballos, un carrusel con cohetes espaciales, un centro para niños, un centro para tercera edad, un túnel del amor, un puente colgante, un tren fantasma, un consultorio de astrólogo, un despacho de apuestas, un local de tiro, un campo de golf, un hospital de lujo, otro menos lujoso, una bolera, una sala de billares, una batería de futbolines, un mapa gigante, una puerta secreta, otra con un letrero que dice experimente sensaciones naturales, lluvia, viento y nieve a discreción, una muralla china, un taj-mahal, una pirámide de egipto, un templo de karnak, un acueducto de aguas libres que funciona las veinticuatro horas del día, un convento de mafra, una torre de los clérigos, un fiordo, un cielo de verano con nubes blancas flotando, un lago, una palmera auténtica, un tiranosaurio en esqueleto, otro que parece vivo, un himalaya con su everest, un río amazonas con indios, una balsa de piedra, un cristo del concorvado, un caballo de troya, una silla eléctrica, un pelotón de ejecución, un ángel tocando la trompeta, un satélite de comunicaciones, una cometa, una galaxia, un enano grande, un gigante pequeño, en fin, una lista hasta tal punto extensa de prodigios que ni ochenta años de vida ociosa serían suficientes para disfrutarlos con provecho, incluso habiendo nacido la persona en el Centro y no habiendo salido nunca al mundo exterior.

Excluida por manifiesta insuficiencia la contemplación de la ciudad y sus tejados tras las ventanas del apartamento, eliminados los parques y los jardines por no haber llegado Cipriano Algor a un estado de ánimo que se pueda clasificar como de desesperación definitiva o de náusea absoluta, dejadas a un lado por las poderosas razones ya expendidas las tentadoras pero problemáticas visitas de desahogo sentimental y físico a Isaura Madruga, lo que le quedaba al padre de Marta, si no quería pasar el resto de su vida bostezando y dando, figuradamente, con la cabeza en las paredes de su cárcel interior, era lanzarse a la descubierta y a la investigación metódica de la isla maravillosa adonde lo habían traído tras el naufragio. Todas las mañanas, después del desayuno, Cipriano Algor lanza a la hija un Hasta luego apresurado, y, como quien va a su trabajo, unas veces subiendo al último techo, otras veces bajando al nivel del suelo, utilizando los ascensores de acuerdo con sus necesidades de observación, ora en la velocidad máxima, ora en la velocidad mínima, avanzando por pasillos y pasadizos, atravesando salas, rodeando enormes y complejos conjuntos de vitrinas, mostradores, expositores y escaparates con todo lo que existe para comer y para beber, para vestir y para calzar, para el cabello y para la piel, para las uñas y para el vello, tanto para el de arriba como para el de abajo, para colgar del cuello, para pender de las orejas, para ensartar en los dedos, para tintinear en las muñecas, para hacer y para deshacer, para cocer y para coser, para pintar y para despintar, para aumentar y para disminuir, para engordar y para adelgazar, para extender y para encoger, para llenar y para vaciar, y decir esto es igual que no haber dicho nada, puesto que tampoco serían suficientes ochenta años de vida ociosa para leer y analizar los cincuenta y cinco volúmenes de mil quinientas páginas de formato A-4 cada uno que constituyen el catálogo comercial del Centro. Evidentemente, no son los artículos expuestos lo que más le interesa a Cipriano Algor, además comprar no es asunto de su responsabilidad y competencia, para eso está quien el dinero gana, es decir, el yerno, y quien después lo gestiona, administra y aplica, es decir, la hija. Él es el que va con las manos en los bolsillos, parando aquí y allí, preguntando el camino a un guarda, aunque, incluso tropezando con él, nunca a Marcial, para que no se trasluzcan los lazos de familia, y, sobre todo, aprovechándose de la más preciosa y envidiada de las ventajas de vivir en el Centro, que es la de poder gozar gratis, o a precios reducidos, de las múltiples atracciones que se encuentran a disposición de los clientes. Hicimos ya de esas atracciones dos sobrios y condensados relatos, el primero sobre lo que se ve desde el ascensor de este lado, el segundo sobre lo que se podría haber visto desde el ascensor de aquel lado, sin embargo, por un escrúpulo de objetividad y de rigor informativo, recordaremos que, tanto en un caso como en otro, nunca fuimos más allá del piso treinta y cuatro. Encima de éste, como se recordará, todavía se asienta un universo de otros catorce. Tratándose de una persona con un espíritu razonablemente curioso, casi no sería necesario decir que los primeros pasos de la investigación de Cipriano Algor se encaminaron hacia la misteriosa puerta secreta, que misteriosa seguirá siendo, puesto que, pese a los insistentes toques de timbre y a algunos golpes con los nudillos, no apareció nadie desde dentro preguntando qué se pretendía. A quien tuvo que dar prontas y completas explicaciones fue a un guarda que, atraído por el ruido o, más probablemente, guiado por las imágenes del circuito interno de vídeo, le vino a preguntar quién era y qué hacía en aquel lugar. Cipriano Algor explicó que vivía en el piso treinta y cuatro y que, paseando por allí, sintió su atención estimulada por el letrero de la puerta, Simple curiosidad, señor, simple curiosidad de quien no tiene nada más que hacer. El guarda le pidió el carné de identidad, el carné que le acreditaba como residente, comparó la cara con el retrato incorporado en cada uno, examinó con lupa las impresiones digitales en los documentos, y, para terminar, recogió una impresión del mismo dedo, que Cipriano Algor, tras haber sido debidamente industriado, oprimió contra lo que sería un lector del ordenador portátil que el guarda extrajo de una bolsa que colgaba del hombro, al mismo tiempo que decía, No se preocupe, son formalidades, en todo caso acépteme un consejo, no vuelva a aparecer por aquí, podría complicarse la vida, ser curioso una vez basta, además no vale la pena, no hay nada secreto tras esa puerta, en tiempos, sí hubo, ahora ya no, Si es como dice, por qué no retiran la chapa, preguntó Cipriano Algor, Sirve de reclamo para que sepamos quiénes son las personas curiosas que viven en el Centro. El guarda esperó a que Cipriano Algor se apartara una decena de metros, después lo siguió hasta que encontró un colega, a quien, para evitar ser reconocido, pasó la misión, Qué ha hecho, preguntó el guarda Marcial Gacho disimulando su preocupación, Estaba llamando a la puerta secreta, No es grave, eso sucede varias veces todos los días, dijo Marcial, con alivio, Sí, pero la gente tiene que aprender a no ser curiosa, a pasar de largo, a no meter la nariz donde no ha sido llamada, es una cuestión de tiempo y de habilidad, O de fuerza, dijo Marcial, La fuerza, salvo en casos muy extremos, ha dejado de ser necesaria, claro que yo podía haberlo detenido para interrogarlo, pero lo que hice fue darle buenos consejos, usando la psicología, Tengo que ir tras él, dijo Marcial, no sea que se me escape, Si notas algo sospechoso, infórmame para anexionarlo al expediente, lo firmaremos los dos. Se fue el otro guarda, y Marcial, después de haber acompañado de lejos el deambular del suegro hasta dos pisos más arriba, lo dejó ir. Se preguntaba a sí mismo qué sería más adecuado, si hablar con él y recomendarle todo el cuidado en su divagar por el Centro, o simular que no había tenido conocimiento del pequeño incidente y hacer votos para que no sucedieran otros más graves. La decisión que tomó fue ésta, pero como Cipriano Algor, al cenar, le contó, riendo, lo que había pasado, no tuvo más remedio que asumir el papel de mentor y pedirle que se comportase de manera que no atrajese las atenciones de quienquiera que fuese, guardas o no guardas, Es la única manera correcta de proceder para quien vive aquí. Entonces Cipriano Algor sacó del bolsillo un papel, Copié estas frases de algunos carteles expuestos, dijo, espero no haber llamado la atención de ningún espía u observador, También lo espero yo, dijo Marcial de mal humor, Es sospechoso copiar frases que están expuestas para que los clientes las lean, preguntó Cipriano Algor, Leerlas es normal, copiarlas, no, y todo lo que no sea normal es, por lo menos, sospechoso de anormalidad. Marta, que hasta ahí no había participado en la conversación, le pidió al padre, Lea las frases. Cipriano Algor alisó el papel sobre la mesa y comenzó a leer, Sea osado, sueñe. Miró a la hija y al yerno, y como ellos no parecían dispuestos a comentar, continuó, Vive la osadía de soñar, ésta es una variante de la primera, y ahora vienen las otras, una, gane operacionalidad, dos, sin salir de casa los mares del sur a su alcance, tres, ésta no es su última oportunidad pero es la mejor, cuatro, pensamos todo el tiempo en usted es hora de que piense en nosotros, cinco, traiga a sus amigos si compran, seis, con nosotros usted nunca querrá ser otra cosa, siete, usted es nuestro mejor cliente, pero no se lo diga a su vecino, Ésa estaba fuera, en la fachada, dijo Marcial, Ahora está dentro, a los clientes les ha debido de gustar, respondió el suegro, Qué más ha encontrado en esa su aventura de exploración, preguntó Marta, Te acabarás durmiendo si me pongo a contar, Pues duérmame, Lo que más me ha divertido son las sensaciones naturales, Qué es eso, Tienes que usar la imaginación, No hay problema, Entras en una sala de espera, compras tu billete, a mí me cobraron sólo el diez por ciento, me hicieron un descuento del cuarenta y cinco por ciento por ser residente y otro descuento igual por ser mayor de sesenta años, Parece que es estupendo tener más de sesenta años, dijo Marta, Exactamente, cuanto más viejo seas, más ganas, cuando mueras serás rico, Y qué pasó después, preguntó Marcial impaciente, Nunca has entrado allí, se extrañó el suegro, Sabía que existía, pero nunca he entrado, no he tenido tiempo, Entonces no tienes la menor idea de lo que te has perdido, Si no lo cuenta me voy a la cama a dormir, amenazó Marta, Bueno, después de haber pagado y de que te den un impermeable, un gorro, unas botas de goma y un paraguas, todo de colores, también puedes ir de negro, pero hay que pagar un extra, pasas a un vestuario donde una voz de megafonía te manda ponerte las botas, el impermeable y el gorro, luego entras en una especie de corredor donde las personas se alinean en filas de cuatro, pero con bastante espacio entre ellas para moverse con comodidad, éramos unos treinta, había algunos que se estrenaban, como yo, otros que, según me pareció saber, iban allí de vez en cuando, y por lo menos cinco eran veteranos, le oí decir a uno Esto es como una droga, se prueba y se queda uno enganchado. Y luego, preguntó Marta, Luego comenzó a llover, primero unas gotitas, después un poco más fuerte, todos abrimos el paraguas, y entonces el altavoz dio orden de que avanzásemos, no se puede describir, es necesario haberlo vivido, la lluvia comenzó a caer torrencialmente, de pronto se levantó una ventisca, viene una ráfaga, otra, hay paraguas que se vuelven, gorros que se escapan de la cabeza, las mujeres gritando para no reír, los hombres riendo para no gritar, y el viento aumenta, es un ciclón, las personas se escurren, se caen, se levantan, vuelven a caerse, la lluvia se hace diluvio, empleamos unos buenos diez minutos en recorrer calculo que unos veinticinco o treinta metros, Y luego, preguntó Marta bostezando, Luego volvimos hacia atrás y en seguida comenzó a nevar, al principio unos copos dispersos que parecían hebras de algodón, después cada vez más gruesos, caían ante nosotros como una cortina que apenas dejaba ver a los colegas, algunos seguían con los paraguas abiertos, lo que sólo servía para entorpecer los movimientos, finalmente llegamos al vestuario y allí hacía un sol que era un esplendor, Un sol en el vestuario, dudó Marcial, Entonces ya no era un vestuario sino una especie de campiña, Y ésas fueron las sensaciones naturales, preguntó Marta, Sí, No es nada que no pase fuera todos los días, Ése fue precisamente mi comentario cuando estábamos devolviendo el material, y más me hubiera valido quedarme callado, Por qué, Uno de los veteranos me miró con desdén y dijo Qué pena me da, nunca podrá comprender. Ayudada por el marido, Marta comenzó a quitar la mesa. Mañana o pasado voy a la playa, anunció Cipriano Algor, Ahí sí fui una vez, dijo Marcial, Y cómo es, Género tropical, hace mucho calor y el agua es tibia, Y la arena, No hay arena, es una imitación de plástico, pero de lejos parece auténtica, Olas no hay, claro, Se equivoca, tienen un mecanismo que produce una ondulación igualita a la del mar, No me digas, Como le digo, Las cosas que los hombres son capaces de inventar, Sí, dijo Marcial, es un poco triste. Cipriano Algor se levantó, dio dos vueltas, le pidió un libro a la hija y cuando iba a entrar en su dormitorio dijo, Estuve por ahí abajo, el suelo ya no vibra, y no se oye ruido de excavadoras, y Marcial respondió, Deben de haber terminado el trabajo.

Marta le había propuesto al marido que el primer día libre que tuviera desde que vivían en el Centro lo emplearan yendo a la casa de la alfarería a recoger algunas cosas que, según ella, estaba echando de menos, En una mudanza se suele transportar todo lo que se tiene, pero ése no es nuestro caso, es más, estoy convencida de que tendremos que ir más veces, en el fondo hasta tiene cierta gracia, podemos pasar la noche en nuestra cama y venirnos a la mañana siguiente, como tú hacías antes. Marcial respondió que no le parecía bien crear una situación en la que acabarían por no saber dónde vivían realmente, Tu padre pretende darnos la impresión de que está muy divertido descubriendo los secretos del Centro, pero yo lo conozco, por detrás de esa cara la cabeza sigue trabajando, No me ha dicho ni una sola palabra de lo que pasó en casa de Isaura, se ha cerrado totalmente, y no es su hábito, de una u otra manera, incluso irritado, incluso con malos modos, siempre acaba abriéndose conmigo, pienso que si fuésemos a casa tal vez le sirviese de ayuda, es lógico que quiera ver cómo está Encontrado, conversaría

409

otra vez con ella, Muy bien, si ésa es tu idea, iremos, pero acuérdate de lo que te digo, o vivimos aquí, o vivimos en la alfarería, pretender vivir como si los dos lugares fueran uno solo sería como vivir en ningún sitio, Quizá para nosotros tenga que ser así, Así, cómo, Vivir en ningún sitio, Todas las personas necesitan una casa, y nosotros no somos una excepción, Nos quitaron la casa que teníamos, Sigue siendo nuestra, Pero no como lo era antes, Ahora nuestra casa es ésta. Marta miró alrededor y dijo, No creo que llegue a serlo nunca. Marcial se encogió de hombros, pensó que estos Algores son personas difíciles de comprender, pero que, aun así, por nada de este mundo los cambiaría. Se lo decimos a tu padre, preguntó, Sólo a última hora, para que no se esté reconcomiendo y se envenene la sangre.

Cipriano Algor no llegó a saber que la hija y el yerno tenían proyectos para él. El día libre de Marcial Gacho fue cancelado, y lo mismo le sucedió a sus colegas de turno. Bajo sigilo absoluto, a los guardas residentes, y sólo a ellos, por ser considerados dignos de más confianza, se les comunicó que las obras para la construcción de los nuevos depósitos frigoríficos habían sacado a la luz en el piso cero-cinco algo que exigiría una cuidadosa y demorada investigación, Por ahora el acceso al lugar está restringido, dijo el comandante a los guardas, dentro de algunos días un equipo mixto de especialistas estará trabajando allí, habrá geólogos, arqueólogos, sociólogos, antropólogos, médicos, legistas, técnicos de publicidad, incluso me han dicho que forman parte del grupo dos filósofos, no me pregunten por qué. Hizo una pausa, pasó los ojos por los veinte hombres alineados ante él, y continuó, Queda prohibido hablar con quienquiera que sea de lo que les acabo de comunicar o de lo que lleguen a saber en el futuro, y cuando digo sea con quienquiera que sea es con quienquiera que sea, mujer, hijos, padres, secreto total y absoluto es lo que estoy exigiendo, entendido, Sí señor, respondieron a coro los hombres, Muy bien, la entrada de la gruta, me había olvidado de decir que se trata de una gruta, el acceso está en el piso cero-cinco, permanecerá guardada día y noche, sin interrupción, en turnos de cuatro horas, en esta pizarra pueden ver el orden en que se hará la vigilancia, son las cinco de la tarde, a las seis comenzamos. Uno de los hombres levantó la mano, quería saber, si era posible, cuándo se había descubierto la gruta y quién estuvo de guardia desde entonces, Sólo seremos responsables de la seguridad, dijo, a partir de las seis, por tanto no se nos podrá responsabilizar de algo incorrecto que haya sucedido antes, La entrada de la gruta fue descubierta esta mañana cuando se estaba removiendo manualmente la tierra, el trabajo fue interrumpido acto seguido y la administración informada, a partir de ese momento tres ingenieros de la dirección de obras se han mantenido en el lugar todo el tiempo, Hay alguna cosa dentro de la gruta, quiso saber otro guarda, Sí, respondió el comandante, tendréis ocasión de ver de qué se trata con vuestros propios ojos, Es peligroso, conviene que vayamos armados, preguntó el mismo guarda, Por lo que se sabe, no existe ningún peligro, sin embargo, por precaución, no debéis tocar ni acercaros demasiado, ignoramos las consecuencias que podrían derivarse de un contacto, Para nosotros o para lo que hay allí, se decidió Marcial a preguntar, Para unos y para otros, Hay más de uno en la gruta, Sí, dijo el comandante, y su rostro mudó de expresión. Después, como si hubiera hecho un esfuerzo para sobreponerse, continuó, Y ahora, si no tienen otras cuestiones que exponer, tomen nota de lo siguiente, en primer lugar, en cuanto a la duda de ir armado o no, considero suficiente que lleven la porra, no porque piense que tengan necesidad de usarla, sino para que se sientan más reconfortados, la porra es como una prenda de vestir fundamental, sin ella el guarda uniformado se siente desnudo, en segundo lugar, quien no esté de guardia deberá vestirse de paisano y circular por todos los pisos con el fin de escuchar conversaciones que tengan o parezcan tener alguna relación con la gruta, en el caso de que eso suceda, aunque las probabilidades sean prácticamente inexistentes, el servicio central deberá ser informado de inmediato para tomar las providencias necesarias. El comandante hizo una pausa y concluyó, Es todo cuanto necesitaban saber, y, una vez más, atención a la consigna, sigilo absoluto, es vuestra carrera la que está en juego. Los guardas se aproximaron a la pizarra donde se encontraban establecidos los turnos de vigilancia, Marcial vio que el suyo era el noveno, por tanto estaría de centinela entre las dos de la madrugada y las seis de la mañana del segundo día después de éste. Allí abajo, a treinta o cuarenta metros de profundidad, no se notaría la diferencia entre el día y la noche, ciertamente no habría más que tinieblas cortadas por la luz cruda de los proyectores y las de posición. Mientras el ascensor lo llevaba al trigésimo cuarto piso, iba pensando en lo que podría decirle a Marta sin faltar demasiado al compromiso asumido, la prohibición le parecía absurda, una persona tiene, más que el derecho, la obligación de confiar en su propia familia, sin embargo, esto son teorías, por más vueltas que le dé al asunto no tendrá otro remedio que acatar el mandato, órdenes son órdenes. El suegro no estaba en casa, andaría en sus exploraciones de niño curioso, a la búsqueda de los sentidos de las cosas y con astucia suficiente para encontrarlos por más escondidos que estuviesen. Le dijo a Marta que había cambiado temporalmente de servicio, ahora iría de paisano, no sería siempre, sólo unos días. Marta preguntó por qué y él respondió que no estaba autorizado a decirlo, que era confidencial, Di mi palabra de honor, justificó, y no era verdad, el comandante no le había exigido que se comprometiese por el honor, son fórmulas de otro tiempo y de otra costumbre que de cuando en cuando nos salen sin pensar, como sucede con la memoria, que siempre

tiene más para darnos que lo poquísimo que le re-
clamamos. Marta no respondió, abrió el armario
y retiró de la percha uno de los dos trajes del marido, Supongo que te servirá éste, dijo, Me sirve
perfectamente, dijo Marcial, satisfecho por estar
de acuerdo en tan importante punto. Pensó que
lo mejor sería avisarla ya del resto, resolver la cuestión de una vez, si estuviese en el lugar del colega
que dentro de poco entrará de guardia estaría co-
municándole a Marta en este preciso momento,
Tengo un servicio desde las seis a las diez, no me
preguntes nada, es secreto, esta misma frase sirve, sólo es preciso cambiarle las horas y los días,
Tengo un servicio pasado mañana, desde las dos
de la madrugada hasta las seis de la mañana, no
me preguntes nada, es secreto. Marta lo miró intrigada, A esa hora el Centro está cerrado, Bueno,
no será propiamente en el Centro, Entonces será
fuera, Es dentro, pero no es en el Centro, No lo
comprendo, Preferiría que no me hicieras preguntas, Sólo estoy diciendo que no entiendo cómo
puede ocurrir una cosa, al mismo tiempo, dentro
y fuera de un lugar, Es en las excavaciones destinadas a los almacenes frigoríficos, pero no te diré
nada más, Encontraron petróleo, una mina de dia-
mantes o la piedra que señala el sitio del ombligo
del mundo, preguntó Marta, No sé lo que han
encontrado, Y cuándo lo sabrás, Cuando sea mi
turno de guardia, O cuando le preguntes a tus colegas que han estado antes, Nos han prohibido hablar entre nosotros del asunto, dijo Marcial, des-

viando los ojos porque éstas no eran palabras que mereciesen el nombre de verdaderas, mas sí una versión interesada de las órdenes y recomendaciones del comandante, libremente adaptada a sus dificultades retóricas de la ocasión, Gran misterio, por lo visto, dijo Marta, Parece que sí, condescendió Marcial, mientras intentaba concertar con preocupación exagerada los puños de la camisa para que apareciesen en la medida justa por debajo de las mangas de la chaqueta. Vestido de paisano aparentaba más edad de la que realmente tenía. Vienes a cenar, preguntó Marta, No tengo ninguna orden en contra, pero, si no puedo venir, telefoneo. Salió antes de que a la mujer se le ocurriera hacerle otras preguntas, aliviado por haber conseguido escapar a su insistente curiosidad, pero también disgustado porque la conversación no había sido, por su parte, un recomendable modelo de lealtad, Fui leal, sí señor, se justificó ante sí mismo, de entrada la avisé de que se trataba de un secreto. Pese a la vehemencia y la razón que asistían a su justificación, Marcial no consiguió convencerse. Cuando, una hora después, Cipriano Algor, apenas recuperado de los sustos del tren fantasma, regresó a casa, Marta le preguntó, Vio a su yerno, No, no lo he visto, Probablemente, aunque lo hubiese visto no sería capaz de reconocerlo, Por qué, Vino a cambiarse de ropa, ahora hace la vigilancia vestido de paisano, Y eso, Son las órdenes que ha recibido, Vigilancia de paisano no es vigilancia, es espionaje, sentenció el padre. Marta le contó lo que sabía, que era casi nada, pero era lo bastante para que Cipriano Algor sintiese esfumársele el interés por el río amazonas con indios adonde había hecho intención de viajar al día siguiente. Es extraño, desde el principio tuve como un presentimiento de que algo se estaba preparando aquí, Qué quiere decir con eso, desde el principio, preguntó Marta, Ese suelo que sentí temblar, vibrar, el barullo de las máquinas excavadoras, te acuerdas, cuando vinimos a ver el apartamento, Estaríamos apañados si tuviésemos presentimientos cada vez que oímos una máquina excavadora trabajando, como aquel ruido de máquina de coser que creíamos oír en la pared de la cocina y que madre decía que era señal de la condena de una modista, pobrecilla, por el pecado de haber trabajado en domingo, Pero esta vez parece que acerté de lleno, Parece que sí, dijo Marta, repitiendo palabras del marido, Veremos lo que nos cuenta cuando llegue, dijo Cipriano Algor. No supieron más. Marcial se encerró en las respuestas que ya había dado, las repitió una y otra vez, y por fin decidió poner punto final al asunto, Seré el primero, si insisten, en admitir que la orden es disparatada, pero es la que he recibido, y sobre esto no hay más que hablar, Al menos dinos por qué de pronto haces la patrulla vestido de paisano, pidió el suegro, Nosotros no hacemos patrullas, velamos por la seguridad del Centro, nada más, Muy bien, sea, No tengo nada que añadir, no insista, por favor, cortó Marcial, irritado. Miró a la mujer como preguntándole por qué motivo estaba callada, por qué no lo defendía, y ella dijo, Marcial tiene razón, padre, no insista, y, dirigiéndose a él, al mismo tiempo que le besaba en la frente, Perdona, nosotros, los Algores, somos un poco brutos. Después de cenar vieron un programa de televisión transmitido por el canal interno del Centro, exclusivo para residentes, después se recogieron en sus dormitorios. Ya con las luces apagadas, Marta volvió a pedir disculpas, Marcial le dio un beso, y si no siguió adelante con segundos y terceros fue porque comprendió a tiempo que, por ese camino, acabaría contándole todo. Sentado en su cama, con la luz encendida, Cipriano Algor pensaba y volvía a pensar, para concluir que tenía que descubrir lo que pasaba en las profundidades del Centro, que, si había otra puerta secreta, al menos esta vez no podrían decirle que al otro lado no había nada. Volver a la carga con Marcial no valía la pena, aparte de que estaban cometiendo una injusticia con el pobre mozo, si tenía órdenes de no hablar y las cumplía, debería ser felicitado por eso, no someterlo a las variadas e impúdicas modalidades de chantaje sentimental en que las familias son eximias, yo soy tu suegro, tú eres mi yerno, cuéntamelo todo, Marta tenía razón, pensó, nosotros, los Algores, somos bastante brutos. Mañana dejaría tranquilo el río amazonas con indios y se dedicaría a recorrer el Centro de una punta a otra oyendo las conversaciones de la gente. En lo esencial, un secreto es más o menos como la combinación de una caja fuerte, aunque no la conozcamos sabemos que se compone de seis dígitos, que es posible que incluso se repita alguno o algunos de ellos, y que por muy numerosas que sean las variables posibles, no son infinitas. Como en todas las cosas de la vida es una cuestión de tiempo y de paciencia, una palabra aquí, otra palabra allá, un sobrentendido, un intercambio de miradas, un súbito silencio, pequeñas grietas dispersas que se van abriendo en el muro, el arte del investigador está en saber aproximarlas, en eliminar las aristas que las separan, llegará siempre un momento en que nos preguntemos si el sueño, la ambición, la esperanza secreta de los secretos no será, finalmente, la posibilidad, aunque vaga, aunque remota, de dejar de serlo. Cipriano Algor se desnudó, apagó la luz, pensó que iba a pasar una noche de insomnio, pero al cabo de cinco minutos ya dormía en un sueño tan espeso, tan opaco, que ni siquiera Isaura Madruga habría podido escudriñar tras la última puerta que en él se cerraba.

Cuando Cipriano Algor salió del dormitorio, más tarde de lo que solía, el yerno ya se había marchado al trabajo. Todavía medio soñoliento dio los buenos días a la hija, se sentó a desayunar, y en ese instante sonó el teléfono. Marta fue a atender y volvió sin tardar, Es para usted. El corazón de Cipriano Algor dio un salto, Para mí, quién puede querer hablar conmigo, preguntó, ya segurísimo de que la hija le iba a responder, Es Isaura, pero lo que ella dijo fue, Es del departamento de compras, un subjefe. Indeciso entre la decepción de que la llamada no procediera de quien le gustaría y el alivio de no tener que explicar a la hija la razón de estas intimidades con la vecina, aunque no debamos olvidar que podría simplemente tratarse de algún asunto referente a Encontrado, la tristeza de la ausencia, por ejemplo, Cipriano Algor se dirigió al teléfono, dijo quién era y poco después tenía al otro lado de la línea al subjefe simpático, Ha sido una sorpresa para mí saber que se había venido a vivir al Centro, como ve, el diablo no está siempre detrás de la puerta, es un dicho antiguo, pero mucho más verdadero de lo que se imagina, De hecho es así, dijo Cipriano Algor, El motivo de esta llamada es pedirle que se pase por aquí esta tarde para cobrar las figurillas, Qué figurillas, Las trescientas que nos entregó para el muestreo, Pero esos muñecos no fueron vendidos, por tanto no hay nada que cobrar, Querido señor, dijo el subjefe con inesperada severidad en la voz, permita que seamos nosotros los jueces de esa cuestión, de todos modos quede sabiendo desde ya que, aunque un pago represente un perjuicio de más del cien por cien, como ha sucedido en este caso, el Centro liquida siempre sus cuentas, es una cuestión de ética, ahora que vive con nosotros podrá empezar a comprender mejor, De acuerdo, pero no entiendo por qué el perjuicio se eleva a más del cien por cien, Por no pensar en estas cosas las economías familiares van a la ruina, Qué pena no haberlo sabido antes, Tome nota, en primer lugar vamos a pagar por las figurillas el valor exacto que nos fue facturado, ni un céntimo menos, Hasta ahí llega mi entendimiento, En segundo lugar, obviamente, también tendremos que pagar el sondeo, es decir, los materiales usados, a las personas que analizaron los datos, el tiempo que se empleó en todo esto, aunque piense que esos materiales, esas personas y ese tiempo podrían ser aplicados en tareas rentables, no necesitará estar dotado de gran inteligencia para llegar a la conclusión de que se trató de hecho de una pérdida superior al cien por cien, considerando lo que no se vendió y lo que se gastó para concluir que no lo deberíamos vender, Lamento haber ocasionado tantos perjuicios al Centro, Son gajes del oficio, unas veces se pierde, otras veces se gana, en cualquier caso no fue grave, se trata de un negocio minúsculo, Yo podría, dijo Cipriano Algor, invocar también mis propios escrúpulos éticos para negarme a cobrar por un trabajo que las personas rehusaron comprar, pero el dinero me viene bien, Es una buena razón, la mejor de todas, Pasaré por ahí a la tarde, No necesita preguntar por mí, vaya directamente a la caja, ésta es la última operación comercial que hacemos con su extinta empresa, queremos que guarde los mejores recuerdos, Muchas gracias, Y ahora disfrute del resto de la vida, está en el lugar ideal para eso, Eso me ha parecido, señor, Aproveche la racha de suerte, Es lo que estoy haciendo. Cipriano Algor colgó el teléfono, Nos pagan las figurillas, dijo, no lo hemos perdido todo. Marta hizo un gesto con la cabeza que podría significar cualquier cosa, conformidad, desacuerdo, indiferencia, y se retiró a la cocina. No te sientes bien, le preguntó el padre, asomándose a la puerta, Sólo un poco cansada, será el embarazo, Te encuentro apática, ajena, deberías distraerte, dar unas vueltas por ahí, Como usted, Sí, como yo, Le interesa mucho todo lo que hay fuera, preguntó Marta, piense dos veces antes de responderme, Es suficiente con que lo piense una, no me interesa nada, sólo finjo, Ante usted mismo, claro, Ya eres bastante mayor para saber que no hay otra manera, aunque lo parezca, no fingimos ante los otros, fingimos ante nosotros mismos, Me alegra oírlo de su boca, Por qué, Porque confirma lo que pensaba de usted en el asunto de Isaura Madruga, La situación se ha modificado, Todavía me alegra más, Si la ocasión llega hablaré, ahora soy como Marcial, una boca cerrada.

La expedición auricular de Cipriano Algor no obtuvo resultado alguno, después, durante el almuerzo, por una especie de acuerdo tácito, ninguno de los tres osó tocar el delicado asunto de las excavaciones y de lo que allí habría sido encontrado. Suegro y yerno salieron al mismo tiempo, Marcial para retomar su trabajo de escucha y espionaje, tan infructífero, probablemente, como había sido, para uno y otro, el de la mañana, y Cipriano Algor para preguntar, por primera vez, cómo se llegaba al departamento de compras desde el interior del Centro. Constató que su distintivo de residente, también con retrato e impresión digital, le proporcionaba ciertas facilidades de circulación, cuando el guarda a quien hizo la pregunta le indicó el camino como si se tratara de la cosa más natural del mundo, Vaya por este pasillo, siempre recto, al llegar al final sólo tendrá que seguir las indicaciones, no tiene pérdida, dijo. Estaba en el piso bajo, en algún lugar del recorrido tendría que descender al nivel del subterráneo donde, en tiempos más felices, juicio que seguramente el subjefe simpático no compartiría, se presentaba para descargar sus platos y sus tazas. Una flecha y una escalera mecánica le dijeron por dónde ir. Estoy bajando, pensó. Estoy bajando, estoy bajando, repetía, y luego, Qué estupidez, es evidente que estoy bajando, para eso sirven las escaleras cuando no sirven para subir, en una escalera, aquellos que no bajan, suben, y aquellos que no suben, bajan. Parecía haber alcanzado una conclusión incontestable, de esas para las que no existe ninguna posibilidad de respuesta lógica, pero de súbito, con el fulgor y la instantaneidad del relámpago, otro pensamiento le cruzó la cabeza, Descender, descender hasta allí. Sí, descender hasta allí. La decisión que Cipriano Algor acaba de tomar es que esta noche intentará bajar hasta donde Marcial está haciendo su guardia, entre las dos de la madrugada y las seis de la mañana, no lo olvidemos. El sentido común y la prudencia, que en estas situaciones siempre tienen una palabra que decir, ya le están preguntando cómo imagina que va a llegar, sin conocer los caminos, a un lugar tan recóndito, y él respondió que las combinaciones y composiciones de las casualidades, siendo efectivamente muchísimas, no son infinitas, y que más vale que nos arriesguemos a subir a la higuera para intentar alcanzar el higo que tumbarnos bajo su sombra y esperar a que nos caiga en la boca. El Cipriano Algor que se presentó en la caja del departamento de compras después de haberse perdido dos veces, pese a las ayudas de las flechas y de los letreros, no era aquel que nos habíamos acostumbrado a conocer. Si las manos le temblaron tanto no se debía a la excitación mezquina de estar cobrando por su trabajo un dinero con el que no contaba, sino porque las órdenes y las orientaciones del cerebro, ocupado ahora en asuntos de más trascendente importancia, llegaban inconexas, confusas, contradictorias a las respectivas terminales. Cuando regresó al área comercial del Centro parecía un poco más tranquilo, la agitación le había pasado al lado de dentro. Dispensado de preocuparse con las manos, el cerebro maquinaba sucesivamente astucias, mañas, ardides, estratagemas, tramas, sutilezas, llegaba hasta el punto de admitir la posibilidad de recurrir a la telequinesia para, en un santiamén, transportar del trigésimo cuarto piso a la misteriosa excavación este cuerpo impaciente que tanto le cuesta gobernar.

Aunque todavía tuviese ante él largas horas de espera, Cipriano Algor decidió volver a casa. Quiso darle a la hija el dinero recibido, pero ella dijo, Guárdelo para usted, no me hace falta, y después preguntó, Quiere un café, Pues sí, es una buena idea. El café fue hecho, servido en una taza, bebido, todo indica que por ahora no habrá más palabras entre ellos, parece, como Cipriano Algor ha pensado algunas veces, aunque de estos sus pensamientos no hayamos dejado registro en el momento justo, que la casa, ésta donde ahora viven, tiene el don maligno de hacer callar a las personas. Sin embargo, al cerebro de Cipriano Algor, que ya tuvo que dejar a un lado, por falta de adiestramiento suficiente, el recurso de la telequinesia, le es indispensable una cierta y determinada información sin la cual su plan para la incursión nocturna se irá, pura y simplemente, agua abajo. Por eso lanza la pregunta, mientras, como si estuviese distraído, mueve con la cuchara el resto del café que quedó en el fondo de la taza, Sabes a qué profundidad se encuentra la excavación, Por qué quiere saberlo, Simple curiosidad, nada más, Marcial no ha hablado de eso. Cipriano Algor disimuló lo mejor que pudo la contrariedad y dijo que iba a dormir una siesta. Pasó la tarde toda en su habitación, y sólo salió cuando la hija lo llamó para cenar, ya Marcial estaba sentado a la mesa. Hasta el final de la cena, tal como sucedió en el almuerzo, no se habló de la excavación, fue sólo cuando Marta sugirió al marido, Deberías dormir hasta la hora de bajar, vas a pasar la noche en claro, y él respondió, Es demasiado temprano, no tengo sueño, cuando Cipriano Algor, aprovechando la inesperada relajación, repitió su pregunta, A qué profundidad está esa excavación, Por qué quiere saberlo, Para tener una idea, por mera curiosidad. Marcial dudó antes de responder, pero le pareció que la información no debería formar parte del grupo de las estrictamente confidenciales, El acceso es por el piso cero-cinco, dijo por fin, Pensé que las excavadoras estaban trabajando mucho más profundo, En todo caso son quince o veinte metros bajo tierra, dijo Marcial, Tienes razón, es una buena profundidad. No se volvió a hablar del asunto. Marcial no dio la impresión de quedarse contrariado por la breve conversación, al contrario, se diría que hasta algo le alivió el haber podido, sin entrar en materias peligrosas y reservadas, hablar un poco de una cuestión que lo viene preocupando como fácilmente se nota. Marcial no es más medroso que el común de las personas, pero no le agrada nada la perspectiva de pasar cuatro horas metido en un agujero, en absoluto silencio, sabiendo lo que tiene detrás. No hemos sido entrenados para una situación de éstas, le dijo uno de sus colegas, ojalá los especialistas de quienes habló el comandante se presenten rápidamente para que seamos retirados de este servicio, Tuviste miedo, preguntó Marcial, Miedo, lo que se llama miedo, tal vez no, pero te aviso que vas a sentir, en cada momento, como si alguien detrás de ti fuera a ponerte una mano en el hombro, No sería lo peor que podría suceder, Depende de la mano, si quieres que te hable con toda franqueza, son cuatro horas luchando contra un deseo loco de huir,

de escapar, de desaparecer de allí, Hombre preve-
nido vale por dos, así ya sé lo que me espera, No
lo sabes, sólo lo imaginas, y mal, corrigió el colega. Ahora es la una y media de la madrugada,
Marcial está despidiéndose de Marta con un beso,
ella le pide, No te entretengas cuando acabes el
turno, Vendré corriendo, mañana te lo cuento
todo, lo prometo. Marta lo acompañó a la puerta,
se besaron una vez más, después volvió adentro,
ordenó primero algunas cosas, y luego se acostó.
No tenía sueño. Se decía a sí misma que no había
motivo de preocupación, que ya otros guardas estuvieron de centinelas y no aconteció nada, cuántas veces sucede que se arman por un quítame allá
esas pajas misterios terribles, como si fuesen auténticas serpientes de siete cabezas, y cuando se
miran de cerca no son más que humo, viento, ilusión, voluntad de creer en lo increíble. Los minutos pasaban, el sueño andaba lejos, Marta se
acababa de decir a sí misma que haría mejor encendiendo la luz y poniéndose a leer un libro,
cuando le pareció oír que se abría la puerta del
dormitorio del padre. Como él no tenía hábito de
levantarse durante la noche, aguzó el oído, probablemente iría al cuarto de baño, sin embargo, los
pasos, poco a poco, comenzaron a sonar cautelo-
sos pero perceptibles, en la pequeña sala de la entrada. Quizá vaya a la cocina a beber agua, pensó.
El ruido inconfundible de una cerradura hizo que
se levantara rápidamente. Se puso la bata a toda
prisa y salió. El padre tenía la mano en el tirador

de la puerta. Adónde va a estas horas, preguntó Marta, Por ahí, dijo Cipriano Algor, Tiene derecho a ir a donde quiera, es mayor y está vacunado, pero no puede irse sin decir ni una palabra, como si no hubiese nadie más en casa, No me hagas perder tiempo, Por qué, tiene miedo de llegar después de las seis, preguntó Marta, Si ya sabes adónde quiero ir, no necesitas más explicaciones, Al menos piense que le puede crear problemas a su yerno, Como tú misma has dicho, soy mayor y estoy vacunado, Marcial no puede ser responsabilizado por mis actos, Quizá sus patrones sean de otra opinión, Nadie me verá, y en caso de que aparezca alguien echándome atrás, le digo que padezco sonambulismo, Sus gracias están fuera de lugar en este momento, Entonces hablaré en serio, Espero que sea así, Está pasando algo ahí abajo que necesito saber, Haya lo que haya no podrá permanecer en secreto toda la vida, Marcial me ha dicho que nos lo contaría todo cuando volviera del turno, Muy bien, pero a mí una descripción no me basta, quiero ver con mis propios ojos, Siendo así, vaya, vaya, y no me atormente más, dijo Marta, ya llorando. El padre se aproximó a ella, le pasó un brazo por los hombros, la abrazó, Por favor, no llores, dijo, lo malo de todo esto, sabes, es que ya no somos los mismos desde que nos mudamos aquí. Le dio un beso, después salió cerrando la puerta con cuidado. Marta fue a buscar una manta y un libro, se sentó en uno de los sillones de la sala, se cubrió las rodillas. No sabía cuánto tiempo iba a durar la espera.

El plan de Cipriano Algor no podía ser más simple. Se trataba de bajar en un montacargas hasta el piso cero-cinco y a partir de ahí entregarse a la suerte y a la casualidad. Con muchas menos armas se han ganado batallas, pensó. Y con muchas más se han perdido, añadió por escrúpulo de imparcialidad. Había observado que los montacargas, probablemente por el hecho de que se destinaban casi exclusivamente para el transporte de materiales, no estaban provistos de cámara de vídeo, por lo menos que se vieran, y si alguna hubiese, de ésas minúsculas y camufladas, lo más seguro sería que la atención de los vigilantes de la central se encontrara fijada en los accesos exteriores y en los pisos comerciales y de atracciones. De estar equivocado no tardaría en saberlo. En primer lugar, suponiendo que los pisos de viviendas sobre el nivel del suelo formaran un bloque con los diez pisos subterráneos, le convenía usar el montacargas más cercano a la fachada interior para no tener que perder tiempo buscando un camino entre los mil contenedores de todo tipo y tamaño que imaginaba guardados en los sótanos, en particular en el tal piso cero-cinco que le interesaba. No se quedó demasiado sorprendido cuando se encontró con un espacio amplio, abierto, despejado de mercancías, que obviamente se destinaba a facilitar el acceso al lugar de la excavación. Un paño de pared maestra, entre dos pilares, había sido demolido, por allí se entraba. Cipriano Algor miró el reloj, eran las dos y cuarenta y cinco minutos, pese a ser reducida, la iluminación permanente del piso subterráneo no dejaba distinguir si alguna luz en el interior de la excavación amortiguaba la negritud de la bocacha que lo iba a engullir. Debería haber traído una linterna, pensó. Entonces recordó que un día había leído que la mejor manera de acceder a un lugar a oscuras, si se quiere ver inmediatamente lo de dentro, es cerrar los ojos antes de entrar y abrirlos después. Sí, pensó, es eso lo que tengo que hacer, cierro los ojos y me caigo por ahí abajo, hasta el centro de la tierra. No se cayó. Casi a ras de suelo, a su izquierda, había una luminosidad tenue que no tardó en concretarse, pasos andados, en una hilera de bombillas dispuestas a todo lo largo. Iluminaban una rampa de tierra que formaba al fondo un rellano desde donde nacía otro declive. Tan espeso, tan denso era el silencio que Cipriano Algor podía oír el batir de su propio corazón. Vamos allá, pensó, Marcial se va a llevar el mayor susto de su vida. Comenzó a bajar la rampa, llegó al rellano, bajó la rampa siguiente, un rellano más, ahí paró. Ante él, dos focos colocados a un extremo y a otro, de manera que la luz no diera de lleno en el interior, mostraban la forma oblonga de la entrada de una gruta. En un terraplén a la derecha había dos pequeñas excavadoras. Marcial estaba sentado en un escabel, a su lado una mesa y sobre ella una linterna. Todavía no había visto al suegro. Cipriano Algor salió de la media penumbra del último rellano y dijo en voz alta, No te asustes, soy yo. Marcial se levantó precipitadamente, quiso hablar pero la garganta no dio paso a las palabras, no era para menos, que tire la primera piedra quien crea que diría con toda la calma del mundo, Hola, usted por aquí. Sólo cuando el suegro se encontraba ante él, Marcial, aunque costándole, consiguió articular, Qué hace aquí, cómo se le ha ocurrido la estúpida idea de venir, sin embargo, al contrario de lo que mandaría la lógica, no había enfado en la voz, lo que se notaba, aparte del alivio natural de quien finalmente no está siendo amenazado por una aparición nefasta, era una especie de satisfacción vergonzosa, algo así como un emocionado sentimiento de gratitud que tal vez algún día acabe confesándose. Qué hace aquí, repitió, Vine a ver, dijo Cipriano Algor, Y no se le ha ocurrido pensar en los problemas que me caerán encima si se llega a saber, no piensa que esto puede costarme el empleo, Dirás que tu suegro es un redomado idiota, un irresponsable que debería estar internado en un manicomio, enfundado en una camisa de fuerza, Ganaría mucho con esas explicaciones, no hay duda. Cipriano Algor volvió los ojos hacia la cavidad y preguntó, Viste lo que hay ahí dentro, Lo he visto, respondió Marcial, Qué es, Compruébelo usted mismo, aquí tiene una linterna, si quiere, Vienes conmigo, No, yo también he ido solo, Hay algún camino trazado, algún paso, No, tiene que ir siempre por la izquierda y no perder el contacto con la pared, al fondo encontrará lo que busca. Cipriano Algor encendió la linterna y entró.

Me olvidé de cerrar los ojos, pensó. La luz indirecta de los focos todavía permitía ver unos tres o cuatro metros de suelo, el resto era negro como el interior de un cuerpo. Había un declive no muy pronunciado, pero irregular. Cautelosamente, rozando la pared con la mano izquierda, Cipriano Algor comenzó a bajar. A cierta altura le pareció que a su derecha había algo que podría ser una plataforma y un muro. Se dijo a sí mismo que cuando volviera averiguaría de qué se trataba, Probablemente es una obra para retener las tierras, y siguió bajando. Tenía la impresión de que había andado mucho, tal vez unos treinta o cuarenta metros. Miró atrás, hacia la boca de la gruta. Recortada contra la luz de los focos, parecía realmente distante, No anduve tanto, pensó, lo que pasa es que estoy desorientándome. Percibía que el pánico comenzaba, insidiosamente, a rasparle los nervios, tan valiente que se imaginara, tan superior a Marcial, y ahora estaba casi a punto de volverse de espaldas y correr a trompicones pendiente arriba. Se apoyó en la roca, respiró hondo, Aunque tenga que morir aquí, dijo, y recomenzó a andar. De repente, como si hubiese girado sobre sí misma en ángulo recto, la pared se presentó ante él. Había alcanzado el final de la gruta. Bajó el foco de la linterna para cerciorarse de la firmeza del suelo, dio dos pasos e iba a la mitad del tercero cuando la rodilla derecha chocó con algo duro que le hizo soltar un gemido. Con el choque la luz osciló, ante sus ojos surgió, durante un instante, lo que parecía un banco de piedra, y luego, en el instante siguiente, alineados, unos bultos mal definidos aparecieron y desaparecieron. Un violento temblor sacudió los miembros de Cipriano Algor, su coraje flaqueó como una cuerda a la que se le estuvieran rompiendo los últimos hilos, pero en su interior oyó un grito que lo obligaba, Recuerda, aunque tengas que morir. La luz trémula de la linterna barrió despacio la piedra blanca, tocó levemente unos paños oscuros, subió, y era un cuerpo humano sentado lo que allí estaba. A su lado, cubiertos con los mismos paños oscuros, otros cinco cuerpos igualmente sentados, erectos todos como si un espigón de hierro les hubiese entrado por el cráneo y los mantuviese atornillados a la piedra. La pared lisa del fondo de la gruta estaba a diez palmos de las órbitas hundidas, donde los globos oculares habrían sido reducidos a un grano de polvo. Qué es esto, murmuró Cipriano Algor, qué pesadilla es ésta, quiénes eran estas personas. Se aproximó más, pasó lentamente el foco de la linterna sobre las cabezas oscuras y resecas, éste es hombre, ésta es mujer, otro hombre, otra mujer, y otro más, y otra mujer, tres hombres y tres mujeres, vio restos de ataduras que parecían haber servido para inmovilizarles los cuellos, después bajó el foco de la linterna, ataduras iguales les prendían las piernas. Entonces, despacio, muy despacio, como una luz que no tuviera prisa en aparecer, aunque llegaba para mostrar la verdad de las cosas hasta en sus más oscuros y recónditos escondrijos, Cipriano Algor se vio entrando otra vez en el horno de la alfarería, vio el banco de piedra que los albañiles dejaron abandonado y se sentó en él, y otra vez escuchó la voz de Marcial, ahora con palabras diferentes, llaman y vuelven a llamar, inquietas, desde lejos, Padre, me oye, respóndame, la voz retumba en el interior de la gruta, los ecos van de pared a pared, se multiplican, si Marcial no se calla un minuto no será posible que oigamos la voz de Cipriano Algor diciendo, distante, como si ella misma fuese también un eco, Estoy bien, no te preocupes, no tardo. El miedo había desaparecido. La luz de la linterna acarició una vez más los míseros rostros, las manos sólo piel y hueso cruzadas sobre las piernas, y, más aún, guió la propia mano de Cipriano Algor cuando tocó, con respeto que sería religioso si no fuese humano simplemente, la frente seca de la primera mujer. Ya nada le retenía allí, Cipriano Algor había comprendido. Como el camino circular de un calvario, que siempre encuentra un calvario delante, la subida fue lenta y dolorosa. Marcial bajó a su encuentro, alargó la mano para ayudarlo, al salir de la oscuridad hacia la luz venían abrazados y no sabían desde cuándo. Exhausto de fuerzas, Cipriano Algor se dejó caer en el escabel, inclinó la cabeza sobre la mesa y, sin ruido, apenas se notaba el estremecimiento de los hombros, comenzó a llorar. No se contenga, padre, yo también he llorado, dijo Marcial. Poco después, más o menos recompuesto de la emoción, Cipriano Algor miró al yerno en silencio, como si en aquel momento no tuviera una manera mejor de decirle que lo estimaba, después preguntó, Sabes qué es aquello, Sí, leí algo hace tiempo, respondió Marcial, Y también sabes que lo que está ahí, siendo lo que es, no tiene realidad, no puede ser real, Lo sé, Y con todo yo he tocado con esta mano la frente de una de esas mujeres, no ha sido una ilusión, no ha sido un sueño, si volviese ahora encontraría los mismos tres hombres y las mismas tres mujeres, las mismas cuerdas atándolos, el mismo banco de piedra, la misma pared ante ellos, Si no son los otros, puesto que no existieron, quiénes son éstos, preguntó Marcial, No sé, pero después de verlos pienso que tal vez lo que realmente no exista sea eso a lo que damos el nombre de no existencia. Cipriano Algor se levantó lentamente, las piernas todavía le temblaban, pero, en general, las fuerzas del cuerpo habían regresado. Dijo, Cuando bajaba tuve la sensación de ver algo que podría ser un muro y una plataforma, si pudieras mudar la orientación de uno de esos focos, no necesitó terminar la frase, Marcial ya estaba girando una rueda, accionando una manilla, y luego la luz se extendió suelo adentro hasta chocar con la base de un muro que atravesaba la gruta de lado a lado, pero sin llegar a las paredes. No había ninguna plataforma, sólo un paso a lo largo del muro. Falta una cosa, murmuró Cipriano Algor. Avanzó algunos pasos y de repente se detuvo, Aquí está, dijo. En el suelo se veía una gran mancha negra, la tierra estaba requemada en ese lugar, como si durante mucho tiempo allí hubiera ardido una hoguera. No merece la pena seguir preguntando si existieron o no, dijo Cipriano Algor, las pruebas están aquí, cada cual sacará las conclusiones que crea justas, yo ya tengo las mías. El foco volvió a su sitio, la oscuridad también, después Cipriano Algor preguntó, Quieres que me quede haciéndote compañía, No, gracias, dijo Marcial, vuelva a casa, Marta debe de estar angustiada, pensando lo peor, Entonces, hasta luego, Hasta luego, padre, hizo una pausa, y luego, con una sonrisa medio constreñida, como de un adolescente que se retrae en el mismo instante en que se entrega, añadió, Gracias por haber venido.

Cipriano Algor miró el reloj cuando llegó al piso cero-cinco. Eran las cuatro y media. El montacargas lo llevó al trigésimo cuarto piso. Nadie lo había visto. Marta le abrió la puerta silenciosamente, con los mismos cuidados volvió a cerrarla, Cómo está Marcial, preguntó, Está bien, no te preocupes, tienes un gran hombre, te lo digo yo, Qué hay abajo, Deja que me siente primero, estoy como si me hubiesen dado una paliza, estos esfuerzos ya no son para mi edad, Qué hay abajo, volvió a preguntar Marta después de haberse sentado, Abajo hay seis personas muertas, tres hombres y tres mujeres, No me sorprende, era exactamente lo que pensaba, que se trataría de restos humanos, sucede con frecuencia en las excavaciones, lo que no comprendo es por qué todos estos misterios, tanto secreto, tanta vigilancia, los huesos no huyen, y no creo que robarlos mereciese el trabajo que daría, Si hubieses bajado conmigo comprenderías, todavía estás a tiempo de ir allí, Deje esas ideas, No es fácil dejar esas ideas después de haber visto lo que he visto, Qué ha visto, quiénes son esas personas, Esas personas somos nosotros, dijo Cipriano Algor, Qué quiere decir, Que somos nosotros, yo, tú, Marcial, el Centro todo, probablemente el mundo, Por favor, explíquese, Pon atención, escucha. La historia tardó media hora en ser contada. Marta la oyó sin interrumpir una sola vez. Al final, dijo, Sí, creo que tiene razón, somos nosotros. No hablaron más hasta que llegó Marcial. Cuando entró, Marta se le abrazó con fuerza, Qué vamos a hacer, preguntó, pero Marcial no tuvo tiempo de responder. Con voz firme, Cipriano Algor decía, Vosotros decidiréis vuestras vidas, yo me voy.

Sus cosas están aquí, dijo Marta, no era mucho, caben de sobra en la maleta más pequeña, parece que intuyó que iba a estar sólo tres semanas, Llega un momento en la vida en que debería bastarnos con llevar a la espalda el propio cuerpo, dijo Cipriano Algor, La frase es bonita, sí señor, pero lo que me gustaría es que me dijera de qué va a vivir, Mira los lirios del campo, que no hilan ni tejen, También es bonita esa frase, por eso ellos nunca consiguieron dejar de ser lirios, Eres una escéptica rabiosa, una cínica repugnante, Padre, por favor, estoy hablando en serio, Perdona, Comprendo que haya sido un choque para usted, como también, incluso sin haber estado allí, lo fue para mí, comprendo que aquellos hombres y aquellas mujeres son mucho más que simples personas muertas, No sigas, porque ellos son mucho más que simples personas muertas yo no quiero seguir viviendo aquí, Y nosotros, y yo, preguntó Marta, Decidiréis vuestra vida, yo ya he decidido la mía, no voy a quedarme el resto de mis días atado a un banco de piedra y mirando una pared, Y cómo vivirá, Tengo el dinero que pagaron por las figurillas, dará para uno o dos meses, luego ya veremos, No me refería al dinero, de una u otra manera no le faltará lo necesario para alimentarse y vestirse, lo que quiero decir es que tendrá que vivir solo, Tengo a Encontrado, vosotros iréis a visitarme de vez en cuando, Padre, Qué, Isaura, Qué tiene que ver Isaura con esto, Me dijo que la situación entre ambos había cambiado, no explicó cómo ni por qué, pero me lo dijo, Y es verdad, Siendo así, Siendo así, qué, Podrían vivir juntos, quiero decir. Cipriano Algor no respondió. Tomó la maleta, Me voy, dijo. La hija se abrazó a él, Iremos en el primer descanso de Marcial, mientras tanto vaya dando noticias, cuando llegue telefonéeme para decir cómo estaba la casa, y Encontrado, no se olvide de Encontrado. Con un pie fuera de la puerta, Cipriano Algor dijo aún, Dale un abrazo a Marcial, Ya se lo ha dado, ya se ha despedido de él, Sí, pero dale otro. Cuando llegó al final del pasillo, volvió la cabeza. La hija estaba al fondo, entre las puertas, le hacía un gesto de adiós con una mano mientras se tapaba la boca con la otra para no estallar en sollozos. Hasta pronto, dijo, pero ella no lo oyó. El montacargas lo llevó al garaje, ahora era necesario saber dónde había dejado estacionada la furgoneta y si arrancaría después de tres semanas sin ser movida, a veces las baterías juegan malas pasadas, Era lo que faltaba, pensó, inquieto. No sucedió lo que temía, la furgoneta cumplió con su obligación. Es cierto que no hizo contacto a la primera ni a la segunda, pero a la tercera arrancó con un ruido digno de otro motor. Minutos después Cipriano Algor estaba en la avenida, no diremos que tenía el camino abierto ante él, pero podría haber sido mucho peor, pese a la lentitud era la propia corriente del tráfico la que lo llevaba. No es de extrañar que el tránsito sea intenso, los automóviles adoran los domingos y para el dueño de un coche es casi imposible resistir la llamada presión psicológica, al automóvil le basta estar allí, no necesita hablar. En fin, la ciudad quedó atrás, los barrios de la periferia van pasando, dentro de poco aparecerán las chabolas, en tres semanas habrán llegado a la carretera, no, todavía les faltan unos treinta metros, y luego está el Cinturón Industrial, casi todo parado, sólo unas cuantas fábricas que parecen hacer de la elaboración continua su religión, y ahora el triste Cinturón Verde, los invernaderos pardos, grises, lívidos, por eso las fresas habrán perdido el color, no falta mucho para que sean blancas por fuera como ya lo van siendo por dentro y tengan el sabor de cualquier cosa que no sepa a nada. Giremos ahora a la izquierda, allí a lo lejos, donde se ven aquellos árboles, sí, aquellos que están juntos como si fueran un ramillete, hay un importante yacimiento arqueológico todavía por explorar, lo sé de buena fuente, no todos los días se tiene la suerte de recibir una información de éstas directamente de la boca del propio fabricante. Cipriano Algor se ha preguntado cómo es posible que se haya dejado encerrar durante tres semanas sin ver el sol y las estrellas, a no ser, forzando el cuello, desde un trigésimo cuarto piso con ventanas que no se podían abrir, cuando tenía aquí este río, es cierto que maloliente y menguado, este puente, es cierto que viejo y mal cuidado, y estas ruinas que fueron casas de personas, y el pueblo donde había nacido, crecido y trabajado, con su carretera cruzándolo y la plaza a un lado, esos que van por allí, aquel hombre y aquella mujer, son los padres de Marcial, todavía no los habíamos visto pese al tiempo que ya dura esta historia, a esta distancia nadie diría que tienen el mal carácter que se les atribuye y del que dieron pruebas suficientes, es el peligro de las apariencias, cuando nos engañan siempre será para peor. Cipriano Algor saca el brazo por la ventanilla de la furgoneta y les saluda como si fuesen viejos amigos, mejor hubiera sido que no lo hiciese, lo más probable es que ahora vayan pensando que se burló de ellos, y no es verdad, la intención no era ésa, lo que sucede es que Cipriano Algor está contento, dentro de tres minutos verá a Isaura y tendrá a Encontrado en los brazos, si no es precisamente al contrario el acontecimiento, es decir, Isaura en los brazos y Encontrado dando saltos, esperando que le presten atención. La plaza se quedó atrás, de repente, sin avisar, se le encogió el corazón a Cipriano Algor, él sabe de la vida, ambos lo saben, que ninguna dulzura de hoy será capaz de aminorar el amargor de mañana, que el agua de esta fuente no podrá matarte la sed en aquel desierto, No tengo trabajo, no tengo trabajo, murmuró, y ésa era la respuesta

que debería haber dado, sin más adornos ni sub-
terfugios, cuando Marta le preguntó de qué iba a
vivir, No tengo trabajo. En esta misma entrada,
en este mismo lugar, como en el día que venía del
Centro con la noticia de que no le compraban más
loza, Cipriano Algor disminuyó la velocidad de la
furgoneta. No quería llegar, quería haber llegado,
y entre una cosa y otra ahí está la esquina de la
calle donde vive Isaura Madruga, la casa es aquélla, de súbito la furgoneta tuvo mucha prisa, de súbito frenó, de súbito saltó de ella Cipriano Algor,
de súbito subió los escalones, de súbito tocó el
timbre. Llamó una vez, dos, tres veces. Nadie apareció para abrir la puerta, nadie dio señal desde
dentro, no vino Isaura, no ladró Encontrado, el desierto que era para mañana se había adelantado a
hoy. Y deberían estar aquí los dos, hoy es domingo, no se trabaja, pensó. Desconcertado regresó a
la furgoneta, cruzó los brazos sobre el volante, lo
normal sería preguntarle a los vecinos, pero nunca
le había gustado dar a saber de su vida, verdaderamente, cuando estamos preguntando por alguien
estamos diciendo sobre nosotros mucho más de lo
que se podría imaginar, lo que nos salva es que las
personas preguntadas, en su mayoría, no tienen el
oído preparado para comprender lo que se oculta
tras palabras tan aparentemente inocentes como
éstas, Por casualidad ha visto a Isaura Madruga. Dos
minutos después reconocía que, pensándolo bien,
tan sospechoso debería ser estar parado esperando
frente a la casa como ir, con ademán de falsa natu-

ralidad, a preguntarle al primer vecino si, por casualidad, se había fijado en la salida de Isaura. Voy a buscar por ahí, pensó, puede ser que los encuentre. La vuelta por la aldea resultó inútil, Isaura y Encontrado parecían borrados de la faz de la tierra. Cipriano Algor decidió irse a casa, volvería a intentarlo al final de la tarde, Salieron a algún sitio, pensó. El motor de la furgoneta cantó la canción del regreso al hogar, el conductor ya veía las ramas más altas del moral, y de repente, como un relámpago negro, Encontrado vino desde arriba, ladrando, corriendo ladera abajo como si hubiese enloquecido, el corazón de Cipriano Algor estuvo a una pulsación del desfallecimiento, y no por causa del animal, este amor, por muy grande que sea, no llega a tanto, es que piensa que Encontrado no está solo y que, si no está solo, sólo hay una persona en el mundo que pueda estar con él. Abrió la puerta de la furgoneta, de un brinco el perro se le subió a los brazos, al fin el perro fue el primero, y le lamía la cara y no lo dejaba ver el camino, ese en el que aparece atónita Isaura Madruga, suspéndase ahora todo, por favor, que nadie hable, que nadie se mueva, que nadie se entrometa, ésta es la escena conmovedora por excelencia, el coche que viene subiendo la ladera, la mujer que en lo alto da dos pasos y de pronto no puede andar más, vean sus manos apretadas contra el pecho, a Cipriano Algor que sale de la furgoneta como si entrara en un sueño, Encontrado que va detrás y se le enreda en las piernas, sin embargo no sucederá nada malo, era lo que faltaba, caerse antiestéticamente uno de los personajes principales en el momento culminante de la acción, este abrazo y este beso, estos besos y estos abrazos, cuántas veces será necesario que os recuerde que el mismo amor que devora está suplicando que lo devoren, siempre ha sido así, siempre, pero hay ocasiones en que nos damos más cuenta. En un intervalo entre dos besos Cipriano Algor preguntó, Y cómo es que estás aquí, pero Isaura no respondió en seguida, había otros besos que dar y recibir, tan urgentes como el primero de todos, por fin tuvo aliento suficiente para decir, Encontrado huyó al día siguiente de que te fueras, abrió un agujero en la cerca del huerto y se vino aquí, no hubo manera de obligarlo a volver, estaba decidido a esperarte hasta no sé cuándo, el único remedio era dejarlo, traerle la comida y el agua, hacerle un poco de compañía, aunque yo crea que no la necesitaba. Cipriano Algor buscaba en los bolsillos la llave de casa, mientras iba pensando e imaginando, Vamos a entrar los dos, vamos a entrar juntos, y la tenía finalmente en la mano cuando vio que la puerta estaba abierta, que es como deben estar las puertas para quien, viniendo de lejos, llega, no necesitó preguntar por qué, Isaura le decía tranquilamente, Marta me dejó una llave para que viniera de vez en cuando a airear la casa, a limpiarle el polvo, así, con esto de Encontrado, he estado viniendo todos los días, por la mañana antes de ir a la tienda, y al final de la tarde, después de acabar el trabajo. Dio la sensación de que tenía algo más que añadir, pero los labios se le cerraron con firmeza como para impedir el paso a las palabras, no saldréis de ahí, ordenaban, pero ellas se juntaron, unieron fuerzas, y lo máximo que el pudor consiguió fue que Isaura bajara la cabeza y redujera la voz a un murmullo, Una noche me quedé a dormir en tu cama, dijo. Entendámonos, este hombre es alfarero, trabajador manual por tanto, sin finuras de formación intelectual y artística salvo las necesarias para el ejercicio de su profesión, con una edad ya más que madura, se crió en un tiempo en que lo corriente era que las personas tuvieran que refrenar, cada una en sí misma y todas en toda la gente, las expresiones del sentimiento y las ansiedades del cuerpo, y si es cierto que no serían muchos los que en su medio social y cultural podrían echarle un pulso en cuestiones de sensibilidad y de inteligencia, oír decir así de sopetón de boca de una mujer con quien nunca yaciera en intimidad, que durmió, ella, en la cama de él, por muy enérgicamente que estuviera andando hacia la casa donde el equívoco caso se produjo, forzosamente tendría que suspender el paso, mirar con pasmo a la osada criatura, los hombres, confesémoslo de una vez, nunca acabarán de entender a las mujeres, felizmente éste consiguió, sin saber cómo, descubrir en medio de su confusión las palabras exactas que la ocasión pedía, Nunca más dormirás en otra. Realmente, esta frase tenía que ser así, se perdería todo el efecto si hubiese dicho, por ejemplo, como quien pone su firma en un pacto de conveniencia, Bueno, puesto que tú dormiste en mi cama, iré yo a dormir a la tuya. Se habían abrazado nuevamente Isaura y Cipriano Algor después de que él dijera, no cuesta nada imaginar con qué entusiasmo lo hacía, pero tuvo un súbito sobresalto del que los sentimientos de la pasión, al parecer, no participaban, Olvidé sacar la maleta del coche, fue esto lo que dijo. Sin prever todavía las consecuencias del prosaico acto, con Encontrado dando saltos tras él, abrió la puerta de la furgoneta y sacó la maleta. Tuvo la primera intuición de lo que sucedería cuando entró en la cocina, la segunda cuando entró en el dormitorio, aunque la certeza cierta sólo la tuvo cuando Isaura, con una voz que se esforzaba en no temblar, le preguntó, Has venido para quedarte. La maleta estaba en el suelo, a la espera de que alguien la abriese, esa operación, si bien que necesaria, podía aguardar para más tarde. Cipriano Algor cerró la puerta. Hay momentos así en la vida, para que el cielo se abra es necesario que una puerta se cierre. Media hora después, ya en paz, como una playa de donde se va retirando la marea, Cipriano Algor contó lo que había pasado en el Centro, el descubrimiento de la gruta, la imposición del secreto, la vigilancia, el descenso a la excavación, la tiniebla de dentro, el miedo, los muertos atados al banco de piedra, las cenizas de la hoguera. Al principio, cuando vio que la furgoneta subía la ladera, Isaura pensó que Cipriano Algor volvía a casa por no haber podido aguantar más la separación y la ausencia, y esa idea, como es de suponer, halagó su ansioso corazón de amante, pero ahora, con la cabeza descansando en lo cóncavo del hombro de él, sintiendo su mano en la cintura, las dos razones le parecen igualmente justas, y, además, si nos tomáramos el trabajo de observar que hay por lo menos una cara, la de la insoportabilidad, en que una y otra se tocan y se hacen comunes, automáticamente deja de existir cualquier motivo serio para afirmar que las dos razones son contradictorias entre sí. Isaura Madruga no es particularmente versada en historias antiguas e invenciones mitológicas, pero sólo necesitó de dos palabras simples para comprender lo esencial de la cuestión. Aunque las conozcamos ya, no se pierde nada en dejarlas escritas otra vez, Éramos nosotros.

Por la tarde, como estaba acordado, Cipriano Algor telefoneó a Marta para decirle que había llegado bien, que la casa estaba como si la hubiesen dejado ayer, que a Encontrado poco le faltó para enloquecer de felicidad y que Isaura le mandaba un abrazo. Desde dónde está hablando, preguntó Marta, Desde casa, por supuesto, E Isaura, Isaura está aquí a mi lado, quieres hablar con ella, Sí, pero dígame primero qué pasa, A qué te refieres, A eso mismo, a que esté Isaura ahí, Te molesta, No diga disparates y deje de darle vueltas a la noria, respóndame, Isaura se queda conmigo, Y usted con quién se queda, Nos quedamos el uno con el otro, si es lo que querías oír. Al otro lado hubo un silencio. Después Marta dijo, Me ha dado una gran alegría, Por el tono nadie lo diría, El tono no tiene que ver con estas palabras, sino con las otras, Cuáles, El día de mañana, el futuro, Tendremos tiempo para pensar en el futuro, No finja, no cierre los ojos a la realidad, sabe perfectamente que el presente se ha acabado para nosotros, Vosotros estáis bien, nosotros ya nos arreglaremos, Ni yo estoy bien, ni está bien Marcial, Por qué, Si ahí no hay futuro, tampoco lo habrá aquí, Explícate mejor, por favor, Tengo un hijo creciéndome en la barriga, si él alguna vez quiere, cuando sea señor de sus actos, vivir en un sitio como éste, habrá hecho lo que era su voluntad, pero parirlo yo aquí, no, Deberías haber pensado en eso antes, Nunca es demasiado tarde para enmendar un error, incluso cuando las consecuencias ya no tienen remedio, y éstas todavía lo pueden tener, Cómo, Primero tenemos que conversar mucho, Marcial y yo, después ya veremos, Piensa bien, no te precipites, El error, padre, también puede ser la consecuencia de haber pensado bien, aparte de eso, que yo sepa, no está escrito en ninguna parte que precipitarse tenga que acarrear forzosamente malos resultados, Espero que nunca te equivoques, No soy tan ambiciosa, sólo querría no equivocarme esta vez, y ahora, si no le importa, punto final en el diálogo padre e hija, llámeme a Isaura, que tengo mucho que hablar con ella. Cipriano Algor le pasó el teléfono y salió a la explanada. Ahí está la alfarería donde un resto de barro solitario se va resecando, ahí está el horno donde trescientos muñecos se preguntan unos a otros por qué diablo los hicieron, ahí está la leña que inútilmente espera que la echen en el fogón. Y Marta que dice, Si ahí no tenemos futuro, aquí tampoco lo hay. Cipriano Algor ha conocido hoy la felicidad, el cielo abierto del amor que declarado se consumó, y ahora ahí están nuevamente las nubes de tormenta, las sombras malignas de la duda y del temor, basta ver que lo que el Centro le ha pagado por las estatuillas, aunque se aprieten el cinturón hasta el último agujero, no llegará para más de dos meses, y que la diferencia entre lo que la dependienta Isaura Madruga gana en la tienda y el cero debe de ser prácticamente otro cero. Y después, preguntó, mirando al moral, y el moral respondió, Después, viejo amigo, como siempre, el futuro.

Pasados cuatro días Marta volvió a telefonear, Apareceremos allí mañana por la tarde. Cipriano Algor hizo unas cuentas rápidas, Pero el descanso de Marcial no era ahora, Pues no, Entonces, Guarde las preguntas para cuando lleguemos, Quieres que vaya a buscaros, No merece la pena, tomaremos un taxi. Cipriano Algor le dijo a Isaura que le parecía extraña la visita, Salvo si, añadió, la distribución de las libranzas tuvo que ser alterada a causa de alguna confusión burocrática que el descubrimiento de la gruta haya provocado, pero en ese caso lo natural sería que ella lo hubiera dicho sin mandar que me guardara las preguntas para cuando estén aquí, Un día pasa deprisa, dijo Isaura, mañana lo sabremos. Al final, el día no pasó con tanta rapidez como Isaura auguraba. Veinticuatro horas pensando son muchas, veinticuatro horas se dice porque el sueño no es todo, de noche, probablemente, hay otros pensamientos en nuestra cabeza que corren una cortina y siguen pensando sin que nadie lo sepa. Cipriano Algor no se había olvidado de las categóricas palabras de Marta referidas al hijo que va a nacer, Parirlo aquí, no, una frase absolutamente explícita, sin rodeos, no uno de aquellos conjuntos de sonidos vocales más o menos organizados que incluso cuando afirman parecen dudar de sí mismos. La conclusión, por tanto, en buena lógica, sólo podría ser una, Marta y Marcial iban a abandonar el Centro. Si lo hicieren será un disparate, decía Cipriano Algor, de qué van a vivir después, Esa misma pregunta se nos podría hacer a nosotros, dijo Isaura, y no por eso me ves preocupada, Crees en la divina providencia que vela por los desvalidos, No, creo que hay ocasiones en la vida en que debemos dejarnos llevar por la corriente de lo que sucede, como si las fuerzas para resistir nos faltasen, pero de pronto comprendemos que el río se ha puesto a nuestro favor, nadie más se ha dado cuenta de eso, sólo nosotros, quien mire creerá que estamos a punto de naufragar, y nunca nuestra navegación fue tan firme, Ojalá que la ocasión en que nos encontramos sea una de ésas. No tardaría mucho en saberse. Marta y Marcial salieron del taxi, descargaron del maletero algunos bultos, menos de los que antes se llevaron al Centro, y Encontrado desahogó la emoción con dos arrebatadas vueltas alrededor del moral, y cuando el coche bajó la ladera para regresar a la ciudad Marcial dijo, Ya no soy empleado del Centro, pedí la baja como guarda. Cipriano Algor e Isaura no consideraron conveniente manifestar sorpresa, que encima sonaría a falsa, pero por lo menos una pregunta estaban obligados a hacer, una de esas preguntas inútiles sin las que parece que no podemos vivir, Estás seguro de que es lo mejor para vosotros, y Marcial respondió, No sé si es lo mejor o lo peor, hice lo que debía ser hecho, y no fui el único, también se despidieron otros dos colegas, uno externo y un residente, Y el Centro, cómo reaccionaron ellos, Quien no se ajusta no sirve, y yo ya había dejado de ajustarme, las dos últimas frases fueron pronunciadas después de la cena, Y cuándo sentiste que habías dejado de estar ajustado, preguntó Cipriano Algor, La gruta fue la última gota, como también lo fue para usted, Y para esos colegas tuyos, Sí, también para ellos. Isaura estaba de pie y comenzaba a quitar la mesa, pero Marta dijo, Déjalo, luego lo arreglamos entre las dos, tenemos que decidir qué vamos a hacer, dijo Cipriano Algor, Isaura opina que nos deberíamos dejar llevar por la corriente de lo que acontece, que siempre llega un momento en que sentimos que el río está a nuestro favor, Yo no he dicho siempre, corrigió Isaura, dije que hay ocasiones, de todos modos no me hagáis caso, es sólo una fantasía que me ha pasado por la cabeza, Para mí sirve, aprobó Marta, por lo menos se parece mucho a lo que nos ha venido sucediendo, Qué vamos a hacer entonces, preguntó el padre, Marcial y yo vamos a buscar nuestra vida lejos de aquí, está decidido, el Centro se acabó, la alfarería ya se había acabado, de una hora para otra hemos pasado a ser extraños en este mundo, Y nosotros, preguntó Cipriano Algor, No esperarán que sea yo quien les aconseje lo que tienen que hacer, Entiendo bien si entiendo que estás proponiendo que nos separemos, Entiende mal, lo que yo digo es que las razones de uno pueden no ser las razones de todos, Puedo dar una opinión, sugerir una idea, preguntó Isaura, en realidad no sé si tengo ese derecho, estoy en la familia no hace ni media docena de días, incluso me siento como si estuviera a prueba, como si hubiese entrado por la puerta trasera, Ya estabas por aquí desde hace meses, desde aquel famoso cántaro, dijo Marta, en cuanto a las otras palabras que has dicho, que te responda mi padre, Salvo que tiene una opinión que dar, una idea que sugerir, nada más he oído, así que cualquier apreciación mía en este momento estaría fuera del debate, dijo Cipriano Algor, Cuál es tu idea, preguntó Marta, Tiene que ver con aquella fantasía de la corriente que nos lleva, dijo Isaura, Explícate, Es la cosa más simple del mundo, Ya sé cuál es la idea, interrumpió Cipriano Algor, Cuál, preguntó Isaura, Nos vamos también, Exacto. Marta respiró hondo, Para tener ideas provechosas, no hay nada como ser mujer, Conviene que no nos precipitemos, dijo Cipriano Algor, Qué quieres decir, preguntó Isaura, Tienes tu casa, tu empleo, Y, Dejarlo todo así, volverle la espalda, Ya lo había dejado todo antes, ya le había vuelto la espalda antes cuando apreté aquel cántaro contra el pecho, realmente era necesario que fueras hombre para no comprender que te estaba apretando a ti, las últimas palabras casi se perdieron en una súbita irrupción de sollozos y de lágrimas. Cipriano Algor extendió tímidamente la mano, le tocó un brazo, y ella no pudo evitar que el llanto redoblase, o tal vez necesitara que así ocurriese, a veces no son suficientes las lágrimas que ya lloramos, tenemos que pedirles por favor que continúen.

Los preparativos del viaje ocuparon todo el día siguiente. Primero de una casa, luego de otra, Marta e Isaura escogieron lo que consideraron necesario para un viaje que no tenía destino conocido y que no se sabe cómo ni dónde terminará. La furgoneta fue cargada por los hombres, auxiliados por los ladridos de estímulo de Encontrado, nada inquieto hoy con lo que era, con claridad total, una nueva mudanza, porque en su cabeza de perro ni siquiera podría entrar la idea de que pretendieran abandonarlo por segunda vez. La mañana de la partida apareció con el cielo grisáceo, había llovido por la noche, en la explanada se veían, aquí y allí, pequeñas pozas de agua, y el moral, para siempre agarrado a la tierra, todavía goteaba. Vamos, preguntó Marcial, Vamos, dijo Marta. Subieron a la furgoneta, los dos hombres delante, las dos mujeres atrás, con Encontrado en medio, y cuando Marcial iba a poner el coche en movimiento, Cipriano Algor dijo bruscamente, Espera. Salió de la furgoneta y dirigió los pasos al horno, Adónde va, preguntó Marta, Qué irá a hacer, murmuró Isaura. La puerta del horno fue abierta, Cipriano Algor entró. Poco después salió, venía en mangas de camisa y se servía de la chaqueta para transportar algo pesado, unos cuantos muñecos, no podría ser otra cosa, Quiere llevárselos de recuerdo, dijo Marcial, pero se equivocaba, Cipriano Algor se aproximó a la puerta de la casa y comenzó a disponer las estatuillas en el suelo, de pie, firmes en la tierra mojada, y cuando las colocó a todas, volvió al horno, en ese momento ya los otros viajeros habían bajado de la furgoneta, ninguno hizo preguntas, uno a uno entraron también en el horno y fueron sacando los muñecos al aire libre, Isaura corrió a la furgoneta para buscar un cesto, un saco, cualquier cosa, y las figurillas iban poco a poco ocupando el espacio frente a la casa, y entonces Cipriano Algor entró en la alfarería y retiró con cuidado de la estantería las figurillas defectuosas que había juntado, y las unió a sus hermanas correctas y sanas, con la lluvia se convertirán en barro, y después en polvo cuando el sol las seque, pero ése es el destino de todos nosotros, ahora ya no es delante de la casa donde las figurillas están de guardia, también defienden la entrada de la alfarería, al final serán más de trescientos muñecos mirando de frente, payasos, bufones, esquimales, mandarines, enfermeras, asirios de barbas, hasta ahora Encontrado no ha derribado ninguno, Encontrado es un perro consciente, sensible, casi humano, no necesita que le expliquen lo que está pasando aquí. Cipriano Algor cerró la puerta del horno, dijo, Ahora podemos irnos. La furgoneta hizo la maniobra y bajó la cuesta. Llegando a la carretera giró a la izquierda. Marta lloraba con los ojos secos, Isaura la abrazaba, mientras Encontrado se enroscaba en una esquina del asiento por no saber a quién acudir. Algunos kilómetros andados, Marcial dijo, Escribiré a mis padres cuando paremos para almorzar. Y luego, dirigiéndose a Isaura y al suegro, Había un cartel, de esos grandes, en la fachada del Centro, a que no son capaces de adivinar lo que decía, preguntó, No tenemos ni idea, respondieron ambos, y entonces Marcial dijo, como si recitase, En breve, apertura al público de la caverna de Platón, atracción exclusiva, única en el mundo, compre ya su entrada.